心栖梦归处

主 编 黄玉东

副主编 赵继平 倪宝元 蔡泗明

中国言实出版社

图书在版编目（CIP）数据

心栖梦归处 / 黄玉东主编. -- 北京：中国言实出
版社，2024.5

ISBN 978-7-5171-4790-9

Ⅰ.①心… Ⅱ.①黄… Ⅲ.①散文集－中国－当代
Ⅳ.①I267

中国国家版本馆CIP数据核字（2024）第061902号

心栖梦归处

责任编辑：王君宁　　王建玲
责任校对：史会美
封面题字：邬晓华

出版发行：中国言实出版社
　　　地　址：北京市朝阳区北苑路180号加利大厦5号楼105室
　　　邮　编：100101
　　　编辑部：北京市海淀区花园路6号院B座6层
　　　邮　编：100088
　　　电　话：010-64924853（总编室）　010-64924716（发行部）
　　　网　址：www.zgyscbs.cn　电子邮箱：zgyscbs@263.net

经　　销：新华书店
印　　刷：北京中科印刷有限公司
版　　次：2024年5月第1版　　2024年5月第1次印刷
规　　格：880毫米×1230毫米　　1/32　　12.875印张
字　　数：290千字

定　　价：60.00元
书　　号：ISBN 978-7-5171-4790-9

　　黄玉东，笔名冬歌，江苏响水人，军旅作家，军网主编，特邀撰稿人，中国散文学会会员，中国散文诗研究会会员，响水湖海艺文社文学顾问，"冬歌文苑"创始人。著有散文集《军旅青春别样红》《向往大海》等，主编《四季恋歌》《歌向远方》《踏歌而行》《渔樵歌笙》《清歌流韵》等文学作品集五部。

赵继平，山西朔州人，毕业于中国人民解放军南京政治学院新闻系。在部队工作了十余载，当过新闻干事、连队指导员、学员队教导员，转业后到省级机关部门工作。发表过新闻作品若干，部分文学作品被各大报刊刊用。

倪宝元，笔名晓波，1968年出生。中国诗歌学会会员，中国散文学会会员，上海市作协会员。作品散见于《诗刊》《诗选刊》《诗歌月刊》《绿风》《扬子江诗刊》《延河》《诗林》《上海诗人》等，有作品入选花城版《2021中国诗歌年选》《2022中国诗歌年选》。著有诗集《月光落在后背》《岁月断章》。获评中诗网2022年度诗人。

蔡泗明，1975年9月出生，福建云霄人，毕业于闽南师范大学。中国散文学会会员，福建省作家协会会员。文学平台"冬歌文苑"副总编，散文集《四季恋歌》《踏歌而行》《渔樵歌笙》《清歌流韵》和诗歌集《歌向远方》副主编。在《福建日报》《厦门日报》《闽南日报》《国土绿化》《散文诗世界》《青年文学家》《厦门文学》《闽南风》等报刊发表文学作品十余万字。

本书编委会

主　任：白锦刚

副主任：孟芹玲　焦红玲

编　委：（按姓氏笔画排序）

孔秋莉　石　瑛　白锦刚　严圣华

孟芹玲　赵春辉　赵继平　倪宝元

琅　琅　黄玉东　焦红玲　蔡泗明

陌上花开正艳

——散文集《心栖梦归处》序

◎ 白锦刚

　　人间四月，杨柳青青、草长莺飞、百花竞放。我们在春风里，迎来了"冬歌文苑"推出的第六部文集《心栖梦归处》。黄玉东主编将写序的重任交给了我。于是，我第一次奉命拿起笔为一部集大成的厚重文集作序，深感时间紧，责任大，恐负重托，不免惶惶。但作为"冬歌文苑"的名誉顾问、编审，且为本书的编委，有责任、有义务完成这一光荣任务。

　　"心栖梦归处，不负韶华年。"收入该散文集的作品的作者，他们身处祖国各地，心怀文学梦想，像一只只辛勤的蜜蜂，不停地笔耕在广袤的沃野阡陌上，正如诗魔白居易"春风先发苑中梅，樱杏桃梨次第开"所展示的景象，姹紫嫣红，花开正艳。

　　翻开《心栖梦归处》散文集，大多数作者几乎是天天隔屏相见或曾面见几次的良师益友。收录文集的作品，既有文学爱好者的清秀之作，也有文学前辈的巅峰之作，更有中生代作家的扛鼎之作，大都在"冬歌文苑"公众号一一拜读过。作品中，有的长于铺陈，意繁丽彩；有的侃侃而述，有如父兄相对谈心；有的如丹青妙手，写意山水、善作布白，他意邈远深邃；有的直率天然，直抒胸臆，表现出强烈的自我意识。大家都在努力追逐朴实的美、形式的美、语境的美、诗意的美、音乐节奏的美，而且将这些美尽可能地运用于自己的创作中。若将作品分类，"亲情""思乡"类散文占了很大比重，也有不少篇幅的"游记""抒情"类散文，还有其他类别散文，共同组成了适合众口的"广场圆舞曲"，注目——怦然心动，涉足——心旷神怡，深入——匠心独运。这些作品又如同开在神州大地上的一朵朵艳丽之花，争奇斗艳，清香馥郁。深情的如康乃馨，热烈的似杜鹃花，雅致的像马蹄莲，恩重的如玉兰，痴情的似玫瑰，清纯的像水芙蓉……

　　亲情，是有血缘关系的人之间存在的最美的、割舍不断的特殊情感。赵继平在《艾香满园》一文中写道："母亲的棺木被一锹一锹黄土淹没，每一锹土的起起落落，都是阻隔阴阳世界的屏障。""我流下了最后一滴眼泪，滴在混在黄土里青青的艾叶上。"对母亲、母爱的悠悠愁思，缠绕在心头，剪不断理还乱，是一种无可名状的心痛。毛新萍的《遥远的思念》中有一段回忆父亲的文字："那时的我眼睛里的整个世界都那么好，只因那个年纪的我拥有着山一样伟岸的父亲。""为我打开了一扇又一扇美丽闪光的窗户，在我年少的心灵播下了星星般闪亮的智慧种子。于是，在往后一年又一年艰辛的岁月里，那些种子悄然生根发芽，没有错过一朵花，没有遗漏一片叶。""终于，我的遥远的思念缥缥缈缈地回到了水草丰美的故乡，回到了父亲长眠的土地，内心终于如愿以偿了。"每每读到这样的文字，美景浮眼前，感动在心里。张志荣的《中考场外的百态》，直面考场外陪伴莘莘学子的祖辈父辈们，将他们望子成龙、盼女成凤的迫切心情刻画得淋漓尽致，期望"星光不负赶路人，有志者，事竟成"。

　　袁福成对爱妻的思念，化作发自灵魂深处的呐喊——"躺在病床上的老伴已经骨瘦如柴，可怕的癌细胞，不断以几何级数的增幅在体内疯狂生长，贪婪地吞噬着维系生命的所有营养，医生、朋友、家人们都束手无策。老伴的鲜活生命，如同梧桐树上的绿叶，正在寒风的抽打下慢慢枯萎凋零；如同一座高楼大厦，正在腥风血雨的剥蚀中渐渐风化瓦解；如同一盏灯的燃油，正在灯光摇曳中徐徐耗尽。此时的万般无奈和难言的焦灼，也在无情地啃噬着我的每一寸肌肤。"如此动人心魄的排比句所表达的情感，能引起读者强烈的共鸣。

陈红姐的《冠军背后的力量》，聚焦孙侄女江伊婷荣获世界冠军的故事，夹叙夹议中凸显"冠军的背后，是强大的祖国和家人"。徐进成的《我的"一字之师"》写得妙，妙在选取七岁上二年级的孙子给七十岁的爷爷当老师这一独特视角，妙在"好读书"的家风传承。清泉的《拾秋的母亲》、王素荣的《婆婆的三寸金莲》等，皆以细腻的笔触颂扬母亲的不易与伟大、母爱的无私与温暖，"母亲拾起的是厚重的岁月，更是勤俭的日子"。

对故土的眷恋是人类共同而永恒的情感。离别后，乡愁是一棵没有年轮的树，永不会老去；乡愁是"我在这头，你在那头"的一种痛，时刻存放在内心最柔软的地方。黄玉东是这样描述故乡响水的："苏北平原上，有一条川流不息的河流叫灌河。""灌河之上，舟楫穿梭，浪花翻卷，鸥鸟飞翔；人们依水而居，临水浣纱，撒网捕鱼；沿河两岸，绿树成荫，芦苇苍苍，牛羊成群……一幅幅富有生命力的风景构成了独特而美丽的画卷。"开篇已是先声夺人，对家乡的赞美更是跃然纸上。

乡愁是一种随时出现在梦境和现实生活中的思绪，犹如满园的韭菜，长了割，割了又长。散文集中有不少篇幅借景借物借事言情，情深意切。李文龙徐徐地回味乡村的早晨，最后写道："此时，一轮朝阳冉冉升起，万道霞光映照着冀中平原的乡村，这里的早晨美极了！"郭志松通过豆腐抒发对家乡的思念，细腻的文字述说的虽是豆腐情，但思念的还是那年那月的人和事，文尾落笔，"豆腐，一种源远流长的美食，寻常百姓的最爱"，意蕴绵长，乡愁深远。

胡建国以《牵一缕月光回家》为题，言退休后的归宿，情切切，意绵绵，"一壶心事煮温酒，牵缕月光回家乡，故乡的月儿最明亮……"张守权的《捕鼠记》，将与鼠王斗智斗勇的经过写得活灵活现，语言幽默风趣，作者"至今回味犹酣"，读者看得惊心动魄、意犹未尽。

游记，即在游山玩水和访古时，把所见、所闻、所思用文字记录下来，比如《徐霞客游记》。游记除记叙景物外，更与人文历史相结合，丰富山水景物的文化内涵。孟芹玲的《观荷札记》，不仅记述了北方的荷、南方的荷，也描绘了秋天的荷、夏天的荷，更将心理活动描写得温婉隽永——"我喜欢夏季荷的葱翠和茂盛，也喜欢秋季荷的低调和深藏不露的累累硕果；我喜欢在湖泊、河溪里自由自在生长着的荷，喜欢大面积不被围拦拘束的荷，喜欢'惟有绿荷红菡萏，卷舒开合任天真'的荷。"汤逊夫在《乌镇的风景、风雨与风流》中，由"登上乌篷船"始，开启了对"乌镇之美，独特而精妙"的叙述，他拜东栅名人故居，揽西栅风光，问北栅南栅，枕"水"听雨，兴致盎然，文字所到之处，皆妙笔生花。

赵春辉的《瓜州有个"草圣"》，题目不凡，表述亦不凡，"只见他双目炯炯有神，目视前方，左手自然下摆，右手紧握一狼毫，衣襟被风卷起，一副笔墨书写天下、气势傲人的模样，让人自然联想到了草书的豪放，气韵内涵一览无遗"。石瑛的《景山公园观赏牡丹》，以游览顺序着笔，条理清晰，名句点睛，情景交融，

"唯有牡丹真国色，花开时节动京城"。蔡泗明的《赵西垸森林公园游记》，简明，科普，思考深入——"一个地方，是否拥有更加优越的生存和创业条件，是决定人才流向的关键。"

绵阳富乐山脚下建了个颇具文脉的科学家公园，黄伟民在《底蕴》中这样表述："进入公园，首先映入眼帘的是一架指南车，车上的小金人手指正南方向。指南车四周分别是司南、指南鱼、悬浮指南针、指南龟。司南发明于战国时期，四周是表示方位的格线和文字；指南鱼、指南针、指南龟发明于北宋时期。指南车与方向指示仪中间的地面，是以古代航海罗盘为内容的地刻，以十天干和十二地支为内容，按顺时针方向交叉排列。"读者一看便明白，科学家公园有像有文有蕴，名副其实。

"登山则情满于山，观海则意溢于海。"本书也收录有以抒发主观情感为出发点，以空灵飘逸见长，托物咏志，有所寄托的抒情散文，代表作如《荷塘月色》《白杨礼赞》等。高兴兰的《阴沉木背后的故事》，将石头偶遇阴沉木后发生的故事刻画得险象环生——"石头完全沉浸在欢乐中，脚踏在大沟坎上，一不留神，脚一滑踩出一截黑木桩。'这是什么玩意儿？莫非是埋在土里的棺材？'石头忽然心头一紧，有些害怕起来，但又忍不住好奇，便用镰刀刨开土，发现是埋在土里黑乎乎的树枝，原来是虚惊一场。"画面感现场感十足，很能吸引眼球。杨青的《归去的小鸟》中，爷爷与孙子的对话，意蕴深远，将爱护大自然、人与自然和谐相处的情感，体现得淋漓尽致。李兵在《鸟语声声》中写道："随着小区环境不断美化，一地苍翠赢得百鸟青睐。""环境保护大有可为"不再是一句口号，而是成为具象化的场景，展现在读者面前。

陈精从"秋雨""秋荷""秋菊""秋龟"的所见所闻中，创作出《秋天四章》，抒发"宠辱不惊，看庭前花开花落，去留无意，望天上云卷云舒"这样一种自然豁达的人生感悟。李创乾写《叶子》，开宗明义——"没有叶子的生机勃勃，就没有花朵的婀娜多姿，是叶子给了花朵美丽"。升华主题——"人生本该像叶子一样，一生青翠，蓬勃，谦逊，诚恳"。洪和胜写《卖茶佬倌》，表现的是作者儿时对社会底层人生活的观察，真情淌于字里行间。琅琅写《知了》，知了什么？"记住该记住的，忘记该忘记的，欢喜也罢，悲凉也罢，定下心来将一将、听一听、歇一歇、凉一凉，也好。"如此人生态度，甚好。

本书不乏紧跟时代时尚的篇目，如陈炜的《难忘"进淄赶烤"》，详略得当地介绍了火遍大江南北的淄博烧烤，"其实，我觉得小小的烧烤传递的是互助友爱的人间真情，人们品尝的是烧烤，感悟的却是人间的烟火气"。郑璐的《春山樱如雪》，题目已是诗情画意了，内容更是金句频现，"漫洒而下的落英，在我惊艳的目光中，以生命最后的力量奋然起舞"。

本散文集中还涉及怀古、忆贤、戍边等很有质感的作品，因篇幅所限，未及一一列举，就留给广大读者朋友品评。

文学天地，既是芳草地，更是艺术殿堂，在"我手写我心"的路上，有你，有我，也有他，唯愿作者朋友们以勤为径、以苦作舟，继续登高。

以梦为马，不负韶华。燕子来时，陌上花开。

2024 年 4 月 1 日于青海西宁

目 录

响水·故乡

◎ 黄玉东

苏北平原上，有一条川流不息的河流叫灌河。这条潮起潮落的大河，被人们誉为中国的"莱茵河"、苏北的"黄浦江"。波涛滚滚的灌河一路东去，汇入大海。在灌河南岸，有一个四季分明的地方叫响水。光听名字，就知道这是一处滋润、富饶的鱼米之乡。是的，响水因水响而得名。这里水系发达，全县境内数十条河流湖泊，近千条的河道沟渠，纵横交错，星罗棋布，如同一条条筋脉，润泽着一方沃土。

千年之前，这里曾是一片汪洋，后因黄河夺淮入海，泥沙堆积，经过日积月累的冲积渐渐形成了一片陆地。起初，因为地瘠人稀，在此生活的人寥寥。明朝建立后，朱元璋将江南大量人口迁移到苏北进行垦荒，这便是历史上著名的"洪武赶散"事件。纷至沓来的大量移民，画地为牢，以捕鱼、围猎和晒盐为生。世道不济，盗匪猖獗，民不聊生，勤劳勇敢的乡亲们，在与恶霸、与侵略者、与自然的搏击抗争中，创造了一个又一个壮举和奇迹，才得以安家立身。新中国成立后，数十万响水人民靠国家的好政策，凭借得天独厚的地理环境，以及海陆空便利的交通资源，用智慧和汗水，渐渐地将"沧海变桑田"，走出了一条以文化为引领，河海经济与生态农业和现代工业相融合的发展之路。

灌河之上，舟楫穿梭，浪花翻卷，鸥鸟飞翔；人们依水而居，临水浣纱，撒网捕鱼；沿河两岸，绿树成荫，芦苇苍苍，牛羊成群……一幅幅富有生命力的风景构成了独特而美丽的画卷。如果你有机会走进响水，慢慢地深入其中，一定会被这里的碧水蓝天，这里的小桥流水，还有这里的文化气息，感染得思绪飞扬，神醉情驰。

从县城驱车向东南约半个时辰，便到了古淮河入海口、中国历史上第一个海关"古云梯关"。史书记载，云梯关曾是海防军事要地、海运交通要道、险要河防、宗教圣地和商贸集散地。文人墨客来到云梯关，都会登临望海楼，题诗填词，以显风雅。清代诗人龚自珍在云梯关留下了"宣室今年起故侯，衔兼中外辖黄流。金銮午夜闻乾惕，银汉千寻泻豫州。猿鹤惊心悲皓月，鱼龙得意舞高秋，云梯关外茫茫路，一夜吟魂万里愁"的千古诗句，传诵至今。

如果说文化是一个地方的灵魂，那么名胜古迹便是这个地方的名片。近年来，响水县委、县政府在大力发展经济的同时，不断加大投入，打造"响水名片"，利用现存遗迹"古云梯关"石碑、黄河故道，按历史原貌恢复了孝子坊、禹王寺、望海楼、饮马槽等古文化建筑群，俨然成了旅游、休闲的好去处。春天来临，争奇斗艳的桃花在薄雾中将若隐若现、亦真亦幻的云梯关装扮得恍如仙境。登上望海楼，春色扑面，风入满怀，《十面埋伏》的琵琶曲，此起彼伏。如果此时走进她，相信你会沉醉在"此景只应天上有，人间难得几回闻"的美妙意境中。

倘若你是夏天到了响水，有一个地方是一定不能错过的，那就是韩家荡的天荷源。

响水，是中国的浅水藕之乡，韩家荡即是浅水藕的核心产区。

于众人来说，荷花也许并不稀奇，然而，千万亩荷花在绿波中竞相绽放的壮美景观，恐怕见过的人并不多呢。

2017年盛夏，我有幸作为嘉宾参加了"中国·响水韩家荡首届旅游诗会"。之后，我写了一篇题为《韩家荡听荷》的短文，其中有一段是这样描述的："接天莲叶无穷碧，映日荷花别样红。夏日的韩家荡，姹紫嫣红，满塘的荷花宛如待嫁的新娘，浓妆艳抹，盛装迎接来自远方的宾客。沿着曲折的木栈道，步入荷塘深处，阵阵荷香，沁入心肺，那些被冠以云霞、玉兔、日出、秋叶、风中笑、婴儿红、白海莲、白千叶、紫金荷、泽畔芙蓉的莲花，有微笑绽放的，有羞涩含苞的，还有躲在荷叶下面窃窃私语的，仿佛在对远道而来的人们评头论足。一阵轻风徐徐吹来，那些高高低低的碗莲便不再矜持了，渐渐地开始在荷叶上摇曳，与堤岸上的小花、白云、垂柳、向日葵，组成了一幅五彩的风景。碧绿的荷叶，似夏日的少女，在风中不时地撩起那荡人魂魄的裙裾，青翠中透出剔透的朦胧之美。"

响水，是"中国诗歌之乡"。韩家荡，是中国散文诗界领军人物、著名作家周庆荣的故乡。以周庆荣笔名命名的"老风书屋"，坐落在韩家荡的荷塘深处。周敦颐将荷喻为"花之君子者也"，周庆荣则将书屋搬进了荷塘深处，与"君子"为伴，可谓用心良苦，寓意深远。晴日闻荷香，静夜听蛙鸣。身在其中，还有谁会领悟不到朱自清《荷塘月色》的意境呢？

爱在韩家荡，情定天荷源。到了韩家荡的天荷源，再冰冷的心也会温暖，再无情的人也将温柔。如此柔媚，如此浪漫，如此富有诗意的地方，能不让你流连忘返吗？

沿着宽阔的326省道一路向东，沿途不仅可以观赏"九丰生态农博园"蔬菜城堡中的奇香异果，感受现代农业的气息，还可以领略"中国西兰花之乡"十里西兰花大道两旁万亩西兰花绿色之海的浩瀚碧波。行驶七十里后，便可到达江苏第一镇——陈家港。

陈家港，是江苏依河傍海的重镇，也是国家一类开放口岸之一。这里交通便利、资源丰富、商业发达、地势险要，在政治上、经济上、军事上都具有十分重要的地位，历来是兵家必争之地。

1944年5月2日深夜，新四军第三师副师长兼第八旅旅长张爱萍率领部队，与盘踞在陈家港的八百余名日伪军展开了激烈的战斗，创造了"红旗首扬陈家港"的辉煌战绩。7月10日，张爱萍将军挥笔写下了"乌云掩疏星，夜潮怒号鬼神惊。滨海林立敌碉堡，阴森。渴望亲人新四军。远程急行军，瓮中捉得鬼子兵。红旗飘扬陈家港，威凛。食盐千垛分人民"荡气回肠的史诗，以纪念新四军在盐阜地区战略反攻第一仗的伟大胜利。

几十年过去了，如今的陈家港，如同脱俗的少年，意气风发，朝气蓬勃。工业、盐业、渔业，以及海上运输业，异军突起，相得益彰，已然成为苏北大地上一颗璀璨的明珠。你看，热闹非凡的港口，堆积成山的集装箱，一排排繁忙的塔吊，还有那一艘艘正在准备驶向大洋的巨轮；你听，机器声轰轰的工厂，忙碌的工人们正挥汗如雨，生产着各类型远销海外的船只和各类轻工业产品；你瞧，海上那一列列整齐的巨大风车，如雄壮威武的队伍，在海风中步调一致地缓缓转动着，源源不断地向各地输送着能源……

如果想去看海，一定要去网红海滩。在弯曲漫长的栈道上，观海听涛，奏曲赋诗，会别有一番情趣；如果赶上落潮，可以卷起裤脚，走入海滩与赶海的人们一起收获海的恩赐与喜悦；如果喜欢神话故事，不妨驻足灌河入海口——灌江口，这儿可是吴承恩《西游记》中"二郎神大战灌江口"典故的起源地。

水给了响水人民太多的润泽，历史在潮起潮落中写下了辉煌。人们因水而获得灵感，因水而得到富足。众多的学校依水而建，学子们守着一湖春水，读书又读水。依着这样的一道道水，多位才俊得以横空出世。翰林学士王金声、革命烈士吕恩覃、左翼作家孙石灵、军事理论家殷学润、江苏省委原书记韩培信、原南京军区司令员朱文泉上将，等等，让响水人民引以为傲的国之栋梁，很多是从这里走出的。

夜幕降临，华灯初上，繁星满天，霓虹闪烁，人们开启了忙碌一天后的休闲。许多人在说笑着，玩耍着，或者就那么坐着、站着，显得那么安逸与自在，他们的表情充满水的光泽。徜徉在灌河边，听着涛声阵阵的灌河水，望着星光点点的渔火，让人感到生活在这里的人们是有福的，那叫满足，那叫幸福啊！

故乡于我，似渐渐远去，又徐徐归来。离开故乡三十八年了，夜深人静的时候，我会常常想起远方的故乡。虽然我的故乡还在"强富美高"的路上，还存在这样或那样的不足，但她在我的心中始终是美好的、可爱的，总是想着为她做点什么。这些年，在故乡的发展进程中，我以绵薄之力为故乡的港口开放、输电工程、道路建设、受灾捐款等做了一些力所能及的事情，但仍觉得做得不够多、不够好。这次，与响水湖海艺文社联合举办"走进响水"主题征文活动，旨在宣传我的故乡响水，希望更多的人了解响水、关注响水、走进响水。

故乡，是我灵魂的栖所，是我精神的依托，是我生命的绿洲。也许，多年以后我于故乡只是一个过客，而我却因深爱这片土地，此生注定要和故乡系在一起。

我与斯琴高娃的一段往事

◎ 黄玉东

　　一个偶然机会，我有幸邂逅了著名表演艺术家斯琴高娃老师。

　　十年前，一个春光明媚的中午，应朋友之邀在京西某饭店参加了一个饭局。之前，我并不知道共餐者都有谁。待我走进房间后，才发现席间就座的有斯琴高娃，还有多位穿戴时尚、打扮怪异的导演、编剧和演员等演艺界人士。当时，这些人在影视界还是颇有名气的。友人安排我坐在斯琴高娃老师的右侧。

　　在部队工作多年，经过长期历练，长了一身傲骨。身为军人，我只崇拜英雄，而不屑什么明星大腕。因此，即使坐在大名鼎鼎的斯琴高娃身边，并未感到有多少意外与惊奇，只是礼节性地打了个招呼，落座后便沉默无言。想想也是，在座的都是文艺界的当红名流，我一个行伍之人，压根儿就找不到话题的交汇点。

　　就餐期间，我似乎成了一个可有可无的局外人，就这么静静地旁听着他们天南地北、戏里戏外、台前幕后地海侃着属于他们的奇闻逸事，不时地发出"咯咯"的笑声。酒过三巡，朋友见我有点尬，便有意将话题引了过来，遂向大家介绍，说我是一名军人，也是一位军旅作家，曾写过许多文学作品，最近还准备出版一部新书……

　　得知我是军人，还是作家后，大家目光一下子都聚焦了过来。

斯琴高娃侧身转头望着我说，她出身于军人家庭，自己曾经也是一名军人，1978年八一电影制片厂到内蒙古选演员，她幸运地成为一名军队文艺工作者，并饰演了影片《归心似箭》中的女主角玉贞。当年，为了能够出演女主角玉贞，斯琴高娃不顾家人极力反对，毅然决然地去医院，含泪将四个月的胎儿做了引产手术。

《归心似箭》是我小时候尤其喜爱的电影，其插曲《雁南飞》耳熟能详，歌词至今尚能清楚地记得。此时，再认真端详身边这位年逾六十的老人，以及她那种为事业而执着、牺牲的精神，我的内心瞬间增添了几分敬意。

1983年，斯琴高娃凭借《骆驼祥子》中的虎妞一角获得了第三届中国电影金鸡奖最佳女主角、第六届大众电影百花奖最佳女主角两大奖项。从此，斯琴高娃开启了她演艺生涯的高光时代。

那天，斯琴高娃将内蒙古人特有的豪放与霸气痛快淋漓地展现在我们面前。她还透露了在八一电影制片厂时，因食堂伙食不好而经常与女演员深夜翻墙、穿越水稻田，去营区外喝酒、吃夜宵的"糗事"。还有，不久前的一次活动中，某位男歌星在众人面前故意喊她"干妈"，蓄意"蹭热度"，而遭到她当众毫不留情的揭穿、斥责的鲜为人知的内幕……

第二次见到斯琴高娃时，她的身边坐着一位气质高雅、风度翩翩、满头白发的老者。之后得知，他是斯琴高娃的丈夫，著名作曲家、指挥家陈亮生先生。斯琴高娃依然保持着她那一贯的豪放风格，详详细细地介绍了她与陈亮生的相识、相知、相爱的全过程。

陈亮生，祖籍广东，20世纪30年代出生于上海，1986年，在海外的一次活动中，经著名导演凌子风引荐，斯琴高娃与陈亮生相识，不久结为伉俪。

1982 年，在相关工作人员的精心安排下，陈亮生离开上海，三十三年后首次回国讲学。此后，每年都会回到祖国，指导有关团体的排练、演出。作为爱国人士、中瑞两国文化交流的使者，陈亮生为我国音乐事业的发展做了不少贡献。

　　席间，陈亮生先生提到，小时候在上海时曾吃过一种食品，至今仍难以忘怀，几十年来心心念念，却始终无法实现夙愿。他认为，那是世间最美味的食物，无与伦比。可是，该食品的名字，早已没有印象了。后来，经过反复描述、比画，我才恍然大悟，原来是浙江宁波的特产——蟹糊。于是，我给远在浙江的战友拨了电话，给予特殊安排。

　　午餐快结束时，朋友提议合个影，以作纪念，亦可作为插图放入书中。没想到，斯琴高娃夫妇愉快地接受了提议。

　　在书中使用名人照片并不是件简单的事情，这是我事先完全没有预料到的。那天，我从多张合影中挑出了几张像素、构图比较好的发给了出版社。当日，出版社来电告知，使用名人照片必须要有本人的授权书。于是，我给斯琴高娃去了电话，说明了情况，她爽快地答应了，幸好她与陈亮生先生过两天才离开北京。

　　从浙江空运的蟹糊、海鲜到了之后，我再次去电话，邀约斯琴高娃、陈亮生夫妇品尝。

　　那一天，斯琴高娃拄着拐杖，在陈亮生先生的搀扶下，早早地来到了饭店。当陈亮生先生看到他的心爱之物时，高兴得像个孩子，手捧装满蟹糊的玻璃瓶子，凝视着，端详着，久久不肯放下。记得在那顿饭上，陈亮生先生没顾及自己的年龄、身份，以及蟹糊的高盐分，一个人就干掉了两瓶蟹糊。一边津津有味地品味着，一边不停地念叨"就是这个味儿，就是这个味儿"。急得在一旁的斯琴高娃连声呼叫，太咸了，少吃点儿。

在陈亮生先生看来，凡是心爱的东西，就应该尽力去追寻、尽情地享受，而无须顾及其他。陈亮生先生了却了多年的心愿，弥补了人生遗憾，做了件成人之美之事，让我感到些许欣慰。

分别前，斯琴高娃赠送了一套电视剧《大宅门》光碟作为回馈。

后来，因为种种原因，我们再也没有见过面。遗憾的是，陈亮生先生于 2022 年 2 月 28 日去世，进入古稀之年的斯琴高娃因身体原因也很少回国。

十年过去了，无论别人怎么评说，斯琴高娃留给我的印象始终是那么的慈祥、敬业和豁达，即使在她人生的巅峰时刻，也不傲慢、不狂妄。兴许，这些都是她之所以能受人瞩目，让人喜欢，成为泰斗级艺术家而不可或缺的因素。如果非要用一个比喻来形容斯琴高娃，我觉得她就像她的家乡——内蒙古大草原上清晨升起的万道霞光，那么生动，那么明媚，那么温暖。

追忆老政委强富朝将军

◎ 黄玉东

"二〇二三年四月十日，正军职退休干部、海军原南海舰队副政委兼海军南海舰队航空兵政委强富朝同志，因病在海南三亚逝世，享年七十九岁。"见到这则消息后，我十分震惊和悲痛，当年与老政委强富朝将军相处四年的点点滴滴，顿时浮现在我的眼前。

20世纪90年代，我被组织上从边防部队选调南海某部政治机关工作，时任政治部主任便是强富朝将军。在基层时，平常能见到的最高首长顶多也就是上校军官。作为经济特区的军队机关，充满着深深的神秘感和令人生畏的森严。初进机关，与多名将军在同一幢楼办公，自豪感油然而生，同时在心理上也增添了几分压力。

那时候，政治部上上下下几十号人中，无论是年龄、军龄，还是机关工作经验，数我最年轻。因此，时时事事，我都不敢有丝毫的松懈。虽与将军们在一起工作，但与将军单独见面的机会甚少，原因是我的职务和军衔与将军相差"十万八千里"。再就是，部队按层级管理，工作逐级汇报，我这个人微言轻、身处最底层的普通干部，哪有向将军单独汇报的机会呢。

与将军第一次单独见面，是来机关工作半年后的事了。那天，办公室秘书打来电话，让我去主任办公室一趟。我怀着忐忑的心情，敲门、喊报告，经同意后怯怯地走进将军办公室。将军一脸严肃，我顿感一股莫名的凉气冲击着后背。"这材料是你写的？"将军拿着一沓稿纸，认真地审视着我。"报告首长，是我执笔的。"我努力控制着内心无比紧张的情绪。"材料写得还可以，但工作态度不够端正。""你瞧瞧这'补丁'打的……"将军的声调不高，语气中却饱含着斥责和遗憾。

当年，电脑还未普及，部队机关还没有一台办公电脑，起草文件、写材料全靠手中的钢笔。那时候，我们最怕写材料了，一个材料从草稿到成品，至少也要抄写三五遍。起草好初稿后，要经过各级领导的审阅修改，按机关要求，每修改一次都要用方格稿纸工工整整地重新抄写一遍，哪怕是只改了几句话、几个字。那一次，是个五千多字的大材料，二十多页抄写一遍就得好几个小时，前前后后已经抄写了六遍，抄得我腰酸背痛手抽筋。到了第七遍时，我实在不想再抄了，灵机一动，便想出了一招。我将修改的几个段落单独抄写后剪下，涂上糨糊粘贴在了原稿上，沾沾自喜地将材料交了上去……

事后，我悟到将军之所以没有将材料逐级返回，而是直接将我叫到办公室，是因为不想在机关给我带来不好的影响啊！

一个月后，在将军的指示下，政治部机关各处配置一台四通打字机，还专门从地方请来老师，对全体机关干部进行五笔打字培训，要求机关干部都要学会使用四通打字，以提高办公效率。三天的培训结束后，进行了考测，我以每分钟一百零八个字的速度获得了第一名的好成绩。为此，将军在政治部全体人员会议上给了了表扬。从那时开始，我渐渐感受到了将军是个爱才惜才、和蔼可亲的人。

当年，部队盛行知识竞赛，每逢节日都会组织一次。有一年教师节前夕，政治部组织了一场知识竞赛。我作为干部处代表队的选手，经过预赛、初赛、复赛一轮又一轮的"拼杀"后，与得分相同的另一个代表队进入了最后的决赛。前八道题，我们平分秋色各积四分，在主持人说出"教师节是何月何日"的最后一道题时，我果断地按下了抢答器，拿到了答题权。此时，坐在主席台上的将军点点头，微笑地望着我，等待我回答后，宣布竞赛结果。然而，我在紧张兴奋中误答成了"九月九日"，从而与第一名擦肩而过。竞赛结束，将军拍了拍我的肩膀，鼓励我不要气馁。记得他当时说，比赛有赢就有输，如同人生一样难免会出错，但要知错就改，不能重复同一个错误。在后来的知识竞赛中，我们多次夺得第一。

1997年7月，因工作变动，我从南海调入海军机关。此时，强富朝将军已从政治部主任改任副政委，将军并不知道我已离开政治部去了北京的大机关。

1998年1月底，刚刚提升政委的强富朝将军来京参加海军党委全会。作为老部下，出于礼貌，也出于尊重，晚上我去海军一所拜见了强富朝将军。

一见面，将军便问我："来机关半年了，工作咋样？能适应吗？"面对将军的关心，我的内心五味杂陈，弱弱地回答道："真的不咋样，也不适应！"将军又问："在机关具体干什么工作？"我说："别人不想干、不愿干、干不了的，全是我干的！而且来机关工作半年了，别说宿舍了，连张固定的床铺都没有，每天不是睡别人出差的空铺，便是睡值班室替人值班。""大机关里人情味淡薄，八小时以内各干各的事，八小时之外各回各的家。即使逢年过节，也不会有人去关心孤身一人的你。"……见到了将军，我如同远嫁他乡的闺女见到娘家人一样，满肚子的委屈，像开了闸门的洪水，一泻千里。

将军听后，紧锁眉头，沉思了一会儿，然后说："不适应，咱就回去！"

会议结束后，在送将军去首都机场的车上，将军提醒我做好回海南的准备。我想，自己只是军中一名职位卑微、不起眼的小军官，却能得到将军如此厚爱。此时此刻的我，有说不出的感动。

第二天上午，我接到时任干部处领导刘金利中校的电话："政委在交班会后，将我单独留了下来，让我将你原来的工作岗位腾出来，说你要回来。这是怎么回事？"进还是退？走还是留？从未有过的纠结和矛盾，充斥着我的整个世界。那天夜里，我久久不能入睡……

"开弓没有回头箭！"第二天，我毅然决然地给将军回了电话："再苦，再累，再难，也要在机关里坚持下去，决不给首长和部队丢脸！"将军说："我相信你的能力，也相信你能干好！"最后，将军还说了句："如果有一天真遇到了困难想回来，随时给我打电话！"

之后，我经历了"军队全面停止生产经营活动"、机关生产经商管理部门撤销、工作单位多次变动、个人职务提升遇到挫折等一系列困难，几次拿起电话想求将军解难，但每次只拨了军线的区号后，停顿一会儿便放下了话筒。我是真的不想给将军添麻烦啊！

多年后，去海南出差时与当年的战友闲聊中提及此事，战友一脸遗憾地说："将军如此器重你，如果当年你回来了，肯定会得到重用，你的人生也许会有另一番精彩。"

……

岁月走远了，历史不能重写，人生无法重来。来人间一趟，活着时能有人赏识，离开后能有人怀念，这不也是人生的价值所在吗？将军走了，选择在自己战斗过的地方长眠，是冥冥之中的注定，也是人生完美的归处。

将军墓前草色青，忠骨长眠天下宁。雨后的北京，星光灿烂，那颗耀眼的星星，在我的夜空闪闪发光……

艾香满园

◎ 赵继平

　　母亲的棺木被一锹一锹黄土淹没，每一锹土的起起落落，都是阻隔阴阳世界的屏障。三十几个帮忙抬棺木的乡邻，你一锹，他一锹，低着头，只顾夯土，谁都不多说一句话，三个侄子抱着一根长长的木棍，从黄土里一寸一寸地往上坠，边坠边喊："奶奶，上来吧。"这一民间风俗叫"拔高"，寓意着子孙后代节节高。早晨七点，葬礼毕，送给母亲的纸别墅、金山、银山，还有那对金童玉女，被一把火烧成灰。我流下了最后一滴眼泪，滴在混在黄土里青青的艾叶上。妈妈，您安息吧。

　　大哥已是七十多岁的老人，步履蹒跚，好心的乡邻把他推上拉棺木的三轮车。二哥沿着墓地的坳埂悄无声息地离开，跟在他后面的还有我和大姐、弟弟、三个侄子。凉风从地头的树梢上掠过，窑洞上方的炊烟缓缓升起，大片的绿地也被一层层的薄雾笼罩着。远处的谷子地里，赶早锄地的几个女人弓着腰，圪蹴在谷苗的地埂上，哼着受苦人的调子，遥遥地穿了过来。连同穿透过来的，还有路边空气里摇曳的艾草，夹杂着泥土的气息，有关家乡的记忆就在艾草的味道里鲜活起来。

　　家乡的季节变换比江南迟缓，各种植物生长也都慢了不少，就拿艾草来说，端午前，江南的艾草早已人高马大的，而家乡的艾草才绽放出来，背阴地还是小苗苗，阳坡地也就三四十厘米。很早就知道"艾草旺、禾苗壮"的传言。无论艾草长势如何，只要它出现在四野，生活就有了希望。

艾草在家乡算不上什么稀罕物。每年惊蛰前后，百虫出洞之时，田间地头，沟坡上，石缝里，只要有土的地方，都会长出柔柔嫩嫩、新绿新绿的艾草。一丛丛，一簇簇，在春风里欢笑，寂静又热闹。艾草形似菊叶，表面深绿色，背面灰色且有绒毛。掐一片细闻，那种特有的幽香似乎就将缕缕思绪牵引得绵长而悠远……像其他野草一样，采摘后的艾草过个三五天又会一如既往的绿意盎然，生机勃勃。

采摘艾草的日子在端午节前后。家乡人不懂艾草的食用价值，即使在困难年代，吃过树皮，也没听说过用艾叶做团子，当然更不知道它的药用价值。我自记事起就知道，每到采摘艾草时，母亲就开始多了一份劳动。生产队分配的农活干完，母亲就背着宽宽大大的箩筐，或提着轻轻的蛇皮口袋，深一脚，浅一脚，循着淡淡的野草香，往远处走去。山坡上，田野里，到处是她忙碌的身影。

记忆里，我们姊妹都有跟着母亲采摘艾草的习惯，但多半是业余时间的劳动。母亲和大哥、二姐要挣工分，每到放学后，我和几个同伴一溜烟地往母亲干活的地里跑，掠过路边稀疏的艾草，我们仿佛冲进了一幅无边的画卷。有时候，夜里一场夏雨下过，拂去了田野上的尘埃，空气里就会散发出各种清香。一望无垠的田里，成长最早的是豌豆，在家乡属于夏收作物，青绿的秆茎，每棵苗头顶着红色、粉色的花瓣，随风摇摆，恰似招惹人的姑娘。田边的荒芜地带，长满了各种杂草，有猪吃的，有兔子吃的，也有牛和驴等大牲口吃的。性急的要数艾草，它生长快，灌木状叶片在枝头展开，遇到雨水天气，浓烈的香气伴着菊花似的叶子在雨中摇摇欲坠，独占鳌头。要是多晒几个日头，酷热的太阳就会炙烤它的躯干，这时候的艾草就会垂下叶片，像母亲饱经风霜的面容。

面对捆住手的农活，庄户人恨不能脚踏风火轮，变成千手观音。常看到的场景是，跑不完的路，忙不完的活，一口冷水就起精神。好想弄根棍子把太阳一直撑着，不让它落下，把白天时间拉长。可是太阳终究不会听人的摆布，它在人们忙碌的脚步里骤然离去。朦胧月光下，母亲带着我们，趁着月色，一家人齐上阵，挥舞着镰刀抢割艾草，一刻也不敢停歇。月色与银镰纠缠，月牙落在了艾叶上，如梦如画。弯弯的月，弯弯的镰，仿佛由神祇掷下，从远古文明走来，传递到了我的手中。月色下，母亲弯拱的背，如月如镰。每一次收割都是一次深深的鞠躬，顶礼膜拜脚下神圣的土地。一把一把，兜兜转转，走走停停，直到袋满筐满，才满意而归。采摘回来的艾草不是用来灭蚊的，家乡气候凉爽、干燥，蚊子少见，很少听说蚊子咬人。采摘回来的艾草，晚上在油灯下搓成绳，挂在墙上，铺在院子里，晾晒在墙头上，明艳的、活泼的，和着榆树的绿，衬着沟里河水的清澈，带着母亲辛劳的印记，幽幽艾香飘进了窑洞。农家人的生活就在这绚烂的色彩里铺陈开来，生生不息。

晒干的艾草是父亲一个冬天的火种。家乡的人喜欢抽旱烟、水烟，点烟最好的燃料就是艾草，尤其是水烟。两毛钱的火柴不舍得用，一根火柴清早点燃灶火，能顶上一天的用场。把艾草绳伸进火红的灶膛里，几秒钟的工夫，绳头燃起新的火种，爷爷奶奶和父亲各自掏出烟袋，点一下，吸一口，如同火炬传递一样，那么的神圣。烟味、艾香味掺杂在一起，窑洞里的臭脚丫子味道很快被掩盖。母亲立在一旁，面带微笑，似乎很享受这份快乐。

有了夏天的收获，父亲整个冬天都有了保障。他圪蹴在阳坡地，蹲在炕头上，烟袋一掏出来，艾草绳一点，边抽烟，边拉着呱，享受着庄户人农闲时的快乐。能让艾叶带来快乐的不仅是父亲，还有我和弟弟。

在我的记忆里，放鞭炮在童年的生活中，那可是一件大事。年的脚步一天天逼近，我和弟弟钻进母亲的被窝里，蒙着头，做着买鞭炮的梦。母亲清早起来要做饭，常常拉着风箱和父亲对话，问一句、答一句，他们在筹划买年货，买鞭炮显然不在话题中。我和弟弟就盘算着买鞭炮的钱。上山采药，家乡土地虽贫瘠，山上的药材不少，柴胡、黄芪，但这些名贵东西也不知道被人翻了多少遍，采起来费事不说，晾晒就要花不少功夫。捡废铜烂铁、猪羊骨头，来得快，还能卖个好价钱，但庄户人手紧，一根铁丝也不会轻易丢，一年吃肉也是数得清的几次，恨不得把骨头吞掉。我们只好打麻雀，一只活麻雀能换两分钱，我到现在也不明白，收购的麻雀到哪里去了？

那时候，鞭炮的种类只分大小，品种不多，大的叫大麻炮，小的叫挂鞭，那些红红绿绿的小挂鞭足够馋人。大麻炮数着个儿买，都由父亲掌管着，年三十晚上放两个，初一饭前放一个，初五迎财神必放一个。小挂鞭买回家后，分配权也在父亲，各人保管各人的。我们每个人都留着心眼儿。生怕哥哥、姐姐们给偷着放了，都会把自己的那份鞭炮，藏在隐蔽的地方。那会儿，在我们的心里，只要手里有了鞭炮，我们就是胜利者，就是富翁，也自然成了世界上最幸福的一群人。

童年的记忆中，单凭过年的炮仗就能显出贫富。日子过得宽裕的家庭，孩子们放起炮仗是不在乎多少的，一整挂的鞭炮或挂在树上，或摊在地上，几秒钟炸得人心惊肉跳。我常常追着炮声走东串西，甚至于魂不守舍。从父亲的手中分来的是零散的小炮，揣在衣兜兜里，点燃艾叶绳，一边跑着，一边呼唤着，随手就从兜里掏出一两只，于是，清冷的村子里，总会时不时地响起孤零零的"叭叭……"的鞭炮声响。有时顽皮地把小炮插在牛粪上，炮响，牛粪也被炸得四散，这种玩法多用于捉弄女孩子。无论怎么玩，一声接一声的脆响，都是我迎接年的一种仪式。那花花绿绿的鞭炮纸屑，也成为年最亮丽的打扮。这个时候的母亲，总会时不时递给我们一根艾叶绳。她怕我们没有了火种，其实往往是艾叶火还在，炮没有了。

我从来没有埋怨过父母的清贫，总把他们的教诲铭记心间。父亲走了，走得让我差点没有了记忆；母亲也走了，走得让我心如刀绞。我不相信大哥电话里所说的是真的，但我急匆匆赶回去，见到的是母亲冰冷的尸体，还有那副橘黄色柏木棺。

二哥喃喃地告诉我，写个讣告吧。告诉谁呢？我们不说也会传遍亲朋间，毕竟母亲善良一世，自有吊唁人。外甥女在群里提醒写篇悼文，倒是有点意义。

流水夕阳千古恨，凄风苦雨百年愁。一生俭朴留典范，半世仁慈传佳风。用这些话祭奠母亲是最恰当不过了。母亲很小就嫁给了父亲，注定了吃苦的命。母亲常和我讲起她的故事，我从故事中读懂了母亲，她的伟大之处在于简单的幸福观。

母亲不认识几个字，她把一生的苦和累吞咽在自己的肚子里，从来不会埋怨上天的不公，她把人世间看得是那样的美好。母亲对我们的要求就是常和她视频，每次视频，她都扮演得很精神。和母亲最后一次视频是 5 月 31 日，我还和母亲憧憬，再过几年，我就退休了。到那个时候，我也用不着为工作操心，可以像小时候那样，全身心地守着她。母亲笑着对我说，她在大孙子家，为的是和重孙子过六一儿童节。母亲早早地坐着轮椅，穿行在学校的大操场上，心向往着绿草坪，眼睛不停地盯着上台领奖的重孙子。母亲丝毫没有远走的迹象，快乐地度过了属于自己的一天。谁也没有想到的是，愿望变成了幻想，顷刻间粉碎，化作一股烟气，飞得越来越远……

我趴在母亲的棺木前，第一次放声号啕，耳边不时响起她的那句叮咛："时间长了和妈拉句话。"如今，无论声音大与小，对她来说都不重要了，但我内心憋屈的声音却像个炸弹一样随时可能引爆。

母亲真的走了，她和分别四十二年的父亲相聚了。我告诉母亲，不能埋怨父亲，他的命运不好，没有赶上新时代，我让母亲不要忘记把当下的美好说给父亲听。

睡眼惺忪中，看看天色，窗幔外是大大的一片灰色，村里还没有一盏亮起的灯，摸到手机一看，已是凌晨三点，距离风水先生看的下葬时间只剩两个时辰。我多想把熟睡的母亲唤醒。几个外甥点燃了大麻炮，炮仗在空中一声巨响，炸醒了全村的人。三哥说，这是家乡风俗，人们会把炮声当作号令，不过也得看人家，在村里的人缘好，来的人就会多些，听说也有不来的户，倘若是那样就会被传为笑话。没多大工夫，那些身强力壮的汉子都云集到院落，他们都是来帮忙抬棺的，不能慢待，侄子二强不停地递烟，好话不知道说了多少遍。

大哥把装满烧纸灰的砂锅顶在头上，然后重重地摔在地上，边哭边喊一声："妈，走哇！"吹鼓手奏起了哀乐，撕心裂肺……

母亲走在了鲜花盛开的季节。她一生爱花，每年都要给我缝几双带花的鞋垫，踩着母亲的针线，觉得自己永远是个孩子。母亲喜欢我院子里的月季花、橘子树，她和我住在一起的时候，每天都要蹲在花前，左看右看，一脸的自豪和喜色。去年的橘子丰产，我舍不得采摘，一直留到春节，带给母亲吃。母亲吃着黄澄澄的橘子，嘴里直叫甜。今年的橘子树已结出了手指头大的橘子，但母亲还没有来得及看就离开了人世。翠绿的橘子树啊，并不一直温婉多情，却像从未熄灭过的心里的希望之火，依然生生不息，充满活力。

艾草青青，悠悠我心。我的母亲，走在了艾草飘香的季节。

故乡的艾草，一如母爱淳朴，刻骨铭心。我把它连同泥土，种植在门口，或许明年会长出高高的艾草花。

远方故土牵乡愁

◎ 赵继平

有故乡，就有乡愁。乡愁，犹如一缕青丝萦绕在心头，永远剪不断。当过兵的人，总把驻地称作第二故乡，倾注在那里的情愫，往往比家乡更热烈，无论是快乐的，还是悲愤的，在时间流逝中留下的印记，再次回想起来，仍然是那样的有味。

军校毕业分配，我是有机会留校工作的，那是队、系领导给的机会。选做桃树还是雪松，选择权就在自己手中，站在人生十字路口，我不再犹豫，决定到野战部队工作。要去的部队在石家庄，抗美援朝时期就有"王牌军"的称号。在校期间，大部分时间泡在了学校的图书馆，没少研究过这个部队的历史，英雄的部队该是有故事的地方。

部队离北京近，送走最后一个同学，我连夜踏上南下的列车。火车头呼哧呼哧喘着粗气，像一头疲惫不堪的老牛，拖着十几节车厢，穿行在华北平原上，尽管没有座位，心里也像灌了一瓶蜜，眉角含笑，脸上泛着红光。

营区坐落在石家庄郊区获鹿县（后改为鹿泉市），通往县城的班车只有一趟 205 路。205 路公交车横穿县城，终点就在师部大院门口。师部大院三面环山，山连着山，坐在公交车上，远远望去，犹如巨佛仰卧。售票员很会察言观色，发现满车坐的是军校毕业学员，就反复介绍着当地风土人情。她细长的手指指向了巨佛：那就是"天下第一寨"——抱犊寨。

石家庄的人很朴实，每到农忙时，站在田间地头，只要看见那些头箍着白毛巾的男人和女人，就仿佛回到了家乡，那种亲近感油然而生。和妻子结婚后，常用当地方言和她通话。"沾不沾"是石家庄的方言，她说好，我说沾，她说不行，我说不沾，逗得妻子骂我是"土人"，她对我的融入倒是多了份放心。

获鹿至今还流传着"无饺不成宴"的说法。说起获鹿的饺子，"百尺杆万里香水饺"最为有名。传说嘉庆时期，京城特使到处张贴榜文，"皇后娘娘有恙，数天粒米未进，宫中太医无能为力，所以公告天下……"距离获鹿三四里地的百尺杆村，一位姓杨的老员外见到榜文，二话不说便揭了下来，差使们把老员外请进宫中。杨老员外进宫见到娘娘后，既不把脉，也不用药，而是径直走进御膳房，精心制作出一盘热腾腾的饺子。皇后闻到饺子清香，食欲大振，一股劲儿吃下十几个，连续吃了数天，果然病情痊愈。皇上龙颜大悦，亲笔题文嘉奖——"天上宴会人间庆，百尺高竿小村庄"。杨姓后人传承手艺，创办了"百尺杆万里香"水饺店，店面并不很大，却每日爆棚，火得排队半天也吃不上一碗饺子。万里香的饺子个头很大，皮包油，油包馅，油大而不腻，清香可口，一个饺子下肚，味刺神经。每到假日，起床第一件事便是骑车吃顿万里香的饺子，甜蜜的味道流淌在岁月的长河里。

营区周边被农田包围着，春天迎面杨柳风，满眼嫩绿的麦田；夏天，蝉鸣——这一乡村标志性的声音，同样给营区带来生机；秋天，金灿灿的作物熟了，各种瓜果也熟了，与村民分享收获的希望；冬天，一切都会静下来，一场大雪过后，进入雪白的世界，人们在窗下剥棉花。一幅幅画面至今还浮在我的脑海。

部队家属来队探亲，消息很快能传遍营区，老乡们像过年一样热闹，聚在一起吃顿饭，操着家乡口音说东道西，战士们却是私下争论着家属的长相，谁的家属漂亮，谁的家属风韵翩翩，似乎每个人都有评论标准。这种茶余饭后的议论是不能被连长听到的，谁要撞了枪口，훈一顿是少不了的。

营区的东北角是招待所，据说当年是团里的马圈。外观很别致，每间房子呈弓形，看上去像家乡的窑洞。屋内除了一张床，一把座椅板凳外，没有一件像样的东西，条件很艰苦。要想住进来，先得到管理员处登记排队，不管是从大城市来的，还是从偏远的农村来的，能在这里住上一段时间就是一种幸福。

妻子发来探亲的电报，正赶上招待所繁忙的季节。指导员崔芳把管理员引荐给我，管理员听说是老乡，抹不开面子，只好把自己的房子让出来。老崔搬来一套厨具，煤油炉子，还有锅碗瓢盆，俨然像大哥一样体恤我。教导员张景全不放心，在房间里来回踱着步。一只苍蝇在幽暗的屋里飞来飞去，跟在他身后的通讯员叹了一口气，他明白，一定是搞卫生的兵忘记了打死那只苍蝇，急忙追赶着，那只苍蝇被就地正法，教导员这才得意地走出房间，只不过他的脸上没有表情，看上去像是在犹豫什么，又好像是下定了决心。教导员站了很久，才把老崔拉在一旁，小声嘀咕着什么。直到后来才知道，他听说妻子是南方人，怕老崔考虑不周全，怠慢了妻子。我从师部下到连队挂职，本来就是兵头将尾的小人物，受到的温暖却是无缝的。

妻子如期住进了招待所，老乡程银亮隔三岔五送来猪大骨，一锅汤浓缩乡情的厚重。炊事班长是盐城阜宁人，帮厨做饭时，对妻子的照顾也很用心。煮一锅香喷喷的白米饭，再普通的菜也是家乡的味道，还故意撩拨来做客的老乡，只要指导员眼珠子泛白，他就急忙再做一锅面条。妻子探亲的日子里，来凑热闹的老乡一拨又一拨，来晚的，不是站着吃，就是蹲着吃。把嘴伸向大老碗，吃面条时嘴里发出的吸溜吸溜声，顷刻间在院子里此起彼伏。一边吃，一边侃大山，生性豪爽的单身汉们，说起话来像吵架，高喉咙，大嗓门，仿佛天生有着天不怕地不怕的胆量。用家乡的话来说，热饭堵不住那张嘴，生怕别人把他当哑巴。还都以为在自个儿家呢。

夜幕降临，招待所的杨树林中不时传来知了猴的叫声，一场雨水过后，知了猴从地里钻出，顺树干向上爬行一米左右。打着手电筒抓知了猴，成了我和妻子的乐趣。妻子说，抓到的知了猴，撒一把盐，腌制一晚上，第二天下油锅炸，能给老乡们当下酒菜。

老乡们如约而至，有的带酒，有的带来熏鸡、火腿之类的卤菜，却不见指导员崔芳的踪影。有的骂骂咧咧，有的不时站起来望望招待所的大门，教导员一阵阵徘徊不定的脚步，正要爆发出情绪，老崔火急火燎地跑了过来，脚还对着看不清的目标大致所在的方向拼命踢踏，嘴里一连串威胁加辱骂的字句像机关枪一样喷射而出，唾沫星子覆盖了方圆三米以内的土地。老崔眼睛直勾勾地盯着教导员："你不是让我们连队做好歌咏比赛的准备吗？明天就要全团比赛，我能有心思喝酒？"老崔要面子，只要有比赛，他都要求连队争第一，用他的话说，他的心里没有"第二"这个词。部队唱歌得靠吼，谁的连队人多，谁的嗓门就大，就能拿好名次。我们连队就是吃了编制少的亏。老崔晚到是有原因的，是为了第二天的歌咏比赛，教导员不仅没有批评他，还不停地表扬他。我突然想到一个办法，变点花样吸引评委眼球。话还没有说完，老崔就急着讨要我的招数，我想惩罚他，故意卖关子。我和妻子窃窃私语，如果老崔喝下这缸子酒，就让她在连队领唱，加点舞蹈之类的花样，妻子爽快地答应了。老崔为了那次比赛，喝下了满满一大茶缸的酒。

比赛在第二天下午进行，妻子站在老连队的战士面前，丝毫没有畏惧感。她把战士一个一个重新编队，拉出几个个头相近的战士，跟着她做起了带有力量的舞蹈，小组分练，全连合练，规定曲目是军队歌曲，自选歌曲妻子选择了《潇洒走一回》，她已经完全融入了连队。

酷烈的阳光洒满操场，全团的干部战士坐在小马扎上被烘烤着，头发仿佛在开水里煮过一般，团政治处主任操着浓重的河南口音宣布道："同志们，在建党七十七周年之际，我们组织全团歌咏比赛，进一步激发广大官兵知党、爱党、一心向党的决心……"一番热情洋溢的讲话后，部队进入了拉歌环节。"一二三，深呼吸；四五六，挽挽袖；七八九，该出手！别犹豫，别徘徊，胜利马上就到来。别紧张，别慌张，我们势力最最强。"拉歌的号子此起彼伏，一浪高过一浪，战士们不服输的豪情随之在血液里喷发。我们连队抽到的是扫尾签，政治处主任宣布我们登场时，嗓门故意抬高八度，全团掌声响起，有的还鼓倒掌，谁也没把我们连当回事。只见妻子从舞台后走了出来，她淡定地向评委们鞠躬致意，一套完整的表演结束，我们连队获得了第一名，这在连史上是没有过的。全场一阵沸腾，掌声一浪接着一浪，犹如阳光雨露，滋润着每个战士的心灵。部队跑步带回，老崔站在队伍面前，嗓子哑得半天才吼出一句话："通讯员，通知炊事班吃包子！"通讯员连蹦带跳地向着食堂跑去。

炊事班长老卞接到指令，牢骚和无奈全都在脸上爆发出来："馒头改包子？馅在哪里？"站在一旁的副连长李宝全怒了："哪来的废话，执行命令！"上司乖乖地骑车奔向了服务中心，拖回的是一块看不见几点瘦肉的肥膘。几个炊事员听到吃包子的消息后，紧张得魂不附体，一名年底要退伍的老兵本想赖在床上，却被副连长的叫骂声吓得屁滚尿流下了床，急忙之中没有看清，拿裤脚当作裤腰，穿了半天只伸下一条腿去，另一条腿抵死伸不下去。他急了，用力一蹬，刺啦一声，裤子裂开了一大条缝。副连长笑了，他这才明白穿倒了，重新掉过来穿好，顾不上什么了，反正在厨房。他把衬衣披在身上，来不及扣扣子，围裙拦腰一捆，拖一双鞋，加入了剁馅的人群中。

老崔的一句话，不只是颠覆了炊事班的工作节奏，他把全连战士的胃口也吊得足足的，战士们脑子里充满了一股包子的香味，一场比赛带来的福气和美味就要降临。战士们三三两两地坐在连部门口的水泥台子上，几个老兵跷着二郎腿，像一坛花。这时，陕西籍老兵和吉林籍老兵打起了赌："谁吃少了谁买一包烟。"边说边起誓。妻子被老崔请到了连队的饭桌上，见证了两个老兵的挑战，你吃一个，他吃一个，一来二去，二十个包子下肚。吉林籍老兵眼看就要败下阵来，陕西籍老兵趁势而上，又多吃两个，引来其他连队战士的围观，他们除了看热闹，更主要的是期待着从食堂出来的老乡偷个包子。回头再看，李副连长就站在食堂的门口，手里还拿着一根烧火棍，包子无论如何是不可能外流的。战士们吃口包子望一眼室外焦急与失望瞬间交替产生的老乡。但无论有多少困难，心若向阳，就能找到解决的办法。四川兵李明清智商过人在连队是出了名的，他抓起一个包子用嘴叼着，故作一口吞下去的样子，堂而皇之地从李副连长面前溜过，绕过他，递给了老乡。战士们学着他的样子，演绎出的战友情深的故事筑起了一道风景，伴着和煦的微风，飘得很远，很远。

妻子被那份纯真的感情触动，那份幸福和快乐，如同清亮的小溪，在风里，在她的眼前，汩汩而过。她多么想带着那份感动返程，一路便不会寂寞，一路花开满地，绿树成荫。

不经意间的一件事情，一点缘分，藏在心里，久了，便是深刻，有的甚至是刻骨铭心。这些温馨的记忆，每到八一建军节，总会不自觉涌出。

观荷札记

◎ 孟芹玲

　　初秋周六的上午，和先生一起去北海公园。这次再去北海是我的提议，四年前的夏天来北京，游北海公园，最美最深的印象就是北海公园的荷花了，重游北海，主要是想再赏荷的芳姿。

　　秋天北海的荷与四年前的夏天相比，可是有了大不一样的境况。秋风渐凉，少许荷叶已经枯黄，不似夏天那样的绿润和生机盎然，一些荷花开始落瓣，许多莲蓬正在成长，都挑着一条长长的梗，呈现出一派"菡萏香销翠叶残，西风愁起绿波间"的景象。那年夏天只顾欣赏荷的美盛，这次才注意到，在北海的水面上，荷被分开围拦在几个区域，荷的面积只占据了水面的一部分。在夹杂着少许枯黄的荷叶中，仍有着不少荷花点缀其中，粉红的花瓣或紧紧地裹在一起，形成一支柔嫩圆润的荷箭，尖尖的顶儿；或花如碗状绽开，露出嫩嫩的绿黄色的花蕊，那是莲蓬的雏形，花蕊下长着橘黄色的穗儿。花瓣的颜色从上到下越来越浅，由红渐变至近乎白色。每片花瓣都有着直而均匀的经络，让每一片花瓣有着整齐而规范的美。北海公园的荷花硕大且娇艳，生长在红墙之内，很有一些皇家风范，却似被宫墙和围网限制了自由的去处。这秋的荷叶，被秋风吹干了水分，被岁月熬老了容颜，不再青翠而生机勃勃。一群鸳鸯在湖面自由自在地游戏着，一根横着的木棍上，一排鸳鸯蹲在上面休息。这天是周末，天气凉爽，游人如织。不少年轻的父母带着孩子坐游船，也有不少的游人在登假山，只有一小部分人关注着这北海秋的荷。

喜欢荷花，也有过许多次不同场景下的观荷。

记得有一年夏天，淮南同学相约去淮南焦岗湖赏荷，焦岗湖面积很大，号称六万亩。走在湖边的小道上，四周都是荷，仿佛置身于荷的世界，阵阵荷花的清香扑鼻而来，田田绿叶，粉粉荷花，一眼望不到边。除了大部分的粉色、红色、白色，还有小众的黄色、紫色，仪态万千，让人目不暇接。荷叶有高有低，有大有小，还有浮在水面上的、侧着身的、打着卷的，在风的吹拂下，轻轻地舞动着。荷花有肆意开放、露出了黄绿色内芯的，也有含羞开半边的，更有少女般含苞欲放的……荷的美千姿百态，每一方寸都有着独特的韵味，值得你欣赏，在相机里构思取景。淮南焦岗湖的荷，有着一种开阔的美，舒展的美。

龙子湖的荷，起于湖的一角，呈 V 字形，每年都向湖中靠近一些，发展一些。虽然面积不大，但给人以希望——一种可以逐渐生长壮大，生生不息的希望。可以想象，若干年以后，偌大的龙子湖，荷会占据半壁江山。湖岸边，垂柳的枝随风飘舞，像纤纤少女的发；湖面上，碧绿的荷叶挨挨挤挤、随风摆动，莲花在丛中如出浴少女亭亭玉立，多么美好的景象啊！

曾去参观过一些机构和部门举办的荷展。所谓荷展，就是人为搬来挪去，或人工为举办荷展种植培育一些荷花，专门用来展示给人看，收取一定的门票费，创造一些经济收入的活动。有一个铁栅栏门，在规定的时间内售票参观，过时不候，铁栅栏门关闭。进了大门，看到的是不大也不小的水面，被分割成一个个长方形，像一畦畦水田，水是浑浑的、浅浅的，像是为了荷展新开挖的。另外在一块空地上，也有不少盆栽。说实在的，这次荷花展品种真的不少，也很漂亮，很多都是第一次看见，我拍了不少照片。但走出来，感觉心中有种说不出的不畅快，可能是感觉这里的荷缺少了自然的、舒展的气质和风度吧？

北宋时期杰出文学家周敦颐在《爱莲说》中，直抒胸臆，对荷的美与品质进行了歌颂："予独爱莲之出淤泥而不染，濯清涟而不妖，中通外直，不蔓不枝，香远益清，亭亭净植，可远观而不可亵玩焉。"我也深以为然。《爱莲说》之所以成为流传至今的名篇，应该是因为它引起了爱荷人的共鸣吧。

我喜欢夏季荷的葱翠和茂盛，也喜欢秋季荷的低调和深藏不露的累累硕果；我喜欢在湖泊、河溪里自由自在生长着的荷，喜欢大面积不被围拦拘束的荷，喜欢"惟有绿荷红菡萏，卷舒开合任天真"的荷。

爱的美好与力量

——电影《茜茜公主》观后感

◎ 孟芹玲

《茜茜公主》是恩斯特·马里施卡执导的奥地利爱情电影，由罗密·施奈德、卡尔海因茨·伯姆主演。这一系列共有三部影片，还包括《年轻的皇后》和《皇后的命运》。影片于1955年12月首映，1988年由上海电影译制厂引进中国。

从三十年前第一次在电影院里观看这部影片起，至今已经反复欣赏了十数遍，每次都沉浸在美的感受中，回味无穷。特别是罗密·施奈德扮演的茜茜公主的美好形象，已经深深印刻在我的心里。

茜茜出身于贵族，她是巴伐利亚马克斯公爵的女儿伊丽莎白公主，自小生长在一个民主、有爱、和睦、温暖的大家庭，过着自由自在的田园生活。茜茜的性格形成受原生家庭影响很大，主要来自父亲的影响。

影片一开始，镜头掠过一片美丽的山水风光，这便是巴伐利亚的帕森霍芬。父亲马克斯公爵一边在湖边钓鱼，一边和渔民们亲切地打着招呼。他喜欢无拘无束的生活，吃饭不用刀叉，而是用手抓。他允许小店主来家里串门，一起喝酒聊天，没有等级观念，崇尚个性自由，热爱大自然。茜茜说，巴比利想做什么就做什么，也许我以后也会像他一样。

这个美丽的十六岁的女孩，心地善良，热爱小动物，亲自给小鹿喂牛奶，给小鸟喂食，还给患风湿病的农妇送药酒。她性格热情奔放，直率勇敢，喜欢穿一身红色连衣裙练习骑马，一头金棕色的卷发在风中飘逸。

一场偶然的聚会，茜茜邂逅了爱情，改变了人生轨迹。

一天，茜茜的母亲鲁德维卡收到了一封来自奥地利的信，皇太后索菲邀请妹妹鲁德维卡和其长女内奈出席皇帝弗兰茨的生日宴会。皇太后看上了美丽贤淑的内奈，准备在生日宴会上让弗兰茨与内奈定亲。为防止节外生枝，鲁德维卡决定带茜茜一同前去，免得马克斯怀疑。到了维也纳，茜茜被告知不能参加宫廷的各种活动，因为年龄小，是个"疯丫头"。不得已，茜茜自己去河边钓鱼，巧遇出行在外的皇帝弗兰茨，俩人在风景优美的小路边散步、聊天，相互渐渐有了好感，并约傍晚一起打猎。傍晚俩人如约而至，交谈后得知彼此都喜欢骑马，最喜欢的花都是红玫瑰，最喜欢吃的都是苹果饼……共同的爱好和志趣，让俩人互生爱意。当听到弗兰茨要与内奈订婚时，茜茜痛苦地跑了。

爱情让弗兰茨坚定自己的选择，使得皇太后索菲的计划落空。在生日宴会上，弗兰茨与茜茜如愿订婚。

生活自由自在无拘无束的茜茜，虽然嫁给了爱情，但并非事事如愿。一方面对姐姐内奈深怀内疚，另一方面承受着来自宫廷的方方面面的压力。皇太后索菲决心要把这个"疯丫头"改造成她所希望成为的皇后，对茜茜提出了严苛的要求，并对茜茜进行了许多宫廷礼节方面的训练。倔强的茜茜一方面自觉学习相关知识，另一方面对一些不合理的要求给予拒绝和驳斥。她用爱感染着同时深爱着她的弗兰茨，也影响着弗兰茨的从政理念。以前，奥地利多是以战争和镇压来解决民族之间的矛盾和冲突，致使奥地利帝国危机四伏。而受茜茜博爱思想的影响，弗兰茨开始慎重对待政治犯，尽量从宽处理，与其他民族的矛盾也多以和谈的方式解决。他派茜茜出使匈牙利，在匈牙利，茜茜与贵族安德拉西伯爵成为朋友。贵族巴戈雅尼伯爵的父亲死于弗兰茨签署的死刑判决书，他听从母亲的嘱咐，不与弗兰茨对话，仇视奥地利。在安德拉西伯爵的斡旋下，在其府邸，茜茜与巴戈雅尼伯爵真诚沟通。巴戈雅尼伯爵感受到了茜茜所代表的奥地利皇室的诚意，也感受到了茜茜的善良与博爱，他发自内心地感叹：我们的民族有希望了。茜茜热爱着秀美的匈牙利风光，也热爱这里的人民。匈牙利人民对茜茜的善良与爱意看在眼里，渐渐消除了仇恨的心理。在匈牙利贵族安德拉西伯爵等的支持和努力下，1867 年，哈布斯堡王朝的奥地利帝国，宣告改制为南德意志人和匈牙利人二元共主的"奥匈帝国"。皇帝弗兰茨和皇后伊丽莎白（茜茜），也在匈牙利首都布达佩斯，被同时加冕为匈牙利的国王和女王。

茜茜病了，她得了严重的肺病。许多御医会诊的结果是，痊愈的希望很渺茫，皇太后甚至劝说弗兰茨另选皇后。弗兰茨坚决地对母亲说，他相信茜茜会好的，除了茜茜，他谁都不娶，说罢趴在办公桌上失声痛哭。这一切碰巧被等在门外的茜茜全部听到了，她走进房间，抚摸着弗兰茨的头发，为弗兰茨的忠贞不渝所感动，并安慰弗兰茨说，自己的病会好的，为了他，自己会好好疗养。

茜茜被安排到远离维也纳的玛戈拉岛（属于葡萄牙）疗养。这里风景优美，人迹稀少。她整日躺在海边的小床上晒太阳，看风景，但一段时间后，茜茜不仅肺病没有好转，还患上了严重的精神忧郁症。尽管弗兰茨每天都让人送来鲜花和礼物，茜茜还是不开心。母亲得知茜茜的情况，心急如焚，马上来到茜茜身边，母亲的开朗乐观影响着茜茜，好的心情加上循序渐进的锻炼，茜茜完全康复了。

为了改善和意大利的关系，大病初愈的茜茜和弗兰茨一起出访米兰和威尼斯。在威尼斯，弗兰茨一行受到意大利人无言的反抗，家家关门闭户。在教堂外，聚集了一些冷漠无言的意大利人，弗兰茨和茜茜走在长长的红地毯上，四周鸦雀无声，气氛有些尴尬。突然他们可爱的女儿小手持着一束鲜花从红地毯的另一头跑过来，茜茜不顾一切地向小天使跑去，旁若无人地抱着亲着女儿，这是茜茜病愈后第一次见到女儿。这时人群中喊出了"妈妈万岁"的声音，此起彼伏，整个教堂外的广场沸腾了。无数只鸽子盘旋在教堂上空，茜茜一家三口和教父们站在教堂前……

电影《茜茜公主》（三部曲）不愧是经典影片，全片呈现了高摄影水平下的优美风光，如影片一开始的巴伐利亚帕森霍芬的湖光山色、牛羊成群的匈牙利风光、奥地利伊舍尔（弗兰茨与茜茜的爱情福地）的美丽景色……影片中还有一些宏大场面的拍摄，如弗兰茨与茜茜的婚礼、对意大利威尼斯的出访等，给人一种气势恢宏的壮美之感。影片所选演员形象好，演技自然到位，特别是饰演茜茜的罗密·施奈德，不仅容貌艳丽，而且对人物性格的诠释生动逼真，一颦一笑，都呈现出迷人的青春魅力。皇太后索菲的贵气优雅、姐姐内奈的端庄贤淑等都塑造得非常成功。值得一提的还有贯穿全剧始终的丑角宪兵少校波克尔的滑稽表演，使影片穿插着轻松与欢笑。

这部影片主题思想明确，是一曲爱的赞歌。爱情来临的甜蜜与美好，让弗兰茨果断拒绝母亲的包办婚姻，坚定不移地把握自己的幸福。爱情的坚贞和亲情的温暖，是茜茜战胜病魔完全康复的主要动力。茜茜的善良与爱心，不仅影响弗兰茨的执政理念，使他用善意与沟通代替敌对与残杀，而且征服了匈牙利的贵族与人民，不费一兵一卒，实现了民族的二元共主，建立了奥匈帝国。意大利威尼斯教堂外的红地毯上，茜茜的母爱也让意大利人民感受到爱与温暖，"妈妈万岁"的呼声打破了气氛的尴尬……

《茜茜公主》向观众彰显的是爱的美好与力量！

阴沉木背后的故事

◎ 高兴兰

阴沉木，因浑身乌黑，当地人又形象地称之为"乌木"或"化石木"。不知它在地下沉睡了多少年后，一觉醒来，人们才将其视作一种独特的存在，重新认识阴沉木的价值。

原来，阴沉木藏在长江南岸西沱古镇的陶家坝。陶家坝背倚方斗山，面向长江，住有几十户人家。房前不远处有两条溪沟，一条叫大沟，一条叫龙井沟。这两条溪沟像人的左右臂膀，将陶家坝搂入怀抱，守护着长江边这片银色的沙滩，守护长江边地下的宝藏。若不是因缺柴火，错把地下阴沉木当柴烧，隐藏于地下的阴沉木，还无从知晓外面的世界呢！

最先发现阴沉木的人小名叫石头。他初中毕业后回陶家坝参加生产队"农业学大寨"基建队，改田改土，开山打石修梯田，中午或是下午收工后，不是到那块自留地种菜，就是到长江边放牛割青草。

一天，石头背着背篓，拿着镰刀到长江边大沟一带割青草。大沟宽约两米，深约三米，长约二百米，是由常年的山水或是长江潮起潮落自然形成的一道沟壑。石头站在大沟边沿上，眼前江水滔滔卷起千重浪，波涛阵阵拍打两江岸，那是童年滚泥人的地方。一群小屁孩每天上午牵着牛，摇着叮叮当当的牛铃，相约在长江边那片百来亩的银色沙滩上。石头家喂养的是一头大水牛，每天水牛背上驮着它的小主人早出晚归。牛群在沙滩上啃草撒欢，孩童们光着身子在大沟里滚泥人，横七竖八的姿态，然后抬头你看看我，我看看你，四目相对，嘿嘿傻笑，要不是眼珠子骨碌骨碌转，一个个就像一尊尊泥塑一样。然后一群伙伴在长江边上找沙包，沙包里藏甲鱼早已不是新鲜事了。朝沙包踢一脚，里面藏着的甲鱼就原形毕露，大小不一，有二斤左右的，小的也有半斤重。大家玩累了，又像鸭儿扑水"扑通"一声跳到长江洗澡。那时呀，虽然吃不好，穿不好，但童年充溢着欢声笑语。

　　石头完全沉浸在欢乐中，脚踏在大沟坎上，一不留神，脚一滑踩出一截黑木桩。"这是什么玩意儿？莫非是埋在土里的棺材？"石头忽然心头一紧，有些害怕起来，但又忍不住好奇，便用镰刀刨开土，发现是埋在土里黑乎乎的树枝，原来是虚惊一场。在确认不是棺材后，石头嘿嘿一笑，顺着树枝刨土，毫不夸张地说，就像野兔掘洞一样，扬起的沙土从两腿内侧飞出。越刨露出的树枝越长，最后，一株埋在泥沙中的树干出现了，乌黑乌黑的，摇得动却取不出来。石头心想：这家伙还真有点费力气。他转身回到家，拿着锄头、斧头、背篓，弯着腰接着挖。露出的黑木桩逐渐由小到大，湿润、坚硬、沉重，石头便用斧头将其劈成一小块一小块背回家。石头的父亲见了说："这是乌木柴，湿的时候好劈成小块，干了就像石头一样坚硬，做柴烧熬火好。"

　　那时，农村人莫说见过乌木，听都根本没听说过，更不懂乌木的价值以及乌木的形成、作用。石头听父亲说干了做柴烧很好，为解决家中缺柴烧的困扰，每天生产队收工后他就拿着工具朝长江边沙滩走去，寻找阴沉木。石头糊里糊涂地挖了一段时间，挖断了几根锄把，背坏了几个背篓，地坝、厨房、房前屋后堆满了阴沉木。

后来，陶家坝人见了，像发现宝一样，每天生产队收工后，劳动力强的人纷纷拥向长江边大沟一带寻找阴沉木。阵容虽然不是很强大，但一时间，陶家坝长江边热闹了许多。大家像挖战壕一样，弓着背，脸朝沙土背朝天，额头冒着热气，汗珠子滚落地上。挖的挖，抬的抬，大的阴沉木需两人合抱，小的阴沉木也有脸盆大。

有一家兄弟俩，运气真不错，几天探宝的工夫，发现了一根大阴沉木，也不知在地下沉睡了多少年，材质如石头一般坚实厚重，身如炭黑，表面湿润，遇水乌黑锃亮。兄弟俩一合计，找来木匠，趁阴沉木湿的时候，断成一截一截的，加工成寿木料，为家里老人做了一口整墙整盖的棺材。棺材表面光滑，木纹细腻，材质坚硬，灰黑锃亮，具有不褪色、防腐耐磨、不被虫蛀的特点，如说"稀世珍宝"也一点不夸张。

石头家存放的那些阴沉木，晒干后呈瓦灰色，比一般木材沉重、坚实，如不慎掉到地上，叮当一声，声音悦耳还有回声。确实熬火很好，燃烧时火苗为蓝色，吞吐跳动，互相拥抱，直至化为黄色的灰烬。

随着社会的发展，一些专家逐渐揭开了阴沉木的作用及阴沉木形成的神秘面纱。据有关资料介绍，阴沉木是地上森林受地震、洪水、泥石流的影响，全部埋入古河床等低洼处而形成，或是由山体滑坡等自然原因沉入江河里，经河水、沙石的长年浸泡和磨压，在缺氧、高压状态下，由细菌等微生物的作用而形成。大多数阴沉木的年代距今两千年至四万年。陶家坝阴沉木形成的年代和树种无从考证，但从大沟一带生长的麻柳树、青冈树、马桑、黄柳木、黄柏、槐木等树种，也可以做出相应推测。

阴沉木历经岁月沧桑，"因乘天地之灵气，集日月之精华，乃万木之灵，灵木之尊"，如今阴沉木兼备木的古雅和石的神韵，有"东方神木"和"植物木乃伊"之称。阴沉木经烘烤、压平、擦蜡等多种工艺可制作成首饰配件、仿古家具、雕塑等，因其能保持天然色泽，故具有很高的观赏价值、使用价值和收藏价值。

这段记忆已跨越五十多年，石头如梦初醒地说："要是当年我们家那些被烧几年的阴沉木重出江湖，可说是价值连城，无与伦比的一笔财富。可惜呀！那时有眼不识宝！"

阴沉木带着历史的沉淀，与石头家那座驼背老屋一起，于2002年三峡库区移民时，潜入了长江底下。

遥远的思念

◎ 毛新萍

　　我想，我是经历过真切的生离死别的，所以，知道真正的痛是怎样的感受。我想到十五岁的少年，想到那个寒冷干燥的季节，想到在伊犁巩留的忧伤，一夜之间长大的岁月。大概就是春初，不远处，南山的雪还没有化尽，山坡的荒草还在风中摇曳，一大片一大片地向四周蔓延着，已经解冻的河水，打着水底的石头发出"哗哗啦啦"的声音，不知疲倦地流向田野。在村庄的尽头，几棵开始泛绿的老榆树沉默着，像寂静的智者。这样的景象总是一遍又一遍地在我的梦境出现，记忆里的惆怅无边无际地困扰着我。

　　我常常会想起那个地名，那是个在地图上几乎难以找到的地名。然而，它沉沉稳稳地就在那里，像一枚印章，质感厚重，线条硬朗。所以无论我走到哪里，都有它最初的印记。从蜿蜒的记忆里突然冲出，让人招架不住。有时是在繁花似锦的江南小镇；有时是在人声沸天的露天市场；有时是在空无一人的车站站台；有时是在旅途中一瞥而过的阴郁天空。说不清楚，它一直在那里，隔着千里万里我都能触及的地方。记忆的源头，在时间的渡口，时时能把迷路的我带往回家的方向。

　　"浮云游子意，落日故人情。"我知道的人生，无非是种种羁心绊意的别离和重逢；我也知道，一颗种子遇到土地便意味着扎根。而为何，驻足于喧嚣都市的我，仍常在沉思的片刻，想起那一片铺到天边的白云，想起白云下面缓缓移动的羊群和挥着牧鞭放牧的穿红裙子的美丽姑娘古丽。

每个人最初的记忆都来自故乡。游走人世间多年，每每梦里出现的，还是遥远故乡的往事。这个特别的春天，我就常常梦到少年的自己和高头大马上的父亲，梦里的每一次相遇都令人欢喜又感伤。对于故乡，或者说我的出生地，那么荒凉、偏僻又寂寞的地方，只因十五岁前有个山一样安稳的父亲的庇护，才那么深深地印在我的心底里吧！我记得和父亲一起骑马走过的山坡，漫山遍野的红绸子花染红了半边天，像燃烧的火焰；小壁虎和野兔子不时从马蹄边窜过，欢跳着消失不见。父亲讲的久远的故事，为我打开了辽阔的心灵世界。那里有音乐的精灵翩翩起舞，有诡异的妖怪出神入化，更有对星辰大海的无限向往和对大千世界的美丽畅想。我看见远处的天山，尽显雄伟的轮廓，伊犁河水不停不息地滋润着这片被誉为塞外江南的土地，所以常常我会词穷，我到底该用怎样的描述来歌颂故乡呢？那个少年记忆里的故乡！

我知道，杏花开了以后，伊犁河谷的春天就真正来了；苹果花开了以后，天气就开始真正暖起来了，父亲就能够更多地陪伴我。那年我十一岁，一个人寄住在县城读书，父亲总会在每周三的下午骑着马到学校看我。英俊刚毅的父亲骑着黑骏马等在学校的门口，那一刻我就成了所有孩子羡慕的学生了。回想起来，那个时候的我一定虚荣极了，即便现在我的神色都是骄傲的，嘴角都是上扬的。我们会去吃香喷喷的羊肉抓饭，那是我记忆里最好吃的食物，然后看电影或者随意地在县城的新华书店看书。那时的我眼睛里的整个世界都那么好，只因那个年纪的我拥有着山一样伟岸的父亲。我很幸运，在这世间，曾经有一个博学多才的男子给了我所有的依靠，为我打开了一扇又一扇美丽闪光的窗户，在我年少的心灵播下了星星般闪亮的智慧种子。于是，在往后一年又一年艰辛的岁月里，那些种子悄然生根发芽，没有错过一朵花，没有遗漏一片叶。

世间总有一些事，是我们永远无法解释也无法说清的，身为平常人，我必须要接受自己在某些时刻的渺小和无能为力。想到汪曾祺先生曾经说过一句很妙的话："一件器物，什么时候毁坏，在它造出来的那一天，就已经注定了。"可是，故乡的风物仿佛一部永远演不完的电影的主题曲，反反复复地在耳畔响起，那么悠远又动人，让人听过后就长在生命里了。十五岁记忆里的父亲，是我躲避风雨的一座驿亭，而在生与死的界限，在恍惚与现实、在决绝与疼痛、在不忍与再见中，父亲就这样永远离开了这个世界，而后我也远离了伊犁。每至此，我的内心都有着止不住的悲悯和思念。

好在，时光总将最美的留给了故乡，听闻它历经变迁愈来愈好，而父亲也在他亲手规划的一条大河边安然地睡着，在晴空丽日的抚慰之下，在苍茫大地的祝福里。终于，我的遥远的思念缥缥缈缈地回到了水草丰美的故乡，回到了父亲长眠的土地，内心终于如愿以偿了。

将进酒

◎ 毛新萍

圆月高悬的夜晚，是我所向往的。李白高举金樽邀明月，将进酒，杯莫停，与尔同销万古愁。狂放一句：人生得意须尽欢，天生我材必有用，何其洒脱。说到底是酒成就了诗仙，仿佛酒到了他这里，就为了写诗这一件事。一杯酒，一辈子。李白甚至说："天若不爱酒，酒星不在天。地若不爱酒，地应无酒泉。天地既爱酒，爱酒不愧天。"多么率性、多么纯真，这是真正的诗人，真正的爱酒之人。古人的风雅与酒的醇香相得益彰，春风与醉客，令人神往之，而酒后率性的他却也为我们留下了脍炙人口的诗词篇章。

竹林七贤之一的阮籍好酒，却使自己在乱世里独善其身，终成就了自己的君子之身，真是世人皆醉唯籍独醒。陆游好酒，以至于狂放到"平生得酒狂无敌""此老醒狂君未知"，而当他写下《钗头凤》时却也是情深意重，令人动容，诠释了有情未必不男儿的道理。王维在千年之前那个下雨的春天，满含热泪挥手作别远去的友人："劝君更尽一杯酒，西出阳关无故人。"从此《阳关三叠》暖出了融融的情意，醇香的酒酿就了一世又一世的美好。

有人说，酒是上帝的眼泪，它总与悲欢别离相关。一代枭雄曹操仰天长叹："何以解忧，唯有杜康。"东坡先生说："醉笑陪公三万场，不用诉离觞。"李叔同先生送别在长亭外的古道边时，轻轻端起一杯浊酒，道一声今宵别梦寒。因为也许一别此时，一别经世，一别或许就是生生世世……且珍重吧。

喜欢酒的人会说：有酒时若美人在旁花满堂，无酒处似美人归去月无光。好酒之人应是懂得的，"那夜我喝醉了拉着你的手，胡乱地说话，压抑着心中狂乱的想法，胡乱地表达"，身边这样的酒徒不在少数，酒能让人超脱旷达，放荡无常，也能让人暂时忘却人世的痛苦哀愁，唯酒是务，焉知其余？

也有人说，酒是失意者的最佳伴侣。人生一醉解千愁，虽然知道人生不如意事十有八九，而若有酒相伴，借酒抒怀，举杯消愁，倒也是人生一桩快事。举杯一饮而尽的是无奈，从此，愿岁月静好，现世平安。

为什么有人可以把酒喝得那么美好？成诗、成歌，让我这样不懂酒之人也能吟之皆醉？

为什么有人可以把酒喝得那么俗气？拍马、溜须，让我这样不相为伍之人也能听之作呕？

喜欢酒与诗的美好，厌恶酒与利的交易。

快乐时举杯，欢笑溢满杯；伤心时举杯，泪水湿衣衫。

若有一天，许久未谋面的老友相聚，浓浓茶香，醇醇酒香，杯来盏去，酒也是茶，茶也是酒；若有一日，曾经无缘的恋人偶遇在雨巷，相邀小坐，一壶女儿红诉不尽叹息，若有缘太短，不如无缘更好，从此将挥一挥衣袖，不带走一片云彩。

　　而此时，在这样一个微风沉醉的下午，且因思念而微醺，待明日与君共度，且浪漫寻春晖。

去年的那场雪

◎ 毛新萍

天空像被上了色，在这样的冬季。这样冬季里的树木像丹青水墨，凋散了所有的叶子，只见风骨和线条，清瘦硬朗，气质卓然。

天气着实地冷，寒风凛冽中，只见一群群的小麻雀很欢脱地飞起、落下，又飞起，远远的似黑白剪影，冬日的天空便有了精致和灵动。这是我熟悉的老胡同儿，春、夏、秋三季的景象与任何城市相比也没有特别之处，唯独冬天，有着其他城市没有的景象，虽也萧瑟，但并不单调乏味。墨黑色的国槐枝干分明而色泽稳重，与皇城的金碧辉煌也好，与四合院的中规中矩也好，相当地和谐。

很习惯地，沿着常走的中轴路去寻北京冬天的况味。那些游人如织的百年老街，车水马龙，我似是游客又非游客，闲散又漫无目的地穿过拥挤喧闹的人群，顺手买一串冰糖葫芦，酸酸甜甜的滋味和着耳畔飘过的京腔京调，看着那些老炮儿顺溜地滑过什刹海的冰面，思绪便恍惚了，今夕何夕？

忽然发现天空变得阴沉沉的了，云顺着风的方向开始层层聚拢，一场意料之外的雪或在酝酿中了，心里便有了莫名的窃喜。盼雪的心情很急迫。

我想起老舍先生在他的名篇《济南的冬天》中写道："设若单单是有阳光，那也算不了出奇。请闭上眼睛想：一个老城，有山有水，全在天底下晒着阳光，暖和安适地睡着，只等春风来把它们唤醒，这是不是个理想的境界？"看到这段描写，在我看来，冬天的济南确也是天上人间了。但北京的冬天自有它独特的气质，这一座古老的城市，穿越历史的浓雾，焕发着迷人的魅力，有着其他城市所无法比拟的美好。

有关冬天下雪的记忆，有些是很深的。曾经在江南生活很久的我，仍然能清晰地记起 2008 年金陵大雪纷扬的冬季，空气湿冷，雪花厚重，满街都是撑着伞的人，江南人对雪的态度和对雨一样。后来雪下得太大了，昨天还在吟着"昔去雪如花，今来花似雪"的诗句，今天便从欢喜变成了恐惧。持续下了好些天的暴雪，已经严重到影响了日常生活，行人小心地在路面上挪动，每天只关心雪停的时间预报。我想，世间事皆是恰如其分或适可而止为最好。

冬日里，有雪有友有诗的日子是最好不过的了。宋人卢梅坡写道："有梅无雪不精神，有雪无诗俗了人。""梅须逊雪三分白，雪却输梅一段香。"惊艳了时光，温柔了岁月，雅致至极。或如李白笔下的狂放："地白风色寒，雪花大如手。""笑杀陶渊明，不饮杯中酒。"却是天真又率直。再或是洪升描述的"野桥梅几树，并是白纷纷"，想象几株梅树枝头上都是白梅与积雪，令人分不清哪是白梅哪是雪，与岑参的"忽如一夜春风来，千树万树梨花开"有异曲同工之妙，清新又别致。但我最向往的却是屋外白雪茫茫，屋内举案齐眉红袖添墨的雅致，以及几多知己围炉夜话的岁月静好。所幸四季里有了冬天和飘雪，让我们能够放慢节奏，安静下来，学会收藏收纳，或者慢慢地忆起一些往事。

北京的这场大雪终于如期而至，让干燥的空气多了湿润和清新，多美好呀，这样一场及时雪，给偌大的北京城披上了梦幻的外衣。且走出屋外，与漫天飘舞的雪花相恋。想来我们的生活穿过那么多的风霜，在一年将尽之时，内心积攒着的幸福和期待会随着雪花的飘落变得丰盈。

天地有大美而不言。雪，就这样静悄悄地下着，下着，不久之后的春天将会是怎样的呢？我不得而知。那就在茫茫冬夜折一枝蜡梅，祝福未来馨香如故。

乌镇的风景、风雨与风流

◎ 汤逊夫

一

登上乌篷船，船家划桨，桨动，船移，摇呀摇。低头看水，船的倒影，房的倒影，树的倒影，光的倒影，人的倒影。抬头望天，蒙蒙夜空缀着灿灿的星星。看岸边的街市人流，杂沓的脚步声，欢欣的笑语声，与不时传来的悠悠音乐声，自在恰合，赞许人间美好的旋律弥漫各个角落。突然想起朱自清的名篇《桨声灯影里的秦淮河》，油然生错觉，该不是到金陵了，在游览著名的秦淮河吧？不是不是，这里没有夫子庙、乌衣巷，少浅斟低唱，也没干扰嗅觉的脂粉味。啊，明明白白，这里是乌镇，乌镇。

乌篷船前行，转个弯，哦，又一座桥！有河必有桥，世界闻名的水城威尼斯，有座桥名叫"叹息桥"，据说男女只要在特定时间于桥下亲吻，就会得到永恒的爱情，那儿常年游人如织，颇多俊男倩女。恍若魂飞魄动，再临欧罗巴水城？不对不对，威尼斯的船是尖尖的头，不像乌篷船这般匀称轻盈；威尼斯那座"叹息桥"，一头连接官衙总督府，一头连接监狱，给人怪怪的感觉，哪像眼前这桥，圆拱，对称，你可以想象：白素贞从这边去，许仙从那边来，于拱形的中轴相依相偎，那范儿绝了。啊，明明白白，这里是乌镇，乌镇。

与乌镇清新、别致的风景从相约到相遇，经过许多年头。

知道乌镇，很早，缘于语文课本选入《白杨礼赞》，老师说作者是大作家茅盾，原名沈雁冰，浙江桐乡乌镇人。于是知道且记住了乌镇。后来读茅盾写的《林家铺子》《春蚕》等作品，认为大作家笔下那些事儿肯定与他家乡有千丝万缕的联系，于是一直向往乌镇，想着能去看一看该多好呀！

前些年又有个籍贯乌镇的人火了，木心。木心可不像茅盾早年得大名，他于1949年后加入过军队文工团，当过教师，但很快陷入困顿悲惨潦倒的厄运，数度入狱，坐了二十多年牢，后来查明是遭人陷害，1979年才正式平反。后声名鹊起，任上海工艺美术协会的秘书长、大学教授。木心不屑于将"大量的时间浪费在虚荣浮华的无效社交中"，他珍惜光阴，要别样的人生。1982年，已五十六岁的木心远赴美国，他的艺术天分很快得到承认，在哈佛大学举办个人画展，画作被英国博物馆收藏。木心写的散文、小说被翻译为英文，收入《美国文学史教程》。后来他为在美的一帮年轻华人讲文学，这群人中不乏有能耐且讲义气的才俊，例如陈丹青。他们为木心老师的学识、坎坷和怀才不遇感动，后来将木心的讲演稿辑录成册，以《文学回忆录》为书名出版，又闹腾建"木心美术馆"。木心人生的最后五年在乌镇度过，乌镇人木心，或者说回乌镇的游子木心，火了。我读木心的著作，对木心的敬重每日愈增，让我更加想去乌镇！

两个名人为乌镇增光，但乌镇并不是靠两个名人就能火的。20世纪八九十年代，改革开放促进经济社会快速发展，也提高了人们保护环境以及在优雅环境里享受休闲的意识。有名的周庄就在那时火起来的。乌镇与周庄伯仲之间，得天独厚的自然风光让乌镇很快火了起来。离乌镇不远的南浔，还有皖南的西递、宏村等，都出名了。这些地方原始风貌保护得好，清新幽雅，独特迷人，游人蜂拥而至，徜徉游览，放松心情，亲近自然，享受生活，赏心乐事。有了名气的乌镇受到世界的关注，前些年世界互联网大会在乌镇举行，并且把乌镇确定为永久会址。好地方，大名气，一直筹划去乌镇乐一把，美一把！

感谢表妹、妹夫，我三月到上海，讲完游乌镇的心愿后，妹夫说："我开车，我们一起去！"

二

乌镇之美，独特而精妙。

有东栅、西栅两个景区。茅盾、木心两位名人的故居都在东栅，东栅"以人文景观为主"，西栅则自然风光更胜一筹。表妹很善于安排，把住地选在西栅的枕水酒店，我一听就乐了，"枕水"而眠，那将是多么奇妙的体验呀！

从上海驱车到乌镇，午餐，安顿好住处后已是下午，妹夫说："抓紧时间趁白天去东栅逛逛，回头再来欣赏西栅风光。"妹夫处事干练，方位感强，曲里弯拐间很快由西栅到东栅。可看的地方多，我们的重点明确，时间主要用于参观茅盾、木心的故居。

茅盾故居属保留完好的明清建筑，介绍说："故居是茅盾曾祖父沈焕于清光绪十一年（1885 年）前后在汉口经商时寄钱回家购置的，自沈焕至茅盾，四代同堂居住于此。"当时这处住宅应为"豪宅"，1949 年后得以完好保存，被定为全国重点文物保护单位。这里有"子夜路"，有"林家酒店"，大约是"林家铺子"的后人觉得开酒店更赚钱，改了。站在故居门前，我仿佛看见老通宝踽踽前行，为他养的蚕茧卖不出去而发愁；仿佛看见林老板拨着算盘，为经营亏本而唉声叹气；仿佛看见林家铺子倒闭后，张寡妇随着人流跑去要存在林家铺子的"养命钱"，跑着跑着，披头散发，她疯了。那是悲惨苦难的场景，好人没活路，那是不讲规则的社会，不讲规则不会有光明，也没出路。规则是约束权力，维护秩序，规制行为，引导预期，造就文明，保障幸福的不二法门。前提是任何人都没有不遵守规则的特权。

木心故居颇为特殊，木心八十岁才从美国回到故乡乌镇，老家面目全非，他在老家花园废墟上建起一座小楼，取名"明清小筑"，绿树成荫，环境清幽，是木心晚年隐居之所。木心回家乡五年后病逝，这里成了木心故居。但木心这"故居"，与茅盾从小居住、祖辈遗留下来的古旧宅院，是不可等同的，也不能概而言之。木心深信"所谓无底生渊，下去，也是前程万里"，又说"吃太多的苦也要笑着活出人的样子"。木心的"明清小筑"留存的是他对故土的眷恋，闪亮的是真情、宽容、睿智。

游过东栅，返回西栅，原先淅淅沥沥的小雨变成连续的箭头急急射向地面，冷风飕飕，冷意难敌，倒春寒的威力令人畏惧。我们钻进景区的游览车，开车师傅把游览车四周塑料围篷的拉链拉上，就雨淋不着，风吹不进了。到西栅这边，有数公里"风雨长廊"，疾驶的游览车和来往的行人免了风吹雨淋的担忧。

要担忧的是晚间坐船游览会不会下雨。幸好，晚餐后雨骤然停歇，我们兴冲冲地赶往游船码头。坐游船的人排很长的队，轮到我们上船时，雨又飘飘洒洒下起来，风也吹得更带劲，我猛地打个喷嚏，准备明显不足，衣服穿少了。不过兴致仍不减，趣味仍盎然，在细雨蒙蒙的夜色中坐船游览这江南水乡名镇，奇幻的景象，似恍似惚，如痴如醉，神思魂游，遐想八荒，飘飘然真以为到了世外桃源。妹夫向船家提问："师傅，乌镇有东栅、西栅，那有北栅、南栅吗？"

我竖起耳朵，毕竟茅盾先生在《林家铺子》里提到"南栅的聚隆，西栅的和源"，这多年，解读茅盾先生这篇名作的专家学者难以计数，却谁也没注意更没说清这"栅"指什么。当地是不是东西南北都有这"栅"？

师傅爽快地回答："有北栅南栅的。"

"栅是什么意思？栅又是做什么用的？"妹夫紧跟着追问。

夜色中传来师傅轻微的笑声，然后解释道："乌镇四周原来建有水寨，栅就是水寨的门，只能从'栅'口出入乌镇。乌镇养蚕缫丝，原本富庶，商业又比别处兴旺，不能不防备紧，怕强盗匪徒来抢劫呀。"

妹夫"啊"了一声，我也随之"啊"了一声，世外桃源是想象，岁月静好是企盼，风风雨雨、坎坎坷坷、跌跌撞撞，通向文明幸福的路并不平坦。

回住地，我咳嗽得更厉害，吃药喝水，难以入睡，索性将被子盖身上，靠床杆坐着，听那越来越大的雨声。

枕水酒店总体是中式风格，粉白墙黑色瓦，月洞门扇面窗，雕花隔楞、中式吊灯，靠背椅，八仙桌，都显出明清派头中式范儿，但坐式马桶、浴缸、洗脸盆等"西式"用具一应俱全，让游客在中式氛围下享受各种方便。我的住室在靠后一排的二楼，不像前排的平房住室窗下就是河水，但推窗即见前面几排房黑色瓦盖的屋顶，也能望见较远处的河水。此时安坐听雨，占了极大便宜。那急急的雨点落在前排房顶盖的黑色瓦片上，发出气势磅礴又悦耳动听的音乐。余光中先生描写过雨敲打在瓦上的情景："雨敲在鳞鳞千瓣的瓦上，由远而近，轻轻重重轻轻，夹着一股股的细流沿瓦槽与屋檐潺潺泻下，各种敲击音与滑音密织成网，谁的千指百指在按摩耳轮？'下雨了'，温柔的灰美人来了，她冰冰的纤手在屋顶拂弄着无数的黑键啊灰键，把晌午一下子奏成了黄昏。"有人说余光中先生的作品以那首题为《乡愁》的诗最好，而我要说，余光中先生听雨敲击屋瓦的音乐，一定悟出了最浓的乡愁。

除乌镇这样旧式建筑保存得好的地方，极少见用瓦盖屋顶的。此刻已接近子夜，我索性披衣站到窗前，借着灯光，欣赏急雨敲打屋瓦的酣畅淋漓。处处有风雨，时时遇风雨，像余光中先生那样听风听雨能听出韵味，听出变化，听出玄机，可是一种特殊的本事。辛弃疾的词说"舞榭歌台，风流总被雨打风吹去"，似乎说得太绝对，记得有首古乐曲《雨打芭蕉》旋律昂扬，我若会作曲，在乌镇听雨后，一定写一首曲子，演奏出急雨打屋瓦的气势，表现乌镇的经风经雨愈显风流。

三

第二天早起，去看木心美术馆。风仍刮着，雨仍下着，若是晴朗的好天气，应是暖意浓浓，草长莺啼，杨柳依依，姹紫嫣红，锦绣缤纷；此刻却是寒风冷雨，满地黄叶，树枝摇曳，残花委顿，一片肃杀，最难将息。我把能穿的衣服都穿在身上，仍然感觉有点扛不住。我们来得早了，售票员说还得半个小时才开门，雨中静静地等待新游客加入。小径走过几拨人都不管不顾地朝别处去了，是不知这儿有美术馆还是全然不感兴趣？妹夫说"照张相吧"，我于是撑着伞，站在曲曲折折通往木心美术馆的木板桥上照相。落入水塘的雨点清晰，木板上水印可见，这张照片成为我难得的雨中留影。终于进馆，面积不大，展品也有限，让木心名扬天下的成名画作也没收藏于此，倒有一件展品令人震撼：那就是木心经受牢狱之灾时，利用能到手的各式各样的纸，写下的文稿。那些密密麻麻的字，比蚂蚁还小。讲解员说，常人的眼睛根本无法辨认，只有用放大镜才能认出是什么字。

走出木心美术馆，我不由在心里默诵木心那首很有名的诗《从前慢》：

> 记得早先少年时
> 大家诚诚恳恳
> 说一句　是一句
> 清早上火车站
> 长街黑暗无行人
> 卖豆浆的小店冒着热气
> 从前的日色变得慢
> 车，马，邮件都慢
> 一生只够爱一个人
> 从前的锁也好看
> 钥匙精美有样子
> 你锁了　人家就懂了

这首诗现在已被当成情诗广为流传，但在我想来，这首诗表达的是复杂精致的具象与哲理，如生活中脚步有快有慢，该慢下脚步的时候就得慢下脚步，美好的东西得慢慢欣赏品味，急匆匆浮光掠影，只看浮着的浅表，不能得知其真妙处；又如"一生只够爱一个人"，少男少女把这句直白的诗视为爱情的誓言有其道理，但木心一生受尽磨难，一辈子未婚无子女，他把生命全部献给他衷心热爱的艺术事业，对事业的忠贞专注，何尝不是我们应从木心美妙诗句中领悟的哲理？

日程已经排定，没有时间再盘桓，只好意犹未尽一步几回头地走向停车场，准备驱车去下一个地方。走在停车场前面的路上，又见到一面大广告牌，用中英文写着"2022 年世界互联网大会乌镇峰会"，广告牌的两边密密麻麻插着各国国旗，有多少面旗没去数，那阵势已足够说明参会的国家众多。刚到乌镇，妹夫就要我站在这广告牌和国旗组成的一字长蛇阵前留影纪念，这里代表乌镇"够国际范儿的风流"。

历史文化遗产要细细鉴别慢慢品味，不加分析不分精华糟粕全部吸纳肯定不是正确的态度；对于人类文明进步的优秀成果，应包容吸收，大胆创新，这两者做好，必定风流。乌镇以往做得好，占尽风流。

秀丽的独一无二的景色是乌镇的风流，茅盾、木心等名人带来的荣光和长远历史积淀形成的文化底蕴是乌镇的风流，浙江在互联网等行业有敢于创新的领军企业，吸引世界的目光，各路豪杰会聚小镇，交流创新发展的经验，展望发展远景和路径，更是乌镇的风流。

人在乌镇，会感觉有强大的引力场扑面而来：现代气息与古色古香相融合，江南水乡美景和深厚文化底蕴相依存，文化遗产保护与文明创新发展相一致，慢生活与快节奏交替交错……来乌镇看什么？风景，风雨，风流，看清、看懂哪一样，你都是幸运的，有福的。

祝愿乌镇，明天更好！

又闻鸡鸣

◎ 白锦刚

　　睡意正浓时，被公鸡的打鸣声惊醒。猛然想起，我们这是在幽静的互助北山林场浪士当景区农家乐客房里，一种久违的亲近感，袭上心头。

　　昨晚因参与共同项目篝火晚会，入睡已是午夜。晨曦未露前，本应正是"鸡鸣平旦未为迟，恰是山房睡觉时"，但却因鸡鸣睡意全无，不禁轻叹：久住于钢筋水泥的森林里，已很多很多年没有听到鸡鸣声了。回想起小时在农村，羽毛华美的公鸡就是最好的闹钟，公鸡打鸣则是准确的报时，每天凌晨四五点钟，一家鸡鸣，全村公鸡响应，家家户户在这美妙的此呼彼应的晨曲中忙碌了起来。鸡鸣头遍，母亲从梦中爬起，走进厨房，为一家人做起了早饭。鸡鸣三遍，出工上学的人们已行进在了微光中……犬守家，鸡司晨，炊烟袅袅，农家烟火气，一派祥和景。

　　躺在二楼客房床上，聆听和享受了公鸡三遍鸣唱后，时间已是清晨六点多，在思绪飞扬中，穿衣起床，行至前厅，隔窗观望。老天又下起了小雨，草上树上挂满了露珠，雾霭似云缭绕在树梢山腰，院里农家老夫人包着头巾，穿着平常服装，在灶旁桑炉前生火煨桑，举止虔诚。这是一个土族、藏族联姻的家庭，有公婆、儿子、儿媳、两个孙子，男孩大的十多岁、小的七八岁，迎客做菜送水，老小齐上阵。一家人对信仰的笃定、对美好生活的向往，随着桑烟暖暖升起，飘向远方。

煨桑在有藏族居住的地区常见。煨桑就是用松柏枝焚起的霭霭烟雾，来祭天地诸神。记得1997年夏第一次到拉萨时，随处可见煨桑炉，满城和四周的山峦桑烟轻漫，当时曾感叹雪域圣地果然香烟缥缈，如入仙境，后随城市化进程的加快和遵循环保的要求，煨桑炉已归于寺庙内。互助县位于青海省东部，是全国唯一的土族自治县，也有藏族等其他民族杂居，煨桑在乡村仍很盛行。

家人们陆续起床后，见面的话题中，少不了听到鸡鸣的惊奇，都说好久没有听到鸡鸣了，也不无感慨：鸡鸣声美，土鸡味美。

昨天上午，家人们怀着对屈子爱国精神的崇敬，带着粽子的清香，利用端午小长假驱车一百多公里，来到了景区门岗沟原始森林山脚一个叫六福山庄的农家乐，因遇阵雨无法观赏自然风景，十多人便入住二楼四间客房，张罗午饭。此时，庭院中间的露天柴火灶已冒起了炊烟，羊肉已下锅。又见炊烟，遥远的记忆浮在了眼前，家乡的炊烟氤氲了自己的童年少年，家乡的炊烟里总有妈妈的身影，总有那时农家粗茶淡饭的味道。

我们移步一楼餐厅，在等待农家特色美食——手抓羊肉、野葱炒鸡蛋、土火焖等的间隙，大人们打牌听雨，几个孩子与主人的两只小猫咪捉起了迷藏。

因是现点现做，开吃已是下午四点多，就来了个午晚两餐一锅烩。酒足饭饱后，雨已停，夜幕降临，山更幽，河更清，夜更静，独家院落更感空寂，此时院灯亮起，主人在院里燃起了一堆篝火，木柴噼啪作响，火光映红了夜空，音响飞出了藏族音乐，大家互相吆喝着，以篝火为中心，围圈跳起了锅庄。先是几人，再是十几人，后是同住一院的三拨互不相识的游客纷纷参与了进来，会跳的不会跳的相跟成一圈，踢腿的、甩臂的、翘臀的、扭腰的、摇扇子的……欢声笑语，不亦乐乎，直至深夜。那数小时的忘情，已不在乎舞蹈动作是否规范、舞步节奏有无韵律、说话声音高抑或低，男人放下了板着的面孔，女人卸下了矜持的妆容，孩子释放了原生的天性，一众人只在乎回归自然的惬意、放松心情的舒畅、快乐身心的自在、增进情感的愉悦……

深夜，到院外体验了一下山野夜景：深邃漆黑，清新富氧，空灵寂静，悄无声息，冷意袭身，似有心惧，两边山上的松柏似睡大觉了般的安静，只听到二三十米开外河水拍打岸边的叮咚声，偶尔也看见深邃莫测的苍穹里几颗星星一明一暗地眨着眼睛。黢黑的夜晚，彰显着自然的神秘和本来的样子，"夜深人静"莫过于此吧？！

早餐是粉汤、奶茶、大米稀饭和花卷，各取所爱。用餐后，雨停，便在院外的鸡舍、路边、林旁、河岸、栈道、巨石小广场，尽情地触摸和感受空气清新、河水清澈、山色空蒙，争相拍景留影，并准备起程正式游览不远处的瀑布、白桦林等景点。一回头，看见勤劳的主人——父子俩，将一只拴在草地树上无忧无虑吃草的羊拉到了河边空地，熟练快捷地一刀结果了性命，包括围栏里那些悠闲觅食的肉鸡（打鸣的公鸡应在其中），也必将在炊烟中成为下一拨游客舌尖上的美味。这就是自然界生物链之一端吧。

农家乐，应旅游业的兴起而生，配套于景点周边，也是当地政府的富民、兴村、繁荣经济之工程，同时方便了游客的食宿。远离城镇的深山景区，有了农家乐，就有了人间烟火气，有了炊烟，有了鸡鸣，有了乡愁的发散地。

与原始森林、瀑布、河流、草地相伴的，除了牛羊，还有一片片马莲花、一簇簇馒头花、遍野不知名的小黄花，滋养在一粒粒、一坨坨羊牛粪便和雨水、阳光下，开满河滩山坡，随风摇曳，肆意芬芳。行走在此情此景中，随便采摘几叶成熟的马莲，编织成"马""塔""水车"，大人乐了，孩子笑了，尘世的烦恼似乎抛到了九霄云外，心里便会有一种和大山、蓝天、白云同样洁净的感觉，接受大自然的洗礼，竟是如此的惬意。

看多了高楼大桥拥挤的车辆，来到这山幽林翠水秀鸡鸣烟绕的原生态之地，放空心灵，尽享清静，不也是桃源般的去处吗？！

待到休闲时，再闻鸡鸣声。

因为一个人认识一座城

◎ 白锦刚

　　六年前，因一次战友聚会，与从武汉来到第二故乡重走青藏线的战友——武汉农行干部内退后就职于防城港市某房地产公司的总经理李见洲相逢，自此便认识了位处北部湾大湾区的防城港市。

　　2018 年 8 月，一家人借赴广西柳州送内侄上大学之际，回访见洲战友，首次造访了防城港市，经介绍和观光，对防城港有了一个初步的立体的认识，尤其对"天然氧都""弱碱性水质""空气质量好"等产生了兴趣。

　　长期在青藏高原工作生活，因自然条件艰苦，不同程度地患上高原病已是在所难免，为安度晚年，青海有好多人选择在内地、沿海城市置房养老。我与夫人也生发了在沿海城市养老的想法，便对防城港做了进一步了解，后置了房，但因疫情延误了三年，前不久才赴防城港拿到了住房钥匙。

　　因一个人认识一座城，对我而言的确如此。

　　防城港市，是广西壮族自治区下辖的地级市，依港而建，因港得名，先建港，后建市，始建于 1968 年 3 月，当时作为援越抗美海上隐蔽运输航线的主要起运港来建设，被称为"海上胡志明小道"的起点，是一座滨海城市、边关城市、港口城市，位于中国大陆海岸线的最西南端，广西南部边陲，背靠大西南，面向东南亚，南临北部湾，北连南宁市，东接钦州，西南与越南接壤，海岸线五百八十公里，陆地边界一百公里左右，是北部湾畔唯一的全海景生态海湾城市、中国氧都、中国金花茶之乡、中国白鹭之乡、中国长寿之乡、广西第二大侨乡，被誉为"西南门户、边陲明珠"。

"要知道梨子的滋味，就得亲口尝一尝。"真切体验了方知"鞋子适不适合脚"。故此，便有了"走进"，有了"体验"。今年7月下旬，我们从南宁乘高铁五十分钟抵达防城港，次日下午，与战友游览珍珠湾红树林保护区，但见近处红树林连片，白鹭旋飞，海风轻吹；远处一片深蓝，海天相接，蔚为壮观；广场榕树似一把把天降大伞，为游客提供了天然纳凉处；广场一侧红树林生态博物馆巍然伫立。经了解，此处红树林保护区，位于该市江山半岛西岸边的石角，是北仑河口国家级自然保护区的重要组成部分，已被列入国际重要湿地名录，拥有世界第三、我国大陆海岸连片面积最大的红树林，连片面积达 1.6 万亩。红树家族，有许许多多的兄弟姐妹，都生长在潮间带滩涂。在中国有红树植物 37 种，仅防城港常见的红树植物就有白骨壤、秋茄、桐花树、木榄、红海榄等 18 种。

红树林从外观看全是绿色，那为何叫"红树"呢？原来红树科植物树皮通常富含单宁，树皮和枝干被割破或砍伐后，单宁在空气中氧化呈红褐色，由此得名。红树俗称海榄，是保护海岸的天然屏障，能抵御风暴潮、防风固堤，也是净化海水的特有的海上植物，有"海岸卫士"之美誉。海水涨潮时把整片红树林淹没，故又称"海底森林"。红树林，人类的生态长城。湿地，地球的肾。红树林与北方的芦苇荡、红海滩有着同等功效。红树属珍稀植物，不可多得，故而要保护，并要保护好。

防城港，水碧天蓝红树白鹭浑然天成惹人醉。

为体验富氧，我们从红树林海边的二十几级台阶快步上到广场，在高原走路稍快就呼呼直喘的我竟轻松自如，心想此地确是一个养生养老的好地方。

广场高于红树林片区数米，前沿有观景围栏护着，离围栏几步远有棵大榕树，根部分权八九枝，每枝合抱粗细，应属广场榕树之最了。根部分权处有位老太太慈祥地坐在上面拍照，与陪伴的儿女交谈得知，他们来自东北，老母八十多岁，两年前老人就在这棵树下拍了照，这次再拍一张，这儿空气好，以后还要带着老人来。老人笑容满面，看得出是发自内心的那种愉悦。想来子女的孝顺越到位，老人的幸福指数就越高。

移步防城港金滩，这里沙细、水清、坡缓、浪平，且无海藻、无鲨鱼、无污染，沙滩由海岸缓缓斜入海中，大海、沙滩珠联璧合浑然天成，是中国沿海不可多得的集阳光、沙滩、海水于一体的天然海滨浴场。好多的遮阳伞，好多的人，尽情地聊天，尽情地畅游，但因烈日当头，游泳者不是很多。海边有不少游船待客，海面近处不时有快艇掠过。

夕阳西下时，我们来到位于江山半岛东北部的白浪滩浴场，迎面写有"中国最美休闲度假旅游胜地"红字的大白石矗立于海滩，昭示着自己的荣光。海边已是人山人海。一行人虽然多是旱鸭子，也兴致勃勃地带着小孙子插空下海，不会游泳就泡海水吧，当然，还有一项重要任务是为套着救生圈的孙子"保驾护航"。畅泡一个多小时后，随着夜幕的降临，我们意犹未尽地离开了海滩。

白浪滩，因在沙滩上常常可见一排排滚滚而来的壮观白浪而得名，又因其极为宽广平坦而得名大平坡。海滩最宽处约2.8公里，长约8公里，堪称中国最大的海滩。沙滩坡度极小，潮差带长达几百米，我自认为是学习海泳的最佳场所。

国富则民幸，国强则民安。我们在防城港广西沿边公路起点零公里纪念坛前体悟历史；在高大壮观的东兴国门前体验盛世；在与越南一河之隔的界碑前体味友谊。泱泱中华，万古江河，如日之升，如月之恒。

在去防城港辖市东兴的路上，看到大学城拔地而起。所经公路——北部湾大道、国门大道、北仑大道（与越南的界河即为北仑河）与名字一样雄浑大气。素有"百年商埠"之称的东兴边贸市场，比五年前去时干净规范了许多，时不时有戴绿帽子的越南男子向游客兜售玉石等"把玩"，有戴斗笠的越南妇女兜售香烟。中午，在一家兰州手工拉面馆便餐。一看店名便猜出是青海人所开，因兰州只有"兰州牛肉面"，打"拉面"字号的基本都是青海人。果不其然，拉面馆主人的口音告诉我们，他们是青海人，主人进一步介绍自己是青海化隆人。有资料显示，青海的"拉面经济"自改革开放以来，已走向全国，面向世界。

在沿海城市置房，实际上是追求一种健康的生活理念和生活方式。按见洲战友的话说，"买房，就是送健康"。有天早上与夫人在租住小区散步，看到一老翁在打太极拳，动作飘逸，气定神闲；一老妇在绿化区边轻移脚步，悠闲自得。遂与老妇交谈，竟是西宁韵家口人，我们同处西宁市城东区。她告诉我们，自己已七十多岁，打太极拳锻炼的阿爷是当家的，八十岁了。她自二十五岁就得了哮喘病，近几年哮喘日趋严重，不能自由行动，药物已不起作用，连火车都无法乘坐，三个月前儿子女儿开车将他们送到了防城港，经几个月的调养和少量服药辅助，眼下已好多了，呼吸基本正常，行走自如多了，感叹：还是内地好。这对老夫妇已在防城港买房准备长期住下去。事实说明，富氧地区更适宜老年人、患高原病者居住。

人生就是一次次体验、一次次修行。人往高处走，水往低处流，既是铁律，也是抉择。

防城港市是国家开发的最后一个海湾城市，在中国—东盟自由贸易区、泛北部湾区域合作中具有特殊、重要的战略地位，既沿海又沿边，是我国唯一与东盟海陆相连的城市。港口海岸线九十八公里，是目前亚洲最大的深水良港，中国二十五个沿海主要港口之一，中国西部地区第一大港，西南地区走向世界的海上主门户；是连接中国—东盟、服务西部的物流大平台。企沙半岛正在打造国际工业园区，江山半岛将打造经检测达标的国家第一个国际医学开放试验康养区。

2020年10月15日，央视CCTV-4《走遍中国》播出的防城港专题片《丝路门户亮起来》（上集《港城蜕变》，下集《两城一家》）中说到，建市二十多年以来，昔日小渔村华丽转身为一个美丽生态海湾城市、现代化新兴港口工业城市，从原来的开放末梢走向沿海沿边开放前沿，以海强市，以边旺市，以山富市，凸显"海陆双通道　南向门户城"新优势。

防城港是个小而美的城市。有人说，它的美丽就像维多利亚港湾一样。它面朝大海，背靠十万大山，大海、高山双重调节，让这里的夏天温度不会高，冬天温度也不会太低，全年平均二十二摄氏度，是一个真正的冬无严寒、夏无酷暑的城市。它拥有十里金滩、百里边关、千年古榕，是一个看得见山、望得见海、记得住乡愁的地方。

防城港市是一座年轻的城市，一座富有活力的城市，也定将是一座创造无限可能的城市。

祝福战友！祝福朋友！祝福防城港！

送 年

◎ 白锦刚

迎来送往，大道使然，过年也不例外。

有几年没回老家过年了，有疫情的原因，也有自家儿孙一堂不便的原因。可在内心里，家乡并未因父母的离去而成故乡，因兄弟姐妹在，乡亲在，童年的美好记忆在，家乡就在，老家就在。年在电话、视频的连线中过完了，但年味仍萦绕，年并未走远，儿时送年的虔诚与热烈挥之不去。遂捡拾老家送年的几朵浪花，以慰藉多有不甘的心灵。

送先人

送先人，即送走除夕请到家里过年的已故先辈。自古就有"死者为大"一说，是指办丧事的时候，死人是最大最尊贵的，其他与之无关的事情都要让路。又所谓"人命关天"，把死放到了"天"的高度，可见死在个人乃至人类社会都是重大的事。人皆向死而生，送先人，既是一种传统孝义风俗，也是一种对生命的尊重。

正月初三晚饭后，是送先人的时刻，因三天大年已过完。饭前准备好纸钱、香火、小炮仗、泼撒（供品，有菜、饭、酒），饭后子孙一人或多人携带以上物品，到自家巷道口，面对祖坟方向蹲下，主事一人用左手中指在地上画出大半圆（圆顶部留有出口）、圆中间画出十字，相跟着围半圆而蹲，齐将纸钱放于十字上点燃，再点着三支线香、一根香烟，敬酒泼撒，燃放鸣锣开道的炮仗，同时口中念叨"先人们，年过完了，你们就请回吧，清明了再来看你们"等话语。送走先人回家后，收起上堂桌上所供祖先牌位、饭食、烟酒、碗筷，送先人仪式告罄。

小时候，这些仪式都是父母在做。父亲准备纸钱香表，母亲准备泼撒，晚饭后父亲自己或带领大孩子们送先人。每每此时，虔诚和敬重写在父母脸上，一言一行给我留下了深刻印象，也无论我旁观或做助手，一种崇敬感都会油然而生。薪火相传，传世化人，虔诚加持仪式，一则敬畏生命，再则更显孝道文化和人间烟火味。

送穷污

正月初五俗称"破五"，破即"送穷""破除""泼污"。"破五"，普遍认为是"送年"的意思，过了这一天，一切就慢慢恢复到除夕以前的状态。正月初五也是贺年活动的小结，人们要接财神，传说这天是财神生日。这天大清早，炮仗声此起彼伏，似乎炮仗放得越多越长越响，就能"送穷""穷"到末路，"破除""除"得彻底，"泼污""污"净财来。

正月初五是一个具有多重习俗含义的重要日子，但其宗旨均意在"破除"。一即此日为"送穷土"日，人们要将"穷娘娘"（犄角旮旯的浮土）扫地出门。二为禁忌解除日，如不能做新饭、不能说不吉利的话、妇女不能动针线、不能打扫卫生、不能打碎东西等之前的一些过年禁忌，至此可以消除或有所放松。三为"泼污"，即将大年除夕夜开始存留的污水、垃圾，全部清除倒掉

（也有初三"泼污"的）。

另据《封神榜》言，姜子牙封神，把背叛他的妻子封为"穷神"，令她"逢破即归"。神话传说中，姜子牙的妻子是很让人讨厌的背夫之妇，封了穷神以后，就更讨嫌了。所以人们就在正月初五这一天"破"她，让她马上回去。

按习俗，初五这天要吃"水饺"或"包子"，俗称"捏小人嘴"。这天的馅料没有任何特别，只是馅子要使劲剁，寓意为"剁小人"；包饺子或包子时，要求捏得特别紧，心中呈现"小人"的形象，防止他们在一年中乱说乱道、惹是生非。相传，这样还可以免霉运。此外，有些地方饺子里还要包上钱、枣、糖等，寓意发财、好运早来、甜蜜，人们的美好愿景总是这样言简易行、接地气。

送火把

正月十五元宵节，是自古以来就热烈喜庆的传统节日之一，除赏花灯、吃汤圆、猜灯谜、放烟花等一系列传统民俗活动外，老家的送火把、跳火堆也极有底蕴和气势，既寄托了劳动人民一种消灾免祸、趋吉避凶的美好愿望，又有辞旧迎新、生活越来越红火的好意头。

正月十五下午，家家户户就选用既硬朗又有油性的胡麻秆儿扎起了火把。火把共扎成七节、胳膊粗细、一米多长，有时为确保其硬度和持久性，中间可放一直溜、粗于手指的树枝或葵花秆儿，还有的在火把里面卷上鞭炮。扎好后，供放在当堂院中。待夜幕降临，由家里男主人从堂屋的香炉清油灯上点燃火把，并举火把在房屋内绕燎一圈，再依序到其他房内绕燎一圈，而后点燃事先在院里地上放好的、在一条线上、间距二三米的三堆麦秸草，与相跟的全家人逐一跳过火堆，出大门再依次点燃三堆草，欢声笑语中一一跳过，就沿巷道、村道送到就近的山上。孩子们都会跟随看热闹，直至燃尽火熄后返回。

老家村庄形似盆地、四面环山，在退耕还林前，不是黄土坡地就是黄土山崖，冬天更是光秃秃的了无生息，自然条件的严酷恰好为送火把提供了便捷和安全保障。周边几座山，就成了各村各家送火把的不二选择。送火把的队伍，一伙跟着一伙，在无数条曲曲折折的羊肠小道上，似一条条火龙蜿蜒盘旋、向山顶游荡，嬉笑声喊叫声鞭炮声随着火把的燃烧响彻夜空，映红了半边天，给幽静的苍穹平添了几分喜气，给远观的人们带来了无尽欢乐。

记得第一次跳火堆，既欣喜又胆怯，好在有大人的鼓励呵护才勉强完成，那憋红着脸战战兢兢、扭扭捏捏、趔趔趄趄跳跃的模样，现在思来仍忍俊不禁，尤其扭捏时一不留神踩在火堆上的大嘴一咧，似魂魄飞出了身外。跳火堆，孩子们要连续跳三个来回，跳得喜庆有余，跳得满脸桃花。跳过火堆，除瘟消灾，百病消散，预示着在新的一年里，神灵保佑，事事如意，平平安安，日子过得红红火火。火把绕燎屋院，饱含燎去污浊邪恶之气，还其朗朗清明之意，火把送得越远越吉庆、越高越祥瑞。送火把时，老人们会盯着观望，通过火把燃烧的旺盛颜色来判断来年庄稼的好坏。如火把特别红旺，则预示这年小麦、胡麻丰收。假如在十五晚上点火把时，偶然下雪的话，则有"正月十五雪打灯，今年的庄稼太平"的说法。送火把结束，也就意味着年节真正收关了。

老辈们常说，年好过，日子难过。是啊，年就三五天，多则半个月，可日子要三百六十余天，老话道出了生活的艰辛和不易。无论食不果腹的过去，还是幸福安康的当下，日子都要一天天过，前方的路都要一步步走，唯付出艰辛方能得遂所愿。

　　写到这里，想起了歌曲《甘肃老家》的几句歌词：

　　　　甘肃老家啊／我的甘肃老家／平平凡凡的日子／总有那牵牵挂挂／想你的心／瘦成了祁连的月牙……

倾听圣湖开裂的声音

◎ 白锦刚

　　一颗"蓝宝石",镶嵌在由祁连山脉的大通山、日月山与青海南山之间的断层陷落形成的盆地上,蓝天白云下的周边,草原茫茫,水源充足,地势开阔平坦,气候比较温和,是水草丰美的天然牧场。夏秋季的大草原,绿茵如毯;金黄色的油菜花,迎风飘香;牧民的新居,舒适温馨;成群的牛羊,飘动如云。日出日落的迷人景色,更充满了诗情画意,使人心旷神怡。

　　这颗"蓝宝石"便是藏族人民心中的圣湖、5A级景区青海湖。每逢藏历羊年,数以万计的藏族同胞来此转湖朝拜。因在藏族人心中,山和湖中都安住着神祇,是神圣不可亵渎的,故有转山、转湖的传统,以此来向山神、湖神朝拜祈祷、表达虔诚的敬意,同时祈求智慧、好运、吉祥、健康。

　　圣湖开裂,即"开湖"。"开湖"是青海湖四大奇观之一,可遇而不可求。环湖周边群众认为,能够有幸目睹青海湖开湖,特别是"武开",是有缘之人才会有的福分。

　　北方的湖与南方的湖有所不同。南方的湖四季碧水荡漾,自由奔放,禁渔为封湖,允渔为开湖;而北方的湖却有近半年的封冻期,冰封即封湖,解冻即开湖。由于有了冰封,便有了解冻,便有了春天开湖时天崩地裂般的冰排炸响,便有了与钱塘潮一样闻名天下的开湖壮景。

青海湖通常每年 12 月中旬进入封冻期,次年 4 月中旬完全解冻,封冻期历时四个多月。封冰期,冰的厚度一般为 0.4 米,最大冰厚 0.9 米。封冰后,冰面平坦,由于猛烈狂风,往往出现裂缝和沟隙。冬时观赏湖光冰色,满目皆白,银光闪闪。解封之时,冰层开始融化,湖面仿佛一面破碎了的镜子,湛蓝的湖水重现碧波万顷,圣湖重现灵气荡漾的迷人姿色,人们把这种自然现象叫作"开湖"。青海湖"开湖"时宛如昙花绽放,大量的冰块在风的作用下堆积到岸边,形成一道奇观。

开湖分"文开""武开"两种。每年的青海湖开湖季,人们都会预测是"文开"还是"武开"。"文开"是随着气温渐升,冰面逐渐变薄、破碎,缓慢融化,在不知不觉、无声无息中,由前一天的冰冻景象变成连天碧波。"武开"则是湖面冰层在狂风的推动下,冰盖破裂,瞬间四散,互相碰撞,互相挤压,涌向湖岸,在岸边堆积成各种形态的冰坝,最大冰山体积可达十立方米,当地人称"西龙王阅兵",其间犹如排山倒海、万马奔腾、巨响连天,景象壮观震撼。

"文开"湖的过程,如鲜花由蓓蕾到开放,在渐进中实现蜕变,令人感叹自然造化之奇妙。"武开"湖的景象,则似"连环巨雷"爆炸,一声高过一声,声声震耳,又是另外一番波澜壮阔。

据青海省气象科学研究所生态气象服务中心资料介绍,2023年青海湖的开湖日期,与 2022 年相比推迟了十六天,与 2013 年至2022 年近十年平均相比,推迟了二十天。

青海湖藏语为"措温布",蒙古语称"库库诺尔",意为"青色的海""蓝色的海洋",是我国最大的内陆咸水湖、重要的湿地,也是世界上海拔最高的湖泊之一。古称"西海",又称"仙海",

北魏以后始称青海。青海湖之名始于近代，1949 年后普遍称为青海湖了。青海湖现水体面积四千六百余平方公里，湖水平均深度二十一米、最深处三十二米多，其流域是重要的水源涵养地。青海湖不仅是藏族同胞的圣湖，也是青海人民的圣湖，国家的圣湖。

青海湖是中国第一个鱼雷发射试验基地。1965 年党中央做出了新建鱼雷试验场的决策，青海湖因符合国产鱼雷做水下试验的自然条件（湖域辽阔，水深，人口分布少），便成了独一无二的鱼雷试验靶场，距离西宁市中心一百五十一公里，时称"151"基地，对外称"山鹰机械厂"。在至 1984 年的近二十年间，我国所有的鱼雷都在这里完成了试验，然后投产装备到了海军舰队。后因青海湖水位逐年下降，用来试爆鱼雷的湖水深度不够，鱼雷发射基地完成了它的历史使命，退出了历史舞台，它那神秘的面纱终于被揭开，它为新中国的建设立下了奇功。现南岸中央、距岸边五百多米的湖中，矗立着一座醒目的红砖三层楼房，楼顶上"中国鱼雷发射试验基地"大红字熠熠生辉，楼下三十九根钢管支撑的楼房地基坚挺如旧。2015 年，青海湖景区以鱼雷发射台为基础建立爱国教育展馆，鱼雷模型矗立其间，中国首个鱼雷发射试验基地正式对外开放。不朽的中国鱼雷发射试验基地辉煌历史和"山鹰精神"，铭记史册。

青海湖的湟鱼在物资匮乏年代养活了无数人。湟鱼学名裸鲤，曾经一年出鱼五千万斤，20 世纪三年困难时期，拯救了湖周乃至西宁无数人的生命。但湟鱼因生活在海拔普遍三千四百米左右、气温五摄氏度到七摄氏度的环境，身体发育受到影响，生长十分缓慢，正常条件下，鲤鱼一年能生长一斤多，甚至两斤多，而湟鱼最多生长一两左右。也正因如此，湟鱼的肉质劲道细腻，成了过去人们舌尖上的美味。岳母慢火烧制的湟鱼清炖蘑菇，出锅前加芫荽佐之，乳白色的汤，白绿相间的色，更是香气四溢、鲜嫩诱人，顿觉味蕾大开，现在回味仍是口舌生津。青海湖及周边也因过度渔猎、过度放牧，保护意识欠缺而导致生态恶化。三十多年前，政府为了尽快恢复青海湖的生态环境，积极实施保护措施，先后六次禁渔（至今未解禁），连续多年举办湟鱼鱼苗增殖流放活动。湟鱼资源的不断增长，水位的逐渐上升，使青海湖周边的鸟类、湖泊、草地以及其他野生资源形成了一个良性发展的生物圈，周边生态环境呈现良好恢复状态。人们虽然短期内吃不到湟鱼，却也享受到了环境改善的红利。

　　青海湖还是鸟儿的乐园和天堂。幽美壮丽的鸟岛风光，是青海高原的又一大奇观。青海湖鸟岛，因岛上栖息数以十万计的候鸟而得名。鸟岛坐落在青海湖的西北隅，分为一西一东两岛。西边小岛叫海西山，又叫小西山，也叫蛋岛；东边的大岛叫海西皮。海西山地形似驼峰，面积零点一一平方公里，岛顶高出湖面七点六米。岛上是斑头雁、鱼鸥、棕颈鸥的世袭领地，每到春天，这些鸟翻越喜马拉雅山脉一起来到这里，有八九万只之多，在岛上各占一方，筑巢垒窝，全岛布满鸟巢。海西皮约四点六平方公里，为鸬鹚的王国，鸬鹚窝一个连一个，像一座鸟儿的城堡，所以海西皮又叫鸬鹚岛。在距离鸟岛很远的地方，游人就可以听到音色各异的鸟语，叽叽喳喳，热闹非凡。登上观景台一看，只见各种鸟类尽情嬉戏在天空与湖水之间，它们有的展翅翱翔，在天空划过一道道白色的痕迹；有的游弋追逐，在水面留下一道道银亮的波纹；还有的在岸上懒洋洋地晒着太阳。青海湖，每年都吸引数以十万计的候鸟前来繁衍生息。五六月份，岛上能有三十多种鸟，最多的时候达到十六余万只，景象十分壮观。鸟岛因其地势平坦、气候温和、三面环水、环境幽静、水草茂盛、鱼类繁多等独特的地理条件和自然环境，成了鸟类觅食繁衍生息的天然场所和理想家园。在5月最佳观鸟季，大批中外游客跟随候鸟的脚步，来到这里一睹万鸟齐聚的盛况。

圣湖开裂震撼人心的，不只是映入眼帘的画面，还有涌入耳鼓的开湖声音——雄风鼓荡，大浪滔滔，冰排相互撞击的炸裂声，冰排垒叠升高又被撞击倒塌的轰鸣声，冰排被风浪抛至半空再跌入水中激起的浪花呼啸声，各种声音混杂在一起，惊心动魄，天摇地晃，激荡得人热血沸腾。面对此情此景，有位湖边工作者讲：那一刻，他冲动地也想变成一块冰，融入迸发拼搏的浪潮之中，不怕粉身碎骨，只为激情一搏。听人一番话，也梦想"朝屯雪山下，暮宿青海旁"，感知圣湖纯净的召唤，洗礼自己的心灵，再怀想鱼翔浅底、鸟欢低空的盛况，怎能不令人心生向往……

圣湖即大自然赐予人类的福湖。用虔诚敬畏之心，细心、认真听取大自然的声音，与大自然和谐相处，则福也。

丁香花愁怨吗？

◎ 白锦刚

　　遍布街巷的丁香花，由着自己的性子，肆意地开放着，那紫的、白的、紫里透白的像绒球一样的花簇，随风摇曳，都开得很浪漫、很奔放、很热烈。虽不及桃花、李花激情四溢、个性张扬，也不及牡丹、月季朵大叶肥、娇艳国色，却也开出了自己的样子，芳香悠远，娇巧迷人，而且树冠高于牡丹月季，满眼皆花，挨挨挤挤，如花的海洋，并看不出丁香花忧伤、哀怨的妆容甚或景象。

　　丁香花序硕大、开花繁茂，花色淡雅、芳香，因其花筒细长如钉且香，故名。丁香花又象征吉祥富贵，颇受西宁市人民的喜爱，早在 1985 年，就被选为西宁市的市花。一进入 4 月中下旬，无论是小区绿化园、路道隔离带，还是河岸景观区、民居院落中，更有城区的各个大小公园、游园、植物园，丁香花渐次悄然怒放。每当走近一片片、一簇簇含苞待放或随性开放的丁香树时，总会情不自禁地停一停亲近，瞧一瞧花形，嗅一嗅花香，那沁人的芳香，便会令人心旷神怡，似乎醉了居户，醉了游人，醉了暮春，醉了初夏……

　　南山寺脚下，有一为丁香量身打造的赏花处，名为丁香园，每到赏花季，络绎不绝的观花者总是兴冲冲来，笑哈哈看，又意犹未尽地乐滋滋去，满手、满脸、满身的花香，便四散开去，芬芳了一座城。

在夜景下观赏丁香花，或路过花径，花事则更显淡雅，花香也更显浓郁，便会带着丁香的余味，拥入家的港湾，进入甜甜的梦乡。

说丁香花幽怨，是因"丁香空结雨中愁"吗？因唯在雨中，丁香花朵、花瓣才因娇小而显得楚楚可怜、弱不禁风。但在我看来，丁香花仍不见幽怨的样子，依然挺身昂头接受风雨的洗礼，即使花瓣零落一地，那也是另一种新生，那也是"花谢明年还复开"的坚韧。或许还因丁香的花蕾叫丁香结，唐代李商隐曾在诗句中写道"芭蕉不展丁香结，同向春风各自愁"，用未展开的芭蕉和丁香结来表达对伊人的思念。

说丁香花愁怨，是因丁香多紫色吗？可在中国传统文化中，紫色代表着高贵、神秘和深沉。在西方，紫色也代表尊贵，常被贵族所喜爱。此外，紫色还象征着浪漫、希望、优雅、纯洁和爱情。哦，说到爱情，就有了雨巷，有了油纸伞，有了愁怨的姑娘，有了诗人的痴情，应是丁香并不愁怨，仅是诗人一时的愁怨吧……

乡村的早晨

◎ 李文龙

　　朋友，您到过冀中平原的农村吗？您曾在那里度过清晨时光吗？如果没有的话，我建议您找机会去那里走走看看，体验一下那里的清新空气和自然风光。我相信，到了那里您一定会产生如痴如梦的感觉，您的身心将立刻沉浸在一种少有的快慰与享受之中。

　　清晨，当您身处冀中平原乡村，放眼一望无际的田野，呼吸着清新的空气，欣赏着青翠的农作物和绚丽的花草树木时，美丽乡村就像一幅壮丽画卷，彻底展现在您的面前，令您爱不移目，身心舒畅，格外欣喜。自己与大自然零距离接触，感觉一切都是那样的亲切与美好。

　　乡村的早晨就像是一个天然的大氧吧，给人们提供了享之不尽、用之不竭的丰富负氧离子。长久居住，足以达到良好的强身健体的效果。每天清晨，善良淳朴的乡亲们陆续从家里走出来，奔向田间地头，开始了一天的劳作。

　　我喜爱乡村的早晨，感觉她始终充满了勃勃生机，孕育着新的希望。虽然我已离开故乡多年，但我的心永远与这片热土紧密相连，故乡的一切早已印刻在我的脑海里，融化在我的血液中了。不论走到哪里，即使到了天涯海角，我也会经常梦见故乡。每次回到故乡，早晨走出家门，到田间散步，与同样早起的农民朋友聊天，瞬间就会勾起我的很多回忆，心里顿感无比愉悦。

乡村的早晨，除了村里偶尔的鸡鸣犬吠以及林中的各类鸟啼，四处基本上是一片肃静安宁。一层薄雾笼罩着静谧的村庄，田野、庄稼、树林、花草，到处都是郁郁葱葱的景象。村边那条小河翻滚着波涛，日夜奔腾不息，一直流向远方。两岸的白杨树长得高大挺拔，垂柳的枝条随风摇摆，树叶被风吹得哗哗作响，似乎在张开臂膀热情地欢迎清晨前去田间劳作的人们。

生活在这里的农民，祖祖辈辈都是那样的勤奋与辛劳。他们善良、质朴、厚道，热爱生活，勇敢坚强。当东方刚刚出现鱼肚白，晨雾犹存，凉意袭人时，农民兄弟早已下地了。他们肩扛农具，背着竹筐，走向田野，或耕地，或施肥，或浇水，或除草，精心细致地打理着庄稼，开始了全天的劳作。他们深刻理解"一年之计在于春，一天之计在于晨"的道理，非常珍惜清晨时光。趁着这凉爽的天气，力争多干些地里的活计，期盼全年的庄稼能有个好的收成。这就是冀中平原上的农民，千百年来，他们就是如此这般，日复一日，年复一年，面朝黄土背朝天，辛勤耕耘，挥洒汗水，用劳动编织美好的未来与心中的希望。

自古以来，勤劳、艰辛与农民紧密相伴。在乡下农村，几乎没有人会在清晨时分还躺在温暖的被窝里睡懒觉，因为那样会被人们耻笑，会被认为是太奢侈太浪费时光，这与他们的人生哲学、生活习惯以及所追求的理想信念是大相径庭与格格不入的。

行走在乡村的早晨，记忆把我带回到20世纪那些难忘的日子。那时，我已在农村生活了十几年。应该说，我的人生阅历是很丰富的，我的童年是在不知忧愁为何种滋味的时光里度过的，感觉一切都很美好；少年时遇到了自然灾害，经常是忍饥挨饿，填不饱肚子；青年初期不幸遭遇了"文革"，结束了校园生活，成为一名回乡知识青年。后来的很长一段时间，我都是在农村度过的，在生产队当过普通社员，在公社机关当过"借干"等。我始终没有辜负时光，尤其是在公社机关工作的时候，我与公社干部们一道，坚持深入基层，与农民群众同吃同住同劳动，感觉各方面都颇有收获。我也因此了解和熟悉了农民对清晨时光的那份厚爱与珍惜。

每天清晨，我与父兄们一样，也是很早就起床，从来没有睡过一次懒觉。经常是清晨到了田间还处于迷迷糊糊的状态。有时即使到地里干了很长一段时间的活，但仍像是处于梦中尚未完全清醒过来。那个时候，正处于"文革"时期，每天夜晚村里都要组织学习、召开会议或者开展运动，待结束回到家里休息已是深更半夜，所以，怎能不瞌睡打盹儿呢？

如今，回忆起这些往事，讲给孩子们听，他们都表示不可思议，但那确实是一段在我年幼的心灵里留下深深印记的岁月。而那时的我始终坚信，总有一天会改变这种状况。党的十一届三中全会，终于使我们转入以经济建设为中心的正确轨道。后来，我有机会参军到了部队，还走进了高等学府学习深造，在知识的海洋里遨游。我们广大青年人一度成为新时期经济建设和改革开放的中坚力量。

多年以后，当我再次来到农村，发现这里已经发生了翻天覆地的变化。清晨我走出家门，这里依然是空气清新怡人，广阔的田野呈现一片碧绿颜色。土地承包责任制没有改变，生长的农作物基本上都是随着市场的需求而规划种植的。如今的农村，青年人都外出打工去了，只留下一些老人和留守儿童。很多老人已是满头白发，步履蹒跚，经历了岁月的风吹雨打，身体明显苍老了。

孩子们集中在村子里的小学，教室里传出琅琅的读书声。村里的房子建了很多，但大部分都建在了村边野外。道路变化最为明显，四通八达，十分平坦，全然不见之前雨天泥泞难行的状况。

我与一位老者聊天，了解到他的儿子和儿媳妇都去了外地打工挣钱，几年来家里就剩下他们老两口儿带一个小孙子度日。他们家种植了几亩责任田，春种秋收，施肥浇水，很是辛苦，但也衣食无忧。他说，农民没有什么奢望，这样就感觉很满足很幸福了。隔一段时间，带上孩子乘车去看望远在异地的爸爸妈妈，这样的生活已经习以为常了。孩子们外出谋职，也是为了过上更好的日子，当家长的理应尽力帮助，做好家庭后勤服务保障。

我沿着田间的崎岖小径漫步，映入眼帘的是各种各样的颜色。洁白的梨花正在怒放，金黄色的油菜花遍地盛开，广袤的麦田呈现的是一片绿色。田野里还有一个穿衣戴帽的栩栩如生的稻草人，专门用来吓唬偷吃庄稼的小鸟。路边那些五颜六色的野花，招引来众多的蜜蜂在上面飞来飞去，它们看上去无比开心。

这些年来，故乡不少农民开始生产和销售颇受人们喜欢的渔具。他们选择了淘宝电商模式，在自己的家里通过手机电脑直播的方式，将商品货物销往祖国的四面八方，有的还漂洋过海卖到了国外。还有的农民联系北京高等学府的教授策划出版教辅书籍，满足莘莘学子的需求，图书一经出版很受市场欢迎。仅此两项，就给故乡人们带来了巨大的经济效益。有了钱，乡亲们开始改善生活，有的修建了小楼，有的购买了汽车，有的把孩子送出去读书深造，用知识改变命运。故乡的生活水准与时俱进，美好的向往与日俱增，幸福的指数不断攀升。

望着这一切，我不由得思绪飞扬，感慨万千。党的二十大如和煦春风吹进农村，故乡呈现了崭新的面貌。我相信，在不久的将来，我们那个村子就会建成宜居宜业的和美乡村，到那时，乡村的早晨，空气将会更加清新洁净，田野里的庄稼长势将会更加旺盛，高度的机械化与现代化将取代人工操作，农业生产效率将进一步提升，农民的生活将如芝麻开花节节高，好日子赛过甘甜的蜜糖。故乡未来可期，前景灿烂辉煌。想到这里，我的心彻底陶醉了。

此时，一轮朝阳冉冉升起，万道霞光映照着冀中平原的乡村，这里的早晨美极了！

在渴望阳光的地方

◎ 子非滋

　　这里峡谷高耸入云，这里黄河浪涛翻滚，这里寸草不生。这是一个人迹罕至的地方，成年寒风呼啸，四周山体裸露，峡谷幽深阴暗，怪石嶙峋。抬头只能看到天空不大的一隅，一天时间里，只有中午时分太阳才从头顶一晃而过，让你还没有感受到它的温暖，它就匆匆消失在山峰的背后，这就是藏语称之为拉西瓦的地方——渴望阳光的地方。

　　20世纪70年代末期，有那么一群人，他们千里迢迢翻山越岭而来，背着背包，抬着钻机，在黄河岸边搭起帐篷，支起炉灶，燃起篝火，唱着"是那山谷的风吹动了我们的红旗，是那狂暴的雨洗刷了我们的帐篷……"的《地质队员之歌》，在峡谷边安营扎寨。黄河聆听着他们的歌唱，沙尘飞扬着他们的梦想，寒风伴着他们夜夜进入梦乡。他们在山坡上种下树苗，自己也在这峡谷里深深扎下根。古老的峡谷在酣睡中被惊醒，惊诧地注视着这个有老有少、有男有女的人群，四周的山峰俯瞰着这群操着南腔北调口音的人，记下了一个个挺拔的身影和刚毅的脸庞。

　　一年后，这些人在背后叫作泥鳅山的脊梁上挖了一条V形口子，修了一条简易公路，机械物资被源源不断地送进来。他们依着山脚盖起了一排排土坯房，门前栽下了小树，建起了食堂、小卖部、医务室，一群人像一个大家庭一样开始在这里工作、生活。

我就在这支队伍中间，那时正处青葱岁月，弱冠之年。和我一同到来的还有许多和我年龄相仿，甚至比我还要小的少男少女。说起地质队员，人们大都想到的是翻山越岭，风餐露宿，转战南北，到处寻找矿藏的地质勘探队伍，却很少有人知道，还有我们这样一支专门与高峡为伍、江河为伴，从事水电资源开发的勘探队伍。我们所到之处大都是江河峡谷，交通不便，荒僻落后，而且在这样的地方一工作就是十几年。没有寻找矿产资源地质队伍转战南北的浪漫色彩，有的只是艰苦、寂寞、长期与外面世界的隔绝。

从我们在黄河岸边的驻地到理想中的拉西瓦坝址，大约还有两千米的距离，两岸都是陡峭的绝壁。于是我们用几年时间，沿着河岸打了一条弯弯曲曲，高约两米，宽约一米七八的交通洞，洞内勉强可容一辆北京212吉普车通过。我第一次开着吉普车进洞，感觉稍不小心就会刮蹭到两旁到处突兀的岩石，一公里左右的山洞，开得我胆战心惊、冷汗淋漓。后来熟悉了，胆子也大了起来，在狭小的洞子里，常把吉普车开得如蛇在洞中穿行一样游刃有余。通过这条交通洞，我们用一辆小型拖拉机把钻机及各种配套设备运往坝址，从此隆隆的机械声和人声把沉睡了几千万年的峡谷从睡梦中唤醒。

钻机开机后执行三班倒工作制，即使在炎热的夏季，上零点班的人在峡谷里也得穿上皮大衣。这样的工作一般从每年的3月初开始，到12月底结束，冬季最寒冷的时节除留个别人值班外，其他人这时才能回到远在天南地北的各自老家与亲人团聚，等到来年的2月底，又都告别家乡、告别亲人，来到这个与世隔绝、没有阳光的峡谷默默地从事各自承担的艰苦工作。

老一代地质队员大都是单身职工，日复一日，年复一年，无怨无悔地过着这种苦行僧般的生活，无论多么艰难、痛苦、疲惫、寂寞，都从未轻言放弃，毕其一生坚守着自己的岗位和事业。他们当中有 20 世纪五六十年代大学毕业的地质、测量、物探、试验等专业的知识分子，也有深谙钻探、架设、打洞、机械修理等专业的技术工人。我们这些刚加入这支队伍的年轻人，则从学徒工做起，学习老一辈的吃苦精神，学习他们对地质事业的热爱，学习他们的专业知识和技术。栉风沐雨，相互协作，艰苦探索古老峡谷的地质构造，用我们的心血和汗水，共同设计出比我们的青春年华更加美丽壮观的大坝蓝图。

新一代地质队员虽然也是男多女少，但毕章有了更多的异性。我们当中许多人在峡谷中相爱，结婚生子，也有许多人不甘忍受这种艰苦、寂寞的生活而选择调离。

更多的人则选择坚守自己的事业，坚持在这种异常艰苦的工作环境中，献出自己的青春，献出自己的才智，献出自己毕生的精力，有的甚至献出了自己宝贵的生命。

从事地质和测量专业的技术人员，经常需要冒着生命危险，在陡峭的峡谷两岸进行实地勘察，他们到过的许多地方，就连高原上最善于攀爬的岩羊也都望而却步。峡谷两岸的山峰就像脾气暴躁的老人，随时都会大发雷霆，狂风肆虐，飞石翻滚。有位老地质工作者在陡峭的山崖上工作时，不幸被滚落的飞石击中，跌落深谷。人们找到他时，他静静地躺在血泊中早已停止了呼吸。

他一生从事地质工作，辗转多个江河峡谷，再过几个月他就可以办理退休，回到江南老家与他的妻子儿女团聚。人们围着他伤心落泪，讲述着他转战江河的艰苦经历，蓝天为之默哀，黄河为之呜咽，高峡为之垂泪。

我们从 1978 年走进峡谷，到 2003 年电站正式开工，这期间整整经历了二十五年。二十五年的风雨历程，有着太多的坎坷艰辛和感人故事。虽然工作单调、枯燥，甚至危险，但我们却从没有胆怯过、退缩过，我们用自己的实际行动诠释着什么是爱岗敬业，什么是奉献精神。用青春书写地质工作者在峡谷中的奋斗历程，用生命探索深邃峡谷的地质构造，用心血勾勒出大坝的雄伟蓝图。

二十五年啊！当初走进峡谷的老地质队员都已陆续退休，我们这些当时正处花季的少男少女，接过了他们手中的地质锤和钻机，接过了他们的梦想和事业。如今，当我们走出峡谷时，也已青春不再，冰雪寒霜、雨打风吹，黝黑粗糙的脸庞，成为岁月留给我们特有的痕迹。

二十五年啊！木星绕地球运行两周，我们在营地栽下的杨树苗已长成碗口粗的大树，在峡谷最早呱呱坠地的婴儿也已长大成人，迈向了社会。

二十五年啊！祖国大地发生了翻天覆地的变化，我们初到峡谷时，还是计划经济时代，享受事业单位待遇。走出峡谷时，我们已成了企业职工，面临市场经济大潮的巨大冲击。

站在岁月的路口，看着城市里高楼林立、灯红酒绿，望着飞驰大江南北的高速列车，纵横阡陌的高速公路网，我们的目光除了惊愕，还显得有些呆滞和茫然。对镜抚摸两鬓渐起的白发，我们热泪盈眶，思绪万千。

回望峡谷，早已人声鼎沸，机械轰鸣，营地背后那座像墙一样的泥鳅山被建设大军夷为平地，没了这座山峰的阻隔，清晨第一缕阳光就照射进峡谷，把拉西瓦峡谷映照得通红，把波光粼粼的黄河水染得通红。

不，那通红的不是朝霞，那是我们的青春在燃烧，那是我们的血液在流淌。二十五年的日日夜夜，风霜雨雪，我们不负韶华、砥砺前行，终于完成肩上的使命，如今终于可以走出峡谷，头也不回地走了。

身后的峡谷早已面目全非，找不到我们如火的青春，看不到我们的任何足迹。但是，拉西瓦不会忘，高峡不会忘，黄河不会忘，四周的山峰不会忘。二十五年的日夜相守，每一个地质工作者的容颜都早已深深记在它们的脑海里，刻在它们的心上。当拉西瓦电站建成之时，在月明星稀的夜晚，高峡和黄河依然会讲述我们在峡谷中留下的动人故事，回忆我们走过的那些可歌可泣的艰苦岁月。你看那拉西瓦电站如今源源不断输出的强大电流，不正是我们的青春在闪光，你看那矗立在拉西瓦的巍峨大坝，不正是为我们立下的无字丰碑！

我的父亲

◎ 子非滋

　　父亲是一名小学教师，从我记事起他就在村里附近的小学教书。开始学校离家近，每天的早晚我都能见到他，后来学校越搬越远，只有在周末才能见到他。

　　记忆中，父亲只要回到家就没有闲过，要么在拾掇房前屋后的果树、菜园子，要么在制作或修理着家里的各种家具和农具。以至于这么多年过去，只要一想到他，脑子里就是他瘦削的脸颊挂满着汗珠，羸弱驼背的身躯不停地在忙前忙后的样子。

　　父亲不苟言笑，对子女很严厉。想想小时候我好像很少见到他的笑脸，没有牵过他的手，没有被他背过或被他抱过，更别说敢在他面前调皮、撒娇了。这些看似平常、温馨的父爱，对我来说那简直就是一种奢望，我童年时曾经为此十分地沮丧和伤心。

　　我小时候有些捣蛋和蔫坏，每个周末父亲回到家，母亲都要在他面前数落我的许多不是。轻则被父亲叫来呵斥一顿，重则训斥完还要用砍下的荆条来打。

　　从小到大在我的记忆中，我与父亲之间没有过什么感情交流，有的只是训斥和打骂。平时在家如果我坐在什么地方，一见到父亲过来，我便如坐针毡，坚持不了几秒就得仓皇逃离。如果见到父亲在家里什么地方待着，我便像老鼠见到猫一样，能躲多远躲

090　心栖梦归处

多远，尽量不出现在他的面前。

虽然从小很畏惧父亲，但内心对父亲还是十分崇拜和尊敬的。在我年少的心中，父亲像大树一样，只有在他的绿荫庇护和遮风挡雨下，我们这一大家人才能过上衣食无忧的生活。家里不管遇到多大的事情，只要父亲一回到家，立刻就有了主心骨，再大的困难和问题都会迎刃而解。那时真是觉得父亲是一个无所不能、无所不通的人，是全家的顶梁柱和依靠。长大后做父亲这样的人，是我儿时唯一的理想。

小时候和父亲近距离接触最多的时候，是在他干活时给他打下手。父亲有一双巧手，木工、篾工样样精通。学校放假时，他常把家里一些闲置的木头做成一些桌椅，或者用砍回来的竹子编一些日用的篮子和筐子。有些看似没用的烂木头，他把中间腐朽的部分挖掉，装上一个底便成了木桶。

他在做家具时，在木头上画好线后，常常让我帮他拉锯。每当这个时候，我就战战兢兢，紧张得难以描述。几乎每次锯着锯着我这边就跑了线，我不得不来回使劲拧着锯想再找回去，我这边常常锯得像蚯蚓一样弯弯曲曲。他每次见状都会狠狠地瞪我几眼，有时也不免训斥几句。即使是在最寒冷的冬季，每次帮他拉完锯，我都是汗透衣背。

父亲做的桌椅板凳，都是就地取材，因"材"制宜，不是"制式"的，所以家里众多的椅子、板凳，各自高矮不同、长短不一、形态多样。

小时候，父亲几乎是当地方圆几十里唯一的文化人，每年春节，山前山后的人们都把买好的红纸送来让他给写对联，家里的红纸常常堆得像小山一样高。看着父亲把红纸裁好，用糨糊粘接成一幅幅宽窄不一、长短不同的对联，再根据不同字数，折叠成一个个有着斜十字折痕的方块，我既钦敬又觉得十分神奇，对父亲的崇拜简直五体投地。

父亲写对联时需要一个人按着对联，他每写好一个字，按对联的人就往上拽一个字的距离，他保持着身体不动再写下一个字。

这是一个枯燥漫长又熬人的工作，我年少好动，按对联时很难长时间精力集中，经常一走神，不是拽多就是拽少了，这样他就需要重新调整姿势才能再写下一个字。每当这个时候，父亲又会狠狠地瞪我几眼，如果再犯，难免要被训斥。每年春节前，一见到父亲要写对联了，我就找各种理由躲得远远的，即使去干一些平时不愿干的脏活、累活，也生怕被他喊去按对联。

从一年级到六年级，父亲大都是我的语文老师。小时候贪玩，但由于对父亲的敬畏，在他讲课时，我不得不去认真地听。布置的作业，都要一丝不苟地完成。我读书期间，功课最好的一直是语文，想想这应得益于他是我的老师。从小到大，我也只有在读书这件事上没有挨过父亲的骂。

小时候我们家兄弟姐妹多，经济来源基本靠父亲一个人微薄的收入。一大家子人，父亲主外母亲主内，生活忙忙碌碌，简单而又繁复。父亲一年到头除了工作外，基本上都在和我母亲为了我们的温饱问题而辛苦劳作，对孩子的抚养和教育，往往变成了简单的训斥和打骂。记得有次母亲因事责骂我，我觉得母亲冤枉了我，便对母亲说："你这样对待我，等我大（爸爸）回来我跟他说。"那时虽然经常被父亲打骂，但内心里总觉得父亲是能主持公道的人。

父亲周末回来，母亲便将我的原话告诉了父亲，父亲把我叫去又责骂了一通。可能当时觉得父亲在这件事上没有主持公道，从此内心对父亲由过去的敬畏，又增添了一层深深的隔阂。

随着我一天天长大，越来越懂事，干的活越来越多，父亲也很少再打骂我。但父子之间的交流却越来越少，感情的距离也越来越远。

后来我参加了工作，远在千里之外。那个时候没有电话，书信往来便成为我和家里唯一的联系。像许多人一样，小时候曾经盼着长大了，能像小鸟离开巢穴那样飞得越远越好。可当有一天真的离开了养育自己的父母和熟悉的家乡时，你会突然发现，曾经一度想逃离的那个家，成了你心中日夜的牵挂和思念，成了你深深的眷恋和精神寄托。于是一封封家书，就成为我思念父母和亲人的一种情感释放方式，我和父亲内心深层次的交流，便也由频繁往来的书信开始，一直持续了很多年。

寒来暑往，时光飞逝。随着我和父亲往来书信交流的增多，我发现威严、冰冷外表下的父亲，其实心中也有细腻的情感和火一样的热情，他对每一个儿女都有着深深的挂念和浓浓的关爱。

父亲在信中常常向我谈及家里兄弟姐妹的情况，谁取得了什么成绩有什么好消息，总忘不了拿来和我分享，在信中都能感受到父亲发自内心的喜悦。有段时间，二哥和大弟分别在事业和感情上遇到了挫折，父亲在信中吐露着他心中的担忧、焦虑和无奈。

母亲多病，父亲怕我在外担心，每次总是在母亲病好了以后才在信中告诉我。晚年的父亲内心是孤独的，过去对儿女们太严厉，儿女们长大后，对他都有点敬而远之，这让父亲心里很酸楚，和我的往来书信也就成了他倾吐心声、排遣内心苦闷的一种方式。

20世纪80年代末，我在单位分了房子，便去信希望父亲和母亲过来和我一起住。父亲在回信中说："我的身体各方面都在老化，实在不能出远门了。"高原上气候恶劣，我也只好作罢。

岁月无情，时光似水，父亲真的老去了。晚年的父亲显得十分慈祥，每年我回家探亲和两个弟弟在一起打闹说笑，天南海北漫无边际地闲聊时，父亲总是在旁边面含微笑，默默地注视着我们，目光里满是疼爱和欣慰。

后来想想我也觉得非常奇怪，我和父亲在信中像知心朋友一般，已经到了无话不谈的地步，但每年回家见到他后，虽然不像年少时那样躲着，但想面对面地交流谈心，依然还有很大的心理障碍，内心对他的畏惧还是根深蒂固。

晚年多病的父亲退休后依然闲不住，房屋后面陡峭的山坡让他挖得像梯田一样，长满了各种时令蔬菜。我每年探亲回家，经常见他伛偻着腰，在山坡上的地里忙碌着，开始我常过去抢过他手中的农具来干，想让他休息，但总是我干这个他就去干那个，我才知道父亲那是闲不住。后来他想干什么活，也就只好由他去了。

父亲晚年腿不太好，本来就有些驼的背也显得更弯了。尽管这样，每年我和妻儿探亲假满要回单位时，他都坚持要送我们去车站。每次在列车上看着父亲弯着腰，依依不舍地在站台上向我们挥手，我就在车窗内强忍着泪水。

后来父亲走不动了，不能再送我们去车站，临别时，他就拄着拐杖站在门前，两眼泛着泪光，不舍地看着我们离开。每当这时我就不敢回头，催促着妻儿快走，我怕自己稍一迟疑，就控制不住自己内心的悲伤和酸楚。人们常说"忠孝不能两全"，其实很多像我一样的普通人，只是简单地为了生存而远离他乡。无法孝敬父母成为我们终生无法弥补的遗憾，而且不能用"忠"这样一个幌子，来骗人和安慰自己。

1993年的冬天，比往年都要冷，父亲的生命在这一年走到了尽头。等我赶到家时，病榻上的父亲已经奄奄一息。

一天傍晚，大部分时间都处在昏迷状态下的父亲突然变得出奇地清醒和精神。他向我询问了窗外的天气情况后，便和我聊起了家常。他从大哥谈起，对儿女们每一个人的工作、现在的问题、将来的期盼都娓娓道及。对事业和家庭现在都满意的儿女，他给予肯定和赞扬，并显得十分高兴。对事业和生活现在存在问题的，他表示出深深的担忧和顾虑。大哥没有工作，他特别嘱咐我们今后要多加扶持和关照。

　　我感觉到他的不寻常，意识到这可能就是人们常说的"回光返照"，他一边说着，我一边应诺着，并一边不停地啜泣，父亲便询问我是不是感冒了，并叮嘱我及时吃药。

　　所有儿女的事逐一谈毕，父亲累了，不知什么时候又昏睡了过去，并从此再也没有醒来。第二天清晨，当太阳刚刚透过窗户照射到病榻上的父亲时，他便永久地停止了呼吸，离开了他一生为之付出的家和他深爱着的儿女们……

　　父亲走后的几年里，我时常会梦见他，那真是魂牵梦绕，刻骨铭心。我知道那是因为我心存愧疚，我深责自己父亲在世时没有好好孝敬他，情感上没有给他更多的慰藉，经济上没有让他过上宽裕的生活。他一生辛劳都是为了这个家，为了儿女们的温饱和过上更加美好的生活。而我们长大了，一个个远走高飞，想的更多的是自己的小家庭，对父母的回报少之又少，对父亲的关心微之又微。

　　曾经觉得父亲对儿女过于严厉和冷酷，其实父亲一生为家庭的付出和操劳，就是对儿女们最温暖最炽热的爱。曾经觉得自己对父亲很懂，其实对父爱尤其对严父的爱，需要用一生去理解，用生命去感悟。

　　如今岁月的风霜刻满脸颊，作为人父，我也深刻体会到肩上的责任和不被理解时的无奈和压抑，开始真正领悟严父给予我们的不一样的父爱，懂得看似冷漠、严厉背后的父爱是多么的无私和伟大时，他却已经永远离开了我们，去了另一个世界，给儿女们留下了无尽的思念和悲怆，留下了"子欲孝而亲不在"的切肤之痛！

父亲把自己的一生献给了家乡的教育事业，用自己瘦弱的肩膀撑起了我们这个大家庭。辛勤付出和劳作一生的父亲走了，在我心中永远留下了一个冷峻而遥远的雕像。

如果人真的有来生，我想对他说："父亲，下辈子我还做您的儿子，您还做我的严父！"

豆　腐

◎ 郭志松

今年初秋有朋自家乡来，相聚在街巷小饭店。朋友提出点菜要多点豆腐，在朋友的心中，豆腐是天底下最好的美食，他对豆腐的喜爱到了无以复加的地步，没有豆腐不成席，缺了豆腐食无味。他对豆腐的这份执着勾起我对豆腐的许多记忆。

豆腐距今已有两千多年的历史。两千多年前，淮南王刘安孝敬母亲用"地水"点豆浆，所得又香又软的"豆腐脑"，后来将这块状物称为"豆腐"。宋人苏东坡喜食豆腐，在黄州时，经常亲自做豆腐，用豆腐招待亲友，并写有"煮豆作乳脂为酥，高烧油烛斟蜜酒"的诗句。千百年来，豆腐已经走出国门传入世界各地，成为人类共同的美食。

我的童年处在一个物资紧缺的时代，家乡生活艰苦。豆腐这种如今人们可以天天吃到厌的食品，那个时候可是难得吃上的美食。一个公社成千上万户人家也没几家豆腐作坊。公社办公地的街上菜市场每天早晨有摊位卖豆腐，由于村里人忙于干农活挣工分，没时间跑十多里路上街撩豆腐，"豆腐担子"应运而生，这是一种古老的买卖方式。卖豆腐的豆腐郎挑着两只木桶，桶里注着清水，把豆腐养在水里，挑着豆腐担子走村串户叫卖。"豆腐啊，豆腐。"刚进村口豆腐郎就开始高声叫卖。这个时候需要撩豆腐的人家，就会拿一只脸盆，或一只大碗，抑或一只小小的竹篮子等在门前，叫一声"撩豆腐"，那豆腐郎即会循声把豆腐担挑来。那时豆腐五分钱一块，也可以用黄豆换豆腐，大约一斤黄豆换十块豆腐，需要贴一毛钱加工费。在我的家乡，买豆腐不叫"买"叫"撩"，说起来非常形象，那豆腐养水里，手伸到水里抄到豆腐底下，轻轻地将其托出水面这叫撩。如果从上向下直接用手去抓，那豆腐十有八九会烂碎。"撩豆腐"是家乡人民创造的词汇，有点俏皮又有点智慧。

家乡那时的豆腐都是用盐卤点的，吃在口中细腻顺滑。豆腐可以配菜炖汤，常见的有鸡毛菜、猪腿筒骨、鱼头。豆腐也可煎着红烧，若配上五花猪肉更是诱人。豆腐还可以凉拌和清蒸着吃，小葱拌豆腐清凉可口。我的家乡不兴臭豆腐，不比同是水乡的绍兴臭豆腐名扬天下，更不比长沙的臭豆腐黑得有了特色。绍兴的灰白色臭豆腐煎到外皮泛黄，加上甜面酱吃起来回味悠长。长沙的墨黑色臭豆腐煎到外皮脆硬，蘸点辣椒吃更显湖南人的性格。家乡每年几个重要的时节，像在清明、冬至时祭祖，像在春节时宴请，这些时节的席上少不了豆腐。

豆腐做得好不好吃，与上灶人的厨艺有关。家乡的豆腐是先用石磨将泡发的黄豆磨成水浆，再用纱布过浆去掉豆渣，豆浆上锅烧开，盛入缸中用盐卤水点，凝结后再上框模里用纱布包着压。豆腐上模板压，压到什么程度，压多少时间，全靠豆腐老大把控。压得到位，那豆腐可以用手扶着翻身不碎。压得不到位，那豆腐含水足，看起来豆腐块大，实则用手扶着翻身时那豆腐就碎了。压得不到位，水分足的嫩豆腐，不适合油煎红烧，用于凉拌或炖汤尚可。压得到位的豆腐水分适中，油煎红烧上佳。北方的豆腐我不甚了解，早年去过北方，吃到豆腐感觉有点粗，不如南方的豆腐吃到嘴里细柔滑爽，也许是加工过程的差异。

我和小伙伴们常拎着黄豆去邻村的山冈上换豆腐。这豆腐郎是邻村人家女婿，常在山冈上歇脚。按理熟人不至于欺负小孩，做生意童叟无欺啊，但据小伙伴讲，那豆腐郎藏着两只秤砣，有成人时他不敢用大秤砣，怕露馅砸了生意。等我们几个小孩去时，他就用大秤砣，这样我们带去的黄豆，在家称时一斤在他这儿却变成了八两。这种把戏我们几个小伙伴经常讲，传到豆腐郎耳朵里，豆腐郎专门拿了秤到村里向生产队长解释，赌咒发誓没有大小秤砣。从此那个豆腐郎就不怎么来我们村里了。这个豆腐郎不来，别的豆腐郎就会填补空缺，自然就来我们村里。大人们都说新来的豆腐郎卖的豆腐好，下锅油煎红烧硬实着呢。

在我的家乡，那时候每到春节，家家户户在腊月中旬就开始泡黄豆，等到腊月二十五前后便开始挑着泡好的黄豆去豆腐作坊加工豆腐，交上不多的加工费。每年这个时候是豆腐作坊最忙碌的时候，有时候会有几十户人家在排队，不过这黄豆泡在水里而且是寒冬腊月，不易变质。如果在中午时轮到我家的黄豆上磨，哥哥便留下来推磨，我跟着姐姐回家担柴草，一个来回差不多个把小时。推磨是个体力活，俗话说世间有三苦，撑船、打铁、磨豆腐，磨豆腐中数推磨最苦。待那豆浆磨好，上灶烧开，这个时候担来的柴草就派上了用场。接着一套制作流程下来，也快到天黑时分。乡下的夜晚真是夜晚，没有路灯，到处是漆黑一片。哥哥挑着一担豆腐，姐姐打着手电筒，我在后面像个跟屁虫。这个时候我已经吃饱了，在上模压豆腐前我已吃到一碗豆腐花，等豆腐做成我又捧着豆腐吃。豆腐作坊的主人豆腐老大看到我这么嘴馋，说你来帮我家灶上烧火，我供你每天豆腐吃个饱，引得大家哄堂大笑。豆腐挑回来，那豆渣也挑回来，豆渣可是养猪的好饲料，有时候也做成豆渣饼晒干以备青黄不接时当口粮吃。

家乡的豆腐还有一种瓶装的小方块豆腐，那豆腐有玫瑰红的，有灰白色的，和现在城里超市卖的那种腐乳差不多，现在想起来这种豆腐的名字在家乡叫作"糟豆腐"。那时生活艰苦，吃饭时有一块糟豆腐已经很不错了。其实这种豆腐更适合牙齿不好的老年人吃。我奶奶经常让我去小店里买糟豆腐，因为奶奶七十多岁了，牙齿不好，落得没几颗。有时候舍不得买一整瓶，就用只小碗去买两三块，这小块的糟豆腐一分钱一块。现在的年轻人可能听起来觉得好笑，一分钱还能买到食物？可那时就是这样，而且吃起来还有种自豪感。

有一次两个年轻人来我家做客，巧的是家中只有我和两个哥哥在家，刚好五个年轻人一起，准确点说我还是个少年。晚饭时间，哥哥想办法招待，米饭用柴锅煮上了，二哥为菜的事发愁。二哥让我去邻村豆腐作坊买几块豆腐回来，鸡蛋没有，鱼肉更没有。二哥想着办法做炒青菜、青菜豆腐汤，勉强算是有了菜。当生活贫穷与物资贫乏同在的时候，人的适应能力是强大的，一碗青菜豆腐汤也是美味。

如今城市的商业街区烟火气渐浓，美食夜市人气爆棚。我到过许多夜市，每一个夜市里臭豆腐是必不可少的，似乎少了臭豆腐就不成为美食夜市。无论是走到哪儿的夜市，总有臭豆腐的香味飘荡。这臭豆腐好吃又实惠，制作简单食用方便，或油煎，或油炸，用一只小碗加些料，食客取根牙签，或站或坐或行走中都可享用。这样一块闻起来臭吃起来香的豆腐，老少皆宜，吃的是一种味道的回忆。

在我学会做饭后，豆腐也是离不开的食材。松花蛋拌豆腐，把一盒嫩豆腐轻轻地扣在盘子里，用小刀划出上下层，再划成小方格，在豆腐上面放上切细的松花蛋和葱花，再加些肉松、榨菜丁，浇上鲜酱油、麻油，有时也会放些味精。还有豆腐鱼头汤、红烧老豆腐、清蒸臭豆腐、油炸臭豆腐，百吃不厌。我最喜欢吃的还是老豆腐与五花肉红烧，油而不腻，那豆腐因有了肉相伴，吃起来比肉还香。

豆腐不仅在寻常百姓家，也入了佛门净地。出家人遵守戒律不食荤腥享用素食。豆腐含有丰富的植物蛋白，为出家人提供足够的营养。我曾有幸在寺院用过素餐，色香味俱全，从外观看形态各异，入口后方知是豆制品，赞叹掌勺师傅的厨艺精湛。现在有许多素食主义者，街头素食店中，豆腐是必不可少的，可以说少了豆腐，素食就少了灵魂。

豆腐有时候还有饮食以外的一层意思，我姑且把这层意思称为一个文化的标志。在江南有个习俗，有人故去，葬礼结束后丧主举办酒宴，俗称"豆腐饭"。被请的人一般不会拒绝，否则会被认为"失礼"，吃豆腐饭有预祝宾客长寿之意。还有我们耳熟能详的"豆腐西施"，这是鲁迅《故乡》里的杨二嫂。"豆腐西施"不仅仅是赞美杨二嫂的容貌，还有一个可能是暗喻杨二嫂以年轻美貌招揽客人，免不了遭到游手好闲之徒的轻薄和戏辱，杨二嫂被那些人"吃豆腐"。人们常说"刀子嘴豆腐心"，讲出来的话像一把刀子刺人心脏，可用心是好的，像豆腐般柔软。更有"小葱拌豆腐"喻为一清二白，使这份豆腐菜有了新的精神境界。

豆腐，一种源远流长的美食，成为寻常百姓的最爱。

我的军旅往事

◎ 郭志松

年轻的模样，留在了岁月的年轮中，数十年恍若瞬间。如今我已双鬓夹着白发，额头上抬头纹、眼角处鱼尾纹常驻，诉说着历经半世的风霜。到了喜欢回忆的年龄，怎不忆青春。回望人生百花园，掬几朵往事之花。

送兵会上的发言

1984 年的金秋十月，在乡亲们的锣鼓声中，我光荣入伍了，口袋里的《应征入伍通知书》被焐得滚烫。从村里到镇上有近十里路，一路步行，一路锣鼓。道路两侧一望无际金色的稻田，澄黄澄黄，沉甸甸的稻穗笑弯了腰，仿佛知道我要离开这片生我养我的土地，如慈祥的老人挥手送行。军营，那是我梦想的地方。在我少年时，姑父从部队回来探亲，看到他那一身绿军装，参军梦想就已种在心间。姑父是一名老兵，参加过解放战争和抗美援朝战争。

在乡里新兵欢送会上，乡武装部尹部长点名让我代表全乡应征入伍的新兵发言。其实，这时还不能算是新兵，水兵服还没有穿上，我们只能看着眼热。那是我高中毕业后，在社会的舞台上第一次真正意义上的发言，激动得语无伦次。送兵的家长们鼓励我，说"讲得好"，代表了大家的心声。相隔太久了，依稀记得："……我代表今天一同入伍的伙伴们，向家乡政府和家乡人民保证，一定会安心当兵，为家乡争光。"直到现在，我也不敢相信，那时我能讲出这样的话语。

我们履行了自己的诺言，在当兵的岁月里，立功受奖的喜报频传家乡。若干年后遇到尹部长，他说："你们是我送的兵中，立功受奖最多的一批。"

俞班长的蓝被子

俞凤海是我当兵的第一任班长，我们都亲切地称他为俞班长，至今仍常常想起他。印象特别深刻的，是初入军营时看到的他床上的蓝被子。海军官兵的被子是像大海一样的颜色，深蓝的。俞班长的蓝被子叠得四四方方，说像豆腐块一点也不为过，有棱有角，层次分明，转角处90度分毫不差。我和伙伴们在欣赏的同时，又深感有必要吗，费这么大的劲儿。

俞班长不愧为老兵，看出了我们几个的小心思。到吃饭的时候，随着号令，第一次集合带队进食堂前，俞班长在我们面前有了第一次训话，他说："刚才有几个新同志，看到我的被子，觉得花那么大功夫没有必要。"接着他又说："被子作为军人的生活用品，同时又是一种内务陈设。尤其是被子的折叠质量，蕴含着军人的严格组织纪律性。"今天晚饭后，全体练习叠被子。没想到一床被子叠成了艺术品一般，还蕴含着哲理。

从此，我对叠被子决不马虎。在后面的内务卫生评比中，无数次夺了红旗。直到疫情期间，睡在办公室，小床上的被子还是叠得有模有样，底子还在，当兵的素质还在，军人的本色还在。

四明山实弹射击

在不少人眼里，扛枪才是真正的当兵。入伍前听姑父说，有的技术兵种的战士直到退伍，也很少有扛枪打靶的机会。练了几个月的持枪队列，终于要轮到练习射击了，兴奋得午睡也要把枪放在床头。射击训练是件艰苦的事，从基本要领开始，卧姿瞄准击发。在训练场，趴在地上一个小时，中间丝毫都不能放松。

终于等来期盼已久的打靶。从龙山训练团到四明山靶场，经过骆驼镇，解放大卡车约三十分钟的车程。正逢清明时节，杜鹃花漫山遍野地盛开，把浙东四明山装扮得分外妖娆。靶场就在四明山深处，在山崖下立着靶标，靶心清晰可见。前面有几个班已经完成了射击，5发取得45环以上成绩的不少。我们班的兄弟们摩拳擦掌，跃跃欲试。终于轮到我们班了，小老广第一个枪响，接着我们几个砰砰砰的一阵枪响后，到报靶的环节。靶标下的壕沟里摇起小旗子示意打靶成绩。轮到报我的成绩时，我屏住呼吸，目不转睛地识别旗语，10环、10环，连续四个10环了，最后一个，却报出了9环，甚是失望。这如果在战场上，就可能让敌人逃命。再后面，也没兴致关心别人的环数了，直到一阵欢笑响起，我又来了精神。报了一个靶上0环，另一个靶上100环，大家忍不住欢笑起来，那笑声久久回荡在四明山深处。

这是我入伍后，也是我人生的第一次打靶，要打得准就必须刻苦训练，不经寒霜苦，安能香袭人。

深夜逃跑的刺猬

早晨刚刚醒来，范怀明同学就问我，那个刺猬是不是你的？时间过得真快，我已经从一名新兵成长为军校学员了。我的母校坐落在青岛沧口，前身是由蚌埠一机校和青岛二机校组成的海军航空技术专科学校，如今的海军航空大学青岛分校。那时我们学员边读书学习，边担任站岗执勤。学校对面是沧口机场，夜间轮到我们去停机坪站岗，忽然听到窸窸窣窣的响声，我立即将刺刀上好，端着枪循声而去。原来停机坪上爬来了一只刺猬，我用刺刀一挑，它顿时缩成一团不动了，我小心翼翼地用一根小绳子将其拴住。等到换岗，我带回宿舍，用脸盆将刺猬罩住，在脸盆上压着方凳，专等天明起床了，向同学们炫耀战利品。没想到，刺猬力大，顶翻了脸盆和方凳，轰的一声把宿舍里的同学惊醒了。正当大家莫名其妙时，刺猬逃跑了。

多年后同学们在青岛再相聚时，范同学还向我提起。

一支奔腾流淌的歌

——致"冬歌文苑"成立六周年

◎ 胡建国

"用诗和远方，陪你一路成长。""冬歌文苑"诞生于六年前的金秋。

一面之缘似故交。四年前一个偶然机会，我从微信朋友圈里看到了一位朋友转发的发表于"冬歌文苑"平台的文学作品，浏览了一遍，觉得作品质量很好，于是给予关注，后来逐步喜欢上了这个文学平台。2018 年 8 月，"冬歌文苑"组织部分作家、作者首次在福建云霄、厦门进行采风暨第一部散文集《四季恋歌》首发仪式，我有幸收到了文友栗梅送来的两本赠书。打开书本，两页鲜红衬纸上分别留有主编冬歌和另四位作家栗梅、张守权、张玉成、蔡泗明的亲笔签名，字体飘逸、字字千钧，乃爱不释手。手捧散发着墨香和文馨，装帧素雅精致的散文集，我如沐清风，眼睛为之一亮。这本由中国言实出版社出版、著名诗人吉狄马加先生题写书名的散文集，有分量、有热度，合集所有作品皆为"冬歌文苑"平台发表过的优选精品，舒洁、王树宾两位作家作序，多位作者还是全国性的知名作家，合集里现役和退役军人作者不少。最吸睛的是散文集主编黄玉东先生还是在役海军大校，他是军旅作家、中国散文学会会员、中国散文诗研究会会员、中国军网执行主编，著有散文集《军旅青春别样红》《向往大海》等佳作。《四季恋歌》收录的作品按照不同主题归类设计，围绕春夏秋冬四季立意，分为"春风晨曲""夏雨荷乐""秋月雅韵""冬雪漫歌"四章，全书意境深远、优雅别致、图文并茂，让人耳目一新。我似乎听见了春风润物的呢喃，看到了夏荷摇曳的婀娜，仰望了秋月映照的澄碧，触摸了冬雪曼舞的柔美。散文集插图作者栗梅女士纤笔素练、妙笔生花。从关注一群人、喜爱一本书开始，到因缘分结识、点燃激情，我加入了"冬歌文苑"文学交流群，迈开了追梦文学的蹒跚脚步。

文苑沃园倾激情。加入"冬歌文苑"文学交流群后，我乐于在业余时间参加文友群互动、分享，每天认真欣赏平台推出的各类作品，尤其对军旅题材作品情有独钟。二十年军旅生涯虽早已谢幕，但那草绿色火热的情结一直萦绕心中、浸入骨髓、融入生命。抱着试试看的心态，我向平台投了第一篇习作《四季恋歌歌未央——致贺〈四季恋歌〉出版发行》，在忐忑中期盼着，两天后平台推出了我的习作，有十几位文友老师给予赞赏、留言鼓励，增强了我跨入写作之门的勇气和信心。四年来，我向"冬歌文苑"和其他网络平台、报纸杂志投稿近百篇，有些作品还参与合集出书，虽数量不多，但足可聊以自慰自勉。我在"冬歌文苑"沃园里书写感悟、表达思想、抒发情感，看淡了人生的得失，找到了码字的乐趣。有幸在平台和群里结识了诸多老师文友，从他们的作品中，学习了创作的技巧，领悟了思想的精髓。群里有的文友已届高龄，仍勤耕不辍、佳作迭出，令我感动和敬重。精神食粮涵养情怀、滋养力量，山高路遥，理想滚烫。

妙曲流淌歌未央。"冬歌文苑"的作者群体来自五湖四海、各行各业，有在职领导、普通百姓，有现役军人、退役官兵，有专业作家、草根写手。平台投稿量与日俱增，每天八篇作品都是经过千挑万选，提前"排队"后零点准时推出，作品题材多样，每篇文章均设置了读者留言区。平台工作室每十天安排一次作品点评，利用晚上八点至九点半的时间，筛选出一篇有特色的作品，由群友自告奋勇担任主持人组织点评。大家在群里畅所欲言、品鉴评析，达到了互促互学、共同提高的效果。"冬歌文苑"是一个博爱的平台，在积极开展文学创作的同时，热心社会公益事业，主动组织文友参与捐款赈灾、扶贫济困，围绕社会热点话题，多次举办主题征文活动，弘扬了文学主旋律，发挥了平台正能量，产生了良好的社会效应。"冬歌文苑"是一个宽阔的舞台，助力众多写作新手圆梦，展现了文苑应有的气度、风采、责任，工作室先后组织文友到福建云霄、厦门和青海西宁实地采风，为作者提供了接地气的养分。自2018年平台首部散文集《四季恋歌》出版发行以来，2019年诗歌集《歌向远方》、2020年散文集《踏歌而行》、2021年散文集《渔樵歌笙》、2022年散文集《清歌流韵》相继出版发行，这些文集均由国家级出版社出版，可谓果实丰硕沉淀。笙歌似水含蕴，"冬歌文苑"就像一支奔腾流淌的歌，谱写了激昂的旋律，倾注了诉不尽的爱意。

更上层楼谱新篇。2023年10月21日是"冬歌文苑"成立六周年纪念日，我们谨致热诚祝贺和衷心祝福，祝愿平台越办越好、永创辉煌。文苑成立六年来，平台的关注度逐日高升，作品的数量、质量不断攀升，整体阅读量逐步提高，文学之路无比宽阔。"十年磨一剑"，厚积薄发，"冬歌文苑"六年路上正出发。"不忘初心，砥砺前行"，怀揣梦想著华章。聚是一团火，我们坚信：有黄玉东大校的擎旗领衔，有文苑工作室各位顾问、编审老师们的辛勤付出，有一群热爱"冬歌文苑"的粉丝的笃定坚守，"冬歌文苑"赤诚的文学情怀，定会绽放出更加芬芳的锦簇花团！

牵一缕月光回家

◎ 胡建国

　　9月上旬的闽南，依然燥热，"白露"没有消弭暑气，与同季节的北方大相径庭。临近中秋节了，夜晚望着天空，月亮正逐渐圆润，犹觉诗意萌动。玉兔难逃万家诗，前年中秋节前，我把秋思寄托在《乡愁悠悠月正圆》里；今年，我手抚月亮，《牵一缕月光回家》，让浓浓乡愁汩汩流淌在十五月圆之际。

　　这缕月光是少年时依然不识的"愁滋味"。时光流转，花开花谢，几十年了，唯有虫儿依旧在日复呢喃，蝉声已厚积成耳鸣，金光也幻化为眼花。儿时金钗圳里摸虾捕鱼，田野上放牛牧羊，生产队仓库稻草堆捉迷藏的影像倒映清晰，赤背光腚似鱼儿一样在村前河流里扎出水花。夏天宗祠大门和厅堂青石板上高枕无忧。鸡鸣狗叫唤醒了早晨的惺忪睡眼，后山上那相思树春花金黄、淡香扑鼻，祖父栽种的龙眼树和番石榴垂涎流香。祖母卖粮为我和堂弟添置的确良衬衣，那凉爽感觉几十年来浸透骨髓心怀。赤足可任意在阡陌上驰骋，撒野劲儿像翻滚的稻海麦浪一样随风摇曳滚动。只是那时还没有背熟辛弃疾的《丑奴儿·书博山道中壁》，更不懂得"为赋新词强说愁"了。

　　这缕月光是泥泞崎岖求学路上的手电光。农村的生活是清贫的，但家乡的小学不简陋，温馨梦甜。上学穿行于乡间羊肠小道，小书包把希望的憧憬拉得悠远绵长。幽暗的煤油灯没有凿壁借光的境界，作业题里还找不到诗和远方。走在海堤泥泞路上，雨天经常滑倒摔跤不断壮实了筋骨，穿拖鞋的农家子弟不惧风雨。踩在青龙桥厚重的石板条上，望着逝水东流，不知两年后高中毕业的学子今后脚步将迈向何方，思想的迷茫如学校后山上的树林一样苍茫。中午饭二两大米一块地瓜也能蒸出香甜，勉强填饱了肚子，却把理想放飞得万般高远。身在课堂，心惦家里，放学后煮饭、养鸡养鸭养猪和做作业同步，一样不落。高中阶段，朦胧中感悟了手电光就是未来月光的浓聚。

这缕月光是守望万家团圆刺刀上的冷峻寒光。或许是家族遗传的基因，习不了文就转行习武，好男儿当兵去。外祖父、父亲、我本人、侄儿四代共和国军人，从军报国热血赤诚、一脉相承。有幸在人民军队奉献二十载青春年华，战斗生活了九个单位，留下了一段刻骨铭心的记忆烙印。当战士时站岗放哨，冷峻刺刀的寒光映衬着中秋的月光，一家不圆万家圆；当干部时爱岗敬业、以情带兵，努力把连队锻造为具有一流战斗力的精兵劲旅，这一段宝贵时光，淬火磨砺，吃苦耐劳，甘之如饴；在机关岗位工作，履职、学习、提高，树好形象、不辱职责、不负众望。感恩人民军队的培养塑造，难忘组织的关怀信任，感谢首长的教育扶持，致敬战友的团结友爱。这轮月亮纵然不圆，但这一缕月光啊，绝对无比皎洁纯净！

这缕月光是岁月年轮正悄然染白的厚重霜花。重阳秋色正浓，年轮愈发密匝。十七岁当兵，离开部队四十二年了，在地方工作也已有二十二载了，明年底即将退休离岗，不知不觉中皱纹纵横、霜花满头。"卸甲归乡"甚好，可以伺候老母，可以含饴弄孙，可以游山玩水，可以会会挚友，可以写写画画，远离铜臭玷污。生命的长度和厚度有时不是自己能够确定的，人生一遭在于求实、真实、充实、厚实。重阳之龄，已无高官厚禄之奢。一壶心事煮温酒，牵缕月光回家乡，故乡的月儿最明亮，归家并不遥远，轻装简行，归乡的路途宽阔又平坦……

美人茶香俏大田

◎ 胡建国

  深秋的八闽大地，清风挟着热气，恰似福建人的待客情谊。10 月中旬周末，在原部队老连长带领下，我们从厦门出发，又一次踏进了三明市大田县，一同浏览岩城的美丽风光，感受大田美人茶的俏丽魅力。

  两个小时车程，第一站抵达位于大田县吴山镇的"中国高山茶城"，走进了福建省象山岩茶业有限公司，受到了董事长李家宝先生的接待。李董事长年近五十，初次接触，我的印象是他身体健硕，脸色黝黑，性格内柔外敛，话语不多，但目光炯炯有神，透着一股刚毅、睿智和沉稳、执着的英气。我们简短寒暄，直奔主题：泡茶。他拿出"大田美人茶"金奖茶王款待我们。两杯喝下，醇香甘洌、沁人心脾，旅途舟车劳顿的感觉全消、暑气秋燥也荡然全无。吴山点点青，夕阳余晖给茶城镀上了一层金光。茶香四溢弥漫，细口啜饮、慢慢品咂，齿颊留香，似含英咀华。望着李董事长公司墙上挂着的密密麻麻近百块奖牌和柜子里一大摞各类证书，我心生好奇，就打听起他不凡的创业故事来。

  李家宝老家在泉州市永春县，1999 年他来到大田县，开始了承租茶山、开办茶厂的创业史。最初以制作蜜柚茶为主，在蜜柚茶制作工艺达到炉火纯青的时候，转而研究起铁观音、东方美人茶制作工艺。东方美人茶品种来自台湾高山茶，2008年从台湾引进大田，是茶乡大田县的新兴茶类。自与茶结缘后，他每年都会走向全国各地考察茶叶市场和茶园种植基地，潜心向台湾东方美人茶师傅和同行高技术制茶师们学习先进制茶技术。现在，他不但自己拥有几百亩茶园，还扩展收购其他一些失管茶园，把产业做大。名副其实，在沉甸甸的荣誉背后，是洒下辛勤汗水深耕的足迹。二十几年来，他在省（部）、市、县级举办的各类茶赛上获得了许多大奖。2016年9月，他的东方美人茶茶样拿下斗茶赛金奖；2016年10月，他的铁观音摘取茶王桂冠；2016年11月，他的"象山岩·中国高山茶"又收获了一枚金奖；2018年1月，他选送的"大田东方美人茶"专项组茶王，以一万元拍出了所有茶王的最高价；2021年8月，他的象山岩茶业有限公司摘取"茶王"冠军；2021年9月，他公司参赛品种摘取"金萱"1个金奖、"清心乌龙"1个银奖、"金萱"和"清心乌龙"另5个铜奖。

东方美人茶，茶美似人俏。从东方美人茶到大田美人茶是如何演变过来的，我们饶有兴趣，李家宝先生道来如数家珍，让我们耳目一新、增长见识。东方美人茶在台湾已有150年的历史，该茶有独特性，栽培的环境最适宜在海拔1000米左右的高山，大田县茶园大多与台湾茶区海拔和气候等条件相近，适宜东方美人茶的生长。该茶叶常吸引一种小绿叶蝉，小绿叶蝉叮咬茶叶后会释放出一系列天然香味物质，具有果香蜜味。茶叶生产时，被小绿叶蝉吸食越多，品质愈佳，所以，该茶叶不喷施农药、不治虫，采摘的茶青最原生态。其实，大田美人茶原材料多数为当地的自有品种，在部分引进台湾东方美人茶品种后，李家宝和大田县的茶师茶农们用台湾工艺，制作出了大田的东方美人茶。作为大田县政协委员，李家宝几年前就积极会同县茶界的有识之士，主动向县、市提交方案，呼吁将大田东方美人茶统一改称为"大田美人茶"，以更好地打造出属于大田县自己的品牌。现在，"大田美人茶"已成为大田县的拳头产品，从大田县走向国内市场。大田，作为"肉身菩萨"章公祖师祖地，其传说吸引着海内外的目光。据悉，政府部门已经准备在大田设立章公祖师公园，李家宝深信，未来大田美人茶将与章公祖师文化结合，成为茶旅的又一重要文化景点。

对于李家宝先生的制茶工艺和所获得的诸多荣誉，我表示由衷敬佩。品茶，我是外行不谙其道，恐有负于他金奖茶王款待美意，我请他为我们进一步解读。"大田美人茶"历史有二十多年，制作工艺在六大茶类中最繁复、最讲究，须手工采摘"一芽一、二叶"之嫩茶，经"萎凋、凉青、做青、发酵、杀青、回润、揉捻、烘干"等工序精制，其公认的特色是"贵"和"雅"，如果用苏东坡那"从来佳茗似佳人"诗句来形容，那是最形象恰当的，美在其中、俏如佳人。论色泽，茶叶呈红黄白青褐五色，清透鲜亮；看形态，茶叶浸润水中，叶片轻盈婀娜，似花旦美人凌空曼妙；闻香气，充满果香蜜味，如清纯少女怡人芬芳；品味道，入口甘醇甜美、圆滑润和，如初恋心扉洞开、难于割舍。李家宝董事长还特别提到，广东的凤凰单丛最有香气，而大田的美人茶口感则独具清纯。别人生产的茶叶毛尖容易折断，而他制作的茶叶毛尖都能保留弯卷状，大小均匀。

为了增加我们对美人茶的了解，李家宝还特意引领我们参观了位于屏山乡万亩生态茶园附近的福建省江山美人茶业有限公司（大田大方广茶业有限公司）。这是一家闽台合作的茶企，前身是早期（1998年）进入大田县创业的台资企业，是集茶叶研发、制作、销售、观光体验为一体的生态茶业公司，注册资金1200万元，自建海拔 1000 米以上茶园 3000 多亩，带动农户建立茶叶基地 3300 亩，年产值 5000 万元。公司厂房 3600 平方米，引进台湾先进制茶设备 70 多（套）台，所注册的"江山美人茶""高山铁观音"商标闻名台湾和大陆，多次在各种茶赛上获得殊荣。其主导的"江山美人茶"以其"三贵"（出身、姿色、品味）而闻名遐迩，几年来多次被评为省级重点农牧业产业化龙头企业，是中国海峡两岸茶业交流协会常务理事单位。

此行大田，已是我第四回踏入这块红色土地。我的老连长陈转建，战友情浓厚，不管何地战友来到岩城，他都盛情接待。茶香入怀，酒香醉人，我们总是情怀萦绕。1990 年他从部队转业回原籍大田县，曾在行政部门多个岗位工作，任农委党委书记多年，尽管已退休，但不论战友相聚何地，他总是自豪地为家乡美人茶做宣传，当起义务代言人；走亲访友，随手带着美人茶相赠；外地的首长战友喜爱，他会时常邮寄过去。大田茶美，战友情深！

此行我们有幸与大田县人大常委会刘永生副主任会面，品茶时免不了谈论大田美人茶。交谈中我们得知，大田县有着悠久的茶贸历史，有记载的茶史是从南宋隆兴二年（1164 年）始，境内大仙峰岩寺的僧人开始种茶供佛。元代学者郭居敬有茶诗著述，那是大田最早的茶诗。清朝康熙年间，大学士李光地将大田武陵雪山茶进贡朝廷，大田茶叶开始驰名海内外。大田地处闽中，海拔千米以上的山峰有 175 座，森林覆盖率达 78.14%，峰峦叠翠、云雾缭绕，90% 以上的茶园分布在海拔 800—1200 米之间，宜茶环境优越。目前，全县茶叶种植面积 10 多万亩，茶叶加工厂 1300 多个，年加工毛茶 1.38 万吨，涉茶人员 10 万人，全产业链产值 35 亿元。大田县是全国唯一"中国高山茶之乡"，曾获得全国十大魅力茶乡、全国十大生态产茶县、全国茶叶优势百强县、全国最美茶园、全国绿色茶叶标准化生产基地县等称号，国家市场监督管理总局将大田列入福建乌龙茶地理标志产品保护区域。有106款茶样获省名优茶称号，大田美人茶蝉联三届海峡两岸茶王赛"茶王"，是三明市茶叶重点发展品牌，进入第二批福建特色农产品优势区拟认定名单。

2000年8月9日，时任福建省委副书记、省长的习近平同志视察大田元沙村茶厂时做出重要指示，大田人民牢记嘱咐、不负厚望。近年来，在大田县委、县人民政府的推动下，全县立足高山生态资源和茶产业发展特色优势，打生态牌、走绿色路，定期开展茶文化交流，坚持把茶文化、茶产业、茶科技统筹起来，加大茶产业发展力度，促进了大田美人茶品牌建设不断提升。

位于大仙峰下的屏山乡有机生态茶园海拔1000多米、面积11760亩，是大田县美人茶品种培育的一个缩影。为了让我们直观感受茶园风光，领略茶文化内涵，我的老连长特意把第一天晚上的住宿安排在"大仙峰·茶美人景区"之"茶美人驿站"。这景区集观光旅游、住宿餐饮和大田县茶乡文学创作基地等为一体，同时也是福建省委党校、福建行政学院生态文明建设教学科研基地现场教学点，是三明市委组织部确定的三明市党员教育培训示范基地、三明市委干训领导小组确立的"三明实践"现场教学基地。"绿水青山就是金山银山"，大田美人茶园，承载着不同凡响的荣光。

晚上，我们沿着茶园的水泥路散步。抬头仰望，苍穹浩瀚、幽蓝深邃，月牙高挂、清辉倾泻，星儿朝我们眨眼。漫步闲逛，凉意幽然，小路两边小草清香，花儿芬芳，虫儿呢喃，似在合奏秋收的夜曲。第二天早晨，我们特意起得早，为了一睹太阳从茶园东边冉冉升起的壮观景象。早上五点多，登上茶园几个不同位置的制高点，太阳刚从远山探头喷薄而出，俯瞰远眺，万亩茶园一畦畦成行成列、一层层高低错落，绿浪扬波、苍翠欲滴；竹林、山峰、木屋、栈道，高耸的茶壶、山坳下的水田、阳坡上的民居和古堡客栈尽收眼底。雾岚氤氲，凉风徐徐，大有"荡胸生层云"之感。我注意到，这个季节尽管樱花树叶落尽，但青枝挺拔，仍不失为茶树衬托出几分生机盎然，令美人茶更加娇俏玲珑。我顾盼着驿站悬挂的红灯笼，也在寻找着金黄的柿子树在哪里。我想：这火红和金黄的色彩，不正是大田人民美好日子的最美底色吗？

一曲乡音悠　万层鼓浪涌

◎ 胡建国

　　盛夏转入初秋，就像我的故乡母亲河晋江拐了一个急弯呼啸着奔腾入海。9 月下旬的闽南，遍地依然是姹紫嫣红，不见落叶缤纷，萧瑟苍凉。鸽哨晴空，岁月无恙。2022 年是杰出的民族英雄郑成功率军从荷兰殖民者手中收复台湾 360 周年。带着景仰的心情，我和战友两人专程从厦门抵达南安市石井镇，走进英雄故里，追寻英雄足迹，缅怀英雄伟绩，在领略郑成功文化内涵中触摸到世遗和海丝之城泉州家乡的万千脉动。

波澜风云涌

　　第一站，南安市石井镇郑成功文化旅游区。在原部队老班长、福州军区守备二师南安战友会会长余福林先生的带领下，我们一行来到了郑成功文化旅游区参观游览。郑成功文化旅游区由郑成功纪念馆、国姓爷庙、郑成功碑林、延平王祠、海上视师石组成，为全国重点文物保护单位。矗立在鳌峰山上的郑成功纪念馆，占地面积三千平方米，依山傍海、气势磅礴，是全国爱国主义教育基地、福建省爱国主义教育基地和国防教育基地。拾级而上，几十级石阶把 360 年光阴一路迤逦拉来，拉近了我们与明末清初历史时空的距离。馆内展藏的文物丰富，看见陈列的兵戈剑戟，耳边犹响当年国姓爷率军时的鼓角争鸣，犹见刀光剑影火光交织，浓缩了激荡的历史风云，生动地展示了郑成功光辉灿烂的人生和收复台湾所创造的丰功伟绩，油然激发了参观者的爱国主义情怀。馆外四周花草芬芳四溢，千乔万灌苍翠欲滴。伫立在纪念馆大门口，放眼远眺，水天一际，湖光山色，村居楼宇尽收眼底。纪念馆正对面是福建延平中学，传来琅琅书声，这是块英雄土地，莘莘学子定英才辈出。辽阔的石井港伏波静卧、波澜不惊，令我百感交集、思绪翻滚，脑海里映放着当年郑成功视师石井、屯师金门、挥师东渡的壮阔画卷。时空叠影，我似乎远眺到了泉州大坪山上郑成功挥鞭策马、器宇轩昂的雄姿和厦门日光岩上挥戈镇定的神态。延平王祠里，清康熙帝御赐郑成功的一副对联"四镇多二心两岛屯师敢向东南争半壁，诸王无寸土一隅抗志方知海外有孤忠"使人肃然起敬。骄阳当空，参观的人群络绎不绝，纪念馆循环播放的《爱我中华》歌曲响彻云霄、澎湃心潮。福建与台湾隔海相望，两岸血缘根系一脉，郑成功反对外来侵略，1662年台南赤嵌楼前御辱复台，维护了中华民族利益，捍卫了中国主权和领土完整；今日中华民族伟大复兴欣逢盛世、强国在望，不管是谁，阻挡中华民族统一的图谋都是注定要失败的！

高甲戏名扬

身为闽南人，我只知道高甲戏是闽南的一个剧种，但不知道高甲戏的发祥地竟在石井镇岑兜村。高甲戏因"搭高台、穿盔甲"和演出武戏"执戈披甲"而名，是福建的五大戏种之一，诞生于明末清初，流行于闽南厦、漳、泉地区和东南亚一带（闽南语系区域），其创始人为岑兜村的洪埔师，被称为"戏公祖"。高甲戏吸收了南北各地的艺术精华，博采众长，具有奔放、活泼的特点，音乐采用南音素材，表演参照了梨园戏的"七步颠""舢板行"和泉州提线木偶动作的程式，尤其是武戏独具一格，体现了闽南独有的文化特色。南安市乡村的高甲戏非常普及，是农村文化生活的重要组成部分，呈现出"五里一戏台、十里一戏院"的布局景观。岑兜村有"十家九戏"之誉，家家户户参与演出唱戏的传统相袭。作为文化根脉，各级政府重视，舍得资金投入，村里设立了高甲戏传习所和青少年校外辅导站，开办了教学点，多措并举，使高甲戏得到保护传承。石井镇陈统战委员和岑兜村洪书记向我们介绍：2015 年 7 月开始，村委会与岑兜小学合作开办高甲戏培训班，学员主要以学生为主，几年来培养了一批又一批苗子，有的小学、初中毕业后到戏剧学院定向委培或就职于专业剧团，通过培养学生，扩大到发动群众广泛参与，一人带动一个家庭，由对高甲戏文化的热爱提升到与建设特色文化、促进乡村振兴融合。现在，村里正在打造一个全国唯一的高甲戏户外博物馆，该馆占地 40 亩，结合旧村改造，利用十个废墟，分不同主题建设十个高甲戏文化场馆。岑兜村民过去主要靠海和靠高甲戏外出演出谋生，现在转移为通过高甲戏文化搭台，主演文旅经济唱戏。岑兜村是泉州芯谷南安分园区的核心区，优越的村居条件为描绘未来发展蓝图增添了浓墨重彩的一笔。

南音悠悠响

南安文化底蕴深厚，历史名人众多，海外侨胞遍布，人杰地灵。九日山、安平桥作为泉州 22 个"宋元中国的世界海洋商贸中心"项目中的两处，成功入选《世界遗产名录》。高甲戏、南音是闽南文化的两道亮丽风景线，演绎着闽南人爱拼敢赢的精气神。

李旭珊，石井镇菊江村人，高挑、秀气、乐观，自信面容洋溢着青春朝气。这位"90后"新战友，不凡的创业奋斗史同她那拿手的南音素养一样，让我惊奇和赞叹。李旭珊原本是南音专业大学生，在大二时携笔从戎，退役后继续学业。在学期间，在不耽误学习的情况下，先后开办了两家火锅店，作为一名在校生，面对创业资金不足和经营风险等诸多问题，她靠信誉、智慧和勇气战胜了诸多困难。这三年来，受疫情影响，火锅店经营比较萧条，现在，她果断转行，关闭了两家火锅店，和同学朋友合作成立了一家自媒体公司，以军人锐气在新的创业道路上奔跑。抱起琵琶弹奏是江南秀女，挽起袖子创业乃果敢战士。军营的磨砺，锻造了她雷厉风行的作风，熏陶了她缜密成熟的心智。她伯父是我同一连队的老班长，我多次应邀参加南安战友聚会，每次都能欣赏到她精湛的南音演唱，那婉转典雅优美的曲调，有友情的高昂、有乡愁的悠悠，为战友聚会增添了热烈气氛。为喜迎党的二十大，传承弘扬"晋江经验"，2022年8月，泉州市退役军人事务局联合东南网推出系列报道《爱拼敢赢　不负戎装——泉州市退役军人创业故事展播》，李旭珊光荣入选，播出后反响热烈。

闽海新雄风

300多年前，开台圣王国姓爷平夷镇海护国，留下了爱国御辱、开拓进取、坚韧不拔的民族精神；300余年后，新时代石井人弘扬传统、勇立潮头、勇毅前行，续写了振兴家乡的新的辉煌篇章。2022年6月，第七届南安（国际）郑成功文化节隆重举办，提升了郑成功文化的影响力，弘扬了爱国主义精神，为南安及石井经济文化发展创造了良好契机。石井港是厦门港到泉州港的中心地带港口，这是一个天然良港，目前正在打造十万吨级现代化港口码头，昔日郑成功马江海门屯师要塞，今朝扬帆在现代化征程中逐浪远航。午饭前，我们走进了泉州芯谷南安分园区，这是一个泉州半导体高新技术产业园区，简称泉州芯谷，规划面积范围为60平方公里，主要涵盖南安分园区、晋江分园区、安溪分园区。南安分园区位于石井镇，总规划面积287亩、建筑面积45万平方米、计划投资20亿，是泉州芯谷的核心区，主要发展化合物半导体产业，包括化合物半导体制造类、化合物半导体配套类、化合物半导体应用类，以"港产城融合"发展理念，建设一个集生态、智慧、健康、人文为一体的滨海产业都市。整个园区功能齐全，配套有人才社区、商务中心（含酒店）、休闲公园、展示中心、孵化空间、污水处理、学校、医院等项目。泉州芯谷南安分园区有独特的区位和交通优势：与厦门新机场直线距离2.5公里，规划有跨海大桥连接；处于泉州南安南部出海口，与金门隔海相望，石井港直线距离金门7公里，是对台的重要口岸；位于厦门—泉州经济走廊交汇线中部；半径50公里内拥有3个机场、4条铁路、5个动车站、6个港口、7条快速路，在厦门、泉州市半小时生活圈内。南安1993年撤县设市，是福建省较早步入经济快车道的一个县级市域，区位优势独显、经济活力彰显、产业特色明显，城乡繁荣宜居，百姓生活富庶，科技、文化、体育、慈善、双拥事业走在福建乃至全国前列。成功故里、雄风劲吹，我们衷心祝福您永呈妖娆、愈发魅力，在发展大潮中涌起闽海新鼓浪。

一方热土友情浓。我们的南安籍战友，退役后发扬部队光荣传统，保持军人本色，建功新时代，有的同志成为人大代表和政协委员，有的走上了领导岗位，不少人成为企业家。参观访问结束后，石井镇老战友辜建全大哥为我们安排了一桌丰盛午宴，作陪的还有其他战友和朋友。有幸认识了南安市作协洪婉惠女士，对文学的共同爱好使我们一见如故；聆听了李妙连董事长介绍其文化传媒公司创意，我惊叹天下石文创的无比奇妙，更加敬佩石井女性的创业才华。石井人爱国爱乡、忠肝义胆、古道热肠。我不禁想起已逝去的老班长李福冰，他也是石井镇院前村人，假如今天他健在，能够在石井镇见面一聚，来个紧紧拥抱，我们一定会举杯醉在对当年连队火热战斗生活的深情、永恒回忆里……

灯火尤可亲

◎ 杨金红

翻开《巾帼书香》的读本，我被其中四十六位巾帼绽放的风采震撼，她们像一束束光芒，将我深埋心底的灯火点亮。那些泛着光亮的记忆由此纷至沓来，在时间的藤蔓中攀爬，充斥着爱与温暖的力量，将成长的痕迹深深镶嵌在我的生命里。

当乡村被夜色吞噬，白天喧嚣的气息戛然而止，父亲小心翼翼地端出他视若珍宝的煤油灯，娴熟地摸出火柴，"刺——"的一声赫然划出一道火光，光亮便穿透黑暗蔓延开来，跳跃着，像花的蓓蕾在微弱的光明里做着一场即将盛开的梦。

这是一盏由父亲亲手制作的煤油灯，它在我童年的记忆里曾率先点燃了我质朴的梦想。

那时候，车马少见，夜晚漫长。我在扑闪着的煤油灯下就着一大把时间，寻到了读书的乐趣。书页里那些描摹得精美绝伦的图案，还有那些足以引起我心灵触动的故事，像极了少年纯真时光里人生的灯塔，指引着我前进的方向。

父亲说："梦想一定要有。"我觉得我是有梦想的。

那个冬天如期而至，大朵的雪花隐入屋檐，如入层层帘幕，火桶里的木炭余温尚存。奶奶颤颤着她的小脚，在灶前忙上忙下，滚烫的糯米圆子在油锅里翻腾，扑鼻的香气在室内窜来窜去。

奶奶佝偻着羸弱的身子拉着父亲的手说:"孩子,女娃也得好好培养,长大不比男娃差,俺孙女太小了,不着急接班的……"父亲沉默着,推开门去井边打水。暮色四合,庭院寥落,我看见一丝落寞和无奈掺杂着的表情浮现在他脸上,如滚涌不绝的遗憾和愧疚。

在我每次名列前茅的考试成绩面前,父亲或许有点儿信了——女娃不比男娃差。但是生活的艰难像厚重的枷锁,让大人们在尘世间不得不向贫瘠低头。

门掩着,风从门楣上带着哨声挤进来,冷清寂寥。我执拗地不去理会父亲,那个接班的名额在父亲的人生里是一片带着彩光走向富足生活的导航,可是少不更事的我更酷爱诗书里的人生。

那些年,我并不知道自己的家境在支撑我们兄妹几个同时读书时的拮据,也不曾去想我七十多岁的奶奶终有一天会离我远去。在时间的浅岸边,我与奶奶在这个落后的乡村生活了很多年,我们相依为命、呴湿濡沫,我有理由相信通过读书这条途径能带着奶奶过上美好的生活。

"读书最终也是为了有个工作,你保证以后不后悔?!"父亲将门重重地关上,煤油灯在震颤中摔在地上,溅起一地刺鼻的煤油味儿。黑暗中我告诉自己不要哭,一定要坚持自己的理想。理想之于我是那片繁花似锦、高楼鳞次栉比、霓虹灯火闪烁的地方。

父亲怔怔地看向奶奶,捡起残碎的灯芯,重新做了一盏崭新的煤油灯。他用剪刀拨了拨煤油灯的灯芯,闪烁的灯花在夜色中孤傲倔强地明亮起来,像一个坚定的理想,将一些温暖重新照在我的身上。

那个夜晚,夜色一如往日,灯火也如旧日。

"我的探亲假快结束了,所有的学习用品我都帮你准备好了,按照你自己的意思好好学习！"我使劲点了点头，坚信父亲是爱我的。

我趴在离煤油灯最亮的桌子旁，奋笔疾书《我的父亲》：父亲是一名矿工，没有时间陪伴我，但是他却能从地底下采掘光明，把太阳捧给世界！我希望长大以后能成为父亲那样有价值的人。

少年负壮气，奋烈自有时。后来的日子，我渐渐读懂了在远方的瞭望与长大的罅隙里这盏煤油灯下发生的点滴往事，曾是陪伴，也是温暖，是风尘万里却又深情浓烈的真实人世间。

与煤油灯相伴的日子在时间的洪流中转瞬即逝，村子里似乎一夜之间就从新修的马路边架起了一根根电线杆，那些音符一样可爱的红红绿绿的电线将电灯神话一般送到了家家户户。方便到只要用手轻轻一拉电灯线，整个屋子便"唰"地亮堂起来。风月琳琅，万物勃勃，人们在电灯的光照里继续烹饪着人间烟火，看四时风光，品五谷杂粮。

我在电灯下更卖力地读书，这些光明让我更清晰地意识到"万般皆下品，唯有读书高"。父亲更多时候会选择在农忙时节回乡探亲，白天他赤着脚，将裤腿高高挽起，稻谷和着汗水尽收箩筐；傍晚，父亲深一脚浅一脚地站在另一片水田中央，青青的秧苗一簇连着一簇温柔又热烈地生长。趁着灯光亮起来之前，菜园子里的萝卜缨、地边的雪里蕻都喝饱了水，叽叽喳喳的鸡鸭鹅睬着肚皮滑稽地走在田垄间……乡村繁忙空寂，灯火即将亮起。

就在这无尽的奔波后面，父亲挺直脊梁为我扛下年少时的风雨，肃清迷蒙的雾霭，我在无数盏明亮的灯火里也愈加坚信：磨难生活下的理想，循着光，就能通达光明和希望。

我不断长大，读书，毕业，再读书，再毕业……时间如水流过，命运百转千回，人生中次第更迭的灯火像一条纽带一样将我和父亲紧紧捆绑在一起，我终于循着灯火的光芒追随父亲的脚步在淮北小城安了家，成了名副其实的煤二代。

五月又至，繁花盛开，矿山像一匹匹疾劲的鬃马，在新时代火热的季节里风华长抒，开启了信息化、机械化、多元化、现代化的高质量华彩序章。

某一日，我像当年父亲那样去矿山"探亲"。

眼前是一个有着二百六十万吨生产能力的绿色矿山。在一排排苍劲的绿树环绕中，大道宽阔径直通向座座办公大楼，曲径通向林林总总的繁花深处。近观，整洁明亮的办公楼错落有致：机关大楼灯火通明，各种挂图尽显精细化操作规程；生产楼内调度画面清晰可见，盾构机已悄然代替了人工作业，一股现代化气息扑面而来；行政楼里食色飘香，菜品琳琅满目，浴池热气腾腾……远处，那高耸的井架，像一只雄鹰振翅高飞，谱写着一首矿山蓬勃发展的长歌。还有那煤焦炭，在鸣着汽笛的火车上呼啸远去，奔向宽阔的港口码头。我看见无数个城市、无尽的人们借由这滚滚乌金燃起的高光灯火和我、和我们，有了相互建立、相互连接。

在"探亲"办公室，我好不容易见到了这个以矿为家的兄弟，岁月韶华已然让责任和担当还有奋斗全部写在了他持重、昂扬的脸上。那一刻，我觉得命运像一帧旧影片，翻拍着父亲和我们在矿山光影里交错重叠的人生。我们，接过了父亲的接力棒，矿山，也换了新装。

"何当共剪西窗烛，却话矿山新征途……"

"哈，你这人，赶紧来喝茶吧！"

太阳藏在了矸石山的煤堆后边，一片连着一片的矿山灯火渐次明亮起来，浑厚、博大的矿山大地渐渐变得安静。

我将已经微凉的茶喝下，清香，绵长，香满唇齿。

其实唇齿留香的根源不只在茶里，还有这如茶般深邃的矿山文化。在这里，我真正读懂了长长岁月里那些凝结了爱与温暖的灯火并不单单指煤油灯和电灯，大爱应该是这新时代里缔造灯火的矿工和他们头顶那熠熠生辉的矿灯。是他们，天南海北，漠野长风，听党话，跟党走，从百米井下挖掘光明，把灯火捧给世界；是他们，与青春作伴，与煤炭为伍，在百里矿山演绎着一代又一代人高亢奋进的歌，点燃了一盏又一盏的灯盏。

且看今日的淮北矿业，从井下到地面，从煤炭到化工，从黑色到多彩，从人工到智能，已经实现了华丽转身。且看今日的淮北蓝图，已经不只是灯火璀璨般绚丽，她在淮北绿金碳谷的发展史上俨然一轮光芒万丈的太阳，辉映着国企的担当，成了安徽的脊梁！

人生最非凡的意义和真谛就是在崛起中悟出真理，矿山就是能让人不断体会出非凡意义的地方。这一代一代的守望，一代一代的传承在"喜迎二十大，建功新时代"的征途中随着时代嬗变递进，也传递着小家连着大家、家园连着国家的生生不息的力量。

今夜，我在淮北小城的璀璨灯火下细品《巾帼书香》的芬芳，书写矿山无限繁华的历程，并带着满腔赤忱深爱着脚下的这方黑土。

合上书页我看向窗外，此时，华灯灿烂，四方窗口灯火通明，人们在这烟火人间相聚、重逢。我想，无论是过去的煤油灯还是电灯，抑或是现在的矿灯或者是白炽灯，因为有光，有挖掘光明的人，世界便一直温柔，灯火便一直可亲！

一次难忘的宴请

◎ 杨　青

　　那年正月初五早上，雪舞正劲。我刚吃完早饭，杂树板拼起来的宿舍门"吱呀"一声被人推开，随寒风入室的来人交给我一封信，打开一看是杨哥托他捎来的几行字：

　　杨青、正明二同志：

　　　　今天中午我请客，请哪些人？喝什么酒？买几样菜？请二位兄弟安排。

　　　　　　　　　　　　　　　　　　　　请客人：杨正

　　这客请得诡异，既有霸王硬上弓之意，也有姜太公钓鱼的味道，不是吗，他请客，来多少人、喝啥样酒、吃什么菜，反而由我和正明一一落实。

　　我凝思片刻，一扫不爽的感觉，意识到这是一份朋友间的信任，托付之事，赶紧张罗。

　　与正明同志见面后，首先计划人数，这不难，难的是春节期间放假在家，单位座机电话用不上，客必须上门请，我俩东西各分一段，冰天雪地里四下奔走：有住在机关、厂里的，也有住在附近乡下的……

买菜不难，中街朱家兄弟俩紧挨着各开一家饭店，配菜没问题。酒有点难，供销社白酒有的是，这春节期间喝酒要带个"曲"字才不失主人面子。黑字"五醍浆""三沟一河"类曲酒，有，限供。我急忙找供销社领导批条。

在去供销社的路上，我一边揩着满脸的雪水，一边在想，正常批得两瓶酒，也不够中午喝啊，便设想如何多批几瓶。一个寒噤，茅塞顿开，如法炮制地对主任说："中午杨哥在家里请客，特来传话，请你带上酒准时赴宴。"主任欣允："靠他家附近的大尖供销站就有。"

我看差不多了，时间已过九点，粮草先行。

雪地里自行车是没办法骑了，一路上，脚上穿的跑鞋被泥巴裹有几斤重，像两只小船，每走一截路就得折一根树枝剔除一下。为赶上渡船，小跑中脚底一滑，屁股落地，幸好两手本能地将菜篮子平衡地举起。踩碎的冻土溅得一身黑污泥。

走了七里地，过了两道渡口才看到杨哥家烟囱低旋的炊烟。

杨正，与我同姓，和他叙过，追溯十世没有找到同宗。他比我大十岁，不够高一辈分量，我称之杨哥。他喜欢读史，闲暇时高配一卷在手；身材高大，体重足一百公斤。多年任企业工厂一把手，坊间见称其"杨厂长"居多。

但"厂长"被停下来已经一年多了。因"三大讲"他讲来讲去也讲不清楚，看别人恢复工作，曾私下里议论过怎么办，我说，你又没什么大问题，而且会写会讲，已成大讲明星了，"三大讲"结束时差不多能过。

之后轮到他再上台讲时，他只说了一句话：

"我今天要讲的同上。"便无下文。

主持会议的人诧异："'同上'同的是什么上？"他回答："以

上讲过的。"

工作组有人提醒他："生活作风问题要做深刻检讨。"

他说："这事又不能写小说似的编造个女人来讲，如果有人承认与我有关系，随时端正我态度都行。"

症结在此。

进入夏季，"三大讲"的频率明显地减弱了。

地区工作组还在。组长的正式身份赫赫，是在任的地委某部长，住招待所一号房间，此处可不是一般人能随意光顾的地方。

某日中午，部长刚午睡不久，杨正便"咚咚"地将门敲开。

部长一脸严肃地问："你来干什么？"

只见他将黄得发黑的麦秸草帽一扎，头顶上稀少的灰白头发滴汗。一米八的个子站在大领导面前，放肆地撑出个"大"字来："部长，我问你一句话就走，像我这样的人，谁和我搞腐化？"

部长没想到他竟然这样"大闯"绝问。

部长两眼紧盯了他一阵，挥挥手："你去吧！"

再开会时，他坐在下边听了，但没结论，一直坐在"冷板凳"上。

春节前夕，他向某领导汇报思想情况，顺便提起想分配自己一项工作。某领导只回复说，节后同工作组研究一下。

预估邀请来的客人一张方桌坐不下，杨哥去大队部借了张圆桌面，本来一个人顶着回即可，谁知还有人往这里赶，顺道而来的几人和杨哥一起抬着回，一个个仿佛不做点事，便心里过意不去。众"星"捧"月"，也不怕周边群众议论他们不是干活的人。

举杯时，杨哥同大家招呼："如若我上门请你们来，会不会影响你们，我不知道，今天兄弟们，喝自带酒，吃自带菜，谁也别客气，开怀畅饮，一醉方休。"

有人借花献佛："明天（正月初六）上班后，邀'红人'就杨哥的事找有关领导问问。"个个站起，举杯附和。

杨哥说："别急，别急。兄弟们把酒喝好。"随即端起一碗酒来说："我干了，你们随意。"

好家伙，还真的把一碗酒一口闷了，大家一同再来个杯底朝天。

大家知道他心里憋屈。

他曾是救火队长，哪个单位矛盾多、问题大，他就被派往哪个单位，他不绕弯、不回避，在困难面前总有解决办法。

有一次，同单位的一副职为工作上的事与他争得面红耳赤，下班后余怒未消气得躺在床上，他提一瓶酒上门要晚饭吃，对方只好无奈地起身找来一盘花生米，俩人边吃边聊，酒干结解，生气的人送他出门时哈哈大笑。

他的能力和业绩一直为大家称道。

桌上酒味正浓。

此刻，他喝的是渴望。大家喝的是义气和交情。

在座的企事业单位负责人，今天怎么个个有空呢？不用怀疑，这当儿，这些在当地有头有脸的人，会有他家请你家带的，还不用跑这么远的路，不用在乡间烂路上跋涉。杨哥说："你们是来给我撑面子的。"此话不假。这不一样的宴请，会产生若干连接，也会产生若干信息解读：有的"穷"得只剩朋友了，也有的"烟囱还在冒烟"……这是兄弟间抱团取暖、雪中送炭啊。

此事过去四十多年，四十多年间，我不知参与过多少次宴请，有我请他人，也有他人约我，有大餐也有小聚。去过大酒店，也尝过特色小吃，这些名店名菜制作精良，用料考究，营养搭配，很上档次，可我总觉得都不及四十年前在杨哥家里的那次赴宴，现在还清晰地记得大盘小碟装满了猪身上的零件：猪头肉、猪耳朵、猪舌头、猪心、猪肝、猪肚子，还有大白菜烧猪油渣，不论碗数"紧吃"（"紧吃"，方言，量多、管够的意思）。

究其原因不在一顿饭，而在环境、处境、心情。世界上最高明的厨师，也无法调制出那"同志加兄弟"的滋味。寒风、冻雪、泥泞，共同酿成一坛美酒，这美酒在心中、在心灵深处埋藏了数十年，愈发醇厚。

归去的小鸟

◎ 杨 青

　　昨天晚饭后和孙子一起去鑫鼎国际广场溜达，路灯初上，风不小，天气预报说傍晚前后有雷阵雨，估计目前正在周围不远处下着，不然高温期间这风刮在身上怎么这般凉爽，像扫落叶似的。

　　数百只麻雀在广场上空或上或下，呼啸而来，呼啸而去。孙子问："奇怪，又不是南湖公园，今晚这里怎么有这么多小鸟呢？"

　　我告诉他："今晚风大，树头不停地摇摆，它们的家在树梢上，风不停，小鸟今晚就不能按时休息了。"

　　"爷爷，这小鸟没有树林里的鸟儿大，也不怎么漂亮，灰头土脸的。"

　　"是吗？它叫麻雀。其实仔细端详，它还是挺俊俏的。"我牵着孙子的小手边走边说。

　　广场上跳舞的大妈们，在音乐的轰鸣下，激情四射，跳完了一曲紧接着又来一曲，即使对喜欢音乐的我来说，也觉得这音量过大了。

　　避开嘈杂，我们来到广场的北边停车场处转悠。

　　突然，孙子发现，在两块废弃广告牌夹起来的狭小空间里，有只小麻雀在叽叽喳喳地叫，孙子欣喜地惊呼："爷爷，快抓小鸟！"

这只麻雀真的很小，只见小嘴边尚有两块长长的黄皮未褪。我们逮它时，两只小翅膀虽展开但飞不起来，还是靠两只小爪子在地上疾走。小家伙机灵得很，我们以为快要抓住它时，它一个惊悚地掉头，就让我们落空。为讨孙子的欢心，我故意将其往墙边追赶，待至墙角时，它可能感到无路可逃了，又像是极度疲惫，小孙子稚嫩的小手便将它揽入怀中。

小孙子听我的话，手轻轻地抓着麻雀。他高兴地说："小鸟的眼睛乌黑的、脑壳浑圆的、身段壮壮的，好可爱呀。我们赶紧回家叫奶奶系根线养起来。"

今早过去，小孙子在床上见到我，一骨碌下地告诉我说："爷爷，小鸟放了。"

他低着头领着我，登楼梯的小腿有点沉。来到屋顶平台上，指着昨晚曾系着麻雀的细线说："妈妈让我把它放了。"陡然间，他的两只小眼睛噙满泪花，我蹲下身子，拉着他的小手问："你这么难过，为什么又亲手把它放了？"

他说："昨晚我弄了饭粒、碎蛋糕还有水喂它，它就是不吃不喝，过一会儿妈妈下班回来告诉我，它的翅膀上羽毛还没长全呢，只有它妈妈才能呵护它，我们喂它吃饭，它怎么依呢？还有它离开妈妈的怀抱也休息不好啊，它这么小，我们扣着它，它一点也不自由，又饿又困的，急就急死了啊。"

"哦，这么一回事，那……后来呢？"

"后来我就请妈妈解下细线，我爬上房顶把它放了。"小孙子哽咽着说。

"你又为什么上屋顶放呢？"

"屋顶高呀，它叫妈妈时，妈妈一听到它的声音就会很快来救它。你看，它昨晚在这里，今早就被它妈妈接去了。"说着，小孙子露出两排整齐洁白的小牙齿笑了。

我说："你做得对，昨天晚上因为你的喜欢爷爷有点自私了，我们一起抓了它，这样对待小生命是不公平的。你放了它，是做了一件好事，待它会飞的时候，它会回来找你这个朋友的，它的爷爷奶奶、爸爸妈妈也会感谢你的。"

"真的吗？"小孙子惊喜地问我。

"真的，一个月以后它的羽毛长全了就会来的，到时候叫得最清脆悦耳的那只小鸟就是它。"

"哎，我昨晚怎么忘记告诉它我的名字了呢……"他说。

忆 父

◎ 沙 砾

　　今年的父亲节，我只字未提，哪怕是只言片语也没有，留下的只有空气的凝结。"父亲"这俩字就像巨石，压在我心里很沉重。父亲节这天，看到堂姐朋友圈发的有关父亲的文章，我的情绪瞬间上头，一时溃不成军。

　　我有时候真的有点恨自己的脆弱和感性，有时候一句话说着说着情绪就不对了，有时候又是一瞬就不知道思绪跑哪儿了，弄得一身哀伤。感叹真是年纪大了，容易怀旧，容易感伤，容易触景伤情。写父亲，就像在揭我心中的一块伤疤。这疤表面上看已坚硬如铁，就算是击打磕碰也是抗压的，可不知道的是，它的内里还是一片鲜红，微微渗血，不过瞬间凝固，又成了厚厚的铠甲，陪着你在人间栉风沐雨，朝岁更迭。

　　小时候的我爱生病，父亲整日带着我不是在看病，就是走在看病的路上。看西医，看中医，熬药，倒药，备白糖。因为他知道他的姑娘怕苦，有了白糖做饵，姑娘吃药的时候态度积极些。有一次，父亲决定要带我去打吊针，因为我咳嗽的态势越来越凶了，嗓子里像放了一只小鸡崽，晚上睡觉的时候它就不停地鸣叫，叫得人心惶惶，难以安寝。药也是成把成把地吃，却不见效果，为此父亲焦虑不安，一脸愁苦。被子都拿出来打包好了，我却因为害怕，不敢去打吊针，啜啜泣泣。我妈一个女人家，看不得孩子哭，心一软，说打吊针太吓人，怕出事故，也拦着不让我去。我那时顶多十岁，吊针，那年月还真是稀罕物，一般最多就是打个屁股针，包上两包西药吃。这吊针乍一听像是长着长手长脚的怪物，那针头又粗又长，扎进人的血肉里，简直就像一个吃人骨头的魔鬼啊。父亲不依，母亲不让，两人僵持不下，吵嚷的声音提高了八度，左邻右舍都出动了，大家纷纷来劝解。而罪魁祸首的我，当时吓得只顾蹲在廊檐下哭。人人都说女人是水做的，我想也是，要么我怎么那么爱哭呢，小时候就是个爱哭鬼，长大了也不例外。现在想想，事无对错，父母爱孩子的心是没错的，只是爱的方式不一样，看待问题的角度不同罢了。

那时的农村条件还没现在这般好，每天有白馍和面汤喝就不错了，还有些人家里吃着红薯面馍，黑黑的，黏黏的，咬一口还留着牙印呢。我记事起刚分田到户，我家人口少，粮食够吃，我妈有时还给磕上个鸡蛋和在面里头，蒸出的馒头更加蓬松，吃起来又香又软，有点像现在的面包。早饭不是白面汤就是玉米糊糊，有时会放上一些红薯干在锅里煮，大多时候都没菜，有菜的时候很少，要么凉拌个青椒或红椒，要么凉拌个白菜心，那时候连个香油都不舍得放，只是沿着碗口细细地滴上那么几线丝。没菜的时候，我就不想吃饭，对着碗发怔，噘着小嘴，一副老大不乐意的神态。父亲就火了，吭吭两声，一脸的不乐意，愤愤说道："就这，吃吧！我们那时候猪拱出来个坏红薯都不舍得扔，都拿回来吃了！"这句话像锥子一样生生扎着我的心，不知是父亲当时生气的样子在吞噬我，还是父亲这句话背后的困苦经历和无言之痛在啃噬着我，我想一定是后者的因素更多一些吧。

父亲出生于 1957 年，属鸡，正遇上了三年困难时期。我小学的一位语文老师说过，他那时差点儿饿死了，没东西吃，躺在地上奄奄一息，家里刚好来了一个有钱的亲戚，给他接家里去，做了一碗能映出人影的白面汤饭喝，上面漂了两片红薯叶，正是那一碗汤饭和两片红薯叶救了他的命，而那两片红薯叶成了他生命中的一汪清泉，给他注入了生的力量，成了他生命里的诺亚方舟。那时太小，听着觉得是在讲故事，可实际上，他讲的是历史，是真正的那个年月里的艰难困苦。我们真的要为出生在这个时代感到骄傲，很幸运，我们可以吃饱穿暖，锦衣玉食。那年月，平时是不怎么吃肉的，只有逢年过节才有肉吃。父亲总是自己不舍得吃，把肉都夹进我碗里。我那时真的是父亲的小公主，什么好东西都是我的。这也是至今为止我瘦不下来的原因之一吧，那时候肉吃得太多，所以才养得白白胖胖的，家里人一个比一个瘦，就出了我一个胖子。

　　2004 年，我从深圳回来，用挣的工资给父亲买了一双鞋，但这双鞋却成了我心里最深的遗憾。从小受父母节衣缩食的影响太大，给父亲买了有生以来的第一双鞋，还不是一双皮鞋，是一双人造革鞋，花了不到一百块钱。漆黑的鞋面看着和皮鞋差不多，可质量却比皮鞋差远了。一天下雨，父亲从外面回来，家里就吱扭吱扭地响个不停，刚开始以为家里进了耗子，可大白天的怎么会有耗子呢？那天大姑也回来了，我们左看右看，才发现是父亲的鞋子漏了气，鞋帮和鞋面衔接不牢固，里面灌了气，才会一走一吱扭，一走一吱扭。大姑知道是我干的好事，拿眼睛狠狠地剜了我两眼，手指头捣在我头上："啥妮子，给你爹多买鞋也不舍得买双好鞋，看看弄双啥鞋子呢！"我当时满脸通红，真想找个地缝钻进去。那时太小了，光知道省钱了，也不分个时候，殊不知，机会是稍纵即逝的，光阴是一去就不再回头的，它成了我给父亲买的唯一的一双鞋子。

后来，父亲不在了。一想起来那双鞋，我就脑仁疼，疼得耳朵嗡嗡响，心里也是沉沉的，弥散着一种悲伤。再后来，有了条件，一个冬天，我跑到金王子鞋城给母亲买了一双皮靴，这次是真正的皮子做的鞋，花了两百多块钱。当时我家那位也跟着，还说自己都没穿过这么贵的鞋子，给你妈倒是舍得。但是我知道，这是我做的最正确的一件事情，有些事等得，有些事等不得，爱啊，它从不拖延，也刻不容缓。爱就要大声说出来，做出来，表达出来，让爱你的人和你爱的人都知道，感受到，并传递着这份快乐。它就像一颗糖，你甜我甜大家甜，这才是幸福。

后面的许多年，每当有好吃的好喝的，我都为父亲惋惜，想想他那时喝着供销社大坛子打的散酒，抽着块儿八毛的白河桥，心里面只有深深的难过。还记着父亲有件中山装，带翻盖的那种，上面两个口袋小一点，下面两个口袋大一些，这衣服穿上很精神，但父亲也不经常穿，只有逢年过节和平时走亲戚的时候才穿。毛呢大衣也没有穿过，只穿过一件旧的，还是从大姑家拿回来的，不知道是哪个表哥穿剩下的。衣虽是旧衣，但父亲的身条好，样貌不孬，穿上也是一样好看。那时候日子都不好过，有得穿就不错了。现在的羊绒大衣款式又多，颜色又好看，可是有什么用呢，对我已经没有任何意义了。父亲为人和善，乐善好施，人也勤快，东家拿麦子，西家打农药，人数不够，都会找父亲去帮忙，谁家要有个急事缺钱啥的，父亲通常也会施以援手。父亲去了好多年，同村的乡亲，一提起父亲还说感觉父亲没有死，他一直活在乡们的心里。想着想着，我顿时觉得我走进了一间黑得不见五指的小房子里，一丝阳光也透不进来，心在发抖，浑身冰凉……

父亲走了，可是由于他的离开，我总是无端地埋怨母亲，指责妹妹。心里的疙瘩解不开，愧疚无处发泄，又伤害着自己最亲的人。怨母亲下雨天也不拦着父亲点，干活太勤苦；怨她平日不勤快，也不知道多做一些好吃的东西；怨妹妹把父亲的身份证弄丢了，那是父亲中年时期唯一的一张照片；怨母亲没有把家里的老照片保存好，全部夹进书页里弄丢了。那里面有一张父亲年轻时候当通讯员时的一张大合照，多么的英姿勃发，仪表堂堂。怨时光太短，怨缘分太浅，怨自己的爱，给得太少太少，少得可怜，少得连回忆都有些稀薄，有些飘忽，有些遥远了。穿过岁月深长的时光隧道，道路的两旁除了斑驳的树影，就是满地枯黄的落叶，还有一眼颓废了的老井和满地的荒芜。为父亲的苦埋怨了母亲，把母亲弄得一声不吭；为父亲的照片，和妹妹吵了两次架，俩人都气得几天不说话，但毕竟是姐妹，有亲情在，过几天气消了，也就过去了。我跟我妹说，你把照片弄丢了，我都快忘了咱爹长啥样了，有张照片还可以看看。是啊，时间可真快呀，都快二十年了，人生又有几个二十年呢？二十年，一个小孩足可以长大成人，一个小姑娘都已经成了三个孩子的母亲，将自己熬成了一个中年妇女。时光好可怕，岁月不容蹉跎。

要说忘记，又怎能轻易忘记，就是忘记了自己是谁，估计也不会忘记父亲的音容笑貌。父亲的长方脸，硬爽爽的花白头发，如剑般的黑眉毛，深邃的眼眶，有点内双的狭长眼睛。细长的腿，不粗的腰，高亢的嗓音，重重的脚步声伴随着吭吭的呓语，成了父亲的特征。他的一颦一笑，一举一动都拓印在我的脑海里。记忆就像一部照相机，不用时存在某一角落，用时瞬间上头，时刻清晰。

现在想想，照片不照片的都已经不重要了，对于在乎的人，没有照片也依旧怀念，对于不在乎的人，就是天天带在身上也形同虚设。怀念只是一种形式，并非必须的方式。

小　院

◎ 沙　砾

　　初次打量这个小院，是在我上班的一个星期之后。这天趁着夕阳的金粉映照花树，和着微风轻漾，加上偶有的兴致，才细细打量这个小院。

　　刚上班那两天，面对陌生的环境和陌生的面孔，心情总是忐忑的。人总是对未知充满恐惧和好奇，充满企盼和渴望。未知就像一张白纸，在上面涂抹上水墨丹青还是七彩釉色，关键还是在于自己的心境。好在千头万绪，新总是被旧取代，一切也都会走向正轨，然后慢慢铺陈开来。

　　小院不大，顺着小院走一圈下来就五百米。里面种植了花草果木，养殖了鸡鸭、孔雀，还有兔子。内设了假山、凉亭，还有一条爬山虎搭建的长廊。其内藤蔓缠绕，郁郁葱葱，有鸟雀虫鸣响彻其间。进入铁栅栏门向右走，就是一丛丛月季花的天堂，月季花色绚烂，品种多样，有大红、鹅黄、米白、水粉……高高低低，波澜起伏，就像一个个小美人，高个儿的腰肢细软，身材颀长，个儿矮的朴实苗壮，个个含苞待放，纵情歌唱。它们就像一个个翻飞的精灵，在我的眼里上下翻飞，此时，我轻轻地捧起一朵，弯下身子，拿鼻头凑近它的花蕊，仿佛只有这样才能嗅到它的花香来。

看着簇拥的月季，我不由想起自己孩提时代种月季的经历。那时特别喜欢花，看到月季花开得硕大嫣红，很是羡慕。左右央求大人也剪了一枝来，给它找了个能栽种的好去处，隔三岔五浇浇水，一天三趟地跑过去看它，生怕它死掉了。可怕什么就来什么，今天拿手指甲把它的皮抠一抠，里面是青绿色的，在心里默念着："嗯，好着呢，皮是绿的，还有汁液，没有死！"再等上几天，怎么还没长苞苞呢，心里直打鼓，没底气，再抠抠吧，嗯，还是青皮，应该没死。心里仍然充满欢喜，眼底依然总有盼望。可好景不长，一个星期之后，枝干慢慢干枯，颜色也从青绿变成枯黄，连表皮也干枯了，皮也抠不动了，上面也有了褶皱，成了一截子枯树枝。欣喜成了落寞，心情像一只泄了气的皮球，软趴趴地落进尘土里，毫无生气。

再往前走，映入眼帘的是一片格桑花。格桑花的花语是幸福，顽强，珍惜。它的生命力极强，适应性也很强，生长在高海拔，耐严寒。它就像身处边地的人们一样，有坚强的意志和耐受力，狂风吹不败它的意志，严寒冻不死它的灵魂。等到来年春天，它一定又是花开灿灿，笑语盈盈。它的花朵就像一个个的小降落伞。内里都是黄色的花蕊，靠近花蕊的部分是极浓郁的玫红色系，慢慢向花瓣外圈晕染，花色越来越淡，越来越淡，直至外圈呈浅淡的嫣红。三色点缀，色泽艳丽，就像小姑娘的花裙子，外面镶了一层漂亮的蕾丝花边，温柔又妩媚，高雅又大方。

苹果树长得茂密粗壮，一个个的苹果约拳头大小，个个上面都飘着红晕，就像一个个调皮的娃娃，躲在妈妈的襁褓之中，含羞带怯，红扑扑的小脸在绿叶的映衬下格外引人注目。葡萄树，一沟沟，一垄垄有序排列着，就像是仪仗队的士兵，若是天黑下来，一串串的紫葡萄，可真像一只只的黑眼睛，眨呀眨，眨得天空亮晶晶，眨得眼里有星星。

旁边的鸡舍里有十七八只鸡，毛一律是红黄色。一只红嘴鸭顶着一身黑羽毛，扭动肥肥的身子向我走来，用它扁扁的红嘴巴隔着铁丝网来啄我，一下，两下，三下，可就是啄不到我。也许它寂寞很久了，冷不丁有人来看它，它已经欢呼雀跃，掩饰不住地开心。孔雀有两只，一公一母，公孔雀毛色亮丽，母孔雀颜色灰暗。

沿着墙根向左走，右边的院墙上歇着两个圆圆的南瓜，一个掩映在绿叶中，果绿色的瓜身中驳杂着些许土黄；院墙上的那个裸露在墙垣上，一身的土黄，不掺一点芜杂，一看到它，就让人想起家乡，想起曾经的小院，好有亲切感。它就像我碰到的一个老邻居，让我想上前打个招呼："嘿，你好啊，原来你也在这儿!"它让我想起曾经的那个村庄，想起一个词叫"灵魂的故乡"……

继续往左走，月季是不变的主题。中间还穿插了几棵梨树，大大小小的梨掩映其中，皮还是青涩的。我曾误将其认作是苹果，但细看果形不同。再往前有一条爬山虎搭建的长廊，廊檐上叶子密密匝匝，触角缠绕，你中有我，我中有你，这就像无数个援疆人的情怀，我们是一家人，紧密相连的一家人！我们是一家人，相亲相爱的一家人！我们是一家人，团团圆圆的一家人！里面有鸟雀在做窝，叽叽喳喳，吵闹不休，听声音不下几十只，这里成了鸟雀们的天堂。这里的兔子也好萌呀，由于是散养，一个个都不怕人的，它的一个蹦跳，冷不丁的出现，倒是把我吓了一大跳。一身雪白的毛，蹦到我脚边嗅嗅，竖起它的两只长长的大耳朵，眼睛围着你滴溜溜打转，成了我散步途中的一个惊喜。

到了夜晚，虫鸣声此起彼伏，有长啸有短调，你听，"唧唧唧唧唧"，再听，"嘀嘀嘀"，好有节奏感啊。在宁静的夜晚，我愿长成一棵树，一株草或一朵花，在只属于自己的时空里，活成自己喜欢的样子，恣意生长，花开寂寂。

搬家记忆

◎ 张志荣

　　搬家对我们每个人来说是常事，也是难免的。我因工作和生活需要，先后搬了六次家。现在回忆搬家有喜也有忧。每搬一次家都有不一样的感受，仿佛每一次搬家都是一种成长，伴随着蜕变，一点点成长为另一个自己。

　　我认为搬家不外乎以下原因：工作需要、家庭变化、学习需要、改善居住条件等。也就是说，一些人选择搬家是为了成就自己的梦想和达到新的目的，一些人是因为想要摆脱一些不利于自己发展的因素，获得更好的机会和资源……总之，搬家是一种必要的选择，初衷多是改善生活质量。

　　第一次搬家是本着让家庭成员跳出"农门"的原则，带着对美好生活的憧憬开始的。家属随军从老家到部队，携带的物品比较少，只带了些穿穿戴戴，感到比较轻巧，到部队后暂时住在办公室兼卧室的房间里，单人床加宽，清一色的军用物品，不用起灶，机关食堂买饭吃就行。

　　第二次搬家是为了生活方便，从办公室搬到营职干部家属院，有了一个暂时属于自己的家，这次也没有过多的东西，除了部队配备的生活用品外，从营房部门借了床和桌凳等。

　　第三次搬家是一次大动干戈，从部队转业回原籍。面临新的环境、新的起点，我是带着满腔的热忱和朋友们的祝福起航的……从部队驻地到原籍一千三百多公里。当时家属已随军，在部队待了四年多，购置了不少生活必需品，包括当时紧俏的电视、洗衣机等，加之部队首长为关心、照顾转业干部（也就是所谓的暖人心工作），平价购买的自行车、木材等。面对堆积如山的物品，真不明白我们为何需要这么多东西。其实人们真正能用到的东西只有那么一点点，若是将生命耗在更多的物欲追求上，积存许多东西，成为累赘，岂不是自讨苦吃？在焦虑、犯难时，部队首长给解决了搬家的用车问题，同时，还派人给打包、装车、送回原籍。

第四次是因工作需要和子女就学而搬家。回原籍后因为住房问题不好解决，暂时借住在原驻古部队的闲置营房里。因工作单位要变动，让我到基层工商所去任职，我向单位领导提出子女上学路途远，存在不安全因素，不愿意去的申请。局领导想办法给解决了一套离学校比较近的住房。因为到地方后有了固定的工作，逐渐置办了一些生活用具，携带的东西也就越来越多，虽然东西多，但因当时还年轻，对搬家那点活也就不感觉累。

第五次搬家是为了改善居住条件。由于生活水平不断提高，加之城市建设的逐步改善，单位采取集资方式为职工新建住宅楼，我有幸分到了一套三室两厅一厨一卫且楼层很好的房子。楼房分配后，全家人都非常高兴，楼房可谓冬暖夏凉，阳台宽敞明亮，入住后有一种住宾馆的感觉。根据房间布局添置了一些家具，并对不适合楼房的物品，不是送人就是丢弃。

今年初是第六次搬家，按以往的习惯，先收拾衣物和卧具，而后收拾锅碗瓢勺等生活日用品，分类打包或装箱。看到那些零零碎碎的小东西，感到非常头疼。记得每次收拾完东西，我和老伴都感觉疲惫。好在这次搬家与以往不一样，只携带衣物、卧具、日用品和书籍，没有大件。搬家过程中难免会遇到一些难题，对物件的留与弃是其中之一。搬家前必须提前整理物件，思考哪些是重要的需要携带，哪些不太重要需要丢弃。还有一些并不重要，而且携带上没有多大使用价值的物件，因考虑到它们记载着过去，承载着难以抹去的记忆，扔之可惜，带去无用，会让人举棋不定，踌躇不决。在携带物品上我和老伴有时也有分歧，如几十年来我购买收藏了不少书籍，从第三次搬家（转业时）到第六次搬家，每次老伴都说：书太重、太占地方，让我少带或不带。每次我也在精简（过时的时政书），但每次搬家仍要占一定分量。对一些使用时间久的物件，我建议趁搬家扔了，到新家再置办，但老伴有理有据地不让丢弃，说炊具不能丢，丢它就是丢吃饭的碗。我主张所有不用的、陈旧的、搬到新家影响家容家貌的，一律不要。但在清理中，老伴却是这也舍不得那也弃不得，时不时还争得不悦，僵持不下。能理解，在这个家她付出的最多，每一物件上都渗有她的汗水，以及情感。尤其是对她的嫁妆箱子，她态度坚决："这个家宁可什么都不要，这个箱子都不能丢掉，那是父母陪的嫁妆，看见箱子，我就会时时想起他们。"

搬家时有种难舍难分的情感。搬家的心情不外乎两种，一种是欣喜，一种是颓丧，而这两种感觉我都切身体会过。尤其今年这次搬家，感触较深。因为在一个地方一住就是二十二年，而且绝大多数邻居是一个单位的同事，左邻右舍彼此关照，相互也非常了解，每天见面都少不了问个好，或打个招呼，彼此之间已经建立了深厚的情谊，难免有种舍不得的感觉。

今年这次搬家也是在矛盾中徘徊好久才做出的决定，是为了带孙子才决定搬到异地。高兴的是能三世同堂，享受天伦之乐，矛盾的是只能带一些生活日用品和一些书籍等，这样就要放弃很多的东西，而且从感情上来说也要牺牲很多。

一个房子，一个家，房子在哪里，家就在哪里，一次次搬家，让我明白"家"这个字的沉重，想要有个好家，还得努力，唯有自身足够强大，才能把家落在自己向往的所在。

中考场外的百态

◎ 张志荣

三年磨一剑，霜刃今朝试。迎着朝阳，一年一度的中考如期而至。

我的孙子也中考了，被安排在武威第十八中考点。考试期间，家里在讨论谁接送、陪考问题时，因我是闲人，提出由我担任此任务比较合适。但家里人不同意，尤其是孙子不让我去接送、陪考，理由是天气热怕我有个差错，他爸是接送的最佳人选。有道是"可怜天下老人心"，我想太阳的暴晒算什么，只要你出来第一眼能找到我，一个笑脸，一个拥抱……都将成为这个夏天最珍贵的独家记忆。我假意答应不去，但待他们走后，我又悄悄地到了考点，当一个"无名"陪考者。

到考场后看到校门外拉起了警戒线，警察已来到考场点值守，实行了交通管制，有序维护交通秩序。警戒线外人头攒动，家长和考生一起耐心地等候着。为了给考生营造安静的考试环境，考点周边的商铺停止了一切影响考试的噪音。途经考点的车辆做到了减慢速度、不鸣笛、不乱停。可以说考场外井然有序。8点10分，考生在工作人员的监督、检查下从大门两侧有序地进入校园。考生进考场前家长们还在细细叮嘱、暖暖拥抱，传达着爱的鼓励和能量。

随着考生们陆续进入考场，等待在警戒线外的家长们，一个个表情貌似波澜不惊但又极其丰富，担忧、兴奋、焦虑……各种表情掺杂其中。家长们有的回家准备午餐，有的回宾馆（旅店）休息，更多的是找一去处，或坐或靠。当日武威凉州区34℃，属高温天气，马扎、扇子、遮阳伞似乎成了家长们的标配。两个半小时的考试时间，对于考场内的学生来说真的很短，但是对于考场外等待的家长，则是一个漫长的过程。烈日当空，酷暑难耐，家长们为了消磨时间，有的在学校门口看书、看报纸，有的三五成群聊天，还有个别家长坐立不安，一会儿坐下、一会儿站立、一会儿抽支烟、一会儿来瓶饮料、一会儿到校门前瞅瞅、一会儿又返回聊天人群……不论何种行为，都源于内心的牵挂。

虽然今年中考的第一天是工作日，但很多考生家长还是选择了在考点全程陪考。一方面是担心孩子的安全、以防孩子遇到紧急情况，另一方面也希望自己的陪伴能给孩子送去鼓励，和孩子一起度过人生的关键节点。

陪考的家长们为了减轻心理压力，自发地开启了"群聊"模式。一个非常年轻帅气的家长和几位年纪稍大一点的家长谈笑风生：不管孩子在考场上发挥如何，考试结束后，都要给孩子送上几句鼓励的话，或者一个简单的拥抱，缓解一下孩子的紧张情绪，让孩子感受到父母的爱从未走远。一位穿红色旗袍手持扇子的女士和几位打着太阳伞的家长也聊得非常起劲，她说，孩子平时乖巧，每次测试成绩也不错，只是希望孩子好好考，正常发挥就行。她今天之所以穿旗袍，是希望讨个好彩头，祝孩子旗开得胜、红红火火。有的家长还把话题转移到报志愿和如何教育高中生等话题上。一位好像很有见解的家长对其他几位家长讲：报志愿的关键是要把分估个八九不离十，同时要参考历年各学校的录取分数线，把志愿报准，让孩子上一个心仪的学校。就这样，你一言，我一语，聊到考试结束的钟声响起才纷纷拥向等候点。

第一天是语文考试，考试结束铃声响后不久，一位女生就第一个冲出了考点校门，虽然在门口警戒线外等待的家长将出口围得水泄不通，但女生仍然是"过关斩将"地冲了出来。她兴奋地对陪考的妈妈说："告诉我爸，考得不错。不用担心了！"随后，大批考生拥出校门。虽然今天只是中考的第一天，但自信的微笑出现在了许多考生的脸上，让不少陪考的家长也跟着松了一口气。还有的考生面对家长殷切的目光，没等家长开口就汇报了"战果"。也有个别考生像霜打的茄子，低着头无声无息地跟在家长后面，家长也略知一二，不敢过问情况。一些家长不想给孩子增加负担，只能"察言观色"或"旁敲侧击"，更多的家长则是装出一副轻松的样子，不给孩子增加压力。

星光不负赶路人，有志者，事竟成。愿中考学子身披洒满希望的羽翼，用一腔热血和奋力拼搏的双手，推开梦想之门，考上让自己满意的高中。

同舟共济四十载

◎ 张志荣

生活是一块多棱的石头，但是伴随着岁月流逝，这些棱角渐渐地被时光雕磨，变得圆润光亮起来。我和妻子结婚四十年，这些时光将生活这块石头的棱角不但磨平，而且磨亮，似宝石一样闪闪发光。

——题记

四十年风雨兼程，四十年并肩同行，四十年同甘共苦，四十年……岁月荏苒，芳华不再，当最初的激情回归平淡，恍然发觉，最稳妥的感情不是海誓山盟，不是甜言蜜语，而是彼此间相濡以沫，相互理解包容，直至终老。

1982年正月二十九，黄道吉日，我和妻子步入婚姻殿堂。俗话说：好日子，没好天。我记得很清楚，那天下着鹅毛大雪，整整下了一天啊，把前来参加婚礼的亲朋好友们冻得瑟瑟发抖。天气虽然冷，但婚礼喜庆的气氛丝毫没有因下雪而减退。

20世纪80年代初，我们的结婚仪式因为受经济条件和地方习俗的制约，举办得既热闹又简朴。热闹的是那天宾客满门，高朋满座。简朴的是我们结婚时没有花轿或豪车迎娶，只用高骡子大马娶亲；没有司仪、礼炮庆典，只有一位德高望重的老者主持；

没有酒店七碟八碗的美席，只有肉菜混合的烩菜；甚至我们连一张结婚照都没有，就连结婚礼服也是当时流行的男式中山服，女式西装，没有婚纱，没有头饰，更没有三金或者其他礼金。但这些丝毫没有影响我们婚后的生活，我们相亲相爱，共筑和睦爱巢。

四十载，我们是爱相怜情相惜，平淡相守。如今，人生已过花甲五载，世间繁华皆已看淡，彼此携手，风雨同行。现在我俩虽已步入迟暮之年，白发冉冉，可我们依然搀扶相伴，恩恩爱爱。

掀开日历的扉页，品咂过往的点滴记忆，留下缕缕回忆。生活琐碎的点滴填满亲情的空间，字里行间写满对生活的琐碎感悟。晨起日落，为生活奔忙的步履不停；斗转星移，刻在脑海里的是人生的喜怒哀乐、酸甜苦辣、五味杂陈。

我们已经走过了四十年的风雨历程。四十年的婚姻岁月可以用理解、包容、默契、信任来诠释。

理解是心灵的窗户

理解是一种换位思考，也是对人生的一种领悟。夫妻间的互相理解尤为重要，只有去理解对方，才能被对方所理解。

婚后我们的第一难题是两地分居，妻子在家务农，我在部队服役，相隔千里，只能用书信沟通交流，但交通不便，从发信到收到信最快也得十天半月。心被家信所牵，有时候望断天涯路，才能盼到一封书信。书信传递着我俩之间的相互理解、相互惦记。

妻子和父母及弟弟妹妹们生活在一起，还要承担责任田的任务，因此我只能把探亲假安排在春播秋收期间，分担一些农活，做一些力所能及的事。就这样生活了六年之久，也是我们夫妻间最美好的时光。这六年间我们彼此磨合，相互理解，度过了属于两个人的浪漫时光。我们彼此努力，经营守候爱的港湾，生活中的劳累、困乏、忙碌都因为相互理解而成为调味品。

有一件事让我始终感觉对不起妻子。妻子生产时我都做好了探家的准备，领导也基本同意了，但突然因工作需要让我去北京培训，直到孩子快出满月我才回家。到家后才知道妻子难产，又遇到大雪天，家里人用驴车把妻子拉到乡医院，无法想象她当时有多难受、多痛苦。产后她又大出血，还好在医生的全力救治下和家人的精心护理下，最后母子平安出院。妻子见到我时哭着说："你咋才来啊？我以为见不到你了。"虽有怨言，但她还是非常理解，"我知道军人得服从上级命令，但在我最需要你的时候，你应该守在我的身边，给我壮个胆也行啊！"她的话像针一样扎着我的心。我本想在家好好伺候一下她们母子，弥补一下我的"过错"，可部队又连发两份加急电报让我火速归队。在家只待了十几天就忍痛离开了家，把她们母子托付给了母亲照顾。妻子含着眼泪给我收拾东西，并宽慰我别担心，她会照顾好自己和儿子的。每每想起这件事，心里都是一份遗憾。

包容是情感的润滑剂

四十载，虽然没有花前月下的浪漫生活，生活多被柴米油盐的繁杂琐事充斥，但这些也成了维系夫妻感情、增进彼此信任的纽带，我们从不断的磨合中慢慢学会了容纳彼此、尊重对方和谦让。

四十年的婚姻路，说长不长，说短也不短。夫妻是来自不同家庭环境，有不同生活方式和不同情趣爱好，所受教育程度不同的两个个体。四十年的夫妻生活中，我们虽然性格有差异，但除了极少的拌嘴或冷战外，没有发生过过激的行为，这主要是互相包容、互爱互敬的缘故。妻子随军后被招为大集体工人，随迁到地方后因地方经济落后，就业难度大，很长时间没有安排工作，就到处"打游击"。有时工作不顺心或累了时，也发牢骚，但事情过后，怕我生气又安慰我，反过来给我做工作，让我不要担心，宽慰我困难只是暂时的，只要我们同心协力，日子一定会好起来的。她的宽宏大量，让我为不能给她一个舒适的家而感到惭愧。

默契是情感的最高形式

四十载，光阴似箭，物是人非，经历了许多，变化了许多，不变的是夫妻之间的情感、对家庭的责任、对孩子的教育、对父母的赡养和体贴照顾。浪漫不是生活的全部，平淡才是生活的本色，我们做到了彼此相守、携手到老，现已银发双鬓，还能彼此扶持，相互牵手，一起体验生活中的悲与喜，一起见证孩子的渐渐长大，一起看着姊妹兄弟们的不离不弃，何尝不是一种幸福。

1991年我转业回原籍后，住房成为最大的难题。刚开始租住部队的旧营房，只有二十多平方米，距离县城两公里多，而且要经过两条路一条河（兰新铁路、312国道和古浪河），给孩子上学带来很多不便，每天必须接送，雨雪天就更难了。但在困难面前我们没有低头，默默地承受着生活的压力，直到四年后才搬到城里。现在回忆起来，我们虽然经历过人生的酸甜苦辣，但也算得上幸福圆满，这主要是我们夫妻之间配合默契的结果。

信任是情感的一面明镜

夫妻之间只有做到信任，才能天长地久，才能白头到老。回想往事，四十年来生活的琐碎、磨砺、困惑、压力，历历在目。《十五的月亮》中，有句歌词是，"我在家乡耕耘着农田，你在边疆站岗值班……军功章，有我的一半，也有你的一半"，这是对我们生活最好的概括。妻子是丈夫的坚强后盾，有了妻子的支持、信任，才有丈夫在部队建功立业的信心和力量。我在部队多次立功受奖，离不开妻子的支持、信任。

四十年经历了很多事，从一双儿女呱呱坠地的那一刻开始，我们便肩负着为人父母的使命与责任，陪伴他们成长。直至今日，他们都已成家立业，成为父母。四十年的饱经风霜，不知从何时起，那张曾经光滑白皙的脸颊，竟然悄悄爬上了几道崎岖的皱纹，眼眸不再清澈如水，眼睛里不再泛着青春的涟漪，而是布满了惆怅的血丝，几根白发夹杂在微卷的栗棕色发梢中，显得异常憔悴。无论是何种状态和面貌，我们始终要在人生这个大舞台上演绎好自己的角色。

生活需要你我共同的付出，不去计较谁付出的多少。这就是我们四十年夫妻和睦、携手共进的关键所在。

余生不知还能有多少个春夏秋冬，也不知还有多少令人惊喜和振奋的消息等待着我们，但我坚信，以后的每年、每天都会无忧无阻。愿我们的家庭幸福长久，也愿我的孩子们前程似锦，健康平安到永远。

瓜州有个"草圣"

◎ 赵春辉

劝君更尽一杯酒，西出阳关有"故人"。今年国庆小长假携家人到敦煌旅游，路过酒泉市瓜州县稍作歇脚，在"草圣"故里——张芝公园游览，追寻"草圣"的历史踪迹，感受"草圣"的书香墨韵。

瓜州，又称安西，自古以来就是河西走廊东进西出的交通枢纽，古丝绸之路的商贾重镇。清代因康熙在此大败噶尔丹，取"安定西域"之意，改称"安西"，清乾隆二十四年（1759年），又设置安西府。2006年经国务院批准，复更名为瓜州，恢复其历史原名。

早就听说瓜州是一代书法巨人张芝的故乡，当地政府为纪念这位书法巨擘，弘扬中华书法文化，倾力打造修建了草圣故里文化产业园，即张芝公园，集中展现"草圣"张芝的艺术精髓。到了瓜州，习字临帖的儿子建议到张芝公园，我也有这个想法。这天早晨，我们吃过早饭后从宾馆出发，驱车前往张芝公园游览。

张芝，生年不详，约卒于汉献帝初平三年（192年），字伯英，敦煌郡渊泉县人（今酒泉瓜州人），"凉州三明"之一大司农张奂之子，出身显宦名门，但"少持高操，勤文学武"，不以功名为念，多次谢绝朝廷的征召，潜心习书，遂成东汉众多书法家中名声最著、影响最众的书法大家之一，被誉为"草书之祖"，其书法被誉为"一笔书",犹受"书圣"王羲之的推崇。

汽车在宽阔的马路上行驶,按照车载导航来到了县城东边,在一条街口停了下来。只见高大的石牌楼门上写着"张芝文化街"五个大字,这应该到公园了吧。我们下车后顺着树木繁盛的马路,朝东步行不到一百米,就看到一座建筑掩映在绿树丛中,近前一看原来是一家宾馆,高档大气,古色古香,但不失现代风格,门前停着好几辆省外车辆。向服务人员打听,原来这里就是张芝公园,只不过是公园北门,往前走不远,正门就在南面的渊泉街。

我们在绿树掩映的石板小道上曲折前行不远,视野便一下开阔起来了,只见一片碧绿的湖面展现在眼前。此时东升的阳光为清澈的湖水披上了一层霞光,微风吹过,波光粼粼,加上那广阔的湖面,让人有一展胸怀之感。沿着湖边小道继续迎着朝阳前行,发现湖边建有汉式风格立柱,上面刻满了书法作品,细看是王羲之的《兰亭序》等。而在湖边的石板上也刻有各种各样的浮雕,主题大多以农耕、战争和匠作为主。

环湖再往前走,远远望见一座九孔汉白玉桥如虹静卧在湖面上,水天一片蔚蓝,大有江南水乡之韵味。登上桥头,俯身细览,一块牌上刻有"平安桥"名,盖缘于张芝传世五帖之一《二月八日帖》,帖曰:"二月八日,复得鄱阳等,多时不耳!为慰如何?平安等人当与行,不足不过彼与消息。"故桥名来意也。

过了平安桥,前面有一座高大的仿汉台式建筑,便是张芝纪念馆,而其右边一洼石头围建的水池近在眼前,池前多有刻字石板,正中有一块长约两米、高一米的多宝塔石碑;池后立一块大黑石,上刻狂草"墨池"。传说张芝学书非常勤奋,"凡家之衣帛,必先书而后练之",即家里的布帛,先练书法,再进行染色。每天坚持练字,所写的毛笔,废弃无数,那洗笔砚的墨渍,将一个大池塘的水都染成了墨色。池水颜色的"质变"，需要下多么大的功夫！张芝这种勤奋练习的精神和毅力，也受到了后人的极大推崇，故后世有"张芝学书，池水尽黑"之言。后来，被世人景仰为"书圣"的东晋大书法家王羲之也效法张芝，临池学书，池水尽黑，留下一段佳话。前人在咏敦煌古迹中曾有《墨池咏》一诗称赞张芝："昔人精篆素，尽妙许张芝。草圣雄千古，芳名冠一时。舒笺行鸟迹，研墨染鱼缯。长想临池处，兴来聊咏诗。"从中可见张芝淡泊名利，苦苦求索的习书精神。

当然，这个"墨池"仅为纪念而建，亦非遗址。据法国人伯希在1908年7月劫到国外的敦煌文书《沙州都督府图经》记载："张芝墨池在县东北里效谷府东五十步。"张芝在敦煌哪个地方居住过，居住了多长时间，已无法考证，但敦煌有张芝墨池，却是个大事实。但也有专家考证，"临池学书"的典故发生在三门峡地区。167年，张芝随父从甘肃迁移至弘农郡（弘农郡管辖今三门峡及周边地区，治所在今函谷关附近），陕县属弘农郡，自西汉初年建城以来，政治交通地位十分重要，离当时都城洛阳较近。张芝长时间在这里生活，苦练书法，创造了"今草"，后代书法家对他推崇备至。陕州故城留有"张芝墨池"的遗址。

在张芝纪念馆前的书法广场，首先映入眼帘的是一古装老者雕像，不用说这便是张芝了。只见他双目炯炯有神，目视前方，左手自然下摆，右手紧握一狼毫，衣襟被风卷起，一副笔墨书写天下、气势傲人的模样，让人自然联想到了草书的豪放，气韵内涵一览无遗。雕像高达6.5米，成为公园的标志性建筑。背面基座上刻有"草圣"张芝的简介，前面是引导游客走向公园正道的书法长卷，尽头才是公园的南正门。

在广场的地面中央，书法长卷上刻着张芝的草书字迹，狂放恣肆、飞动流走。我国草书的出现，直承篆隶，比行书、楷书要早。据唐代张怀瓘《书断》记载，章草是西汉史游所作，今草是东汉张芝所造。他从民间和杜度、崔瑗、崔实等老前辈那里汲取草书艺术精华，独创"一笔书"，称他"一笔飞白"，亦即所谓"大草"，使草书得以从章草的窠臼中脱身而出，开书法之一代新天地，从此中国书法进入了一个无拘无束、汪洋恣肆的阔大空间，书法家的艺术个性也得以彻底解放。从某种意义讲，张芝在草书发展史上的作用，使他成了一位将草书从实用性向艺术性提升的代表性人物。

书法长卷的两侧，铺镶着张芝书法的艺术地砖。其中有两块"张""芝"书法拼砖图案分外醒目，每块约五平方米大小，辑录了历代各名家书写体。左边的"张"字，既有北魏张猛龙碑体，又有宋代黄庭坚体；既有唐代欧阳询体，也有现代启功体，琳琅满目，其中以中间唐怀素体为最大，四周排满了阴阳两刻近五十个"张"字，而右边的"芝"字亦然。公园独具匠心的设计施工，每一处都力求体现书法艺术的魅力，集中展示了中国书法字体的演变过程。

偌大的一座文化公园，也许是太早的缘故吧，几乎没有多少游客，偶见有人影晃动。可惜三面环水的仿汉张芝纪念馆也没有对外开放。通过简介牌可知，纪念馆高 18.6 米，建筑面积 4500 平方米，2013 年 11 月，被中书协确定为"中书协草圣故里文化产业园创作培训基地"。细观其刻在纪念馆门口地上的《冠军帖》，疾驰中笔法奇诡多变，其纵横气势，草书风采尽显：

知汝殊愁，且得还为佳也。冠军暂畅释，当不得极踪。可恨吾病来，不辨行动，潜处耳。终年经此，当议何理耶？且方友诸分张，不知以去复得一会。不讲忘不

忘，可恨汝还，当思更就理。所游迷，谁同故数往虎丘，
不此甚萧索，看过还议，共集散耳。不见奴，粗悉书，
云见左军，弥若临听故也。

单从《冠军帖》来看张芝的创作态势，就已远远地走在了汉代书法家的前列。以至于后来的王羲之、王献之父子都很推崇张芝的草法，两人在练习书法的过程中，受张芝影响也很大。

据说，张芝的草书真迹在东晋的时候就已经很珍稀了。东晋书法家庾翼曾给王羲之写信说："吾昔有伯英章草十纸，过江颠沛，遂乃亡失，尝叹妙迹永绝。"到唐朝的时候，已经没有了真迹。唐太宗《晋书·王羲之传》有曰："伯英临池之妙，无复余踪。"今天仅见《淳化阁帖》中有五帖传世，为历代书家珍视并临习，其中的第一帖就是《冠军帖》了。但凡书法家观之，皆叹整帖无论是点画、形态，还是体势、意趣，都要比中唐以后的草书作品典雅精妙，其书法艺术精神至今仍鲜活地存留在中国书法的血脉中。

翻开中国的书法史，自汉末至中唐六七百年间，在草书领域里涌现了韦诞、卫瓘、索靖、卫恒等这些传于书坛的人物，更有王羲之、王献之、张旭、怀素四位光耀千古的大师，他们的师承都导源于中国书法史上第一位巨擘——"草圣"张芝。由此可见，张芝"草圣"的地位赫然屹立于华夏书坛之上，永远闪耀着灿烂的光芒。

往南行不远，经过冠军桥，便是公园正门。说是门又不像门，两幢弧形建筑，木条贴面，古朴简约，就像两个画轴向两侧展开，里面像是门卫值班用房。一块巨石立于正前方，巨石下方四周用咖啡色大理石瓷砖围建，前面上书"草圣故里"四个行草大字，系中国书协原主席沈鹏所题。背面巨石上镌刻有"瓜州草圣故里产业文化园碑记"，五百字左右，记叙了张芝的生平书法，文后撰

铭文如下：

> 芝索故里，草圣煌煌，一笔法书，龙腾凤翔；芝兰风范，荟萃墨香，淳化五帖，神迹堂堂；冠军月仪，二美并扬，后学沾露，折节造像；名师国手，缘来八方，墨池雅居，临摹仰望；祁连玉润，渊泉芬芳，盛世论文，山高水长。

我们从张芝公园后门往前匆匆游览了部分主要景点，还有许多没有来得及细观，如书法石林、索靖纪念馆、汉阙广场、书法碑廊、草圣祠、张芝陈列馆、名家笔冢等，单是从名字上看，这里的每一处亭台楼阁都散发着墨香艺术的韵味，仿佛在诉说着这片土地浓厚的历史文化，堪为一处书法爱好者的精神家园。

鉴于张芝在中国古代书法中的特殊贡献，为缅怀这位伟大的书法家，大力弘扬优秀传统文化，从 2012 年开始，由中国书法家协会主办，甘肃省文联、甘肃省书协承办的首届"张芝奖"全国书法大展在敦煌拉开了帷幕，全国各地书法爱好者的三百余幅墨宝在此亮相评奖展览，与敦煌文物相映成趣，亦为古城文化增色不少。此后，甘肃省书法最高奖"张芝奖"也在瓜州举办了八届，以求全面展示当代中国书法篆刻的艺术成就，推动当代书法篆刻艺术进一步繁荣。

瓜州，一代书法巨擘张芝故里，使这片土地于东汉末年便与书法深深结缘。自此以后的一千七百多年里，瓜州被打上了中国书法艺术的烙印，成为中国草书的发源之地。而那座静静矗立在公园的张芝雕像也在激励着一代代瓜州人挥毫泼墨，书写着新时代的华章。

故园小院

◎ 黄伟民

　　故乡，是我生命开始的地方，我的梦想也在那里开始发芽。我把归宿锚定故乡，憧憬在故园小院把晚年过成一首浪漫的诗：

　　　深山瓦屋祥云下，古树苍天蔽我家。
　　　炊袅三烟成定律，逍遥自在种蔬花。

　　谁知退休后仍然百事缠身，终究形势比人强，故园小院浪漫如诗的生活成了镜中之花。

　　故园小院原本是一个撮箕形院子。自我晓事起，院内住着大伯、二伯和我们三家人。我父亲和二伯是亲兄弟，和大伯是堂兄弟。父亲的大哥土改时改到了邻乡，没有和我们住在一起。小院阴盛阳衰，我们这一代是四男七女，唯我们家有两男孩。也正是这个原因，我们家房子不够住，包产到户后又修了一间横房和一个转阁。小院从此只差一个转阁就合拢为四合院了。

　　我童年的梦想，就是要住上一套独门小院的自建砖木房。那时脑子里还没有砖混、框架之类的概念。为实现梦想，我努力读书，誓跳"农门"。跳出"农门"，住上砖木房就有希望。闲暇时还画了多幅砖木房梦想图。

在那艰难的年代，小院三家亲如一家。小院人热情、厚道、朴实，深浓的人情味四溢。无论谁家来了客人，主人的餐桌上一定有另两家上桌的待客菜。主人也会招呼另两家的男主人陪客人摆龙门阵。明明是要有剩下的菜才有孩子们的份儿，但要是菜剩下得多了，主人又会犯嘀咕，自责："味道不好吗？"

逢年过节，院内会摆长席。三家的主人客人都坐在长席上，济济一堂，好不热闹。这时也是孩子们最高兴的时候，因为他们也能上席坐。三家的菜肴攀比着往桌上端，虽然比不上如今的大鱼大肉，但多种多样的农家小菜照样解馋。桌上的美食孩子们可以放纵地食用，大人们巴不得自己的孩子能多吃一点。只是提醒，要有礼貌，挑菜只能挑菜盘朝向自己一方的菜，不要在菜盘里翻来翻去。

平时谁家有好吃好喝的，必不忘另两家。不管哪家压了面条，当晚必煮一大锅，用大碗给另两家端去。那时的面条真是好东西，我们分享那些面条后，总是感觉余香悠长。

二伯常说："家中有剩饭，路上有饥人。""一碗熟饭，不贵。"这些话也是三家待人的座右铭。无论从小院门前路过的是绷箩匠，还是套儿客，招呼他们进屋喝口水，吃顿饭，都是很自然的事。

大伯是中医，在三山五岭很有名气。在我眼中，大伯是一个儒雅而又品德高尚的人。他行医主要是救死扶伤，效益为次。出诊不分远近，有求必应，随叫随到。他还给徒弟们立下规矩，对主人的饭菜不准挑三拣四，不准议论，即使饭菜里有虫子，也要闭着眼睛吞下去。我们家因此也受益不少，或者说他就是我们家的保健医生。解放后大伯成了乡医院的医生，小院就有了第一个吃上供应粮的人。

上一代的小院人，除大伯外，都是勤劳朴实的农民，守着小院终其一生。二伯身强体壮，力大非凡，负重三百斤轻而易举。我常常参与他们的劳动，那些倾尽全力而暴露的青筋，给我留下了深刻的印象。那个年代的小院，生机勃勃、饱饱满满是常态。

父辈都有望子成龙的期盼，从牙缝里也要挤出几个读书郎。读书跳龙门是长辈的心愿，也是我们的追求。寒窗苦读，努力向上，居然个个如愿端上了铁饭碗，引来许多赞叹："屋基风水好。"子女成才意味着上一辈人梦想成真，晚年幸福。

包产到户后，我们吃着供应粮，离乡不离土。农忙时节自动归院，和家人一起播种希望，乐享丰收。我们在小院就是候鸟式地回归，只有这些时候，小院才呈现出生机和饱满的样子。

我们的下一代，更像是小院的客人。他们好些人的生命已经不是从这里开始，长大后分散在东南西北，拼搏在各自适合的地方，偶回小院看看，也是来去匆匆。时代的快节奏使他们不能停留在慢节拍的地方。甚至长辈也只能脱离小院围绕在他们身旁，于是小院寂寞冷落，灶凉院荒。

小院人分散在五湖四海，却将小院带在心上。小院的传统，小院的风俗，小院的淳朴，一样不少。互相联系不曾中断，谁家有事，不分东南西北，不论路短路长，还会在小院里聚集起来。小院就有机会偶尔还原生机勃勃和饱饱满满的模样。小院人像风筝，无论飞多高飞多远，线头还在故乡，风筝会随着线头的收放而回归或翱翔。

前几天，我因事回到小院，在小院中流连。院内没有硬化的地方青草齐腰，不禁伤感。拍几张照片，写一首诗：

故园小院今还在，芳草青青满堤台。

有志亲人拼四海，惹啼旧迹久徘徊。

小院人在外生活得有多光鲜，小院就有多落寞。小院折射出农村在新征程中正在衰落的现实，难怪国家要把推进乡村振兴作为新时代新征程"三农"工作的总抓手，也足见实施乡村振兴战略是何等的英明。

　　如今，小院开枝散叶的人群中，只有两人还属于当地集体经济组织的成员。小院已不是振兴乡村的民居改造对象，于是小院外墙被粉刷装饰一新，披上漂亮的新装。我将小院照片发到网上，引来网友一片赞叹，有说闲置可惜的，有说小院在那些年代可以招来金凤凰的，有说荒草掩不住秀美的。其实我们现在在城镇的住房与小院相比，那是一个在天，一个在地。我们享受的一切，早已超过了童年的梦想。保留故园土木房，那是一条退路，一丝念想，一个归宿。城镇住房容下了我们的身躯，而我们的灵魂早已被故园小院留下。

　　把视线转向故园所在村，则是又一番景象。这里不只有蛙鸣鸟叫，花开花落，麦浪翻滚，云灿云涌，还有乡村振兴的累累硕果。全村大多数人家都住上了别墅式的砖混房。那些砖混房错落有致，红瓦白墙。小花园，篮球场，配置得体。水泥路蜿蜒伸展，连接千家。生产也不是单一的粮食种植，还有林果、养殖、手工业。新农村的生机和饱满，在乡村振兴政策的指引下，从更广阔的大地上展现出来。

　　小院门前十多米处，有一棵参天大树，五人都难以合抱。散居偏野之地的一木独秀，能挂上"古树名木"的牌子，足见履历光辉。我拍下了大树的粗壮，大树的伟岸。照片上大树周围的斑竹被树干排挤得如蒿草般细小。大树因古老而树心空洞，木质疏脆，常有比桶粗的树枝断落地上，远远地就可见树身有不少断枝树洞，伤痕累累。可是大树仍然挺拔屹立，直傲苍穹，每到春天，又翠绿如故。不由得由树及人，此时此刻，远远近近的亲人们，都还好吗？不管经历了什么，亲人们像大树一样百折不挠，故土乡村像大树一样蓬勃常青，是我的心愿。

我又迈开了离开小院的脚步，其实这离开也是走着回家的路，因为走着走着就又回来了。

小院还在，人心不散。

底 蕴

◎ 黄伟民

秋的温度暖意洋洋，秋的清香弥漫飘荡，秋的清凉神清气爽，秋的沉淀底蕴十足。10 月 18 日，二十多位战友和部分家属在富有诗意而令人陶醉的深秋，走进绵阳，沐浴在智慧之城的光芒之下。

第一次听说有个"科学家公园"，不禁怦然心动，顿有清新脱俗、意境超凡之感。我们庆幸那些默默无闻地推动着人类发展进步的人群，也有了一席之地。我们的第一站理所当然地选择了这处令人崇敬而向往的地方。

科学家公园坐落于绵阳第一山富乐山脚下，芙蓉溪旁。公园整体组成包括我国古代四大发明雕塑、"智慧之城"雕塑、中国科技史地刻、大型现代科学家人物雕塑。

进入公园，首先映入眼帘的是一架指南车，车上的小金人手指正南方向。指南车四周分别是司南、指南鱼、悬浮指南针、指南龟。司南发明于战国时期，四周是表示方位的格线和文字；指南鱼、指南针、指南龟发明于北宋时期。指南车与方向指示仪中间的地面，是以古代航海罗盘为内容的地刻，以十天干和十二地支为内容，按顺时针方向交叉排列。

活字印刷术雕塑展示了选字、排版、印刷的工艺流程场景。造纸术雕塑展示了传统造纸的场景。火药是古代炼丹术士在炼丹时无意中用硫黄、硝石、炭等原料配制而成。雕塑中那个展翅欲飞的大力士，给我们留下了深刻的印象。

广场中心的"智慧之城"雕塑，创意设计来自大脑。这一抽象雕塑的上半部分是大脑外形，下半部分以著名的"宇宙和基本力的起源"图形作为支撑，共同构成人与科学的文化象征。这一雕塑成为科学之城的标志，智慧之城的名片。

从公园入口到"智慧之城"雕塑的中轴线上，等距离镶嵌着六十块地刻。地刻图板选自明代科学家宋应星编著的《天工开物》。中华璀璨的科技历史重要事件，一一镌留在地刻上。

四千多年前嫘祖养蚕缫丝，商代利用微生物和酶加工食品、酿酒、制醋、制酱，公元前581年已有针灸治疗医术，战国时期已有二十四节气全称，公元初世纪的人类第一次进行滑翔飞行尝试，东汉的"地动仪""麻沸散"，南北朝时期炼钢技术极大提高，隋朝开凿大运河，唐代有了世界第一部茶专著《茶经》，南宋有了世界第一部法医学专著——《洗冤集录》，元代陕北凿井采油，公元1332年出现了铜火铳，明代已能接种人痘预防天花、郑和七下西洋……地刻折射出的是中国历朝历代的科技光芒。

从"智慧之城"雕塑再往前行，路过一片呈半圆状的银杏林，林中分布着九组大型古铜色的人物雕塑。这些雕塑人物大多是长期在绵阳工作过的近现代科学家，雕塑旁还有文字介绍。

第一组："光学和光电跟踪技术"。雕塑人物是中国光学和光电跟踪测量系统工程研究开拓者林祥棣。

第二组："小麦育种"。雕塑人物是农业专家冯达仕和刘碧贵。

第三组："两弹一星功勋"。雕塑人物分别是中国核科学事业开拓者和奠基人朱光亚、王淦昌、彭桓武，以及近代力学事业奠基人郭永怀。

第四组："两弹一星功勋"。雕塑人物分别是中国核科学事业开拓者、核武器研制工作奠基人程开甲、邓稼先、陈能宽、于敏。

第五组："电子对抗技术"。雕塑人物是电子对抗领域专家刘玉珍、李家驹、高兴全。

第六组："航空发动机设计"。雕塑人物是燃气涡轮专家董绍庸。

第七组："无线电通信"。雕塑人物是电子对抗领域专家金鑫。

第八组："水稻育种"。雕塑人物是农业科学家龙太康。

第九组："自动控制技术"。雕塑人物是自动控制领域专家何宗桐。

真的是群星闪耀，功业巨伟。参观完九组雕塑，崇敬和自豪感油然而生。不禁脑洞大开，设想在一个地球模型内，推出两组电子档案，一组为古往今来世界范围内的杰出科学人物及成果简介，一组为国内近现代科学家及成就介绍。让古今中外的智慧之光在智慧之城闪耀，该有多完美呀！

穿过科学家公园，如巨龙般盘旋在富乐山上的之字形绵阳博物馆呈现在眼前。这是一个现代综合性博物馆，占地面积43524.94平方米，有三层可供参观。博物馆集文物陈列、历史陈列、自然陈列、非遗陈列于一体，还设置有音乐大厅、对外交流展、农家书屋管理服务中心。

绵阳历史文化陈列、绵阳自然生态陈列是博物馆的两个基本陈列，另有四个专题陈列分别是绵阳非物质文化遗产陈列、绵阳摇钱树陈列、绵阳汉马陈列、绵阳崖墓陈列。共展出文物四百件，自然标本二百余件。

二楼主体馆展出的汉代人体经脉漆木俑，具有很高的学术价值。漆木俑高二十八厘米，1995年出土于绵阳永兴双包山2号西汉木椁墓。人像裸体直立，双手垂下。体表正面有红色线条八条，背面有红色线条五条，头部有纵线五条。据研究，这些线条表现的是人体十二经脉。这是我国迄今为止发现的年代最早的人体医学模型之一。

下午，我们走进富乐山公园。据绵阳的战友介绍，这是刘备的私家花园。资料显示，富乐堂是公园的主要景点之一，是为纪念刘备与刘璋涪城相会而建的殿堂，融合了庭院与园林的特点。公园内树林茂密，沟壑清幽，湖水荡漾，秋荷轻摇。走进大门，首先看到的是"蜀汉四英"的雕塑及简介，诸葛亮、蒋琬、费祎、董允气宇轩昂，而"五虎上将"的雕塑及简介则排列于后，这种布局别具一格，突出了"文治国、武安邦"的中华传统思想。

富乐堂内的刘备塑像以及刮骨疗伤、千里走单骑、单刀赴会、空城计、乐不思蜀等雕塑和壁画，展示了三国历史的波澜壮阔，彰显了蜀汉文化。

战友们在红墙黄瓦的四合院内品茶谈心，接受三国文化的熏陶，感受皇家园林的气派。

晚餐品过大牌美食——绵阳印象火锅，在麻辣鲜香的悠长回味中，我们登上了越王楼。

越王楼是与黄鹤楼、滕王阁、岳阳楼齐名的唐代文化名楼。公元656年，以越王加冠的唐太宗第八子李贞任绵州刺史。李贞在任期间修建越王楼，以加强防御。公元755年发生"安史之乱"时，唐玄宗被迫逃至西蜀，入住越王楼，将越王楼作为临时行宫。

越王楼曾几毁几建，现存的越王楼于2011年建成，主楼高九十九米，共十五层，这个高度在唐朝时期是望尘莫及的。

越王楼收录了李白、杜甫、陆游等历代诗人题咏越王楼的诗篇多达一百五十四篇，具有"天下诗文第一楼"的美誉。

绵阳一日游，让战友们眼前三亮。一扫戏子扬名，科学家无闻的阴霾，科学家也有了亮相的园地。此当之无愧眼前一亮。富乐山公园一反突出喧嚣的战场和战将的常态，把"蜀汉四英"雕塑排在最突出的位置，为此行的眼前二亮。通常提起越王，让人联想到的是勾践，但此越王非彼越王，而且越王楼乃"天下诗文第一楼"，实为我们行程的眼前三亮。归根结底，此行最大的亮点，是绵阳城无处不在的尊重知识、尊重人才的社会风尚，处处展现出的历史文化和现代科技的浓厚氛围，我以为这正是绵阳城的底蕴所在。绵阳今天的发展十分亮眼，绵阳的明天会更加辉煌，因为底蕴推育新杰，底蕴塑造未来。

思　念

◎ 袁福成

与北方相比，南方的秋天总是来得迟走得也迟。

每年的公历 11 月下旬至 12 月中旬，北方已开始进入"千里冰封，万里雪飘"的隆冬模式，南方却还停留在深秋和初冬反复切换的胶着状态。虽然"万山红遍，层林尽染"的深秋美景依旧，但南下的冷空气不时来袭，常让人猝不及防。白天还艳阳高照、晴空万里，秋色怡人，夜晚就立马转换成寒风凛冽、阴雨绵绵、雪花飘飘。让你分不清当下到底是深秋还是初冬。

在这个秋冬交织、变幻缠绵的季节里，心里始终翻腾着四年来无法释怀的思念。此刻的心境，一如在凛冽寒风中飘零的片片落叶，默默地承受着初冬雨雪带来的阴冷、潮湿、朦胧和灰暗。

四年前，也是在这个令人伤感的季节，老伴正在生与死的边缘上恍惚游走，我也在无奈和绝望中承受煎熬。

躺在病床上的老伴已经骨瘦如柴，可怕的癌细胞，不断以几何级数的增幅在体内疯狂生长，贪婪地吞噬着维系生命的所有营养，医生、朋友、家人们都束手无策。老伴的鲜活生命，如同梧桐树上的绿叶，正在寒风的抽打下慢慢枯萎凋零；如同一座高楼大厦，正在腥风血雨的剥蚀中渐渐风化瓦解；如同一盏灯的燃油，正在灯光摇曳中徐徐耗尽。此时的万般无奈和难言的焦灼，也在无情地啃噬着我的每一寸肌肤。此刻的我，犹如一场大战之后仍固守在城头的败军之将，眼见城门即将失守，却远无一将来援，近无一卒可遣，手无一箭可发。伤痕累累，弹尽粮绝，无力挽狂澜于既倒，阻大厦之将崩，无法救老伴于水火。人已绝望，仰天长叹，欲哭无泪，心在滴血！

2016年12月16日凌晨，老伴走到了生命的尽头，带着诸多遗憾和不舍永远地离开了我们。在和癌症顽强抗争近四年的岁月里，我们南下上海，北上京城，辗转各大医院，吃尽千辛万苦，放疗、手术、化疗和中西药轮番使用之后，她也精疲力尽，临走时，除了留下轻轻的一声叹息，再无只言片语！

自从老伴离世，与悲伤、孤独和思念的较量，就成了我一个人与"风车"间的战争。

老伴走了，属于我的那个家也碎了。我们曾经的小家，没有显赫的家世，没有盖世的财富，更没有惊天地、泣鬼神的凄美爱情，但我们有三十三年的相濡以沫和同甘共苦，有三十三年夫唱妇随和相依相伴，有三十三年平凡幸福和心心相印。我们本是一对普通寻常的烟火夫妻，在波澜不惊的岁月里，在双方的心田中，早已种下了彼此的喜怒哀乐，早已成为彼此生命中的支撑和依靠，早已成为彼此生活中的拐杖和扶手。要不是病魔的悍然入侵，真的没有任何力量能将我们分开。是无情的病魔棒打鸳鸯，生生将老伴掳走，活活将我们拆散。在我心中留下的，便是今生今世也无法割舍的深切怀念！

在老伴离开的日子，我总觉得她从未走远。一日三餐中，稍不留神，就会习惯性地多摆上一副碗筷。在居家生活里，恍惚之间，常隐约听到她的轻声呼唤。夜深人静之时，门外似乎屡屡响起她那回家时轻盈的脚步声。房间的床头，她枕过的枕头依然摆放在原来的位置，我一如既往地睡在床铺的右侧，左侧的一半还为她留着，潜意识里，还在默默企盼她的归来。床头柜上，一家三口的合影照，照旧摆放在原来的位置，照片上的她，依然深情地凝望着房间内的每一个角落，注视着我的一举一动。有事外出，常常忘带钥匙，总以为老伴还在家中静静地等着我归来，待举手敲门无人应答时才如梦初醒。睡梦之中，老伴时而清晰、时而模糊的形象若即若离，时而轻柔、时而急促的鼾声若隐若现……这些亦真亦幻的神秘意象，已经断断续续伴随我走过了整整四个春夏秋冬。这也充分证明，老伴虽然走了，但她的音容笑貌、言谈举止已经深深地镌刻在了我的生命之中和灵魂深处。

为了寄托我的哀思，四年中的每一个清明节、中元节、除夕和老伴的生日、忌日，我都要烧化些纸钱，借片片纸灰和袅袅青烟，给远在天堂的老伴捎去家人的问候。孙子、孙女相继出生，还按老家的规矩，专门到老伴墓前送上"喜钱"……我本是唯物论者，本不相信有什么天堂和魂灵的存在，但在老伴意外离去之后，当所想、所思、所念无所寄托之时，我宁愿颠覆以往的认知，在心中自设天堂和神坛，为的是让我随时随地都能仰望和祭奠。

在人世间行走，当你还没亲历过生离死别，总觉得生老病死不过是世之常态、人之常情。的确，人一出生便是向死而生，哪怕你贵为天子，享尽荣华富贵，或者是贩夫走卒，饱尝岁月艰辛，到头来都将殊途同归，死亡是人生的必然归宿。既然如此，人们就该坦然面对，从容接受，无须痛苦、悲伤，更不该凄凄、惨惨、戚戚。但若设身处地去思、去想，除了顺其天年的寿终正寝之外，哪一桩死亡不给人们留下撕心裂肺的伤痛和了无绝期的思念？当你真的亲历了与至亲至爱之人的生离死别，对死亡的理解就不会那样风轻云淡。对活着的人而言，每一位亲人的意外离去，都是一场生死炼狱般的劫难，都是一番刻骨铭心的煎熬，都是一场浴火重生的涅槃！也有人说，死亡既然无法避免，人死再也不能复生，那么即便遭遇亲人的意外亡故，也应该学会早早放下。是的，在中国的传统文化里，儒家主张凡事都要拿得起，道家主张凡事都要看得开，佛家主张凡事都要放得下。拿得起、看得开、放得下，说的都是为人处世的修为和境界，但放下并不等于彻底忘却。在现实世界中，信儒、信道、信释者甚众，但真正修为成儒、得道、成佛者寥寥。人非草木，岂能无情？"情义"是人类所独有的高级情感，因为有情、有义，才更加难以忘怀。窃以为，遭遇了亲人的意外亡故后立马就能放下并忘却的，要么是相互间本来就情浅义薄，要么是生者本身就麻木不仁。中国的老祖宗们，曾经为后人立下过规矩，父母无论是自然还是意外亡故，子女都必须为父母守孝三年。三年时间的确定，表面上看，似乎没有多少道理，但仔细揣摩，老祖宗做此规定的睿智和奥妙之处就在于，将人类丧失亲人的悲伤、痛苦和思念，交给时间去慢慢化解。

2020 年 12 月 16 日，是老伴去世四周年的忌日，在这个特别令我伤心、伤神的日子，我将再借烧化纸钱的古老祭奠方式，向远在天堂的老伴送去发自内心的话语：你陪我一程，我念你一生！

母亲的生日

◎ 张变利

　　母亲七十岁生日来临之际，恰是父亲去世三十周年。在给母亲筹备生日的热闹里，没有人会想象到：三十年前，在埋葬了因住院长达七个多月，欠下巨额债务去世后的父亲的那几个雨雪天，低矮破旧的土房子里，母亲揽着嗷嗷待哺的我们姐弟五人，她是如何度过自己的四十岁生日的。

　　母亲是外婆生下的第五个女儿，解放前的北方农村，家里没有个男孩那是万万不行的，所以母亲生下来没几天，外婆就从自己的妹妹那里抱养了一个比母亲大一岁多的男孩。两个都是吃奶的孩子，当然要紧着儿子了。寒冬季节母亲就在土炕旮旯里微弱地哭着……

　　母亲邻居家出嫁的女儿在夭折了三个孩子后急急地跑来，把母亲抱回了她家。因为是家里唯一的孩子，母亲在这个新家享受了一段短暂的幸福时光。

　　母亲的养父是一位技艺高超的泥瓦匠，专门在城里给一些大户人家修建房子，所以家里的光景要比周围其他人家好一些，加上母亲长得苗苗壮壮，聪敏伶俐，养父母对她格外疼爱，尤其是养父的老父亲，对这个古灵精怪的孙女更是宠溺有加。养父从城里给爷爷带回来的好吃的总会在母亲睡觉的时候从被窝里翻出来；

夏天睡觉的时候爷爷摇着的蒲扇刚刚停下，看似熟睡的母亲会忽然睁开眼睛让爷爷继续扇……

母亲三四岁的时候，她的养母接连给她生下了两个弟弟和三个妹妹。母亲天性善良，从小就对家人非常关爱。养母身体不好，经常牙疼，心口疼，上了小学的母亲就帮着养母照顾弟妹，放学后干一切力所能及的家务和农活。下雨天担心养母淋雨受凉，她会用特制的小桶跑很多趟加满水缸；知道养母做饭时烤了灶膛里的火会牙疼，母亲就用竹筐从外边提回够用很多天的柴火，临上学前会无数次提醒养母，等她放学回来她烧火再做饭……

有一次，母亲最小的弟弟因中耳炎发烧，养父不在家，瘦弱的养母只能无奈地带着几个大些的孩子在家等着刚上了中学的母亲回家。母亲看到哭闹和烧得满脸通红的弟弟，心里非常担心：如果不及时给弟弟看病，弟弟会变成聋子，烧成傻子……她二话没说，抱起弟弟就去了镇上的医院。大夫给弟弟打了一针后告诉母亲，这个针要连打三天才有效，但是第二天是周末他们不上班，得带孩子去别的地方打剩下的两针。母亲回家就去了村里的医疗站，但是那里的医生告诉她，他们没有注射用水，打不了，几里地外有个诊所，以前打过这个针，不知道现在还能不能打……

回到家里，母亲把情况告诉了养母，养母说实在没地方打就算了，等镇上医院上班了再去，母亲却不同意，第二天她带着弟弟就去了医生介绍的那个诊所。到了才发现医生家门口的帘子上挂着红布条——诊所的大夫刚生了孩子没几天还在月子里，她的屋子外人是不能进的。大夫的婆婆给母亲说明了情况让母亲回，母亲抱着弟弟急哭了，说弟弟还发着烧呢，如果打不上针会聋的……就在母亲无奈地转身离开时，从产妇屋里传来一个声音：是孩子的姐姐吧？进来吧，我可以打……

寒假里母亲过了她十三岁的生日，养母破天荒地给母亲煮了一个鸡蛋，母亲舍不得，把鸡蛋分成六小块，和弟弟妹妹一起吃掉了。忙碌的假期总是过得很快，当母亲收拾好书包准备开学报到的时候，养母把她叫到了面前："老大，你也看到了，你爸不在家，我一个人实在照顾不来家里，你现在长大了，咱能不能不上学，回家来帮妈照顾弟弟妹妹……"

　　母亲呆住了，她是多么喜欢上学啊，不是因为她学习成绩优异，老师和同学都喜欢她，也不是因为她个子高，是学校篮球队的主力，而是因为她爱读书，从书里她知道了世界很大，有很多她没有去过的地方。她喜欢古典文化，大篇大篇的诗词和文言文她都能倒背如流，就连绕口的俄语，她也学得有模有样……她有一个梦想，就是要努力学习，像大自己几岁的表姐一样考上大学……

　　母亲忍住眼泪默默地收拾了书包，她清楚地知道：如果当初没有养父母，自己可能已经饿死了。

　　在家里帮助母亲照顾弟弟妹妹一段时间后，她被村干部选中，参加了当时轰轰烈烈的社教运动。在外出参加这个运动的一年多时间里，母亲学习了各种文体的写作，练了一手好字，和一名资深的会计学习了独特的会计记账计算方法，更见识了外面世界的各种人，包括乡镇的领导、县长，甚至市长，当然还有接受社会教育的世代乡绅……

　　社教运动结束回到家里后，年仅十六岁的母亲就成为他们村历史上最年轻的会计。此时，经过历练见过世面的母亲，更是出落得亭亭玉立，落落大方。附近乡村凡是家世好些的人家都慕名前来提亲。可是最终母亲的养母没有给她挑选家境好但是彩礼普通的人家，而是把聪慧的母亲许给了家境极为贫寒但彩礼高的父亲。年长母亲七岁的父亲那时已经二十三岁，是家里的长子，因家里贫困，叔叔们年纪太小缺少劳动，上过技校已在镇上机械厂上班的父亲放弃了正式工作回到农村和爷爷奶奶一起劳动养家。眼看着同龄人都娶了妻生了子，父亲自己就有些着急，从一个亲戚那里了解了母亲的情况后，父亲狠下心跟朋友借了彩礼钱交给了母亲的养母。

母亲十八岁的时候和父亲结了婚，来到家徒四壁的父亲的家中。爷爷奶奶和四个叔叔住在一间土坯房里，父母结婚的另外一间小土房还是父亲临时借钱盖起来的。母亲没有嫌弃这个穷家，婚后不久甚至把自己结婚时置办的新棉衣拆了给年纪还小的小叔叔做了冬衣。因为远近闻名的工作能力，母亲到父亲的村子后便自然地当上了会计。大集体的生活虽然很贫穷，但是因为母亲的能干，一家人倒也其乐融融。

当母亲接连生下三个女孩，而二婶和三婶相继生下堂哥们时，奶奶的谩骂和婶婶们的嘲笑让母亲度日如年，迫于压力的母亲又生下了我——第四个女孩。家里人都劝母亲把我送人，说孩子多负担重，父亲身体又弱，把我送给别人，如果想生还可以再生个儿子，但母亲坚决地拒绝了，她不想我经历她的人生——完全可以考取大学却被养母断送了学业。

母亲在这个大家庭里谨小慎微地活着，任何一位婶婶都会把母亲没来得及收拾的我的尿布扔到地上，边踩边说，一窝臭丫头还有脸在院子里晒尿布！……没有生出儿子的缺憾甚至掩盖了母亲自身的光华：整理落实土改错划成分家庭的档案时，全县几十个乡镇，几百个资料整理人员整理的资料里，只有母亲的那一份是合格的，县长亲自将母亲整理的档案打开当作范本给其他工作人员看：工整隽秀的字体、标准规范的格式、完整清晰的内容、严谨有力的证据……谁都想不到这竟出自一位农村妇女之手；凡是全乡有大数据计算之类的工作，三人同时计算验证，手里只持一把算盘的母亲，永远是两个得出正确数字中的一个人；生产责任制分产到户，全村只有母亲可以清楚快速地计算出各种不规则地形的面积，算出差田和优质田的搭配比例；她还参加过第八次全国人口普查……

终于在婚后的第十三年，弟弟出生了。尽管因为超生，母亲丢了很有前途的妇女主任的工作，但压在母亲心头这块无形的石头终于卸了下来。可是生活的严峻却现实地摆在了眼前：分产到户后，父母带着我们姐弟五人，耕种着七八亩的农田，因为四个大些的都是女孩，本身没什么劳动力不说，还都在学校里，而父亲身体不好干不了重活，实际上家里只有母亲一个劳力。可是母亲从没抱怨过苦和累，干活的时候她总是挑最重的干，只让父亲搭把手，别人家里干一天的活，母亲干两天，别人七点下地，母亲就五点偷偷爬起来先去干一会儿，晚上别人收工回家了，母亲会就着月光再做一会儿；家里的白面和过年时才能吃上的一顿肉，母亲都会先紧着父亲吃……贫困的日子就这样一天天地过着，好在我们姐弟几个学习都好，每次考试都是班里的第一名，我们拿回的奖状换来母亲脸上最灿烂的笑容。

弟弟九岁的时候，父亲在一次次将母亲用来给他看病的钱给我们交学费后病倒了，住进了医院。

医院接二连三地下了病危，平时倔强骄傲的母亲第一次低声下气地向全村和亲戚朋友借遍了钱，她要救父亲！她的孩子们不能没有爸爸！在这个信念的支撑下，母亲不知道受了多少白眼、多少挖苦和冷嘲热讽，竟然让一个从偏远农村来的农民在省城最大的医院住了近七个月，花费了天文数字一样的医药费。但因为病情的延误，父亲最终还是没被救过来。

在父亲住院期间再难从没掉过一滴眼泪的母亲，强忍着悲痛处理了父亲的后事。当父亲的灵柩被抬出家门后，母亲第一次放声大哭，哭声响彻整个村庄……在漫漫冬夜里，对着父亲的遗像，看着熟睡的五个孩子，母亲写下这样的句子：

昨夜三更做一梦，
永别夫妻喜相逢。
脸儿相依一枕语，
手儿相携一床风。
只恨雄鸡啼破梦，
再看寒床半边空。

亲戚们给母亲出主意，让把小点的女孩送人，让大些的女孩辍学外出打工，这样日子才可能过下去。母亲再一次拒绝了这些劝告，对着大家郑重地说，感谢大家对我们的帮助，也请大家放心，欠下的债务我一定会还清，孩子们我自己可以照顾——没有人知道，就在那几天，母亲度过了她的四十岁生日。

母亲找了一个离家较近的工厂，一边做会计打工挣钱一边照顾年幼的我们。农忙的时候，母亲从不舍得把姐姐们从学校里喊回来，而是自己一个人强撑着干所有的活：她像男人一样在烈日下割麦，扬场，因为劳累和高温的炙烤，牙齿肿得张不开嘴；一个人上上下下，在高高的麦垛上堆秸秆，在漆黑一片的玉米地里浇地……每到月末，领了微薄工资的母亲会带着我们在昏暗的灯光下一遍遍细数攒下的钱，盘算着先还谁家给父亲治病时欠下的债……父亲去世的第一个春节，母亲曾写过这样的句子：

锣鼓喧天又一春，

世间万物依旧存。

唯有夫君九泉去，

触景生情更伤心。

有心随夫驾鹤去，

丢下儿女靠何人。

父亲去世的这一年，大姐高考二次落榜。落榜后的姐姐拒绝了母亲让她继续复读的建议，去了外地的叔叔家给两个堂哥补习功课。第二年临近高考的前几个月，大姐给妈妈发回一封信，说她辅导堂哥们复习的时候感觉自己也复习得不错，看到人家出门去上学，自己心里很难过，如果有机会能参加考试她可能会考上。姐姐给母亲说这件事的时候只是想向母亲倾诉一下自己郁闷的心情，不想母亲却上了心，她马上回信让姐姐好好复习，自己则马不停蹄地奔波在附近各个学校之间，不厌其烦地问老师们有没有多余的高考报名表……看着烈日下一次次骑车赶路风尘仆仆的母亲，一位曾带过我们姐妹几个，了解我们家庭情况的老师实在不忍心，千方百计地给母亲要了一张表。大姐回来参加考试，结果一下就考上了。

第二年我和初三复读的三姐同时中考，快要考试了，教育局却通知：复读生不能参加中专考试。得知消息的三姐一下就急了，母亲供养我们姐弟五人上学的负担太重了（二姐当时在读中专），为了尽快减轻母亲的压力，读中专快点参加工作是当时唯一的出路。三姐之所以复读就是为了上中专，如果不能参加考试，只有回家种地一条路了。母亲得知情况后，对三姐说，你只管学你的，中专不让上，妈供你上高中，咱们将来考大学！……平时在家里当男孩用的三姐几乎不敢相信自己的耳朵：论学习，在几个孩子里她是相对差一些的，第一年没考上中专，母亲给了自己复读的机会，现在居然还要供自己上高中，那得要多么大的开销呢？母亲喃喃地说，我不想让一个孩子留在农村受苦……

　　我的中考成绩很快出来了：418分，只比当时的录取分数线高了一分。得知别的同学已经陆续拿到通知书后母亲如坐针毡，生怕分数在边缘的我被别人挤掉，中考落榜。但是在家里干着急也不是办法，母亲各方打听后了解到那年的中专录取工作是在外县的一个酒店里进行的，她二话没说，骑了自行车就往外县赶。到达地方后，举目无亲的母亲只能守在酒店门口，只要看到有人出来就会鼓足勇气过去询问，有些人会躲避着离开，有些人甚至还会训斥。害怕错失任何机会的母亲顾不上这些，她不敢上厕所，不敢去喝一口水吃一口饭，就这样连着守了三天。酒店门口看门的老头看着母亲着实可怜，给母亲说他知道哪些人是负责招生的，中午他们出来吃饭的时候他会指给母亲。母亲感激地给人家买了一盒烟，开始耐心地等。人终于出来了，母亲急忙迎上去询问，可能是母亲起满干皮的嘴唇和一个母亲焦急的神情触动了那位工作人员，人家记下了我的考号，答应吃过饭帮母亲看。结果出来了：我的成绩虽然上了分数线，但是之前报考的学校学生已经招满了。工作人员对母亲说，孩子这么优秀，上不了中专上高中将来考大学也挺好啊！"不行的！"母亲急切地喊出来，给人家大概说明了家里的情况，说如果这个女儿上不了中专上高中，另外一个女儿可能就要失学，因为她是无论如何也供不起两个孩子同时上县城住校的高中的……那位工作人员看着那张母亲写给他的有我的姓名和考号的纸问道，你上过学读过书？母亲点了点头。工作人员说我进去看看情况，有消息了告诉你。

天快黑的时候，母亲终于等到人家出来了："我和另外一个学校招生的人商量了一下，他们学校刚好还差一个学生，孩子就到他们学校去吧，回家等通知……"母亲惊得半天没说话，等人家都走远了，才回过神来说："同志，你是哪个单位的，回头好去谢谢你……""不用……"

三姐参加高考的第一年没有悬念地落榜了，母亲分析了原因后，不但没让三姐放弃，反而决定给三姐转学到教学水平较高的一所市里的学校去复读。为了支付三姐更为高昂的学费和住宿费，母亲到了一处离家更远的建筑工地去做会计。建筑工地的生活条件相当艰苦，住的是还没盖好的四面透风的房子，吃的是民工大灶没有油水的饭食，更要命的是，每当民工灶有人请假时，母亲就得顶替进去，在四十多度高温的简易厨房里给几十号工人做饭。往往是饭做好了，母亲却因牙受热肿得什么也吃不下……

最终，复读的三姐也考上了大学。

家里只剩下读高中的弟弟，弟弟天资聪颖，母亲认为儿子考上大学是意料之中的事，可是高考过后，全家人都傻了眼，弟弟以出乎意料的低成绩落榜！问及原因，少不经事的弟弟说，他根本不想考什么大学，他和几个同学都商量好了，他们要像中国台湾的音乐人一样组建一个乐队……母亲把弟弟叫到面前，首先说因为自己忙于工作养家疏于对弟弟的陪伴和管教，向弟弟表示歉意，接下来和弟弟聊当时大家都喜欢的音乐人刘欢。弟弟吃惊地看着母亲，惊异于母亲居然还知道刘欢！母亲说她不仅知道刘欢，喜欢他唱的很多歌，还知道刘欢在作为一个音乐人的同时还是一名大学教授。母亲用她自己的理解告诉弟弟：每个人都有理想，也可以为自己的理想去努力和奋斗，但是必须有一个前提，那就是人首先要考虑生存，只有有了安身立命的技能和养活自己的职业，才能考虑理想的实现……弟弟听从了母亲的建议，安心地复读了，后来也考上了一所不错的大学。那一年，母亲五十岁，距离父亲去世已十个年头。

全家人为母亲过五十岁生日的时候，母亲给父亲上了一炷香，对着父亲的遗像说："他爸，咱的五个孩子现在全部考上了学，你在那边就放心吧……"

把孩子全部送进大学的母亲依然没有停下来，还是坚持种地种菜，和已经参加了工作的姐姐们一起供我们上学。后来我们都相继参加了工作，成了家，有了孩子，母亲还是一刻也没有闲着：她会少种一点粮食和各个季节的蔬菜，给我们提供绿色无污染的农产品；五个子女的七个孩子，每一个她都带过。她经常说自己是救火队员，谁家需要就去谁家：加班的、孩子生病在家无人看管的，需要开家长会请不到假的……母亲最享受的时光是周末和节假日，我们五家都带着孩子回到村里去看她。她会提前准备很多我们爱吃的饭菜，一如既往地不允许我们进厨房给她帮忙……快七十岁的母亲总是笑眯眯地看着我们大口地吃着她做的美味，吃得越多她越开心……

夏日里她会给看电视的孙子们摇着扇子，会弯着腰给五十多岁顾着玩牌的女儿擦治蚊虫叮咬的药膏；冬天她会把土炕烧热，把烤好的香喷喷的红薯拿到炕上让我们吃……她还和年轻时一样不喜欢在村里闲聊，一个人的时候就戴起老花镜看我们给她带回来的书……

每年我们都会给母亲过生日，今年已经七十岁的母亲说她要好好地活着，要把父亲没活够的时间补回来！我们祝愿亲爱的，历经磨难的母亲长命百岁，洪福齐天！

　　越来越好的日子慢慢让我们淡忘了过去艰难贫苦的生活，唯有母亲的爱越来越清晰地刻进我们生命的年轮里。

姐　姐

◎　张变利

我有三个姐姐。

我想，她们应该是父母给我在这个世界上最好的礼物。

大姐从小长得娇小可爱，虽然出生在农村大集体的贫困年代，但是因为是和爷爷奶奶叔叔们一起生活时大家庭里的第一个孩子，所以从小自然是备受宠爱。母亲常说起当时的情形：两个上小学的小叔每天放学后都是比赛着跑回家，为的是看谁能先抱上小侄女，而往往是气喘吁吁的两个人一前一后进家门，一个人抱着孩子头一个人抱着孩子腿，大姐在两个小叔的拉扯里咯咯地笑……那时的农村，重男轻女还很严重，就有村里路过的人不屑地笑道："一个臭丫头片子，至于稀罕成这样吗？"两个小叔会不约而同地一边在大姐的小屁股上亲出"啧啧"的响声，一边冲着人家做鬼脸道："就稀罕就稀罕！"

大姐在全家人的宠爱里没吃什么苦就长大了，一路考进我们县的重点高中。那时，我们陆续都上了学，父亲的身体却越来越不好。在大姐第一年高考落榜后，生病的父亲还是坚决地让大姐去复读。不想，第二年再次参加高考的大姐又一次落榜，而这时重病住了半年多医院的父亲却没能再坚持下来……

母亲带着我们姐弟五人料理了父亲的后事。母亲没有听从亲戚朋友的劝告，毅然地要让我们都继续上学……

二十岁的大姐看着已然是在拼命的母亲，坚持不肯去补习费用昂贵的学校。无奈之下母亲同意了大姐在家复习，准备最后一次参加高考。大姐没去学校，周围的人都以为她不上学了，纷纷上门给大姐提亲。母亲以姐姐还小为由拒绝了人家，不想大姐自己却在一边复习准备考试一边悄悄地给自己相亲。

参加了高考的大姐没等成绩出来就约她看中的男孩来家见过母亲，和母亲说："妈，我考虑过了，无论今年我能不能考上大学，我都会和他订婚。弟弟妹妹还小，咱家目前急需一个男人帮我们支撑这个家。爸爸走的时候一再说，再难也要让弟弟妹妹们上学，让他们健健康康地长大……我已经长大了，作为家里最大的孩子应该和您一起来承担这个家的责任……给我介绍的这些人，我都仔细甄选过了，只有他不嫌弃咱家穷，不嫌弃要帮着供养弟弟妹妹上学负担重。而且他家境不好，从小吃苦耐劳，我想也只有他能受得了以后的苦日子……你不用劝我了。"

成绩出来，大姐考上了大学，她坚决要和她选的姐夫订婚，这在当时城乡差别还极大的农村，无疑像投下了一颗炸弹，轰炸来自我们家的亲戚，也来自男孩的家人。我们这边的亲戚觉得大姐考上了大学，成了有铁饭碗的公家人，将来自然是要找一个同样有铁饭碗的人！如果要嫁给一个农民，还用辛辛苦苦考大学？男孩家里担心两个人一个在城里上班，一个在农村，差距会越来越大，尤其是女孩在外边，见多识广，有一天会不要自家的儿子。现在分手，总比将来结婚了带个孩子再离婚要好得多，这样的高枝还是不要攀的好……母亲也和大姐谈了，说："家里你不用管，困难都是暂时的，大妹很快也就毕业可以挣钱给我帮忙了，自己的终身大事，马虎不得……"大姐最终没有听取任何人的劝告，在一片惊叹声里和姐夫订了婚。

订过婚的大姐去城里上学了。之后每到农忙季节，我家的农田里就会出现一群小伙子，三下五除二地把之前母亲和我们姐妹要干上两周的活很快干完，连口水都不进门喝。那是大姐夫村里的伙伴们，他们都为姐夫能娶上一个有文化的公家人感到由衷的高兴和自豪，都用这个唯一能帮上朋友的方法来支持他。

每每到了开学的时候，姐夫就会把自己打工挣到的钱给妈妈送过来帮我们交学费……时光就这样静静地流淌，周围村民对大姐和姐夫的婚事也就不再觉得新奇，更多的是一份羡慕，羡慕我们家有了个顶梁柱。冬季农闲的时候，姐夫会在暖暖的冬日里赶来马车，和大姐像一对地道的农民夫妻一样把我们家里攒了一年的农家肥运到地里去。姐姐身上穿着母亲干农活时穿的旧衣服，在马车上农家肥散发的特殊气味里亲热地和姐夫小声说着话，她目光从容，脸上洋溢的是一种对生活无法言传的热爱。

参加工作一年后，大姐就和姐夫结婚了。没有城里同事们干净明亮的婚房，没有时兴的家具家电，更没有几金几银的首饰……外甥出生的时候，我们去大姐婆婆家看她，大姐和刚出生的小外甥住在一间拆了一半的房子里，拆掉的那一面墙用塑料纸遮着，房子里灯光很暗，以至于刚当上舅舅的弟弟差点坐到小外甥身上。

要不是这么些年来一直帮助母亲供养我们上学，拿着工资的大姐和做着工程的姐夫怎么会把日子过成这样！心里难过的我们从大姐脸上看到的却只有幸福和满足，大姐抱着外甥对我们说，你看，舅舅和姨姨都来看你了，他们都很厉害的，你长大了也要像他们一样啊……

在单位分不到房，更没有钱买商品房，为了照顾还吃母乳的孩子，大姐每天要坐四个小时左右的远郊公交车往返在上下班的路上。直到孩子上了幼儿园，才在单位附近租了一间民房。由于姐夫的工程都在郊区和农村，无法到城里和大姐一起带孩子，所以直到孩子上大学，都是姐姐一个人一边上班一边照顾孩子，上夜班的时候，孩子就睡在值班室。

在之后的很多年，大姐和姐夫一边陆续帮母亲供养上大学的三姐和弟弟，一边又帮着我和二姐买了单位的福利房，最后又帮着结婚的弟弟买了婚房。在和姐夫订婚后的第二十年，小外甥要上中学的时候，他们才给自己买了第一套商品房，四十岁的大姐才有了一个自己的家。在过去的二十年里，面对生活的压力、周围同事的不理解甚至嘲笑，大姐从来没有抱怨过，从来没有后悔过自己当初的选择。当年二十岁的她，用自己一生的幸福做赌注，来赌四个弟弟妹妹的未来……她用实际行动兑现了自己对父亲的承诺：没有因为失去父亲而让一个弟弟妹妹失学或是过得不如别人，相反，在他们和母亲的努力下，我们都从农村考学到了城市，有了让村里人羡慕的工作和不错的家庭。

我们各自成家后，大姐和姐夫的日子也慢慢好起来。在姐姐五十岁生日的时候，姐夫给姐姐换了一辆价值不菲的新车。当看到大姐和姐夫坐在新车上小声说着话时，我仿佛又看到了当年面容年轻秀丽的大姐和姐夫坐在马车上，迎着冬日的阳光。

母亲说二姐从小就是个心思极重的孩子。在二姐一岁左右的时候，有一天，奶奶蒸了一锅红薯，拣了两三个晾在灶台上准备给她和大姐吃。可是，一眨眼的工夫却发现刚刚学会走路的二姐摇摇摆摆地走出家门，穿过生产队下工的人群，踮着脚把热乎乎的红薯往爸爸手里送。母亲说，据她观察，二姐是我们家五个孩子里智商最高的，从小头脑清晰，尤其到中学以后，数理化成绩次次都是满分。在我的记忆里，小时候的二姐不但聪明，而且极为用功。那时农村的孩子为了早一点脱离农村，大都选择中学毕业以后考国家给分配工作的中专，有很多人在初三的那一年会反复复读，所以，那时的中专是非常难考的。为了超过那些把中学知识学了好几遍的往届生，天资聪颖的二姐经常半夜仍在灯下学习。

穷人的孩子早当家。当爸爸手术住院，妈妈一个人一边在医院照顾，一边四处筹钱，急得满嘴起泡的时候，二姐站在了她身后，对她说："妈，你忙你的，我跟老师请假来医院照顾爸爸。"边说边从一个袋子里拿出从学校食堂买的馒头、面包、点心……看着为自己做着安排的二姐，妈妈第一次感觉到，孩子长大了，自己不是一个人在面对生活的困难。

二姐是在大姐二次高考落榜时考上的中专，是村里和家里第一个考上学成为吃商品粮的人。她上了中专以后，还是一如既往地刻苦努力，门门功课都是第一，拿着全额的奖学金。姐姐把奖学金全部交给母亲，让他们给我们交学费。平日里，自己省吃俭用，把学校发的粮票和菜票卖给家里条件好，还要花钱再买菜票补充的同学，周末回家的时候再用这些钱给我们买平时吃不上的面包和点心。看着我们吃得香甜的时候，妈妈也让二姐和我们一起吃，因为她知道，二姐在学校除了馒头，是断然没有尝过这些好吃的的。除了每周末二姐会按时回家帮妈妈干一些地里的零活，做家务以外，每周三下午学生自由活动不用上课的时候，她也会赶回家帮妈妈给我们洗衣服。为了省下中午一顿饭钱，午饭她从不在学校吃，而是饿着肚子回家后胡乱吃一些我们的剩饭。而从学校到家往返四十里的路，有时是搭一段顺路同学的自行车，更多时候是靠步行，单趟一元钱的公交车从来不舍得坐……爸爸住院以后，二姐把奖学金全部给爸爸交了住院费，自己不但不留一分生活费，还把自己的饭票和菜票省下来，给在医院的父母买吃的……

爸爸去世的那一年秋天，二姐参加了工作，每个月九十元的工资，每次都是连装着工资封着口的信封都不曾打开就全部交给母亲。中午在单位食堂吃饭，都是从家里带馒头，就着人家打完饭后剩下的不要钱的面汤。过年的时候，二姐因为工作表现得好，被单位评为先进个人。额外的奖金，二姐给我和弟弟一人买了一件当时最流行的滑雪服。姐姐对母亲说，不能因为没有爸爸，就让还年幼的我和弟弟穿得破烂，被同学看不起，而已到了不时要被好心同事安排相亲年龄的二姐，自己却是一件新衣服也不舍得买。好不容易拿回来一件大衣，还是别人买了不合适，低价转让给二姐的。二姐花了很少的钱，把大衣改了一下，美美地穿上去相亲了。

相亲的男孩是一个军官，家境很好，人也很不错，可是和男孩见过几次的二姐却对母亲说，不行。母亲问原因，二姐说，男孩在外地的部队，如果将来真的要在一起，男孩和他家人希望姐姐去随军……二姐对母亲说，我怎么能放心你带着弟弟妹妹们在家，自己一个人离开……二姐后来嫁给了离她单位和我们家都不远，和大姐夫一样不嫌弃我们拖累，农忙时也能下地干活的一位人民警察。

二姐生下双胞胎后，日子更紧张了，因为双胞胎孩子早产，身体较弱，花费比较多。二姐和二姐夫更加省吃俭用，不但要照顾上中学和高中时都住在他们家的弟弟，每次开学或是家里有大的支出的时候，他们还是像以前一样和大姐夫一起分担。为了能多些收入补贴家用，寒冬腊月，二姐用自行车载着两个幼小的孩子，走村串户去收粮，完成单位的任务，孩子往往冻得鼻涕直流。老乡看着孩子着实可怜，会让二姐把孩子在他们家放一会儿，吃一口热乎饭。

孩子五六岁的时候，二姐失业了，她骑着自行车到处找工作。同事劝她不要那么拼命，说孩子不是还有爸爸和爷爷奶奶照顾吗？二姐却说："可是弟弟妹妹怎么办呢？"她对人家说，只要有活干，做什么都可以……她给厨房做过帮厨，做保洁的时候清洗过污秽不堪的厕所……在一边工作一边跨专业考取了会计从业资格证以后，二姐才做上了稳定的财务工作。在二姐四处打零工，甚至打扫厕所的那段时间里，弟弟刚好准备结婚。二姐在家里经济极度拮据的情况下，不顾婆婆的担忧，甚至借钱和我们一起给弟弟凑了买婚房的钱。她和大姐说着一样的话：不能因为没有了爸爸，弟弟结婚就没有房子住，过得不如别人……

三姐从小个子高挑，干活麻利。大姐二姐外出上学的时候，三姐在家就当男孩子用，无论是地里的活还是家里的活，她都是妈妈最得力的帮手。在爸爸生病住院的半年多日子里，家里只有十四岁的三姐照顾我和弟弟。她每天除了负责给我和弟弟做饭、带我们上学，还要喂鸡喂猪，很多次半夜里还要带着我去漆黑一片的玉米地里找越墙逃跑的猪。一次大雨来临之前，她不舍得通知在医院照顾爸爸的妈妈和在城里上学的姐姐，带着我像大人一样拉着架子车连夜抢收回七亩地的玉米……

三姐大学毕业参加工作的时候，正值二姐下岗失业。三姐除了把工资交给妈妈供弟弟上大学外，还用自己节衣缩食的钱给二姐家添置了二姐一直不舍得用的太阳能淋浴器和随时可以喝的桶装纯净水。三姐说，这样外甥打完篮球回家就不用像以前一样，要等暖水瓶的热水晾凉或者电烧水器的凉水烧热才可以喝水和洗澡……如果单位额外发了钱，她会偷偷打进二姐的账户，说，这点钱至少可以让正长身体的外甥和外甥女吃好一点……

因为我和三姐的年龄最接近，在家相处的日子也多，我们更是无话不说。记得我第一次恋爱失败的时候，电台播出了彻夜失眠的我就这段感情写的一篇文章。我把电台录音带到三姐单位的宿舍，放给三姐听。听过文章多次的我，似乎已经麻木了，可是，三姐却边听边哭，虽然她什么也没说，但是我能感受得到她对我的伤心感同身受，我也哭了起来。奇怪的是，在姐姐分担了我的痛苦之后，我不难过了，竟然释怀了这段感情，就像是一处伤口，姐姐用亲情给我缝合了一样……

在我怀着二胎不得已辞职在家的那段时间，三姐担心我因为没有收入会亏待自己和孩子的身体，她每周都会开着车跑很远的路给我送来乌鸡、排骨，甚至自己炖好的鱼汤，给大孩子带来牛奶、饼干等各种零食……

弟弟给我们建了一个微信群，群的名称叫"爱如暖阳"。是的，姐姐们的爱就像冬日里的阳光一样，温暖地照耀着我们。无论我们身处何地，都能感受到来自她们的关怀和支撑。我们也深深地知道：在我们看似平坦的成长道路上和现如今的静好岁月里，其实一直是她们在替我们负重前行。

小兴安岭之恋

◎ 张守权

一

如今，提起小兴安岭，不熟悉地理的可能会问，这是哪儿？若提黑龙江省，也可能有人会说，太落后了，又冷又穷。

作为"共和国长子"的黑龙江，如今确实老了，老得白发苍苍、牙齿几乎掉光，曾经的辉煌与荣耀，已经时过境迁。当年，黑龙江人引以为傲的机械、石油、煤炭、木材、食品五大产业，如今恐怕只剩下了粮食和部分机械制造，其他枯竭的枯竭，衰败的衰败，经济上差点就成了国家扶持对象。

作为土生土长的黑龙江人，我并不这样认为。这里的人们，淳朴的民风没有变，爽朗的性格没有变，火辣的热情没有变；这里的旷野，清凌的山水依旧在，茂密的森林满山岗，晶莹的冰雪格外美，金灿的粮食喷喷香。故作为地地道道的小兴安岭人，这里的一草一木，浸润着我的情感；这里的父老乡亲，深系着我的牵挂；这里的兴衰荣辱，牵动着我的神经。

我爱她就如同爱我自己，爱我的家人。

二

小兴安岭山脉位于黑龙江省东北部。北起黑龙江中下游，西指绥黑（绥化至黑河）一线，东至黑龙江、松花江交汇处、南止松花江下游，面积七万七千多平方公里。

这里，是恐龙的故地。已经发掘或发现的化石就有恐龙之首满洲龙，大个儿块头霸王龙，还有鸭嘴龙等多个品种，对于探寻白垩纪时期的古生态提供了翔实的标本。

这里，是森林的海洋，红松的故乡。她，生长着红松、樟子松、黑松、落叶松、白桦、黑桦、山榆、紫椴、水曲柳等百种树木，还有黄柏、暴马子、红毛柳等珍稀树种。森林覆盖率高达百分之八十二，谓之天然氧吧，凝聚大地精华。

这里，是东北虎、马鹿、梅花鹿、野猪、黑熊、狍子等野生动物的故园。它们自打与地球结缘，便在这里繁衍生息、代代延续。

这里，是黑木耳、猴头菇、榛蘑、榆黄蘑、花脸蘑等野生菌类以及毛榛子、山丁子、稠李子、蓝莓、托盘等野生果实的故土。它们口感上乘、营养丰富，是大自然最无私的奉献与馈赠。

她的核心伊春，享林都、林城之誉。规模不大的城市格局，汤旺、乌马、伊春三条河流在市区穿梭，与道路、楼宇交相辉映。四周群山环抱，玉树林峰。

所属汤旺河、五营、嘉荫、美溪、桃山等极具北方特色的石林奇观、地质公园、森林公园，均为极佳的旅游、避暑胜地。其奇特景色、森林植被、富氧空气、夏暑时的凉爽气候，可谓"胜塞外桃源，媲甲秀之丰"。

三

我出生在小兴安岭脚下，畅饮过她甘甜的山泉溪水，呼吸过她清爽的富氧空气，品尝过她独有的山珍野味，见识过她热腾腾的野猪粪便，还欣赏过松鼠、桦鼠在高高的树丛中飞跃腾挪……

无数次进入她的腹地，在其间穿梭。看着她一朝葱绿，一朝泛黄；一朝五彩，一朝洁白。山色的变化，凸显着季节的转换；流水的湍止，记录着夏冬的交替。

我喜欢这里的春色，她就像沉睡已久的少女终于醒来——

在这儿，尽管春的脚步来得有些蹒跚，但还是抵不住阳光的抚摸，朝阳山坡，被先行拂去身上的积雪，露出了健硕的肌肤。背坡的雪，矜持着不肯轻易离场。于严寒中就孕育生命的映山红已经醒过神来，对着残雪急急地喊着："闪开，闪开！不要赖着不走，不要阻挡我去见阳光！"看！几乎一夜之间，斑驳的山坡便被一片片红色取代。透过车窗远远望去，像刚刚铺装的红地毯，在等待新人的踏足；亦像春潮涌动的姑娘，正在企盼心上人的来临，又害怕被人窥见而不觉着红了脸庞。

是啊，她们就是春姑娘。她们的到来，唤醒了山峦的沉睡，唤醒了树木的冬眠，唤醒了河流的吟唱，唤醒了万物的复苏。

来了，来了！一条条冰雪融化汇成的小溪，相互招呼着涌向河床。越聚越多，越聚越多，在冰面上形成一股洪流，搅动着冰层下半年未见天日的河水一起躁动，顶着冬季下沉的冰层向上浮起。春风也跟着凑热闹，对冰面不停地揉搓，让它经不住骚扰，终于发出一声痛苦的呻吟，随之挣脱束缚，形成冰排被水流裹挟着跌跌撞撞向下游漂流。他们拥挤着互不相让，有的没走多远，就一头撞到大型卵石上，还来不及转身就被其他同伴挤压成碎块，消失在洪流中……

赶上早场来到的水鸟们，站在涌动的冰排上，两只锐利的眼睛紧盯水面，搜寻被冰排撞晕的漂上来的鱼儿，收获自然带给它们的鲜美大餐。

躲在树洞中猫冬的松鼠，露出可爱的小脑袋向外探望，眨动与身材比例并不相称的大眼睛。感受到了春的气息，便一跃跳出洞口，摆动起降落伞般的尾巴，蹿来蹿去，寻找松树上残留的果实。

一大群松鸦集合到几棵松树上，扯着沙哑的嗓子互相打招呼：哈哈，春天来了，春天来了！空气好新鲜呀！

拥挤在河边的柳树悄悄披上绿色的衣裳，摆动着结满柳絮的枝条，抛洒着温柔向四周弥散。

被秋风掠去美貌，又被寒冬冻裂了躯干的白桦树，终于经不住嘈杂吵闹苏醒过来。伸了伸麻木的躯体，抬起惺忪的眼睛向四周望去，看到柳树萌发新绿，杨树吐出叶片，松树含笑招手，又低头看看脚下换了妆容的小草，顿时觉得羞愧难当。嘻！我这守身如玉的圣女，怎么一觉醒来，一切都被别人抢得先机……

我喜欢这里的夏绿，她就像妖媚的姑娘展露盛装——

迟到的春并没有影响夏的铺排，刚刚伸开腰身的树木，便与夏撞个满怀。在阳光雨露的眷顾下，她们欢快地扩展叶片、枝条，让蓬勃炫彩舞台，让绿色大行其道，让主千年轮刻上新的记号。你再看那枝叶随风摇曳的姿态，像极了盛装起舞的姑娘，灵动尽显，娇嗔尽现，妖媚可人。

清澈的小河，鱼翔浅底，流水湍湍，浪花朵朵，漩涡连连。顺流而下的皮筏子上，漂荡着游人的惊呼、欢笑和畅然。

一簇簇野花，红的、黄的、蓝的、白的、紫的、粉的，争相露出娇美的笑脸，仰望身边不知高出自己多少倍的大树，仍难掩内心的自恋。

雄性杜鹃鸟展开动听的歌喉，不知疲倦地反复吟唱，吸引雌性来到它的身边⋯⋯

我喜欢这里的晚秋，就像风姿绰约的少妇来到身边——

9月中旬，随着气温一天天转冷，树叶开始变黄，待到下旬，五彩缤纷的景象开始显现。枫树、槭树的红，红似丹霞；落叶松、白桦的黄，黄泛金光；红松、樟子松的绿，绿透葱翠；稠李的紫，紫若浓妆。还有柞树的橙黄以及其他各类树种的混合色相融合，构成一幅幅色彩斑斓、绚丽多姿的画卷。融入其中，会让你神清气爽，激情澎湃，想入非非，欲罢不能。

迷失在层林尽染的秋色里，仰卧在海绵般松软的落叶上，听着松涛的低吟，吸着清爽的空气，伴着贴心的爱人，会让你排空世间的一切烦扰，进入梦幻般的童话世界，与自然进行一次真正的拥吻⋯⋯

我喜欢这里的冬雪，就像冰清玉洁的仙女下凡——

进入冬季，深山密林里，由于特殊环境使然，降雪尤为频繁。皑皑积雪覆盖整个山峦，放眼望去一片洁白，肃穆庄严，宛若仙境，昭告着这里的纯洁、高尚与素美。

每当星繁月明，月光下，瑞雪反射的银白，常会让月宫中的嫦娥错把这里当成她的属地，悠悠然怀抱玉兔到此巡游一番，闹得吴刚总是抱怨。

褪去了叶子的白桦树，裸露着纤细洁白的身段，三五一簇抱团取暖，仍不忘哆哆嗦嗦地对白雪说："感谢你给我盖上了厚厚的棉被，让我维持生命的根系不致被严寒冻伤。待你融作春水，浸入我的脉络，我定能满血复活，再展娇颜。"

依然葱绿的针叶林，似乎与这洁白格格不入。然而，恰恰是她们的坚持和抗争，才使得这里蕴含着勃勃生机。

这里，还经常出现另一景象。在无风且极寒的夜晚，先前在山谷间游动的较暖的气流，突然遇到冷空气，便会结露成霜，附着在树枝树叶上便形成了雾凇。远看，树木上的霜与山峦的雪融作一处，让这洁白的世界更加神圣、更加壮观；近观，凝聚在松针上的白霜，形成一团团毛茸茸的花瓣。白日里，在阳光的照射下晶莹剔透、魅力四射，像极了误入正在繁花盛开的梨树园……

四

如果有人问，这里的四季你都喜欢，那么，还有你更喜欢的吗？有的，她就是红松。

红松是小兴安岭的当家花旦，在百余种树中最令人盛赞。她，树干巍峨挺拔，直指蓝天；她，针叶四季常青，独秀山林；她，材质细腻缜密，耐腐耐磨；她，果实入口留香，余韵绵长；她，性情不畏严酷，傲视苍穹；她，品格有柔有刚，刚柔并济。她傲然挺立，彰显了深厚的生命底色，烘托着山的伟岸，点缀着山的秀美。

小兴安岭，你的宽厚包容、物华天宝、无私奉献，承载着博大、深邃、成熟和善良。依附于你，让我的疲惫得以修复，激情得以张扬，心灵得以洗涤，浮躁得以沉淀。

我爱你，小兴安岭。你是我的初恋，更是一生的热恋，爱你无怨无悔！

衷心祈愿你兴盛旺达、生生不息，永远焕发蓬勃生机……

捕鼠记

◎ 张守权

    提起老鼠，人人皆知，可见其名气之高；上天入地，飞檐走壁，可见其本事之大；佳肴残羹，无所不噬，可见其胃口之好；犄角旮旯，无所不在，可见其遍布之广；过街老鼠，人人喊打，又可见其臭名昭著……

    老鼠是人见人烦之物，所以人们想尽一切办法要把它消灭，却又总是力不从心，消而不灭，灭而不绝。

    时至今日，高楼大厦、钢筋混凝土、硬化路面、垃圾整体回收、农村农药的普遍使用，已经让老鼠的日子越来越不好过。再加上五花八门的捕鼠神器，什么诱鼠器、电鼠器、粘鼠贴、新型灭鼠药等，好像老鼠们真的到了上天无路、入地无门的境地，似乎已经不堪一击了。

    但不可思议的是，到头来它们还是牢牢占据一席之地，害得你头疼不已。就拿城市来说吧，小区的绿地间、污水口、墙角处，还会不时看到它们的身影，且越来越不把人类当回事。以往那鼠头鼠脑、贼眉鼠眼状，演变为大摇大摆、神气活现之态，有时当你走近它，它还会把两只前腿抬起来，冲着你抖动两撇小胡子挤眉弄眼，那表情分明在说："呵呵，现如今，你们虽然还在称俺鼠辈，岂可知，俺祖先并不比你们来到这个世上的时间晚。要不怎么有鼠目寸光、投鼠忌器、贼眉鼠眼、鼠窃狗盗、鼠肚鸡肠等那么多带有'鼠'字的成语。干吗非抛给我们鄙夷的眼神，还要置我们于死地而后快。而我们的天敌，在主人面前一副不劳而获的献媚相，我们看了都觉着汗颜。更丢人的是，有的见到我们还躲着走，眼神里充满恐惧，那胆怯的喵喵声，则明显带有颤音。这还不算最惨的，最惨的是个别养尊处优的被我同伴吊打，竟毫无还手之力。"

人类在这个世界上所做的一切是为了生存，那么，其他物种呢，它们竭尽所能为的不也是"生存"二字吗？

好了，跑题了。咱把镜头拉回到五十多年前，看看我年轻那会儿，与老鼠斗智斗勇的片段吧。

俺家当时住在一处只有二十几平方米的土屋里。屋子的东南角用木板钉了一个简易的下屋（仓储房），里面堆满了一家人至少可用一年的粮食、干菜、牲畜饲料等。很显然，这些东西也是老鼠们梦寐以求的。

为了防止老鼠的啃噬，妈妈把已经加工好的粮食都封存在大缸里或密闭性好的箱子里。没有加工的毛粮和糠麸，则放在囤子或口袋里。老鼠们尽管知道成品粮好吃，可坚固的"堡垒"攻下太难，只好转而求其次，那些囤子、袋子便遭了殃。

囤子嘛，管你是席子的还是柳编的，正好"搂草打兔子"捎带着磨牙，咯吱咯吱三下五除二，洞口大开；口袋更是小菜一碟，管你是麻线的还是帆布的，咬破是分分钟的事。所以，那些麻袋、布袋中，只要盛着老鼠可食用的东西，几乎无一幸免被它们咬破。之后，那上面便留下妈妈一针一线缝补的补丁，看去活脱脱像一贴贴膏药。

小糊涂实在看不下眼，就变着法子与它们周旋。

家里有一盘专业捕鼠的夹子，踏板式的。铁板底盘整体为一比二的长方形，边缘向上垂直折起五毫米至六毫米，前半部呈锯齿状，目的是当钢丝夹落回夹住老鼠时，其锯齿可起到防止老鼠逃脱的作用。踏板以中心轴为杠杆，尾端中心垂直向上折出半径一厘米多的半圆体，打一圆孔，圆孔前面是放置诱饵的地方。动力装置非常简单，由中心轴中部向两端缠绕弹力极强的钢丝，到达钢丝夹（其两端也固定在中心轴上）处取直，留一定长度弯成钩状盘压在钢丝夹上，形成钢丝夹向前、向下的动力（压力）。销杆在底盘尾部中间，下夹子时，将钢丝夹子由前部扳到后部，用销杆压住，而后销杆前端与踏板后部圆孔接触，将踏板整个挑起悬空，放在老鼠出没的地方。待它们奔向诱饵、踩落踏板，销杆与圆孔分离，那个憋足了劲儿的夹子，便以排山倒海、迅雷不及掩耳之势向前向下压来……

不得不说，这个夹子的确立下了汗马功劳，可慢慢地，发现它有一个致命的缺点，就是它捕捉到的都是中小型老鼠，那些大块头的不见有一个死在它的"铡刀"下。模糊记得有一次早上去检查，一只较大个儿的老鼠正蹲在地上打晃，地面上一摊瘀血，底朝上的夹子斜躺在一边，估计是打到了老鼠的脑门上，而且是在严重脑震荡未恢复之前被我撞了个正着。经过反复研究，终于找到了它的致命弱点。原来受尺寸所限，诱饵与夹口的距离太小，中小号的老鼠属于它的有效范畴，遇到大个儿的，就算打到了其某个部位，也夹不住它，难以置其于死地。正因如此，那些体形硕大的老鼠越发猖狂起来，每天都把下屋里搞得狼藉不堪。

想起悬挂于屋顶上的那些打鸟夹子（以前也用过，因不专业效果不好），挑选夹口紧且大的几个，在老鼠出没的重要通道设卡，在活动最猖獗的糠囤子上设埋伏……反正不管你打哪来、从哪回，只要进入我的防区，就难逃法网。哈哈，此招甚灵，第一天便斩获三员大将，喜讯也在第一时间报给妈妈。第二、第三天如法炮制，又分别击毙两个、三个，还都是大块头的。

第四天一大早去打扫战场，第一眼就发现不大对劲，直径有一米的糠囤子里找不到一把夹子（埋了三把），却发现散落地面的糠麸有被拖拽的痕迹，便沿着痕迹寻找，当找到靠近墙板的一个最大洞口时，发现放在通道上的一把夹子也不见了。正在疑惑之际，忽然发现洞口处露出一把夹子柄，于是赶紧找来炉钩子（用手够不到）钩住往外拉，结果遇到很大阻力，感觉老鼠仍被夹子夹着，便开始小心翼翼试探着拉。夹子完全拉出，却不见老鼠踪影，只看到夹口卡住了另外一把夹子的夹销，因为销绳是细的，所以并未挣脱。接着往外拉，当第二把夹子的夹柄露出时，能感觉到老鼠在跟我较力，证明它还活着。就这样，第二把完全露出，第三把再现时，也发现了洞口附近的那把，恰恰就是这把夹口最紧的，最终要了这个老鼠的命。闲话少说，当我把全部四盘夹子连同老鼠从洞里拖出时，它的硕大个头惊得我目瞪口呆，连同尾巴足有四十多厘米长。直到此刻它才发出绝望的吱吱叫声，之前在洞里时尾巴的皮被生生撸下来，却听不到它喊疼，不得不佩服它超强的忍耐力。也许它在想，你虽然发现了你的夹子，但我已经逃进了我的洞穴，只要我努力，保不准就能摆脱夹子逃命。事实上，如果不是第四把夹子紧紧夹住了老鼠左后腿且又被凸出的膝盖骨卡住，恐怕我拉出来的，就只有三把纠结在一起的空夹子和聚集在夹口上的一簇带血的皮毛。当我把它当作战利品用炉钩挑着拿到院落时，它还在拼命反抗，回身咬得夹子咯嘣咯嘣响。那黑黑的嘴巴上，两撇长长的胡须支棱着、抖动着，不甘的眼神死死地盯着我，好像在哭诉：我，我，我怎能惨死在你的手上……

　　自打那个鼠王被消灭，想必它手下一众喽啰也呼啦一下作鸟兽散，我家有好长一段时间鼠害变轻了。

　　这，应该是我与老鼠的斗争中战果最显赫、最值得炫耀的一次，至今回味犹酣。

看月食

◎ 张守权

　　2022年11月8日17时10分，饭桌上端起酒杯的我，无意中抬眼望向窗外，一轮圆圆的、白白的月亮闯入视线。猛然想起老伴一天前就跟我说，月全食在今晚的18点19分开始，我又下意识地认真看过去，月亮下面有一小片薄薄的云，像害怕月亮会突然掉下去似的托着她。也好似月亮下面有一片海，尽管海面不那么宽广，却足以让月亮很兴奋，很惬意，很有成就感，仿佛想起自己不遗余力地掌控着大海的潮起潮落。看着看着，就在我夹口菜、喝口酒的当口，月儿下面那片云（海），便如同变戏法一般悄没声地溜达走了。

　　而此时，我开始怀疑起自己的眼神，那月亮左下角怎么少了一块？不对，今儿是阴历十月十五，正好是没有缺陷的月圆之日呀！使劲眨巴有些干涩的眼，再看过去还是少了一块，且缺口好像越来越大了。怀疑中请教对面的老伴，她很笃定地重复了一遍：月食开始的时间。"我怎么看到月亮少了一块呢？""没错，我看的时间是六点多，你看她少的地方是不是被云彩给遮住了？"明明云彩已经没了踪影，你还给我下迷魂药，让我如何再信你？拿起手机，请教度娘。一声应和，度娘来也：2022年11月8日月全食，17时9分初亏，18时19分全食……

啥也别说了，差点又上了这老家伙一次当。

急三火四地把碗里的饭塞进嘴里，顾不上细细咀嚼便吞了下去。那平日里慢慢品味的小烧也失去了魅力，被抛到一边。撂下筷子穿好衣服，拿起相机就往外跑，直奔小区外的公园。知趣的老伴也在后面紧紧跟了上来。

来公园，是因为小区里都是高层建筑，面对一堵堵高墙，狭窄的缝隙中，透过的只是一缕灰白，那一盘刚跳出地平线不久的月亮，只能委屈地躲藏在建筑后。

今儿的天气特给力，没有一丝风，气温零度左右，刚开始看到的几片云也都知趣地躲起来，好让人们尽情观看这难得的天象奇观。

待和老伴走到可以看见月亮的地方，她圆润的脸已经被削掉了好大一块，像一张大饼被咬去一大口，让我想起了小时候看到这一幕场景时的惊惑。民间传说，月食现象是月亮被天狗吃了。当天狗正在吃的时候，看到的人都要去救，家家要把能敲得响的物品（譬如铜锣、铜盆、铝盆、搪瓷盆）拿出来，到外面对着月亮猛劲地敲，意思是以此吓唬天狗，让它把月亮吐出来，直到月亮再现方停止。当月亮全盈的时候，人们还不自觉地欢呼起来，庆贺与天狗的斗争取得了胜利。

如今已糊涂的我，早已把当年的故事当成了故事。今儿咱的目的只有一个，将整个过程记录下来，虽不是摄影师，拍不出什么精彩的画面，但若能记录下来，也不枉观测一回月食。打开相机，对准月亮，调好焦距，按动快门，啪啪响了两下，再按，对不起，快门停下了。移开一看，红灯呼啦啦闪烁，紧接着啪嗒灭掉，伸展的镜头自动收回。完犊子了，没电了。记得上一次使用时电池显示明明有两个格，怎么一用就立马"灭火"了呢？是老天爷作对，故意搞鬼，老糊涂也没得罪过他呀？再者说，充其量咱也就是拍几张照片，高兴了录上一段而已，又不是摘月亮惹你生气，干吗这样待我？不公平！琢磨了半天终于反应过来，上次使用时是零上十几度，今晚则在冰点，低温环境电池能量就会下降，它罢工再正常不过。呵呵，怪来怪去，只怪自己糊涂，谁叫你不提前想到、未雨绸缪呢。

拿出手机一比画，不知是手机功能不行还是操作手法太次，那月亮明明少了半边，拍出来的却是模糊不清、虚幻的圆月。

拍不到好照片，只好和老伴一边移动脚步暖身子，一边观看月儿的变化。"你看，剩下不到一半了！""你看你看，只剩小月牙了！""哎哟，全没了！四周还有白色的光呢。""哎哟哟！又出来了，看左下角，又是月牙。""哎哟、哎哟！这咋还变成红彤彤的了，像个大火球，真漂亮！"……在老伴的一声声惊呼中，变化着的月食景象在眼前一幕幕呈现。

时间一点点流逝，月亮一点点复原，气温一点点跳水，身体热量一点点丢失。

就在我们哆哆嗦嗦返回楼中享受温暖的时刻，那盘月儿也升得老高，欢快地露出了她圆圆的笑脸。

冠军背后的力量

◎ 陈红姐

"在 2023 年的国际射联射击世界杯中，我赢得了一枚金牌！感谢国家飞碟射击队给予我这么好的平台去锻炼成长，还有中心领导的鼓励与支持、复合团队的全方面保障。未来还有更多挑战等着我去突破，自己还需更加努力，再次为国争光，为闽争誉。"

我相信这是孙侄女江伊婷荣获世界冠军后发自内心的话。

亲情的力量

是啊！国家要培养一个冠军，不知要付出多少人力、精力和财力，而冠军背后亲情的力量也是很强大的精神支柱！

"奶奶，我后天就出国比赛了。"江伊婷每次出去参加比赛都会和从小把她带大的奶奶汇报一下。

"好的，明天也要发扬为国争光的精神，努力争取打漂亮的仗，要保持好心态，精神一定要放松。"大嫂每次得知孙女江伊婷要出征比赛的消息，都会反复叮嘱。

"奶奶，我今天没打好，主要是有点紧张，第七名。"

"没关系明天再争取吧。"

"今天成绩还不错，等我消息，明天还有比赛。"

"好好把握每次比赛的机会，早点休息吧。"大嫂感觉这小孩心理素质很强大，毕竟她才刚满十八周岁呀！

"什么情况? 比赛完了吗? 辛苦你了，连续几天也累坏了吧! ……"

大嫂虽然对孙女满是关心和挂牵，但比赛时还是会耐心等待结果的，即使没打好她也会及时为孙女鼓励和打气，毕竟没有常胜的将军!

"哈哈，妈妈我赢了，等一下颁奖，您可以听到中国国歌啦……"江伊婷有好消息总是第一个告诉妈妈。

时间过得真快，5 月 19 日至 24 日，2023 年全国射击锦标赛（飞碟项目）在莆田体育训练基地举行。这是场大赛，全国高手都出来了，包括魏萌、魏宁、张冬莲、车雨霏、高金梅、黄思雪等射击名将。第一天比赛中打三组了，江伊婷是全国第三。比赛的第二天还有两组没打，面对精兵强将同一天参赛，家人都在鼓励江伊婷保持平稳的心态去参加比赛，不要给自己太大的压力。

5 月 20 日下午 14 点 49 分比赛结束，江伊婷荣获全国锦标赛冠军，其成绩还超过 2020 年东京奥运会铜牌得主魏萌。

母爱没有缺席

提起江伊婷的妈妈陈静，我便想起她每次在江伊婷参加比赛时，总是对女儿说: "你还小，出去比赛就当锻炼，压力不要太大。"每次江伊婷比赛荣获冠军后，她总说: "感恩我的妈妈对我的无微不至的照顾，没有妈妈从小教育我学习知识和为我的成长保驾护航，就没有女儿今天的成绩! "

"其实，从十二岁开始加入射击飞碟的训练和比赛，江伊婷的经历既有幸福，也有心酸……"

回忆起从小在大嫂身边长大的江伊婷，用"梅花香自苦寒来"比喻她比较贴切。

因父母常年在外打工不在身边，江伊婷成了名副其实的留守儿童。爷爷（陈柏英）和奶奶（郑秀云）把她抚养长大后，懂事的江伊婷经常对我说："等长大有出息了，我要报答买面包给我吃的爷爷和奶奶，我很爱他们。"

江伊婷在爷爷奶奶的关爱中逐渐长大了……2020年春节，因疫情来得突然，江伊婷没来得及从妈妈的住处返回体育公园，于是她和妈妈被困在出租房一个月。在这一个月中，为了让正在长身体的女儿吃到健康和有营养的食品，陈静每天想方设法为女儿包出各种馅料的饺子。江伊婷看到妈妈每天都起早贪黑地干活，就对妈妈说："你包的饺子比食堂里的味道还好，我给妈妈做的饺子起个名字叫'母后饺子'。"没想到女儿这么一夸，陈静还真把自己独创配方的饺子和自制的扁肉注册成了"媓后"饺子，女儿归队后，她的"媓后"饺子店也正式开张了。

江伊婷有今天的运动生涯和走上射击的冠军之路，离不开妈妈陈静的关心和支持。通过朋友介绍，陈静有幸认识了在莆田体育公园当射箭教练的李教练。在体育公园的训练场上，陈静把江伊婷拉到李教练面前说："我想让女儿跟你去学射箭。"江伊婷悄悄对妈妈说："我想学枪，以后可以当警察保护妈妈。"

言者无心，闻者有意。江伊婷说的话被站在旁边的李教练听到了，他对江伊婷说："你有喜欢的项目这是好事啊！我一会儿带你们去见射击飞碟的孙教练和宋教练夫妇，这对夫妻对运动员严格是出了名的，名师出高徒啊！他们教出了很多射击飞碟的冠军。"陈静听罢，打趣道："你把我女儿介绍给孙教练夫妇见一面，如果我女儿对射击飞碟感兴趣，孙教练他又乐意教，以后我女儿若是成了千里马，他们夫妻就是伯乐了。"

伯乐训出千里马

在射击飞碟训练基地上，孙教练看到江伊婷手臂比较长，体形瘦，肢体很灵活，是个学射击飞碟项目的好苗子。于是，江伊婷就这样在妈妈的担心和期盼中走上了射击飞碟的训练场。

经过孙教练的引导和耐心调教，在参加射击飞碟项目的比赛中，江伊婷的成绩明显后来者居上了。

2019年4月，全国锦标赛在南京举行，十四岁的江伊婷有幸在孙教练的力挺中参赛。令人惊喜的是，江伊婷居然在比赛中荣获了一块银牌。孙教练夫妇坦言，江伊婷就是他们要找的千里马，于是就直接把她纳入了专业训练的队伍中。

在接下来的比赛中，江伊婷取得了优异的成绩，如2019年8月15日在山西临汾举行的第二届全国青运会比赛中，江伊婷荣获个人冠军，团体第二名。

江伊婷进入专业队半年后，一次妈妈来探望她时，她对妈妈说："每天起早贪黑而且很机械地向空中打飞碟也没多大意思。"心细的陈静听出了女儿的弦外之音，就很严肃地对她说："你如果不好好训练，妈妈就会很失望。"

后来当江伊婷在射击飞碟项目上的成绩刚有起色时，妈妈却因打工劳累过度而生病住院了，江伊婷不忍心让年迈的爷爷奶奶去照顾妈妈，便向孙教练请假去医院照顾妈妈。后来，由于请假时间过长，江伊婷失去了参加外省比赛的资格。妈妈为女儿感到惋惜，江伊婷却坐在妈妈的病床上说："我一点也不后悔，因为比赛有很多次机会，而妈妈只有一个。"陈静觉得女儿突然长大懂事了，心里感到很欣慰。

加入射击飞碟队伍的江伊婷，在训练中流过的汗水和泪水不知打湿了多少红马甲，而随着飞碟一次又一次在空中开花，江伊婷也开始为自己在训练中不断进步和取得好成绩而心花怒放。

在这次荣获 2023 年世界杯冠军回来时，我问她冠军背后的动力是什么？"是强大的祖国和家人。"江伊婷毫不犹豫地说。

2023 年 9 月，在杭州亚运会女子飞碟双向决赛中，江伊婷再次夺得金牌！女子团体夺得银牌！混合团体夺得铜牌！在此希望江伊婷再接再厉，争取在未来的比赛中取得更好的成绩。

鸟语声声

◎ 李　兵

　　黎明时分，阵阵鸟语伴着晨风飘然入窗，叽叽喳喳的轻声交谈，悦耳动听的低吟浅唱，时而传来清脆的一嗓，把沉睡一夜的小区唤醒，让静谧的清晨充满动感与活力。

　　每每此时，我会伫立窗前，注目凝望。鸟儿的欢声笑语那么亲切自然，拉近了我和鸟儿的距离。我注意观察它们，发现鸟儿各具魅力，大的小的，白的黑的，寻常的艳丽的……用它们的多姿多彩演绎着岁月年华。

　　小鸟总是依林而居，小区的植被为小鸟提供了栖息场所。我凭窗遥望，小区树木葱茏，一片繁茂。高大的乔木向天而立，展示着伟岸与挺拔；香樟以爆炸式的树冠彰显雄浑与蓬勃；杨梅树不仅以丰姿引人注目，还奉献美味果实招来百鸟竞食。

　　贯穿小区南北的西塘河，碧波荡漾，流水潺潺，岸边垂柳婀娜多姿，在薄薄晨雾的掩映下，鸟儿或栖树或戏水。让人不禁想起宋代诗人曹豳的诗："门外无人问落花，绿阴冉冉遍天涯。林莺啼到无声处，青草池塘独听蛙。"

　　"百啭千声随意移，山花红紫树高低。"随着小区环境不断美化，一地苍翠赢得百鸟青睐，鸟儿越来越多，队伍越来越壮大。

　　随着一抹朝阳冉冉升起，我注意到，鸟鸣往往从对面顶楼发端，向外延展。鸟儿将对面顶楼视为觅食和小憩的驿站，或腾空展翅，或俯冲立足。我对此感到好奇，想要探寻其中奥秘。观察后我发现，对面楼房西侧露天阳台的树木长势比较茂盛，树干高一丈有余，梢头和楼顶廊檐比肩；南侧门首阳台也是灌木丛生，中有一枝雄起称霸，外围有杂树依附，枯枝败叶流连，边上还有一枝野花盛开；楼房室内也长了树木，从两扇洞开的窗户看去，偌大的房间枝蔓婆娑，使得行走空间异常狭小。这让我感到费解：为何在价值几百万的住房里种植杂树，这是否物有所值。如果自身无居住需求，凭借靠近地铁口的位置优势出租收入也非寻常小数，房主的做法使我感到这里似乎隐藏着什么秘密。

夜晚，对面顶楼透出光亮，灯光下，一老人步履蹒跚，似乎是独居老人。我想前往探访，又怕打扰他。我推测该翁或是寂寞无求，以树为伴……

我注意到，他家窗台的遮雨棚上，早晨有近百只鸟儿在啄食，你争我抢各不相让，食源何来？是不是主人撒出鸟食，吸引鸟儿光顾？如食物被啄光则叫声一片，这时主人挥手一撒，鸟儿立刻欢呼雀跃。主人和鸟儿相处得如此和谐默契，不禁让我在心中感叹：当缺少陪伴时，鸟儿也不失为很好的选择。

我的"一字之师"

◎ 徐进成

我和老伴古稀生日在即，同儿子儿媳妇商量在生日宴会上由谁致欢迎辞，儿媳妇说："就让二宝（七周岁，在读二年级）代表全家致辞。"我完全同意，让二宝在众亲友面前亮亮相，更是给他一个长进锻炼的机会。

欢迎辞由我执笔，草稿在书房打印出来后，我让二宝熟悉熟悉内容，不至于读时生疏、不流畅。

二宝拿过文稿，认真地看、琅琅地读，聚精会神，读着读着突然停了下来，说："爷爷，这句'有美好未来'，'美好'后面应加个'的'字，读起来更顺口。"我循着他手指的方向看过去，美好后面加个助词"的"，语法恰到好处，词组更完美，读起来更富有感情色彩，我说对的，应加个"的"字。

小家伙捧着文稿又正儿八经地去朗读了，一会儿，停下，又来找我。我心里咯噔一下，莫非……来不及往下想，二宝已捧着稿子来到我面前："爷爷，您和奶奶接送我和哥从幼儿园、仙林外国语学校上学，幼儿园后顿号去掉添个'到'字，我们才能到仙林外国语学校啊。"我一听，是啊！否则方向不明确，句子不明晰，也不完整啊。

小家伙读了二百字不到，增添两个字，而且准确、贴切。

正当我陷入沉思之时，小家伙又停顿了下来，拿着文稿又来找我："爷爷，'超人'这个词语换成成语'无与伦比'则更好些。您看，'以无与伦比的胆略与气魄'，这个句子多美啊！"我听罢暗暗赞许，句子改后确实情感更浓，语言更豪放、更有气魄。二宝接着十分自信地对我说："爷爷，我是您的一字之师啊。"

一字之师？我忽然想到范仲淹当年在浙江桐庐做太守，写了一篇《严先生祠堂记》来赞扬严子陵的高洁品德，其中有这样一句赞美严子陵的文字："云山苍苍，江水泱泱；先生之德，山高水长。"文章写成以后，范仲淹颇为自得，便把它拿给友人李泰伯看。李泰伯读后说："'云山''江水'等词，从内容上看，宏伟开阔；从用语上说，工稳气派。可若用'德'字承接，似乎显得局促了些，不如换个'风'字怎么样？"范仲淹听后，又低低吟诵一遍："云山苍苍，江水泱泱；先生之风，山高水长。"果然味道大不相同，画面开阔，意境悠远，又韵律和谐。范仲淹敬佩不已，连忙虚心地向李泰伯道谢，称他是自己的"一字之师"。

小孙子一眼看出欢迎辞的瑕疵并能准确地使用合适的词语替代，也让我这个农民"作家"口服心服，后生可畏，小觑不得。

我笑着对二宝说："爷爷不才，二宝改动几处，何止一字？爷爷认师。文稿修改后重新打印，爷爷奖给'一字之师'红包一个。以后爷爷的稿子都让你这个'一字之师'酌酌改删，好吗？"

他点点头，天真地笑了。

生日宴会上，二宝自信地站在主持台上，手握话筒，一口标准的普通话，声情并茂，赢得满堂喝彩。

我在古稀之年，看到小孙子思维灵活，想象力丰富，又如此自信，我如沐春风，顿觉脸上的皱纹也舒展开来了。

孩子是我们的未来，是我们的希望。希望我的"一字之师"在未来的路上健康快乐地成长，好好学习天天向上，青出于蓝而胜于蓝，一代更比一代强。

古稀"生日礼物"

◎ 徐进成

时间过得真快，一转眼，我们夫妻俩均已跨入古稀门槛。

春节一过，亲朋好友就打听我们俩的生日何日举办。过去人们过生日都是按农历，现在大都选择在长假或周末，这样便于亲友往返。于是，我俩的生日选定在五一长假的第二天。

今年五一是疫情结束后的第一个长假，参加宴请的亲友比较多，我们决定礼金一概不收，相聚一堂，同喜同乐，可是家内外一份份贵重大礼纷至沓来，让我喜不自禁，没有准备收礼簿，还是记下收礼单，将这充满浓浓亲情厚谊的礼单收藏起来。

4月29日长假第一天，儿子全家四口人下午三点半启程回老家，正常三个半小时行程，但那天车子一上路就堵，直到晚上九点才到家。车一停，两个孙子捧一大抱报纸送到我们房间，边走边说是送给爷爷的"生日礼物"。原来因我喜欢阅读报纸，儿子就把他办公室的，我们离开南京二十天以来的《南京日报》《科技日报》和家里订的《扬子晚报》《中国核工业报》《中老年时报》《报刊文摘》一百多份全部带了回来，让我闲时阅读。儿媳送给我们两套新衣服和两个红包。我又笑着问二孙子："还有什么礼物送爷爷奶奶？"二孙子小声告诉我："哥哥参加南京市初三物理竞赛得了一等奖，他不让我说。"我又问二孙子："你有什么礼物？期中考试全班三人数学满分，我是其中一个，语文考了 98.5 分。这个生日礼物您高兴不？"我当然高兴啊！这是最好的生日礼物。第二天，七岁的二孙子代表全家在生日宴会上致欢迎辞，感谢宾客莅临。二孙子稚嫩的童腔，用标准的普通话朗诵，赢得宾客阵阵掌声，纷纷点赞。

女儿女婿费了脑筋，变着法儿让生日有趣。他们给每位亲友送一瓶矿泉水和一把纸扇，矿泉水盖子上贴个"寿"字，瓶体上贴上自带单面胶的塑料彩色封皮，上面印有四句打油诗："松风披岁月，贺语寄春秋。盛世常青树，百年不老松。"纸扇上节录宋代《壶中天》中的诗句："鹤发盈簪，朱颜晕酒，瑞象占南极，玳筵才启，欢声喜气充溢。好是庭下双珠，经营创置，金玉成堆积，况有孙枝争挺秀，次第飞齐鹏翼。……年年今夕，玉杯争劝琼液。"一瓶一扇，文雅精致。宾客亲友，欢（贺）喜连连。正在亲友觥筹交错、目酣神醉之时，女儿女婿在台上开展游戏抽奖活动，奖品有儿童电子智力玩具、文房四宝，抽到奖的宾客喜上眉梢，如中头彩，现场一片欢腾，笑语连天。接着女儿家的六岁儿子、我的外孙子乘兴在宴会上跳起一段儿童舞，把活动推向高潮。

30 日一早，侄女从苏州专程赶回来，一到我家，首先向我报喜，她哥哥家的大儿子、我的大侄孙专升本考试超过省控录取分数线二十二分，她家大女儿考研超过分数线四十六分，真是喜事连连。这是侄子、侄女送给我最好的生日礼物。

生日当天，我接到居住在上海的嫡堂大哥打来的电话，他因事不能前来，特快递发我二十余本文学书籍作为生日礼物，其中有五册《中华活页文选》，五个版本的《中国通史简编》，《中国近代史词典》《辞海》《歇后语词典》《老残游记》《鲁滨逊漂流记》《再生缘》《清宫秘史》等，其中大都是改革开放前出版的，还有的是 20 世纪五六十年代的典藏珍本。

席间，我的文友元庆先生又赠送我两幅他收藏的心爱丹青，《梅花》和《清香图》，儿子到了南京当天就将其悬挂于大厅。

真是巧极了，30 日下午 5 点，我写的第三本书《进城流痕》一校初稿寄回，打开沉甸甸的书稿，看看熟悉的内容，再看编辑老师对稿件别字的纠正、错字的更改、漏字的增添、多字的删减、标点符号的规范，态度一丝不苟，严谨认真，让我佩服，更让我开心的是，再有几个月我的电子文稿就将变成铅字纸质书籍面世了。

我的文友"迷恋军港"从友人处悉知我生日后，即刻从福建送我一本 5 月份出版的《军嫂》(刊有她的军恋笔记《情定深秋》)和一本 4 月份出版的《华文月刊》(刊有她的散文《岁末最忆汀林桥》)作为生日礼物，这真是让我大喜过望和受宠若惊。这份来自远方的生日礼物也是我古稀之年收到的最为珍贵的礼物。

花香一季，书香常在。我在古稀贺庆之际收到的礼物充满了浓浓的亲情、友情，蕴藏着宝贵的价值，浸润着我的精神，让我忘掉烦恼，忘记年龄，与爱相伴，走向诗与远方。

前哨班的日子

◎ 朱希宏

在我戍边守防的岁月里，刻印着一段驻守前哨班的日子。那是边防的边防，前哨的前哨，是我军旅生涯最难忘、最自豪的一段记忆。

三十年前，我在素有"西陲第一哨"之称的斯姆哈纳边防连当兵。这里是祖国西极，位于新疆乌恰县吉根乡境内，是每天送走祖国最后一缕阳光的地方，与首都北京相距五千多公里，有三个小时的时差。

斯姆哈纳，柯尔克孜语意为"堆放铁丝的地方"。因过去前往苏联拉运铁丝，在此堆放而得名。从地名让人不难想象，这片山山水水的昔日，一定是商贾云集、车水马龙。

我当兵的时候，前哨班不在今天77号界碑旁"西陲第一哨"哨楼的位置，而是位于连队的6号哨。六号哨距离连队大约三公里，从连队前哨门出发，经前哨桥，沿一条约一公里蜿蜒崎岖的山路，到达山顶，再一马平川向西两公里，路之尽头，在山崖处有一排平房，就是连队的六号哨。六号哨再向前是克孜勒苏河河谷，隔河相望，大概直线距离一公里，就是吉方哨所。

六号哨倚山崖而建，半地上半地下，一排平房从左至右依次是观察室、宿舍、厨房和库房。我们前哨班的官兵吃住都在这里。

前哨班由六人组成，有班长、副班长，有老兵新兵，新老结合，以老带新。六名战士通常分为两组，班长和副班长各带一组，每组三人。每天早上，其中一组三名战士徒步下到连队，参加连队操课、学习等日常工作，晚饭后回到前哨。两组战士每天轮换，交替进行。

边防无小事，事事连政策。前哨班地处祖国最前沿，更要谨慎处置边境事务。记得1991年冬天的一个傍晚，天色昏暗，我坐在望远镜前准备结束一天的观察，突然，边境线铁丝网附近一个身影闪现在我的镜头，瞬间引起我的警觉。我迅速调整焦距，严密注视并立即报告。班长是超期服役即将提干的军事尖子，熟悉防区的老边防，他沉着勇敢，迅速带班里一名战友手持冲锋枪前往以探究竟。我一边观察一边通过单机将情况上报连队。很快，班长将嫌疑人押解到前哨班，经审问得知，是我方牧民利用天色昏暗盗窃国界铁丝网。当晚，我和班长将他押到连队，第二天交给当地派出所处理，避免了一场涉外事件的发生。

那时候，前哨班条件艰苦，没水没电。生活用水是连队用水车送到前哨班，贮存到水窖里，一般每月送一次，所以节约用水的意识深深根植于我们每个边防战士的心中。前哨班没电，到了晚上，用煤油马灯照明，全班战士围坐在微弱的灯光里，有人弹吉他，有人看书，有人写家信，也有人一声不吭静静地坐在那里，或许是在思念远方的亲人。

真正的学习做饭是从前哨班那个时候开始的。白天，前哨班只有三名战士，北方战士多，都喜欢面食，所以，这些新疆特色的拉面、汤面、炒面就成了前哨班的家常便饭。一般而言，三名战士也有分工，新兵负责提水、架炉子、择菜、洗菜一些基础性打杂类工作，两年度兵负责边防观察，老兵才有资格掌勺。那时候，看着班长拉面，除了羡慕就是敬佩，只觉得班长就是班长，无所不能。铁打的营盘流水的兵，后来我也当上了班长，成为新兵眼里那个无所不能的人。部队的确是个大熔炉，百炼成钢。

前哨班虽然艰苦，但我们苦中有乐。想家了，寂寞了，或者遇到高兴事了，都会对着大山，对着戈壁，对着源源不断、日夜流淌的克孜勒苏河放声歌唱，唱那首最能表达自己心声的《小白杨》。边防战士不正是长在哨所的小白杨吗？在党的阳光雨露滋润下，根儿深，干儿壮，守望着北疆……

一张老照片

◎ 朱希宏

　　几天前，老同学显峰通过微信给我发来一张已经发黄的黑白老照片。仔细一看，是三十七年前读初中时我们几个同学和学校领导、老师的合影。照片弥足珍贵，我如获至宝，往事一幕幕也随之浮现。

　　初中时，我就读于乡里的重点中学。那时候乡里中学不多，记忆中全乡只有三所，一所重点，建在镇上；另两所在乡下，按行政区域划分，东半乡一所，西半乡一所。镇上的重点中学师资力量雄厚，教学质量好，是全乡小学生竞相追逐的目标，梦寐以求的地方。

　　我考初中那年，乡里重点中学在全乡一共招录三十二名学生，我们村上小学只有我和另一个同学被录取。入学后，听我的同班同学、学校副校长的儿子说，我是以全乡考生数学第一的成绩被录取的。无疑，这一消息对于来自距离学校最远而又最为偏僻乡村的我来讲，着实增加了不少信心。那时候，在我们村能够走出家门去外地上学的孩子算是凤毛麟角，多数人小学毕业再没上学，便开启随大人们外出打工的生涯。

　　由于时间久远，我无法清楚回忆照片拍摄的时间和背景，但老师们一个个熟悉的面孔，带着我又一次回到了三十七年前的那个学生时代，那个书声琅琅的校园。

照片中，中间一排就座的是学校领导和老师。由中间向两边、由左及右依次是治学严谨的赵校长、严肃认真的刘副校长、和蔼可亲的韩主任、勤奋敬业的孙老师，还有令我尊敬、终生难忘的窦老师。

坐在中间一排最左侧的是我的班主任孙孝福老师，孙老师教我们语文。他个头不高，常常眉头紧锁。教我们之前，他是西半乡一所普通中学的初三语文老师，因班内升学率高被调到重点中学。他出身行伍，争强好胜，充满傲骨，常常引得其他老师不满。

孙老师很能吃苦，乐于奉献，每天晚上陪着我们读晚自习。那时候，学校条件艰苦，为了节约电费，到了晚自习下课时间，学校统一停电。同学们竞争压力大，就会像鲁迅先生那样，像挤海绵里的水，晚上熬夜挤时间。孙老师每天带着我们点上煤油灯挑灯夜战，班上每个同学都自备一盏煤油灯，熄灯后，几十盏灯同时点亮，一盏盏煤油灯发出微弱的灯光，但也冒出一缕缕充满煤油味的黑烟，教室内烟雾缭绕，鼻子里被熏得黑乎乎的。就是在这种极其恶劣的环境下，孙老师始终如一，陪学生到很晚很晚。

几十年过去了，孙老师早已不在人世，但他的高大形象深深刻印在我的内心深处。他遇到困难常常高歌那首《七律·长征》的情景，我至今依然清晰记得。

中间一排最右侧的是我最尊敬的窦老师，窦老师教我们数学。我发自内心地尊重和感激他的原因，不仅是他给予我知识，还有他对我超出寻常学生的那份关心和眷顾。那时候，镇上的同学可以回家吃住，来自乡下的同学则采取寄宿制，食宿在校。学校的寝室管理是一个死角，不像现在这样有宿管老师，那时候连个打扫卫生的都没有，同学们起早贪黑时间不一，卫生无人问津，是典型的脏乱差。且不说有跳蚤、虱子的骚扰，更有甚者，一人患上疥疮之类的皮肤病，全寝室跟着遭殃，大家苦不堪言。

值得庆幸的是窦老师家住镇上，他每天回家食宿。为了照顾我，给予我更好的学习和生活环境，他安排我住进了他的办公室，并让我担任班里的数学课代表。

子曰："与善人居，如入芝兰之室，久而不闻其香，即与之化矣。"窦老师的关心关爱，深深地感染着我。由于年龄的差距，他在我的心中，不是亦师亦友，却是如父如兄。师生感情的亲密，犹如助推器，增强了我对数学学习的兴趣和爱好，以至于后来有幸参加了全国数学竞赛，并获得二等奖的好成绩，为以后的学业事业都奠定了坚实的基础。

后来，我当兵来到了新疆，长期服役于帕米尔高原，距离遥远，信息闭塞，与老师们联系甚少。看到这张老照片，听同学们介绍，中间就座的几位老师，除中间的赵校长健在，其他几位老师都已远离人世。

一张老照片，一生师生情。

9月，这个属于老师的特别日子里，愿丹桂为他们飘香，菊花为他们绽放！

为荷而来

◎ 周振英

立秋的早晨，在一夜的酣眠后醒来，拉开寓所的窗帘，迎面而来的是苗湖的荷叶，大大小小的圆盘浮在湖面上，一个个紧挨着，微风起时摇曳生姿。偶尔留下几处空白倒映着常家山的英姿，仿佛刻意的艺术留白，又好似印证"半缘修道半缘君"的暗寓。

我独爱这苗湖的荷花，她在朝阳里与白鹭窃窃私语，三三两两纯洁如云的白鹭做她的密友，将大自然的美丽与和谐传递给人类，将动与静相生相映展现给人类，将岁月静好、洁身自好书写给人类。

苗湖的荷花与别的地方不同，她从不向着美丽那些字眼而生，即便她在花山生态新城这个得天独厚的世外桃源里，也从不与别处的荷花那样开一池的妖艳，吐一池的粉香勾魂摄魄。她兀自沉寂，稳重，深沉。她在污泥里扎根先奉献一季的藕带，再孕育莲藕，没有人记住她的容颜，也没有人为她的奉献唱赞歌，因为她从不需要赞歌。

我总会在一次次凝眸时对苗湖的荷花肃然起敬，她听过夏日的惊雷，她经受过酷暑转秋凉时若干场狂风骤雨的洗礼，她耐得住寂寞，扛得住挫折和打击，她更有留得残荷听雨声的从容。

我正在窗前思绪纷飞，忽然被寓所楼下一群银发老人的谈笑风生打断。叔叔阿姨们在花坛里因自己采种的果蔬丰收在望而豪情满怀，这些共和国的建设者在这里安享晚年，他们一方面在享受着栽种之乐，畅想"采菊东篱下，悠然见南山"的雅趣；另一方面发扬自力更生、自食其力的优良传统。

上班路上不经意间发现在五、六号楼的连廊里正在举办摄影展，二十八位居民的一百零三张摄影作品，分别为《严西湖畔》《严西霞光》《浮光掠影》《所为荷事》《为荷而来》……我在这一帧帧摄影作品前流连忘返。当我驻足观看那幅《为荷而来》作品时怦然心动，那幅画展现出荷花的千姿百态：有荷花傲立蜜蜂舞，花香纷飞如空碧的自然美；有横空出世的空灵美；有一枝独秀的寂寥；有并蒂花开的静美；有酷暑里俏立的傲岸，光与影的时光雕塑美；有一图览尽荷花家族的和谐美。那一刹那，灵感的火花瞬间引爆了思维的导火索，荷的一生不正是我们人生的写照吗？那些我魂牵梦萦的青荷不正是我身旁静默无声、赐我坚忍、予我清醒、迷航引渡的人吗？那些灵魂有香气的人又何尝不是我在苦苦寻觅的青荷？！

我终究是为荷而来，这一场荷的盛事，我们每个人都置身其中。

我在静夜里再度回望满池青荷，秋虫唧唧声里，青荷们在闭目养神，默默无语。我在临窗的书桌上点燃一炉艾香，写下对荷的敬意。

感恩苗湖有荷，感恩身边有荷，慨叹时光易逝，秋收冬藏，而晨露荷香，韬光养晦是她永恒的模样。

煤油灯

◎ 孙晓菊

偶遇它，煤油灯，令我倍感亲切，是个陌生又亲切的名字。

小小的煤油灯曾经承载起千百年的照明任务，延绵了数代人的沧桑岁月，也曾见证了那个时代的枯荒。

今日，它被现代文明所淘汰，已退出历史舞台几十年了，一个几十年不见的老物件，一个陪伴我整个童年夜晚的煤油灯，勾起我难以尘封的情愫，绵绵不断地在心间萦绕。

我是土生土长的苏北农村娃，在我上小学时，整个大队乃至全公社都没有通电。

夜晚，家家户户都离不开它照明，在那寂寂寥寥的夜里，煤油灯照亮了一个个空旷的小院。

朦朦胧胧的记忆里，生产队的所有人好像又都叫"煤油灯"为"洋油灯"，当时也不知道它为啥又叫"洋油灯"，渐渐长大了才懂得，那时候国家落后贫穷，计划经济时，煤油是要从国外进口的，因此又称"洋油"。

小小的油灯几乎家家户户都是自造，找一个不用的旧玻璃瓶或铁器皿，在瓶盖上凿个窟窿眼，找个铁皮卷个管，铁管塞上棉花搓拧成的棉条，称为灯芯或灯捻，穿入管中，就成了一盏煤油灯。

灯捻很长，一直垂至灯底部，吸透了油的灯捻，用火柴划火点燃便亮了。黄豆大小的火苗闪烁不定，那微弱的灯光，一闪一闪的，它时常满身油污，还散发一股独特的怪味。时间久了我们也习惯了它的味道，也必须习惯它的味道。

煤油灯的灯捻用久了，会起灯花，要把灯花剔了，再把灯捻往上挑一挑，灯的光又会亮许多。

然而就是这小小的煤油灯却是家家户户不可多得的宝贝，晚上没有它还真啥事都做不成。

小小的油灯打开我的回忆，我们家姊妹多，各种做不完的活，妈妈白天忙农田的活，晚上忙家务活，多亏小小的油灯，它用昏暗发黄的微光陪伴着妈妈度过无数个夜晚，妈妈在昏暗的油灯旁缝缝补补，纺棉捻线，纳着鞋底，弯着腰坐在红薯堆前，一个一个不停地刮着红薯皮，又一刀一刀地把红薯变成条。我们姊妹围坐在灯前看书、学习。

记忆中，每天早上妈妈的鼻孔里都黑乎乎的，擤出来的鼻涕漆黑。原来妈妈是熬夜，被油灯烟熏黑了鼻孔。如此回忆，仿佛妈妈挑灯夜下在红薯堆前刮红薯的身影就在眼前。油灯无言，我泪流满面，妈妈已长眠，无尽的回忆也把我带入无尽的思念……

话说大概又过了两年，学校突然买来了汽油灯，形状与家里的小煤油灯截然不同，它好大啊，灯包是要吹上气，然后点上的瞬间，那个亮啊，亮得特别，发出的白光照亮了整个大教室，教室所有门窗都关不住它发出的光芒，同学们的反应可以用欢呼雀跃、惊喜、好奇、激动、兴奋来形容。每当老师在教室的教桌上操作点灯的时候，几乎整班同学围在教桌前，每个同学都满心欢喜地露出灿烂的笑容，这个画面印在脑海记忆犹新！

那个时候大人们会说，电灯电话，楼上楼下，小跑车一人一挂。当时也不懂何意，只以为是大人们在一起编的顺口溜笑话，见都没见过的东西，脑海没有概念，也就无法憧憬和去向往，长大后才明白，原来是大人们渴望生活能变好，向往能哪天达到。

如今，国家繁荣富强了，电灯电话，楼上楼下，小汽车每家不止一辆。那时的生活渐渐远去模糊，但在我的记忆里仍然是一道抹不去的风景线。

小小的油灯，记录着我国的发展，见证了时代的进步，留下的回忆镌刻铭心。

无论时空如何转换，煤油灯的光永远亮在我记忆的夜空里，回味起依旧浓。

大　雪

◎　孙晓菊

　　天色灰暗下着雨，有点清冷。站在校门口等着接宝宝放学，身边一个七十多岁的老奶奶问我："姑娘，你晓得今天是农历多少吗？"我说："奶奶，我还真不知道，我给你查一下。"打开手机日历，"今天9号，是农历十六。"奶奶说谢谢啦！嘴里还在嘀咕着，天要作雪了，上次雪也没下得来。我问道："您希望下雪吗？"奶奶说："当然啦！该下雪时就要下雪，庄稼地里可需要啊！"

　　真的是啊！记得从前的雪是不曾失约的，时间一到如约而至。

　　大雪，顾名思义，雪量大。古人云："大者，盛也，至此而雪盛矣。"

　　那时没手机，没电视，想知道天气预报只能靠收听广播，大人们甚至全凭借着望天色与风向判断是否下雨或下雪。

　　灰暗阴沉的午后，大风铺天盖地地刮着，母亲忙着去菜园里，掘起白菜萝卜，收拾柴火，又用厚厚的草把猪圈垫上，随手又把腰间的围裙解下，顶披在我的头上，让我到红薯窖子里去捡红薯，迎接大雪的到来。

　　一觉醒来的清晨，雪洋洋洒洒地落在故乡，落在家院田野，落在树枝上。

　　母亲踏着厚厚的积雪走向锅屋，脚底发出咯吱咯吱的响声，我也兴奋地踩着积雪，紧随母亲穿过屋檐下的冰凌进了锅屋，白雪皑皑的屋顶，便升起了袅袅炊烟。

灶膛里柴火扑腾，映着红红的小脸，锅里升腾的热气，让母亲的脸时隐时现。

一炉大锅，慢火细熬着粗粮粥，在烟火里，母亲用微笑熏染着对世事的包容与谦和。一大家，足以温暖这隆冬大雪的寒冷。

男长辈们踏着积雪深一脚浅一脚地去了麦田。他们笑容可掬相互打着招呼，这雪下得及时呀！

"个中晌（今中午）得温壶酒，喝两盅啊！"

小伙伴们对着白茫茫的雪地惊呼着"下雪了！"滚雪球，打雪仗，吃雪花，敲冰凌，堆雪人。更有淘气的走在河面厚冰上，那是冒着危险偷偷上去的，怕冰破掉下去，又怕被大人知道后一顿打。

扫雪是正经的活儿，于是积雪深厚的村庄，便从每家每户延伸出一条条小径通向锅屋、厕所、猪圈、鸡鸭圈、狗棚，一家连一家就打开了一条通向庄口的路。

如果可以，我愿意一直陪伴着母亲走向通往锅屋的那段路……

记忆中，那场落在故乡的雪，是不染一尘的洁白澄净，清晰地映衬着童年的光阴，映着那红扑扑脸颊的欢喜，映着门上通红的春联，映着年年有鱼的窗花，映着怀揣浅浅心事的懵懂少年。

时光沉香，岁月逢花，于心魂之巅，留下一份浓浓的温暖。

每逢冬季来临，我都在等一场雪的到来，与其说喜欢雪，不如说是喜欢一种心情。乡愁里倚窗的那株梅，傲然于枝头，在我心头摇曳，散发一缕淡淡的清香。

大人们想的是瑞雪兆丰年，孩子们想的是有大雪时，比谁将雪球扔得又远又准，现在的年轻人想的是抓拍雪后的美景。

雪纷纷，覆了天地，覆了经年，却覆不了盛雪中的浓浓况味。

再念，旧事雪纷纷。

蓦然回首，往事如云，我能记起的，只是当时的心情，记忆里始终有一份暗藏于心的浓浓的温暖。

再也回不去的童年，再也回不去的村庄，再也回不去的童年美好……

回不去的时光里，风雪，故人，酒浓，情长，念想……

永陵娘

◎ 蒋叶花

永陵和我娘同辈分，按照辈分我应该叫她阿姨，我娘叫她娘妗娘。

永陵娘一口气生了五个娃，全是女娃娃，之后又怀上了，巴巴地想生个带把儿的。可永陵一生下来，她爹傻眼了：又是一个女娃娃。至此，她娘的肚子再也没动静了。永陵这个老幺，年纪和我差不多，只大了我两岁。我们和她家房子中间是用竹条编成的隔墙，三户人家里面是打通的，摆得下十几桌酒席，平时有事冲着隔墙喊一声就成，她从家里跑出来沿着屋檐下的条石，几步就到我家了。我们三家有同一个太太，太太生了五儿一女，太太给五个儿子造房，房子呈"目"字形，前后各是房屋，中间是个院子，五间房连在一块儿，一溜排开，同一个屋脊同一个滴水檐口，共一个走廊。中间院子里的墙也不砌实墙，只是用砖块垒了个矮墙。我娘的阿太是太太的其中一个儿子，永陵的阿太也是其中一个。她阿太生了三个儿子两个女儿，我娘的阿太生了两个儿子两个女儿。到她爹和我爷爷这代，几户人家搬出去另外建了房屋，这五间房屋就变成了东头起两间是我家，中间一间是谷昌爷爷家，第四、第五间是永陵家。她打小就和我们这些侄辈混在一起，我们从来不叫她姨而是直接叫她永陵，她也从不当回事。

我家和国仁哥哥家各自打墙，所以中间就形成了一条弄堂。阿太很聪明，在我们家中间院子这里设计了一个南北走向的穿堂，朝弄堂开了一个门，门口有一整块石头，石头溜光闪着暗红的光，小时候不懂，现在想来是大理石，特别光滑，夏天坐在上面超级凉快。弄堂里还有凉风，穿堂里也有风，这里就成了我们夏天最喜欢待的地方。我们在上面打扑克牌、啃生番薯、折香烟盒、做沙包……

　　院子里的矮墙是个分界线，意思意思而已。三户人家常常在院子里递个南瓜、借勺油啥的。矮墙上是用破盆破碗种的太阳花、凤仙花、鸡冠花。我妈和阿毛奶奶有时候就在矮墙那里聊闲天，东家长西家短的，一个可能捧着个饭碗，一个可能在挑毛线，也有可能一个正在刷牙，满嘴沾着牙膏泡沫，一个正在梳头。永陵娘天天很忙，六个孩子让她从天亮忙到灯黑，难得看她有闲工夫来聊闲天，加上她天生眼睛近视，做起事情来就要比别人花更多的时间。她爹是钢厂工人，有文化，是个工程师。他一个人霸着前屋一个大房间，永陵六姐妹就挤在后屋，一个铺紧挨着一个铺，这个铺的头紧挨着那个铺的尾。那个时候我真羡慕她，能和姐姐们住在一个屋子里，我常常想，永陵晚上是不是从这个姐姐的铺上钻进，又从那个姐姐的铺上钻出？永陵说："才不是。"我疑惑了好久，后来竟然忘了去追究事实的真相。但不影响我们一如既往地混在一起。

　　永陵爹很威严，轻易不串门，话也很少，可能和工作有关系，他一回家就待在他的大屋子里，她们六姐妹一点声音也没有的，她娘也没声音，整个家安静极了。我们都怕他，从竹条墙缝隙里张一张，看到他爹的自行车在堂屋里，我们就绕到院子里，压低了声音喊她。有时候她就贴着矮墙应一声然后从后门溜出来；有时候打个手势指指我家穿堂，我们就明白了在东墙门口会合；有时候摇摇手，我们就明白了她出不来；有时候，永陵找她娘帮忙要出来，她娘就轻轻拍她肩膀："去去，我有办法。"永陵识相地回后屋去。过一会儿，她娘拎着大木桶出现在院子里，一边往井里放吊桶一边朝后屋喊："永陵，帮我去阿花家借点酱油啊。"永陵就高声应着从后屋蹿出来，飞过院子，消失在她家前屋。一会儿，我们在院子里碰面了，两个人总是压住了声音笑得前仰后合，永陵娘就从灶屋里出来，眯缝起眼睛，脸上微微笑，贴着矮墙轻轻说一句："好好玩啊。"朝我们看看，用手拍拍围裙上的灰尘。

后来厂里出了一个安全事故，把她爹的一个眼睛炸坏了，永陵爹娘难过了很久，那段日子她们家更安静了，一点声音也没有。后来从医院回来，我听我娘讲，永陵爹装了个假眼睛。有一回，他在屋檐下躺着，我远远地盯着他看，我想看看他的假眼睛。只见那个假眼睛大大的，一动不动地装在眼眶里，他用好的那个眼睛瞟向我，吓得我赶紧猫下了身子。从此以后，我们更怕他了。永陵娘难过了好一阵子，我偷偷看见她好多次在灶屋的门口用围裙抹眼泪。安静极了的家有时候突然传来"咣"的声音，是永陵爹把家里的热水瓶砸了，听得我们心惊，随后，他也不骂人，一片寂静。所以，我们和她们六姐妹就怕他爹。"咣"的一声之后，她娘一句话没有，收拾好东西，要么在灶间默默流泪，要么在院子里假装洗东西，要么拎个竹篮去自留地里。我娘说："婶娘躲地方哭去了。"我娘瞅准了永陵爹不在的时辰过去："婶娘，昨天三叔又发脾气啦？"永陵娘也不多说："唉，这个老头子就这脾气，又惊动你们耳朵了。"说罢问我娘热水瓶多少钱一个，然后从衣襟里的布袋里掏出叠得整整齐齐的手帕，豆腐一样，一层层剥开，掏钱给我娘，嘱咐她托我爹帮忙捎个热水瓶回来。永陵娘讲这话的时候有一丝无奈，讲完之后，每天继续烧饭、洗衣服、喂猪、养鸡、赶鸭子这些家务事。日头落下去又升起来，早上的日光洒在她们家院子里，永陵娘灶间的烟囱老早升起了炊烟，青青的烟渐渐没了，屋子里开始弥漫粥的清香。永陵娘来到井边打水，人被笼罩在晨光里，浑身金光闪闪，仰起头眯着眼睛，目光似乎要越过黑黑的屋瓦。六个女儿先后起来，一个个鲜花一样的姑娘，围着井台洗脸刷牙，对着盆里的自己梳着长长的黑发。她看着永陵姐姐们梳洗，看着永陵大姐给永陵扎两个麻花辫子，今天永陵大姐还用零布料给永陵做了两个粉红的蝴蝶结，扎在永陵的辫梢，让这个一直穿姐姐旧衣的女儿格外好看。永陵抓着两个辫梢向她娘抖动几下，她娘脸上出现一个笑容，像是从灵魂深处诞生的，像初升的太阳爬到她的脸上。

日子继续过呀。永陵娘走向鸡窝，手探进鸡窝里摸出一个热乎乎的鸡蛋，她把围裙下摆的两个角扭在一起在身前做了一个兜，将鸡蛋兜在兜里，然后又伸手探进鸡窝再摸出一个鸡蛋放进兜里……

我们在弄堂门口的那块大石头上，日复一日地玩着各种玩意儿，石头磨得溜光，闪着暗红的光，弄堂里凉风吹过，穿堂里的风吹过，这里就成了我们夏天最喜欢待的地方。我们在上面打扑克牌、啃生番薯、折香烟盒、做沙包……直到太阳落下去、月亮来替班。

我们吹着弄堂里的风悄悄长大，有人初中毕业工作了，我们就少了一个伴儿。有一天，永陵说她要读高中了，学校在山那头的另外一个镇上，上学要靠"11路"（两条腿走路），路上来回两个小时，因此永陵很少有时间和我们一起玩了，严格意义上讲大家又少了一个伴儿。等她高中毕业了，我也初中毕业了，护校差一分没进的我也要去山那边的学校上高中，我也没时间和大家玩了。上班的上班，读书的读书，弄堂那块大石头上的小人像摘了果子的枣树，变得稀稀落落的。弄堂里的风依旧凉爽，夏天的晚上，左右邻居都会搬个椅子、小板凳、竹榻在弄堂里乘凉，阿毛奶奶摇着大蒲扇给我们猜谜语，天空黑黑的，大大小小的星星远远近近地在天上看着我们。

日子轻软，再后来，女孩子都陆陆续续嫁人了，我们渐渐失去了联系。偶尔回趟娘家，碰到永陵娘，她还是盘着发髻，发髻上插着她的银簪子，成了村里念佛老太太的小头头，把东家西家的佛事安排得妥妥帖帖，老头退休工资高，她念佛挣点小钞票。六个女儿今天这个来明天那个来，永陵娘转眼成了阿太，四世同堂，用我娘的话讲是"六个儿子吃乐果，六个女儿吃苹果"。而我竟然一直没有向她娘要一个永陵的手机号码。

快过年的时候，永陵娘突然病危，家里挤满了六个女儿女婿及子子孙孙，还有左邻右舍。我娘碰到了永陵，我才知道她生了一个姑娘，家里也拆迁了，有车有房，今年姑娘要结婚。

正月初四，永陵娘没了。那天正是立春。

爱

◎ 高莺

很喜欢冰心先生的一段话:"爱在左,同情在右,走在生命路的两旁,随时撒种,随时开花,将这一径长途,点缀得香花弥漫,使穿枝拂叶的行人,踏着荆棘,不觉得痛苦,有泪可落,却不是悲凉。"

每年春节把公公接家来一起过节,是我们家这些年约定俗成的习惯。先生和孩子一般都是除夕才回来,享受除夕夜的团圆,一家人其乐融融。今年还没来得及规划假日的行程,先生就接到单位的归队电话。大年初一,我早早起来做了早餐。先生雷厉风行的军人风格,回地方也丝毫没有改变。关键时刻,我也会调好状态,跟上节奏,几十年夫妻已形成默契。先生刚出门,儿子单位的电话也来了,身为媒体工作者,儿子已做好随时出发的准备。

得!我这下心里没着没落的,头脑一片空白,但很快,我就为自己的工作定位:照顾好老人。

公公九十余岁,耳聪目明,有自理能力,沟通良好。他喜欢在老家住,平时周末、节假日来我们家,住两天就盼着回去,他若知道儿子回去上班一定会急着跟回去,老人家最爱自己的老窝。

公公年轻时是长兄又是一家之主,很早就扛起一家老小的生活重担。他不爱讲话,善良本分,勤劳克己,一辈子上山下海,默默耕耘，咬紧牙关，拼尽全力付出劳作，总能获得丰厚的收成，很好地保障了全家人的生活。公公在家人心中很有威信，一家老小没有不敬畏他的。他心里偶尔有些坎过不去，就卧床，不吃不喝也不理谁，这期间没有人敢去他面前，害怕他凶起来。先生是老小儿，深得公公宠爱，婆婆常常让先生端汤水给公公，但他多半不吃喝，也不凶先生，等心里缓过坎了，他就起来，恢复如常。公公对政府很敬畏，每年要上交的粮食，他都挑选最好的。他对儿孙教育极其严格，若孩子做错了或贪玩了，被遇见，他就抄家伙追着打，孩子们就不敢造次。

公公为人清正、自律、有原则，吃饭七八分饱，再好的东西，说放下就放下，怎么劝都没用。乐善好施，一点小便宜都不愿意占，有一次到部队探亲，周末，我们带他去登山，那时已是八十余岁的老人，事先没带拐杖，旁边有片小竹林，地上有些竹竿，我就拣了个长短合宜的给他当拐杖。下山经过这里时，他特意走到我拣竹竿的地方，恭恭敬敬地把竹竿放下，我被他的举动感动到了，我说："阿爸，一根竹竿，你就拿着走吧。"他说："别人的东西，用完就还回去。"虽是极小的一个举动，却让我铭记在心。

2009 年 11 月，公公失去挚爱，在婆婆离去的前几个月，公公当起专职护工，彼时，他们都八十余岁了，他无微不至地照顾婆婆，年轻时的铁汉如今也有柔情，远嫁的姐姐们回来看到父亲对母亲的温柔体贴，都惊叹不已。

婆婆走了，公公万般不舍，突然失去日夜相伴的人，失去了精神支柱，充满哀伤，憔悴枯槁。我们处理好婆婆的后事，想要带他去部队，但公公哪都不想去，只想在自己家里，家人也觉得爸爸这样的年纪不适合远走他乡。我们实在不放心他留在家里，那样他很难走出伤心，会老得更快。最后大家达成共识：公公先跟我们回部队。

假期结束，我们带上公公回部队家里。我深知照顾公公的担子多半要我来承担，一路上就寻思接下来该如何安排日常生活，先生不出海的情况下每天早出晚归，出海的话不知要多久才能回家。所幸的是，我们无论是小家还是大家都是其乐融融有爱的家庭，我把公公当自己的父亲，长辈们也早已当我是自己的女儿，之前百岁的爷爷和婆婆在时，我们每次探亲回来小住一段时间，临回部队时，他仨都吩咐先生要对我好点，不能对我大声说话。

刚来那几天，公公还很忧伤，情绪低落，我们默默陪着，照顾他吃饭，我们仨轮流为他夹菜。儿子上高中，每次回来放下书包，就先给爷爷一个亲热的拥抱，在他跟前撒会儿娇，他就很开心。平时空闲就让他看电视，我为他摆上茶水零食，偶尔也陪他看会儿。后来发现他不看电视时就找书来看，看得很认真，我觉得是好事，就找了一本好书给他看。大概一周过去了，看他气色慢慢好起来，一点点走出悲伤，面容也舒展起来，我就想带他出去走走。有一天我去买菜就喊他："阿爸，陪我去买菜好吗？"他开始有点不愿意，我又说："今天想多买点，怕等下拎不动。"一提到要他帮忙，就义不容辞。出门前，我会帮他整整帽子、衣服。我跟先生说，已经当爸爸是幼儿园小朋友了，周末我们一起出去逛街或郊游。那些天大家都不提婆婆，但他心里从未停止思念。有一天，他很平静地跟我聊婆婆："怎么会这样，就这么去得无影无踪，连一个梦都没有。"我刚一听泪水就涌了出来，立即调整好状态，愉悦地对公公说："妈妈去了天堂，那里美得很，她玩开心了，就暂时忘了我们。但她一定最最关心您，希望您能快快乐乐地活着。"

渐渐地，公公的心宽畅起来。儿子晚上也会匀点时间来陪爷爷，唱歌给他听，我也会跟着唱起来，欢乐的气氛让他由衷地喜乐。

避暑胜地天宝岩

◎ 陈　精

　　今年的 8 月 3 日，时至中伏，正是一年中最热的日子，家乡永安城处在一片炙烤闷热之中，人们纷纷走出家门到郊外去寻找避暑之地。恰好老伴的小表妹从上海回来，于是我们一行四人：我和老伴，老伴舅舅的女儿也就是我们的小表妹，以及退休前在某公司开车的老伴的舅舅，一拍即合，由老伴的舅舅开车前往国家自然保护区天宝岩避暑。

　　四十一分钟后，车子开到了天宝岩自然保护区的停车场，我们下车步行，到门卫处登记了身份证后，沿着小路缓慢前行。才走到保护区的路口，一股清凉的空气夹杂着树木的香气扑面而来，让人顿时神清气爽。与此同时耳边传来了潺潺的流水声，脚下是铺满树叶的小路，人踩在上面柔软而有弹性。我们继续前行，只见一条溪涧蜿蜒曲折地从深山流出，清澈的水里游动着许多小鱼，有四五厘米长，煞是可爱。溪水不深，可以涉水过去，人踩在溪流中，水只没到小腿。我和表妹童心大发，当即脱去鞋袜，拎在手中，同时挽起裤脚，小心翼翼地踩着溪流含沙子的河床，尽量避免大大小小的石头，因为石头上长满了青苔，一不小心，就会滑倒跌入溪流中。溪流的水是冰冷的，我已经多年没有这样涉水过溪流了，一种异样新奇的感觉油然而生：如此原生态的山、水、卵石、游鱼，在城市高度发展的今天，无异于一处避世桃源，更是一处夏天的避暑胜地，还是孩子们认识大自然的一处乐园。

我们沿着修筑的栈道，傍着一路欢歌的溪流前行。沿途的古树参天，长长的长满青苔的藤条映入眼帘，有的从高山上的树木中垂下，有的挂在溪流两岸的树木上，恍然间以为是身处热带雨林中。由于多年的禁止砍伐和保护，这里的一草一木，甚至是腐烂的木头，都没有人可以带出保护区。所以沿途的小路上、溪流中随处可见长满青苔的朽木。有的朽木由于倒下的时间很长，树干上长满了蘑菇，有的甚至还长出了珍稀的灵芝。

我们一路过栈道，跨小桥，不知不觉已经走到了保护区的深处，只见林木参天，各种各样的树木遍布在山坡上、小溪边。据资料记载，福建天宝岩国家级自然保护区具有典型的森林生态系统，地带性植被为常绿阔叶林。我想，既然是这样，那么一定会有介绍种群的牌子挂在树上。正思索的时候，我迎面撞上了一棵在小路中间的高大树干，抬头一看，一块蝴蝶形的牌子，漆成橘红色，上面写着黑色的字，介绍此树的名称及特点。那么，这棵被我撞上的树是什么树呢？我看了看牌子上的介绍，原来是国家一级保护植物"南方红豆杉"。我顿时瞪圆了眼睛，抬头看了看树木的叶子，叶子成排状，呈细长形，与杉树的叶子有些相似，只是杉树的细叶要短一些。红豆杉的学名是南方红豆杉，我们这里私底下都删去"南方"两字，叫"红豆杉"。这棵红豆杉很高，直冲云天，但树径不是很大，约二十厘米，树龄应该不是很长。据说，南方红豆杉通常生长在山脚下腹地潮湿的地方。自然生长在海拔一千米或一千五百米以下的山谷、河流和缓坡腐殖质丰富的酸性土壤中。这些条件，天宝岩都具备，难怪这里南方红豆杉长得这么好。

当我还沉浸在发现南方红豆杉的喜悦之中的时候，蝴蝶形的牌子如同从地底下冒出来的一样，我身子的前后左右全都是橘红色介绍树种的牌子，让人有应接不暇的感觉。这些品种的树全是我以前没有见过，或是见过而不知道树名的。我如同刘姥姥进大观园一样，高兴得像个孩子摸摸这棵树，又摸摸那棵树：有南方常见的栲树；有珍贵名木楠木科的虎皮楠、桃叶石楠、绒毛润楠、紫楠、红楠；有南方的名木樟科的黄樟；有甜槠、木荷、轮叶蒲桃、三尖杉、罗浮锥、黄檀……琳琅满目，不一而足。我并不是植物学家，也不是学林学的，许多树木从来没有见过，许多树木的名称也是闻所未闻。不过，天宝岩自然保护区具有典型的森林生态系统，今天我算是领教了。名不虚传的天宝岩果然是个植物的大观园，品种之多，内容之丰富，令我叹为观止。这个时候的我，巴不得多长出几双眼睛，好好地观赏这些平时难以见到的古树名木。

穿过了这片有名目的阔叶林后，我们一行四人继续往前走。远远地听到了哗哗的水声，近前一看，飞珠溅玉，原来是一处阶梯式瀑布。只见水从最高的一级落下，经过三级阶梯，最后，从落差十几米的石壁直落而下，然后，与上游流下的溪水一起在小溪流中汇合，一路欢呼奔腾而去了。像这样的瀑布，在昨天的行程中，一共有四处。它们有的雄浑大气、直落千丈；有的舒缓平和，犹如优美的长笛乐曲；有的细水长流，如同平静的岁月。虽说都是一些无名的小瀑布，但是，在这烈日似火的夏日，这些飞珠溅玉给人们带来了清凉的同时，也给人们带来了灵动。放眼从上游流下来的溪涧，除了我叙述的四处较大的瀑布以外，溪涧中只要有落差就有瀑布，所以溪涧中大大小小的瀑布不计其数，形成了溪涧中的瀑布群，我们一路观赏，蔚为壮观。

越往山谷里面走，空气越清新，在清新的空气中夹杂着腐败树叶和朽木的味道，还有菌菇的特有生味。耳边时常传来知了的叫声，悠远绵长，别有一番情趣；与在城里高温炙烤的大树上，知了声嘶力竭的鸣叫，形成强烈的反差。看来知了也和人一样，喜欢清凉舒爽的环境。在厚厚落叶铺就的小路上，享受着只有二十摄氏度左右的清凉，与外面三十八摄氏度的火烧火燎的高温，完全是冰火两重天。所以，大家完全没有往回走的意思。若不是"天将午，饥肠响如鼓"，得出山去找吃午饭的地方了，我们四人是舍不得离开天宝岩的。

由于时间的关系，我们无法走完全程，更无法爬山登顶观赏，只是行走了天宝岩长峡谷的一半，观赏了天宝岩自然保护区的一角。在我看来，家乡永安的天宝岩真是一处天然氧吧，是人们消暑度夏的绝好去处，也是人们追求健康的康养基地；更是一处天然的原生态植物园，人们在进行清新空气浴、享受大自然的同时，还可以获得有关植物的知识。难怪厦门车友评价天宝岩是最佳自驾游目的地。

如果在炎热的夏天，带上帐篷，携同孩子，备足饮用水和食物，到天宝岩待上一整天，可想而知是何等的惬意啊！

注：福建永安天宝岩国家级自然保护区处于武夷山脉和戴云山脉过渡地带，山体为戴云山余脉，属于中低山地貌，海拔高580—1604.8米，境内千米以上的山峰有22座，最高峰为天宝岩，海拔1604.8米。

秋天四章

◎ 陈　精

秋　雨

今夜的秋雨，没有风，并不像往日那样斜着入窗，直泼入窗内。只听得一阵噼里啪啦，清脆、掷地有声，就知道，今夜的雨不同寻常。

这样的雨是最给力的，也是老天最慷慨的奉献。没有比这更加淋漓尽致的雨了。这时候，如果是在室外，就会看到河水泛起了一圈又一圈的涟漪。豆大的雨点砸在身上，皮肤会被砸得生疼。松鼠不见身影，就连平时最活跃的白鹭也会跑到树上躲起来。

十几年前，也是这样一个阴雨的天气，我和好友阿丽撑着伞走在公园。刚开始还好，只是淅淅沥沥的小雨，不一会儿，豆大般的雨点就急促地砸了下来，眼前立刻模糊一片，见不到几米之外的人和物。地面上即刻水流成河，雨伞形同虚设。瞬间，全身湿透，鞋子泡水，两个人都如同从水里捞出似的。而公园里除了我和阿丽空无一人，顿时，有一种世界末日之感。

这时，阿丽的先生开着汽车到公园门口接我们来了，看着我俩的狼狈相，忍俊不禁。我坐上后座，衣服上的水流了一地，弄脏了座椅，感到非常抱歉。心里不安中又有几分自我嘲弄，要不是雨中坚持走路，又何至于此？

风雨无阻坚持走路锻炼的初衷是好的，可是面对这样的大雨乃至暴雨，还是躲避为好，避开大雨、暴雨的锋芒，也就避开了可能产生的风险。并不是所有的时候都是需要一往无前的，必要的时候该退还是要退，退是为了养精蓄锐更好地前进。所谓，退一步进两步或多步，此乃人生道路之策略。

秋 荷

在绵绵的秋雨中，我一如既往地来到公园的荷池边漫步，只见有的荷叶还是翠绿圆润饱满的，有些许的露珠留在荷叶上，动一动，露珠便滚来滚去煞是喜人；有些荷叶却是干枯和萎缩了，和当初相比，不但叶面小了许多，就连外表也变得干瘦枯黄。元代诗人刘秉忠有诗句"干荷叶，色苍苍，老柄风摇荡。减了清香，越添黄"形象地描绘出了秋风中的干荷叶，很有几分"人老珠黄"的感觉。

可我，却从干荷叶中看出了几分生机，看出了几分无私，看出了几分亲切，更看出了几分诗意和画意。这淤泥下便是白生生的莲藕，有七孔的，有九孔的，人们对它的喜爱不亚于荷花：藕粉滑爽，食之可以解暑；藕节可以入菜，做汤，煸炒皆宜。藕的全身都是宝啊！

反观干荷叶的边上，迎风招摇的莲蓬，它的斗室里是一粒粒白玉般的莲子，此时若是剥开吃，鲜嫩嫩的莲子汁液会让你满口生津。干莲子更是果中珍品，做汤，入口即化；入药，养心安神。

荷叶是干枯了，可它留下的却全是珍品，令人回味无穷。

我们人类又何尝不是如此呢？年轻时精神上朝气蓬勃，事业上叱咤风云。当你不再年轻，脸上刻满了沧桑，如同干荷叶一般干枯、萎缩时，纵观过往的一切，从容自在。你在风云变幻的时代面前，安之若素，处变不惊，或重启风帆，继续披挂上阵，再创一个辉煌的自我。在后辈面前，你保持着一颗平常的心，不骄不傲，不宠不怒，真正做到了："宠辱不惊，看庭前花开花落；去留无意，望天上云卷云舒。"这样的人生不也精彩吗？

秋　菊

秋雨不停地下，虽然赶走了暑热，可是，下多了，却也令人心烦。秋风萧瑟，万物萧条，百花凋零，只有秋菊傲然绽放。

在我的印象中，秋天的菊花是非常美丽的：色黄，姣好，温馨。唐末农民起义领袖黄巢作有一首描写菊花的诗："待到秋来九月八，我花开后百花杀。冲天香阵透长安，满城尽带黄金甲。"一是描写了菊花的颜色；二是凸显了菊花的傲气。在我看来，更是体现了起义军领袖的霸气，以及敢于摧毁旧的制度的胆气和豪气。

自古以来，菊花就为人们所喜爱：它的傲霜独放坚韧不拔的品格；它的刚正不阿淡泊名利的性格；它的清新脱俗遗世独立的亮节高风。而我觉得菊花有一种其他名花所没有的特质，那就是平凡和朴实。说它平凡，是因为菊花不择环境，在任何地方都能蓬勃地成长；说它朴实，是因为它的花瓣团团簇簇，颜色不妖不艳，符合老百姓的审美。所以，民间把它视为吉祥的花，象征着生命顽强，吉祥长寿。

秋　龟

昨天，从下午四时开始，雨就一个劲儿地下个没完，由凉爽的秋雨变成了烦心的秋雨。不由得想起了小妹妹自建别墅院子水池里的那只巴西龟。那只刚刚获得新生的巴西龟在这没完没了的风雨中，不知是否安然无恙？

小妹妹的电话是上午九时多打过来的，她非常欣喜地给我叙说了巴西龟的故事。原来这只巴西龟并不是刚刚买来的宠物，而是十几年前妹夫到外地出差时买回的。当时放在鱼缸中养了没有几天，小巴西龟就失踪了。因为妹妹和妹夫忙于工作，无暇顾及，也就没有去找。令人没有想到的是，就在几天前，妹妹发现院子水池下的几棵荒草微微颤动，开始以为是蛇虫什么的，心里有些害怕。用木棍拨弄，发现并不是蛇或者虫，但草依旧在颤动。于是，妹妹近前一步，仔细观察，才发现是一只手掌大小的巴西龟。这只龟颇通人性，被发现后也不跑远，而是静静地看着主人。妹妹于心不忍，将巴西龟放入玻璃缸中。待妹夫下班后，一眼就认定这正是十几年前失踪的那只小巴西龟。

原来，十几年了，巴西龟并没有走远，而是静静地待在院子的水池底下，渴了喝自来水，饿了吃小虫，蛰伏了十几年，直到被主人发现。这件事情很有一些传奇色彩，也说明了动物的本能是不能小看的。

现在，这只失而复得的巴西龟正优哉游哉地生活在主人布置的小水池里。相信，主人再也不会丢失这只坚强的巴西龟了。

我的首次采风之旅

◎ 田志坤

时光荏苒，转眼间加入"冬歌文苑"已有六个年头。其间，共发表散文三十篇，其中七篇收录于文苑编辑出版的散文集。当然，与平台其他高产老师相比，仍有很大的差距。

前些年，由于工作岗位原因，错过了文苑组织的"福建云霄"和"青海西宁"两次采风机会。我当时分管防汛抗旱工作，春季要抗旱，夏季要防汛，秋季要修复水毁工程，都关系到人民生命财产安全，使命在肩，不敢懈怠。前两次采风又恰逢夏季，实在抽不出身与文友们相见。

2022年底，工作了四十一年的我办理完退休手续后的第一念头是尽快参加文苑的采风活动。当"冬歌文苑"群里发出五一期间在湖北仙桃开展采风和颁奖活动时，我高兴极了。可征文活动我没参加，不确认可不可以参加，咨询主编赵老师后得到明确答复，冬歌打电话特意邀请我和夫人一起前往。我和夫人听到高兴得半宿没睡。

五一节前半个月，我们就做了攻略，规划好采风之旅的行程，订好车票、酒店，以及活动结束后游玩景点和返程机票。

临行前一天，我们打好行装，两个拉杆箱，一箱装满了换洗衣服和洗漱用品，一箱装满了绿皮火车行程一天一夜的食品，有自热锅、方便面、黄瓜、西红柿、花生、瓜子、蛋糕、麻花、鹅蛋、鸡蛋，有儿媳给买的啤酒、酸奶、香肠，还有朋友在水库周边挖的婆婆丁（蒲公英）、小头蒜（大脑瓜）、鸡蛋酱。

4月30日22时许，我们乘上南下的列车。上车后夫人好兴奋，因为她最喜欢乘火车卧铺旅行，更喜欢睡上铺，说列车行驶的声音有节奏，像唱催眠曲，睡觉又香又甜。列车熄灯后，她手扶中铺栏杆，一级跳到中铺，二级跳到上铺，那身手真的不像是花甲老太太呢！

每到用餐时间，吃上所带食物，特别是吃着野菜蘸鸡蛋酱，周边旅客羡慕极了，比吃着单调的盒饭奢侈多了！

次日午夜，列车抵达武昌站，按照所订宾馆的导航指引，徘徊在一幢大楼四周，也没看到所订的阳光公寓牌匾，打电话咨询后，让我们进入一公司大门，短信通知楼层门牌号和房间号以及开门密码。按指引顺利抵达了房间，夫人却很担心，以前住宾馆，从来没有以这种方式入住的，不会是黑店吧？我说放心吧，现在社会治安这么好，不会有危险，况且一位老头一位老太太，身上也没有多少现金，怕啥呀！后半夜平安无事。

次日中午，乘动车抵达目的地仙桃市。拖着拉杆箱上了公交车后，工作人员说车票一元，我找出长春市公交卡给她看，她一边说这个可能不好用，一边上车给我们试刷，结果显示能用。为此，一定要给仙桃市点赞。夫人风趣地说，咱俩省下两毛钱呢！

公交车站离目的地宾馆很近，进入宾馆大门，看见几处办室外婚礼的场地，萨克斯手吹奏着动人的乐曲《回家》，两个梳着羊角辫子的小女孩在草坪追逐，我们进入场地，分享着喜气祥和的氛围，甭提有多高兴了。夫人伴随着乐曲，跳上了欢乐的舞蹈。当看到装满礼物的包装袋时，她好奇地翻看一下，回来同我说，里面装的是一盒糖，三只仙桃，看来这里与北方婚礼习俗还是有许多不一样的地方的。

进入房间，被一个脆声声的，名字叫小爱的小女生的声音吓了一跳，仔细一看，原来是智能化语音控制系统。用它可以开关房灯、窗帘、电视、空调，等等，此前我真的没有见到过，反复给小爱下指令，她真的很听话呢！

简单洗漱后，便去街上找饭店，想吃点当地特色小吃。结果走了几条街，看到的要么是将军锁把门，要么屋里黑洞洞的，根本不像正营业的样子。忙问坐在小马扎上的老大娘，她用湖北话耐心地告诉我们，这里的饭店下午两点后五点前打烊，要想吃东西只能去马路对面吃碗碗香。

碗碗香很特别，是将炒好炖好的菜放到一个个尺码统一的碗里，明码标价，想吃啥自选。我们选了两个菜，一碟蚕豆，仅仅花了22元钱，米饭稀饭不要钱，吃饱为止，这里与北方饮食和经营方式真的是差别好大呀！

当采风群里面发布"冬歌文苑"创办人冬歌的房间号后，我迫不及待地想在第一时间见到他。因为我们已经相识十六七年，最近一次见面也有七年时间了，可以说他是引领我进入文学殿堂的第一人。此前写过无数公文、论文、作文，是他指导我写了第一篇散文。

房间里站满了从天南地北前来参加采风活动的老师。经冬歌一一介绍后，往日里通过文章互相交流的老师，忽然有一种少有的亲近感，好似多年未见面的兄弟姐妹在异地相见……

次日一早，驱车前往第一个采风点——沙湖湿地。东道主文友刘景岗老师一路上不停地介绍着仙桃及沙湖湿地的基本情况，使我更加深入了解了这个拥有两千多年荆楚文化特色的城市和乡村。到达现场，许多人都对茫茫芦苇荡感兴趣，不停拍照，而我却对沙湖这个位于长江支流东荆河流域的蓄滞洪区别有一番感觉。要知道这块面积 2723 公顷的湿地，曾经在 20 世纪 50 年代分过洪的地方，减轻了下游许许多多城市和乡村的防洪压力，保护了多少人民和生命财产安全。周边建有节制闸门的入湖支流和排水泵站又能解决农田内涝和渍涝。

下午的颁奖仪式更是别开生面，蔡老师风趣幽默的主持，作协张书记的贺词、冬歌介绍的"冬歌文苑"的发展理念及历程、著名诗人舒洁的讲话，都像一篇篇文章，一一印在我的脑海。文友们的诗朗诵、才艺表演更是别具一格，我们在欢乐喜庆的气氛中合影留念，这许许多多的温馨场景我永生难忘。

第三天的活动是参观沔阳小镇，站在三期规划的沙盘前，规划内容一目了然。参观已建一期景观和在建二期项目，谁能说若干年以后，这里不会成为与浙江乌镇、上海周庄相当的景观呢？

梦里水乡是参观的第二个场景，我们在细雨中乘仿古船前行，水杉林立，百鸟飞翔，激发了文友们的创作热情。返程还未到家，福建的蔡老师，青海的白老师，湖北的周老师，海南的朱老师、张老师堪称"快手"，散文、诗歌应运而生，一一拜读，赞叹不已。而自己只能写打油诗一首表达对仙桃梦里水乡和文友美文的赞美：

仙桃有仙境／梦里有水乡／笔下能生风／谈笑也飞扬／

水中有水杉／地面有花香／空中翔飞鸟／仙桃风景靓

采风活动结束后，我同夫人前往宜昌市参观三峡水利枢纽。学水利干水利四十余年，没见到世界上规模最大的水利枢纽工程——三峡大坝。站在 185 观景平台，三峡工程尽收眼底。

三峡大坝地处长江干流西陵峡河段，控制流域面积约 100 万平方千米，始建于 1994 年，集防洪、发电、航运、水资源利用等为一体，不愧为当今世界上最大的水利枢纽建筑之一。

大坝建设在长江葫芦口，全长仅 2335 米，比长春市新立城水库坝长还要短 345 米。最大坝高 181 米；正常蓄水位 175 米，总库容 393 亿立方米，其中防洪库容 221.5 亿立方米；发电总装机容量 2250 万千瓦，年发电量超 1000 亿千瓦时。三峡大坝可以改善长江航运条件。在参观现场，我多次情不自禁竖起大拇指，为水电建设同行们点赞！

我们游览的另一个景区是清江画廊，清江是湖北省第二大入长江支流，河长 433 公里，俗称八百里清江。20 世纪 80 年代末至 90 年代初，是我国水电建设加速发展的时期，一大批水电工程在这个时期开工建设，其中有 5 个百万千万瓦的大型水电站工程，被人们誉为水电行业的"五朵金花"，隔河岩水电站就是其中的一朵金花。它位于湖北省长阳县境内的清江支流上，由于它的建成，水位抬高，形成了两岸山石林立，山谷云雾缭绕，水清岸绿景美的好去处。我们乘着游船，欣赏着两岸绝美的风景，好不惬意。

乘动车回到武汉，第二天下午的航班返程，早上起来本想在周边转转，提起景岗老师赠送的特产沙湖鸭蛋，百度搜索可否带上飞机，结果显示熟蛋可以，生蛋不可以，便用烧水壶分十次煮熟，耗去在鄂的大好时光。

一周的采风之旅结束了，闭上眼睛，文友在一起谈笑风生的场景像电影一样一幕幕播放。

俗话说得好，不登山，不知山高；不涉水，不晓水深；不赏奇景，怎知其绝妙。读万卷书，还须行万里路。仙桃采风之旅，与高于自己的人交流，欣赏大自然的美景，让我的胸怀得以舒展，身心得以净化，留下美好难忘的回忆。

期待文苑下一次采风活动。

窗外的喜鹊窝

◎ 田志坤

在我的家乡大家都认为喜鹊是吉祥鸟，也有人将其称为报喜鸟。若一早出门见到喜鹊在树上叫喳喳，那么寓意着这一天或有喜事，或事事皆顺。

2022年春天，居家赋闲的我驻足窗前，偶然发现两只花喜鹊在窗户下面近六层楼高的树杈上开始筑巢。它们好聪明啊，选择的树杈是主干分出四个粗分枝的交叉部位，具有较强的稳定性，它们用树枝纵横交错地搭建，基础非常牢固。此后，只要看书看手机累了，我便兴致勃勃地观察喜鹊筑巢。

妻子发现我每天都隔窗而望，风趣幽默地逗问，每天都站在窗前望谁呢？我便将喜鹊筑巢的趣事儿告诉她，从此我俩一有空便看着喜鹊飞来飞去，长期闷在家里的烦躁心情似乎好了许多。

两只喜鹊从来回翻飞选址，到开始衔放树枝，再到形成近似于圆形的喜鹊窝，用了一个月时间。一开始用长短不一的树枝搭建，看上去乱糟糟的，实际上每根树枝都搭接得非常科学，非常结实。

有一天夜里，外面风好大，吹得外面的电线拍打着墙面不停地啪啪作响，看天气预报说有七级风，瞬间风力可达九级，妻子不免为喜鹊新搭未竣工的窝而担心。我说不会有事的，小时候淘气曾经用竹竿捅过喜鹊窝，费好大劲儿也没撼动一丁点儿。奶奶看见后说，它的房子结实着呢！

天刚蒙蒙亮，我们急着爬起看窗外的喜鹊窝，果然安然无恙，不得不感叹这两只柔弱的小鸟还真是出色的建筑大师啊！

以后几天，它们不断衔泥来加固房子，又不时衔来树枝将碗形的窝扣了个棚，外形近似于圆形，在靠近我们楼房墙面的背风一侧留个出入口。随着身形变大，它们又逐渐将出入口扩大了许多。它们也有闹情绪和矛盾的时候，有一天傍晚，一只喜鹊飞回鸟巢，另一只喜鹊落在不远处一棵树的树梢，迟迟不归巢，归巢的一只飞出去将脸贴在另一只的脸上，像是道歉，又像是亲昵，许久才双双飞回鸟巢。

我以为它们已经完成了房屋的建造，可它们仍然不时飞来飞去，有时飞去河边，有时飞入草丛，有双出双入，也有单飞单出，但每次回来都不直接进窝，而是落在附近树枝短暂停留，待仔细观察后再飞入窝里。出窝时将小脑袋探出出入口，确定安全了才飞走。它们不时运回类似于草棍动物毛类的东西装修它们的房子，由于已经加了房盖，我们看不见里面的结构……

时光荏苒，已从雪花飘飘的冬末，到了桃红柳绿的春日。相信不久的将来，我会看到这处小窝迎来许多小生命的诞生。

叶　子

◎ 李创乾

我喜欢形状各异的叶子。

没有叶子的生机勃勃，就没有花朵的婀娜多姿，是叶子给了花朵美丽。人们赞叹花朵的时候，一定不要忘记赞美叶子。

事实上，人们在观赏花儿的时候，总是忽视叶子的功劳和它的存在。这样的视角，对叶子不公平。

早春，大地在萌动，所有植物的生命都跟着萌动。先是草甸一片鹅黄，柳丝上长满了嫩芽，随后形状各异的叶子都争先恐后地长出来了。于是，叶子绿了草原，绿了山峰，绿了田园，绿了庭院，绿了原野，绿了世界，绿了人们的希望。叶子装点了春天，于是春意盎然，春满人间。

盛夏，万物在生长，所有的叶子都在贡献能量。这个季节的叶子，托举着花朵纵情地开啊开啊，陪衬着枝条尽情地长啊长啊，把姹紫嫣红给了果园，把丰收果实给了大地，把葱郁翠绿给了神州。它什么都没有，也什么都没要，只是奋力地在变老的路上奉献着生命里的翠绿。尽管它什么都不争，却功盖天下。有了盛夏那青翠的叶子，才有了孟浩然笔下"荷风送香气，竹露滴清响"这典藏的诗句。

深秋，叶子慢慢地老了。远远望去，那些一丛丛、一团团、一簇簇的叶子，像是亲密无间的朋友在说悄悄话。红的似火，粉的似霞，黄的似金，绿的似翠，在阳光下闪闪发光。老了的叶子从空中飘落下来的时候，画出了一道道弧线，用这些景致般的弧线，给人们的生活织了一个个美好祝愿。叶子虽然老了，但这个祝愿常青。

隆冬，随着阵阵寒风而下的叶子，像一只只长着金色翅膀的蝴蝶，轻飘飘地飞向大地。我悄悄地不由自主地蹲下身来，缓缓地拾起一片落叶，轻轻抚摸着它精致的纹理，似乎看到它那无私的心，顿时升起一种敬意。在微风到来时，我放飞了手中的叶子，它带着满心的快乐唱着歌儿跟风走了，只给我留下了远去的身影。

细细品来，叶子是春天的诗，夏天的画，秋天的景，冬天的梦。虽说它的一生是平凡的，但饱含着伟大的奉献精神。我们每一个人，都应该具有叶子那样乐于奉献的品质。

是啊！筑梦新时代，启航新征程，伟大祖国多么需要无私奉献的人。我即使做不了一朵流芳溢彩的花朵，做一片纯净高尚的绿叶，也不负韶华，乐在其中。

人生本该像叶子一样，一生青翠，蓬勃，谦逊，诚恳。

叶子能为大自然奉献翠绿，我愿成为一片叶子。其实，我原本就是一片叶子。

不老的乡愁

◎ 齐 飞

阳春三月，草长莺飞。

每年这个时候，乡愁会从故乡那一片一片泛青的麦地里，从那袅袅的炊烟里，随着夜风潜入我的梦中。乡愁之所以谓之乡愁，自然是背井离乡时的一种情怀，那种思念和眺望，只有身在异乡的游子体会最深。远离故乡河北沧州已经三十三年了。三十三载春去秋来，弹指一挥间。

孩提时代，父母教育我，说得最多的一句话就是"好男儿志在四方"。那些重复了一遍又一遍的故事，多是古代征战疆场的英雄、现代为国捐躯的志士。寂静的夏夜，小院里枣花飘香，月光如水，我依偎在母亲怀里，常常被故事感动得热血沸腾。从那时候起，一种闯荡四方的豪情便悄悄在我的心底萌芽。

为了成为父母眼中的"好男儿"，1990 年冬季，我响应祖国号召，应征入伍，进入武警海南总队。告别家乡的那天，天气特别冷，我们五十个"新兵蛋子"穿着崭新的军装，在县城火车站集结，每个人都精神抖擞、容光焕发，期待着早一刻登上那列绿皮火车。因为，那列火车将满载我们的青春和梦想，驶向一个未知而神秘的远方。

那天母亲没敢去送我，她老人家受不了那种离别的场景。父亲骑自行车送的我，一路上也是默默无言。队伍在站台上候车的时候，许多送行的家长和孩子相拥哭成一团，但父亲一直用那种慈祥而又刚毅的眼神看着我，似乎在告诉我：男儿有泪不轻弹。列车进站后，随着征兵干部一声令下，大家开始登车。这时候，父亲突然从人群中挤过来拍拍我的头说："孩子，去了就别回来。"我一愣，瞬间读懂了父亲的意思。那个年月，我们那边的农村还是比较贫穷的，农民们一辈子面朝黄土背朝天，有时候连温饱问题都解决不了，所以家长们都希望孩子走出去，"别回来"。

随着列车缓缓启动，我也开始了我的追梦之旅。年轻的我曾经心比天高，梦想着能闯出一片天地，创造一番事业。每当受到挫折时，我都会为自己找一个可以慰藉精神的制高点，俯瞰我的舞台高呼：天生我材必有用！靠着这股子劲，我在服役期间先后五次获嘉奖，三次被评为优秀士兵，并于1996年被择优推荐转为志愿兵（后套改为三级士官），算是靠自己的努力，走出了农村，了却了父母的心愿。

从部队退役后，我选择了留在海南工作。俗话说：父母在，不远游。年少离家时，心中只有梦想和远方，可谁曾料到这一离家就是三十多年。如今，父母都已因病过世，让我切身体会到了"子欲养而亲不待"。记得有一年，我回老家给哥哥看病，那时哥哥嫂子已搬出老屋，在村南租了个铺面做点小生意。我站在老家堂屋正中环顾四壁，这间给我留下幸福童年的老屋，我无数次梦回的快乐老家，墙壁已斑驳陆离，空荡荡的房间透着一股凄凉，恍若隔世。晚上，我一个人跑到父母坟前，万千感触涌上心头，边烧纸边哭成一个泪人。

如今，故乡虽然物是人非，但当我一个人静处时，常常会想起故乡的点点滴滴，总有一些零碎的记忆如影随形，挥之不去，比如一棵井边的垂柳，一树沁人心脾的枣花香，一锅热气腾腾的玉米粥，一个有着悦耳虫鸣的温馨秋夜……每当此时，心底便有一阵阵隐隐的痛。我明白，这痛，就是维系我根本的缕缕乡愁。

岁月虽逝，乡愁不老。不老的乡愁是一坛陈年老酒，浅尝一口就会醉人。想起中国台湾诗人舒兰的《乡色酒》：

> 三十年前
> 你从柳树梢头望我
> 我正年少
> 你圆
> 人也圆
>
> 三十年后
> 我从椰树梢头望你
> 你是一杯乡色酒
> 你满
> 乡愁也满

树高千尺，叶落归根。岁月在流逝，而乡愁永不老。

大理印记

◎ 谢建军

　　初见大理，竟然如此巧合。我们走进大理那天，刚好是 2016 年 11 月 22 日——大理白族自治州建州六十周年。大理历史悠久，是云南历史文化最早的发祥地之一；大理文化灿烂，以白族为代表的各族人民，形成了多姿多彩的独特民族文化。在这个美好的日子里，身临其境，感受这座古城的飞速发展、日新月异，所有的变化都已成为我们永久的回忆。

洱海璀璨之夜

　　洱海是白族人民的"母亲湖"，大理"风花雪月"之"月"的所在，被当地人亲切地称呼为"金月亮"。洱海属构造湖，湖水清澈见底，透明度高，如一面玉镜镶嵌在苍山之畔，湖形轮廓酷似人耳，浪大如海，因此得名。

　　来到洱海，乘船环游。站在船头，极目远眺，群山旖旎，碧波荡漾；走进船舱，坐在靠窗位置，慢慢品味白族"三道茶"。一位身着白族服饰的端庄女子笑盈盈地来到眼前，周到地斟茶，她头戴的那顶帽子非常有特色，弯弯的形状，如同照射在洱海上的一轮弯月。

　　月亮升起，洱海畔一片沸腾，川流不息的人群，只为来欣赏夜晚璀璨的烟花。我们站在大理洱海边，与激动的大理人民一样心潮澎湃。

初见大理，恰逢大理白族自治州建州六十周年！璀璨夺目的烟花照亮了整座城市夜空，欢悦的庆祝活动持续很久，那晚也是我有生以来目睹一场最精彩盛大的烟花晚会，热闹的场景令人难忘！

初见大理古城

晨起推开窗户，洱海还是白茫茫一片，住在洱海边，若能观洱海日出，那将更美。

信步走出房间，来到洱海畔，放眼望去，海的那头已显微光。岸边一位老渔夫正在忙碌，很快就见他解开船绳，朝洱海中心划去，几分钟后渔船越来越小……我们伫立岸边，等待太阳升起。十分钟左右，一轮红日从洱海天际跳了出来，慢慢升起，太阳的晨晖与小渔船刚好融合在一起，抓拍下那一刻精彩的瞬间，留下了美好的洱海影像。

早就想一睹大理古城风采，来到古墙边，天气出奇的明媚，盛开的鲜花点缀着古城外景。古城门正中央的"大理"二字是郭沫若手书，苍劲俊逸，在湛蓝的晴空映衬下，我们走进大理古城，领略不一样的风景。古城周长六千米，面积约四平方千米，城中是石板路，大街小巷纵横交错，呈典型的"棋盘"布局。清一色的青瓦建筑，墙壁是鹅卵石砌成，作坊、商店、民居并排相连，气质悠闲。

走进大理古城那天，有幸参观了正在举办的"创意设计大赛获奖作品展示活动"，一幅幅造型精美、古朴典雅的工艺美术作品呈现在我们眼前。参观的人群络绎不绝，大理古城以新的姿态迎接未来。

站在高高的古城墙上眺望，仿佛这里的天地山河皆有浓浓的深情，与人的内心丝丝相扣。在这片宁静风景中，每一位南来北往的游人，都会心怀美好，喜乐生活。

灵动的蝴蝶泉

小的时候在部队生活，曾经看过一部老电影《五朵金花》，那载歌载舞的画面一直在脑海里萦绕。多年后的深秋，我们来到了这部电影的拍摄地——蝴蝶泉，它位于大理苍山十九峰中的云弄峰东麓。走进蝴蝶泉公园，迎面就看到醒目的电影《五朵金花》的大型展画，看着彩画，耳畔响起插曲《蝴蝶泉边》的动人旋律……

蝴蝶泉公园处处绿树成荫，蝴蝶泉是古木林立中的一方清泉，池底铺青石，有一块几米高的大理石石碑，正面右侧是郭沫若手写的"蝴蝶泉"三个大字，背面是刻有"徐霞客游大理蝴蝶泉"的一段游记。泉清见底，一串串晶莹的水泡自泉底冒出。泉水源自苍山化雪，水质清冽，泉上有古老的合欢树横卧，每年春天，泉边的合欢树花香四溢，吸引着大大小小的蝴蝶飞来飞去，缤纷多彩。

旧历四月十五，被当地白族人民定为"蝴蝶日"，相传这一节日来源于一对为捍卫爱情而化身蝴蝶的年轻情侣。每年的这一天，蝴蝶翩飞，十分热闹。我们到来时是深秋，没有看到蝴蝶们翩翩齐飞的美丽场景，但走进蝴蝶馆和蝴蝶大世界后，却见到了许多千姿百态、色彩斑斓、保存完好的蝴蝶标本。在蝴蝶大世界里，蝴蝶们飞来飞去，令人仿佛步入了森林，回归了大自然。

美丽动人的传说，寄托着人们对美好生活的向往。现实中的蝴蝶泉的确是灵动的，公园里随处可见一对对年轻的夫妻带着孩子来游玩，年长的夫妻相依相偎坐在石凳上休憩。蝴蝶泉一如往日清新动人，见证并祝福生活在这里的代代白族儿女。

　　面对苍山，站在清澈见底的泉畔，目睹一群群鱼儿们自由地在水下游来游去，静心呼吸清新的空气，天地人间，身心合一。勤劳勇敢的人们守护着这方山水，让泉水叮咚声唱得更悦耳动听！

甜蜜的初恋

◎ 张岩松

　　光阴荏苒，日月如梭。三十八年前的 1986 年 4 月 20 日，是我和妻子，经媒人介绍，相约第一次见面的日子。当时，我在上大三。约会地点定在了她的村庄孙埠东拔管厂的西侧，通往我们上埠东村的一条南北路上。那时她二十二岁，容貌俊俏，皮肤白皙，身材匀称，亭亭玉立，尤其是她的一双大眼睛，含情脉脉，炯炯有神，透露着青春美和质朴美，让我立刻联想到了歌曲《你的眼神》中的歌词，"像一阵细雨洒落我心底，那感觉如此神秘"。和她对视，感觉有一股暖意撞击着我的心扉，有一股暖流迅速地流过我的心间，感到暖暖的。总之，初次相见，她让我眼前一亮，像含苞待放的花骨朵，又像一道亮丽的风景线，让我一见钟情。

　　初次见面，感觉挺聊得来，因此我在回家的路上感到很兴奋，有些春心荡漾，感觉当时的天空好像格外高远，空气也好像格外香甜。在家等媒人回信的那段时间里，我有些躁动不安，急不可耐。为此，我写了一首诗，以抒发当时急切的心情，诗的内容是这样的：

　　　　等　　待

　　　　就像已平整的土地

等待清脆的楼铃

我在等待她的回信

就像久旱的土地

久盼甘霖的浇注

我久渴的心田久盼

她的清雨来滋润

就像种子需要适宜的温度

以冲破大地的封锁

我需要她的柔情激励

去攻克知识的堡垒

就像幼芽期待春风的吹拂

长出苗壮的茎叶

我期待通过心灵的交流

使我在生活的海洋里扬起风帆

就像果实期望秋风

踏着欢快的脚步来收获

我希望她带着微笑

将我的一串痴情提走

（写于 1986 年 4 月 23 日）

　　谢天谢地，初见之后她愿意继续交往。我当时在泰安师专上学，她在家务农，天各一方，不能时常见面。因那时还没有手机，

只能通过书信往来，互诉衷肠。另外，那时我还写了不少诗句，
用来记录自己的思念之情，现摘抄其中的三首如下：

发　热

理智的摩擦力
一时刹不住思念的惯性
于是思维的车轮发了热

（写于 1986 年 11 月 8 日）

思　念

将炽热的思念
加以冷却、浓缩
变成感情的存折
储藏在青春的仓库里
取其利息
作为学习的动力

（写于 1986 年 12 月 21 日）

到　了

时间的车轮
载着沉甸甸的思念
"4·29"号车厢
即将从日历的挂图上驶过
我将捏着的一串长长的日子
摔得粉碎

到了

五一假期终于到了

（写于 1987 年 4 月 29 日）

通过一年多的书信往来，我们彼此加深了了解，也增进了感情。当时我为了见她，想方设法创造接触机会，可以说是煞费苦心，使出了浑身解数。

1986 年，我家养的一只母猫生了几只小猫崽，还没等小猫满月，我就迫不及待地抱了一只给她送去。送猫只是一种借口，真正的目的是去见她。在路上，还在哺乳期的小猫喵喵地叫唤，让我心生怜爱。但是，没有办法，为了见她一面，只能让小猫受苦了。现在想来，不免有些愧疚。

1986 年冬的某一天，听说她的村里要放电影，为了见她，我老早就去了。到地方时天刚擦黑，人已来了不少。事先没有通知她，到了现场感觉找她不是很容易。我琢磨了半天，想出了一个好主意，就是穿过人群，走到放电影的机子跟前，让放映员用喇叭广播一下，让她出来，在指定的地点等我。结果，说来也巧，等我拨开人群，刚向里走了没几步，就发现她正从里面向我走来，我喜出望外。于是，约会得以顺利实现。现在想起来真有些后怕，若当时真在喇叭上广播了，那可要丢人丢大了。

为了能和她多见面，多接触，可以说我当时是调动了全部的热情，付出了所有的能量。

1987 年，我曾多次约她来泰安游玩，一块儿到电影院看电影、一起逛岱庙、一起爬泰山。在泰山西路，去过天外村，去过黑龙潭，走过大众桥、长寿桥，也到过扇子崖，等等，泰山西路很多景点都留下了我们的足迹。

印象最深刻的，还是从泰山东路爬泰山的那一次。1987 年五一期间，我从上埠东村骑自行车，先到三里之外的孙埠东村去接她，然后用自行车带着她，骑行三十公里来到泰山脚下。我们徒步爬到泰山极顶，再徒步走下来，然后骑着自行车把她带回家，再自己骑车回上埠东老家，当时感觉有使不完的力气。

　　登完泰山之后，我特意为她写了一首情诗，以抒发心中的爱恋。

渴　望

你那含情脉脉的眼睛
就像美丽的西子湖一样
荡漾着那么多深深的柔情
暗暗送我一个秋波
我那爱的琴弦便被轻轻撩拨

你那妩媚的笑靥
像刚刚绽放的牡丹花朵
总是激起我爱的情波
使我陷入深深的思索

你那窈窕的身段
柔美的线条
娉婷的步履
总是牵动我爱的目光
空中流淌着一条爱的脉波

我渴望

像清晨的探海石渴望着大海

捧出她那颗炙热的心——太阳

用她那滚烫的嘴唇

给我一个热烈的吻

（写于 1987 年 5 月 3 日）

随着见面机会的增多，相处时间的变长，我们的感情越来越深厚，于 1988 年农历四月初六举行了婚礼。初恋虽然已经过去了三十八年的时间，但是每每想起，感觉总是那样美好。

初恋，就像一杯清茶，那份清新的感觉让人回味无穷。

初恋，就像一股暖流，温暖了整个身心，让我无法自拔。

初恋，是人生绽放的第一朵鲜花，生机勃勃，馥郁芬芳。

初恋，似甘甜的雨露，滋润了我那久渴的心田。

初恋，就像打开了水库的闸门，使爱的洪流一泻千里。

初恋，就像是推倒了第一张骨牌，引起了爱的多米诺骨牌效应，使我一发而不可收。

初恋，如露珠般纯真无瑕，让人目不暇接，赏心悦目。

初恋，如蕴含诗情画意的画作，让人浮想联翩，心动不已。

初恋，有春天般的微风沐浴。

初恋，有夏日般的热情洋溢。

初恋，是我内心深处最美的风景。

初恋，让我有了"一旦拥有了她，便拥有了全世界"的错觉。

如今，我们将要步入花甲之年，然而每每想起当年，都会心潮澎湃，仿佛又回到了那段青涩的年代，使我久久不能平静。我将始终把那份美好珍藏在我的灵魂深处，让它与我相伴一生。

一朝入伍，一生姓军

◎ 李　舸

> 江山如画，红旗飘扬；长城巍峨，军歌嘹亮。
> 九十七年前，人民军队诞生于南昌起义的第一声枪响。
> 从此，血染的军旗漫卷中华大地，滚滚的铁流纵横华夏
> 四方。新时代的人民军队，将不忘初心，牢记使命，砥
> 砺前行。

——题记

　　子在川上曰："逝者如斯夫，不舍昼夜。"时间真是不禁过啊，屈指算来，我从武警嘉兴市支队副政治委员岗位上转业也已经十二年了。在这十二年里，我记不清多少次梦回军营，多少次在梦里重披橄榄绿、再返练兵场。

　　我是1989年3月从嘉兴市毛纺织总厂（现为浙江兰宝毛纺集团有限公司）入伍，在武警部队工作生活了二十一个年头。部队紧张严肃的生活虽然已随岁月远去，但是，战友们的音容笑貌却时常浮现脑海，经过部队大熔炉锤炼的刚毅的性格深深烙印在我的身上。即使岁月流逝，也难以磨灭。

　　转业到地方工作以后，我听到最多的话就是："你们看李舸，站如松、坐如钟、走起路来脚下生风，一看就是军人出身。"

听到同事和朋友们这样的评价，我心里美滋滋的。这从一个侧面反映出二十一年的军旅生活经历，在我身上得到了充分的展示，更是我打心眼儿里爱军营的真实体现。但我觉得这还只是形式上的、比较低端的反映。军人的气质更重要的是体现在内涵上，展现在工作中。我军历来以敢打敢拼闻名于世，过去我们钢少气多，现在钢多了，气要更多，骨头要更硬，就是生活中要敢于做鲁迅笔下的"中国的脊梁"，工作中敢做"拼命三郎"。

我现在还清楚地记得，2012—2014年是嘉兴市"五水共治"工作最艰难的三年，秀洲区的"五水共治"工作也不例外。我被借调到区"五水共治"办公室任副主任，深感肩负的责任重大。为了摸清全区河流污染的真实情况，我带领治水办有关同志，连续奋战一个多月，跑遍了五镇两街道的所有河道，针对每条河道的污染情况，制订出"一河一策"的整治方案。在此基础上，排出整治项目，以项目化推进污染河道的整治工作，并制定下发《秀洲区"五水共治"三年行动实施意见》，共排定能落实的项目八十三个，得到了区委、区政府的充分肯定，我个人也被表彰为年度"五水共治"先进个人。同事们都说，李舸做事还是部队的作风，说干就干，雷厉风行，真是退役不褪色，军人的血性和刚毅的性格没有变。可我觉得这些都是我应该做的。

正如2014年10月31日，习近平总书记在古田全军政治工作会议上指出的，努力培养有灵魂、有本事、有血性、有品德的新一代革命军人。有灵魂就是要信念坚定、听党指挥；有本事就是要素质过硬、能打胜仗；有血性就是要英勇顽强、不怕牺牲；有品德就是要情趣高尚、品行端正。我个人认为，这个"四有"的要求不仅适用于现役军人，同样适用于退役军人，而且，对每一个中国公民同样是适用的。这个"四有"的要求，完全可以作为我们每一个人的修身之本、立命之基。

时代楷模、"共和国勋章"获得者、老英雄张富清老人，用自己的实际行动诠释了什么是"一朝入伍，一生姓军"，他在战争年代是战斗英雄，在和平时期是生活的强者。张富清老人八十八岁的时候左膝盖脓肿，经多方医治不见好转，最后只得截肢。虽然情绪低落，但他还不忘自嘲地说："战争年代腿都没掉，没想到和平时期掉了。"手术后，家人都以为他会一直坐轮椅了，但他很少用，而是装上义肢、拄着支架练习走路，至今家里墙壁上还有他不慎摔倒时留下的血迹。经过近一年的锻炼，他居然能拄着支架打扫卫生、买菜了。这是何等有灵魂、有血性的老人啊！

现实生活中，我看到过也听到过一些年轻人，不思进取、贪图安逸，手机要用最新款的，衣服要穿名牌的，不知廉耻地成为"啃老族"，还美其名曰：这是我的佛系生活（亦称佛系人生）。说老实话，我对"佛系"这个词没有什么好感，表面上看好像是与世无争、不争不抢、不求输赢，实质上是为自己不奋勇拼搏、不努力奋斗、不上心进取找借口而已。与新时代年轻人朝气蓬勃、积极向上、砥砺前行的品质格格不入。

轻松地活着谁不向往，谁又愿意吃苦受累。但我觉得生活中的努力进取，就和足球比赛中的进攻是一样的，因为进攻才是最好的防守。生活中如果不"进攻"，对方迟早会"进球"，而且可能输得很惨。所以说，幸福都是奋斗出来的，一定要撸起袖子加油干！

前些年，流行这样一句话："当兵后悔两年，不当兵后悔一辈子。"我对这句话的理解是这样的：十八九岁的年轻人初到部队，对部队严格的管理、严明的纪律、严酷的训练，肯定是不太适应的，对少数生活自理能力弱的人来说，就更加难以适应了，所以会产生后悔来当兵的念头。但是，对绝大部分的人来说，度过这个适应期就好了，就会爱上部队这个火热的集体。后半句既可能是有当兵经历的人有感而发的，亦有可能是没有过从军经历的人的感叹。当过兵的人说出这句话，是一种庆幸、是一种感恩；没有当兵经历的人说出这句话，是一种羡慕、一种惋惜、一种后悔。但不管是什么心理，都证明了一个事实，那就是当兵的经历是人生的一大宝贵财富，取之不尽，用之不竭。正是如此，才会有"不当兵后悔一辈子"一说。

我从军二十一载，从来没有过后悔之意，总是觉得当兵还没有当够。2010年组织上决定让我转业，我的内心是满满的不舍和留恋。我从一个青涩的青年，成为一名光荣的共产党员，又成长为一名团职干部，这一切都是部队教育和培养的。我打心眼儿里感谢、感恩部队，说没有部队就没有我今天的一切一点也不过分。

正像《当兵的历史》这首歌中唱的那样："生命里有了当兵的历史，一辈子也不会后悔。"我要继续把有灵魂、有本事、有血性、有品德的军人品质发扬光大，永远传承下去，并努力在日常生活工作中展示出来。

春风伴酒猪脸香

◎ 陈　炜

　　人到中年，怀旧如常，每到初春，记忆里的乡村随着岁月的流淌越发清晰，童年的春日，板土地湿咸的海风带着蒸猪头的鲜香再次出现在梦境里，于是口水湿了枕巾……

　　或许是久居城市的钢铁森林，人们在闲暇之余总想逃离，于是春日里，菜花黄，三五老友伴着和风，嗅着花香，一路向东，奔海而去，努力找寻梦里童年的那一抹鲜香……

　　小镇的街头一排排猪脸整齐排列，看得尔等心花怒放，寻得一处，点餐完毕，准备大快朵颐……

　　咸猪头的黄金搭档当属"大麦冲子"（老家一种特产白酒的俗名），淌酒过程是为三斛，头斛香烈但焦煳味亦浓，经年累月方得上品；二斛不偏不倚，中规中矩；三斛淡雅，然善饮者不太过瘾，吾等通常取中，物美价廉，性价比甚高，若是喝得头斛酒，您就偷着乐吧！

　　呷上一口经年的头斛酒，由口入喉，一股醇厚的浓香冲击着味蕾，似乎从七窍中奔涌而出，却又似一团烈焰从天而降，直达丹田。为了中和这股香烈，往往再就上一筷子猪脸肉，肉香伴着酒香幻化出的香艳令人陶醉，回想起来人生之大美不过如此！

　　而今饭店的咸猪头往往以蒸制为主，撒上蒜末，与儿时的记忆相比似乎缺了点味道。20 世纪 90 年代，板土地的咸猪头名气尚不如今，还是以家庭制作为主，也是在菜花飘香的季节，妈妈将咸猪头泡发焯水去除咸气，切成条块，倒上菜籽油和着自家种的春韭一起炒制，那股香味至今记忆犹新。后来读书、就业，举家搬迁至城市，妈妈老了，再也不腌制猪头了，自家种的韭菜也无从所得，那股鲜香也只能留在记忆里了……

时过境迁，吃惯了珍馐佳肴的人们又回头好了这口，于是老家的咸猪头一时声名鹊起，居然成了瓢城的特产，工业化大批地制作，味道已大不如前，但是在某音、某东、某宝皆可见其踪影，平心而论，这玩意儿虽是美味但确实难登大雅之堂，并且离健康美食相去甚远，然而在瓢城海里（滨海地区的俗称）人的餐桌上却是常见，也许，这是曾经的板土人春暖花开之时记忆深处最柔软的牵挂吧。

老沈的豆腐干

◎ 陈　炜

　　老沈的主业严格地说不是做豆干的，认识老沈亦纯属偶然，这里要说一个人——炜哥，因其与我师出同门年龄相仿，故而彼此间较常人自然亲近一些。

　　炜哥与我一样任教地理，为人仗义豪爽，自带一丝江湖气息，和秋业先生一样，亦是妥妥"正黄旗瓢城根儿人"，哪里有好吃好玩之处，其精得很。

　　彼时学校前门东侧有家浴室，因为靠近咱这重点中学，所以名儿沾些书卷气，曰"状元红"，与学校门楼相伴，倒也相得益彰，其时与炜哥等人课余之时时常惠顾，蒸皮烫肉，去垢解乏。

　　老浴室分为上下两层，上层大浴池，下层休息大厅，中墙悬挂一大彩电，内里装修多为红色木质结构，颇有些民国风格。那时我等沐浴完毕至休息大厅，一股香卤味儿沁入心脾，令人口舌生津，伴随着卤香味必然会有一亮晃晃的大脑门映入眼帘，还未等你反应过来，嗖地一下，热毛巾飞将过来，一只宽而有力的手掌迅速按住毛巾在后背摩挲，通体的舒坦伴随着氤氲的热气从毛孔中弥漫开来，此时炜哥往往和老沈以老瓢城人特有的谦卑与热情相互招呼，大爷往往接过炜哥的烟卷并不着急点上，而是娴熟而自然地夹到了耳朵上，因为大爷嘴里还叼着一根呢！我这"镶黄旗瓢城人"对他们的这种热情自是不太明白，我对吧台上的电饭锅比较感兴趣，因为卤味的源头就在那里。大爷似乎已经看到我极力掩饰地咽口水了，"二位老师弄个干子吃吃？"其实有时洗澡倒不是主要的，工作之余寻一近处躺着歇歇，看看电视并且吃份卤豆干倒更是一份享受。

说起沈大爷，毫不夸张地讲瓢城有名的几位跑堂爷们儿中他做的豆腐干是一绝，青花的小碗里盛满虾糠与高汤精心熬煮的卤汁，里面静静地平躺着五六块油炸蓬松的豆干，上面压着一颗卤鸡蛋，豆干的空隙中吸满了鲜美的汤汁，一撮翠绿的小葱恰到好处地点缀其间。我嗜辣，有时我的这份还会多加点老东门的红辣椒酱，咬上一口，鲜美的汁水伴随着特有的嚼劲迅速在嘴里弥散开来，要是晚上再偶遇秋业等几位爷，还会抿上一小口，别提多得劲儿了！

时光荏苒，城市建设日新月异，昔日的老浴室几易其主，最终湮没于尘烟之中，老沈也不知去哪高就了，那股令人神往的鲜美味道也只能在记忆中出现了。时光总是不紧不慢地走着，我等也逐渐步入中年，有时想起老浴室自然也唏嘘一番，其实我哪是怀念老浴室啊，而是想着老沈做的豆干儿呢。

前些日子，我闲来无事刷抖音，一个熟悉的大亮脑门闪了出来，哇！这不老沈吗？原来南城新开了家浴室，抖音广告上，老沈和他的豆干赫然在目，隔着屏幕似乎又闻到了那股鲜美的味道！于是迅速跑至隔壁办公室拉上炜哥驾车飞驰前往……

新开的浴室清爽典雅，亮堂堂的大厅，一进门老沈一下子就认出我俩："咦，多少年没见到两位老师了，你们还跑这么远来洗澡啊，哈哈！""沈大爷，我俩循着您老豆干的香味就跑来了。""大爷，不抽了，都戒了。""哈哈，戒了好！戒了好！还是老几样？"依然如常，老人麻利地挑上几块豆干，压上卤蛋，一人一碗，只不过青花小碗变成了不锈钢碗。

咽着口水，我俩端起尝了一口，你看看我，我又看看你，一如既往的鲜香，却又好像少了些什么……回来的车上："邵哥，今天这豆干味儿好像不对，又说不上哪不对。"我朝老炜看看，笑了，其实我知道，味道依旧，只是我们怀念的是过去的味道，是刻着那个时光的味道，时光已经过去了，味道自然也就变了……

难忘"进淄赶烤"

◎ 陈　炜

　　暑期一直忙忙碌碌，直到今晚才静下心来，回望6月，生怕记忆深处的那一抹鲜香会随着岁月的流淌渐行渐远，于是，便有了下面的文字……

——题记

　　6月，高考结束，顿觉放松，八位老友、两台汽车，起早从瓢城一路向北，过海州，越日照，奔驰于齐鲁大地，穿行于沂蒙山区，伴随着《沂蒙山小调》优美动听的旋律，几位老饕谈笑风生，胡吹海侃，潍坊青州、临沂莒南一路辗转腾挪，九转大肠、临沂炒鸡、糖醋鲤鱼、葱烧海参、油焖大虾……但凡出点名的鲁菜统统尝了个遍，但是大家心心念念的还是那火出圈的淄博烧烤，于是秋业先生给咱们团队起名"进淄赶烤"团，这在6月倒也应景。

　　次日，我们便来到了淄博，一下车，初夏空气中满溢的热浪混合着孜然特有的香味儿扑面而来，吸进了鼻孔，沁入了心脾，幻化出了一股令人兴奋的热情。下午四点，张店区张周牧羊村烧烤总店（三十年老店、最有代表性的网红地）已然是人山人海。坐着的一团团，排队的一条条，虽然人很多，但特别礼让、有序，订座、排队、编号……排队路上（估计有一里地长的队伍）的当口便拿着号单用笔勾选点餐。几位兄长拍照、和当地人聊天，我和方圆相对年轻一点，哥俩轮着排，不大工夫，满满一桌各式荤素菜点便呈现于眼前。

乍看食材较之于徐州的烧烤没什么太过特别的地方，唯一具有地域特色的就是那一张张白色的椭圆面饼（类似徐州的烙馍）和一根根翠绿的葱段，似有一清二白之意。学着网上的吃法，仪式感拉满，拿起一张面皮对折再对折，便成了一个直角饼，在两个直角边先蘸上酱料，再加上干料（估计是花生碎、芝麻碎以及孜然等），展开后面饼上便有了一个"十"字形的料痕，此时，一手取上两串羊肉和一串脆骨，加上一根葱段，另一手拿着面饼裹上去，顺手捋出钎儿，美味便成了掌中宝了。咬上一口，汁水充盈、鲜香四溢，面皮筋道弹牙、麦香可人，里酥外嫩，再加上鲁地原生态的葱香解腻，片刻之间便体会了淄博烧烤的与众不同。

印象颇深的是羊蛋，中间劈开，插上钢钎，撒上秘制佐料，在小火炉上烤得吱吱作响。我认为此乃腥膻之物，本能上有些许排斥，倘若在瓢城我是断不会食的，但既然来了，又经不住几位老友的好言相劝（年轻人凡事要听人劝，兄长不会把苦给你吃），微闭着眼先是浅尝了一口，一股如奶油般的丝滑鲜甜迸发了出来，冲击着味蕾，加之特别沁润的口感，不仅腥膻之气全无，而且鲜香四溢，正所谓入口即化，惊叹于如此下水居然能做出如斯美味，感喟于齐鲁美食文化的博大精深。

美食还需美酒加持，烧烤的最佳搭档就是啤酒了，盛满冷藏青岛鲜啤的大桶桌旁侧立，泛着酒花的鲜啤杯杯斟满，大家端起酒杯齐喝一声"耶！"吹起一池酒花，伴着浓郁的麦香，一饮而尽！正所谓入口柔、一线喉，甘洌清甜的美酒如醍醐灌顶，直达心田，然后一股凉气自丹田直冲云顶，从七窍通散，顿时驱散了初夏的燥热，也驱散了压力与烦恼，当下便成了快乐的时光！

　　回瓢城后我带着些许疑问查阅了一些典籍，淄博烧烤古已有之，其固然美味，然而于健康饮食而言相去甚远，为什么在今年却有那么多人慕名而来？其实，我觉得小小的烧烤传递的是互助友爱的人间真情，人们品尝的是烧烤，感悟的却是人间的烟火气。短短三天的旅行，深切地感受到"齐鲁大地，好客山东"真的不是一句口号，山东人的豪爽正直、实诚厚道无时无刻不在感动着我们，也许是经年儒学文化濡染的结果吧，于是，心里想着何日再续齐鲁情呢？期待着。

拾秋的母亲

◎ 清　泉

　　一缕萧瑟的凉风揭开了秋的盖头，一株枯萎的小草描摹了秋的容颜，一枚飘零的落叶拉开了秋的序幕，一棵火红的枫树点亮了秋的舞台，那最后一只凄切的寒蝉也声嘶力竭，化作了秋的吹哨人。果园、稻田、菜畦、原野、山坡、河边在秋实的感化、召唤下竞相铺金展黄、挂橙坠红、摇紫摆灰、携青带绿而来，郑重庄严地宣示——我的秋天我做主，我敬客。

　　置身秋日的怀抱，随便走一走，撩一撩，闻一闻，睹一睹，都能踩一脚秋色，沾一手秋韵，吻一嘴秋香，览一目秋光。这惹人、恼人的秋总能让你驻足举目，总能让你驰魂夺魄，总能让你心痴脾醉。瞧！秋日的蓝天是高远的，秋日的白云是明朗的，秋日的微风是爽心的，秋日的碧水是怡人的，秋日的阳光是杲杲的，秋日的星夜是寥廓的。哪怕是一方区区的玉露银霜，也能勾起你无限的遐想，激荡起思绪的浪涛。试问：在这样的境遇里，天下谁人不爱秋？

　　秋风尘仆仆地来了，怀揣着农民迫不及待的希冀来了，怀揣着母亲魂牵梦萦的心愿来了，怀揣着岁月日积月累的精华来了。与其说秋天是收获的季节，不如说秋天是母亲拾秋（所谓拾秋，就是农田里各种农作物收割完以后，人们提着蛇皮袋，持着镰刀、锄头等农具到田地里捡拾那些被遗留下来的谷物等。）的季节。一年四季，母亲最热衷、贪恋两个季节：一个是鸟语花香的春季，另一个则是盈车嘉穗的秋季。如若让母亲在春天和秋天这两个季节当中做出一个选择，母亲会毫不犹豫地选择五谷丰登、瓜果飘香的秋。因为秋会给母亲带来许多拾秋的乐趣，这份乐趣是其他季节所不能赐予的。在最近三五年的印象中，拾秋越来越成了母亲生活中的头等大事，耽搁不得，轻视不得，草率不得。每一年秋天，母亲都将其视作岁月最为宝贵的恩惠，显得格外珍惜。也许，在母亲的思虑中，一年三百六十五天，只有秋天才能让她重温过去披星戴月在田间劳作的岁月，才能让她重新体验过去日出而作，日落而息的时光。

母亲喜欢秋，尤其喜欢秋天的果实。母亲喜欢果实里渗透着幸福，渗透着喜悦，渗透着苦尽甘来的味道。我无从知道母亲从何时起养成了对秋的这种情有独钟的喜好，但我十分清楚地知道，母亲的这种喜好体现在她早出晚归、乐此不疲的拾秋中。

秋如期而至了，母亲又可以在累累硕果的秋里大显身手了。整个秋天，母亲几乎都是处于身心疲惫状态的，为了拾秋，她可以起早贪黑；为了拾秋，她可以粗茶淡饭；为了拾秋，她可以精疲力竭；为了拾秋，她可以屈身于荒郊野外的住所（这里离镇区约1.5公里的路程，建有几排低矮、简易的瓦房，一户一院，每户两间，是镇上修给一些无房户或五保户的，母亲也找村支书留了两小间。瓦房的周围是大片农田，种植着各种农作物，这个住所给母亲拾秋带来了极大的方便，估计这也是当初母亲想方设法留下这两间低矮瓦房的原因。母亲在这里并不常住，只有每年庄稼秋收完毕的时候，她才会到此住上几日，像是亲戚串门一样）。

秋来了，母亲的牵挂也就与日俱增了。她每日里总惦记着东边一块田地里长有花生，西边的一块田地里长有玉米，北边的田地里长有山芋，南边的田地里长有高粱……母亲对身边田地的了解，丝毫不亚于一个针灸医生对患者浑身上下每一处穴位的了解。而这些精准的了解，都是母亲提前"踩好点"或是打听出来的。不得不说，母亲在这方面确实是个有心人。对于拾秋，母亲是望眼欲穿、翘首以待的。这种迫不及待的心情可以从她在暮夏时分就把拾秋的农具、工具准备妥当看出。接下来，就是母亲焦灸地等待着到那些被她惦记的农田里开拾的时间。母亲不在乎拾多少，在乎的是她有没有秋可以拾。对于母亲来说，只要有秋拾，她就是心满意足的，就是充实富裕的，这一年，她就没有虚度光阴；这一年，她就没有两手空空。

母亲捡拾完一块农田，就会步履蹒跚地赶往另一块农田。母亲是一位上了年岁的人，腿脚不是很灵便，动作不是很利索，腰板也不是很硬朗。我没有目睹过母亲到农田里拾秋的身影，我很困惑，母亲是怎样跨过那道道田埂的，母亲是怎样翻过那条条沟渠的，母亲又是怎样把装满口袋的农作物运回住所的。我想，为了拾秋，任何艰难险阻在年老体迈的母亲面前都会变得一马平川。在拾秋的忙碌里，母亲永远是田野间一名潇洒的健将，让人刮目相看。

每年的秋收季节，母亲都会打来电话，与我分享拾秋的快乐。

前几天，母亲打来电话。起初，我不明白母亲打这个电话的真实目的是什么，但在随后的谈话中，我渐渐地明白，母亲是在向我汇报最近一阶段她拾秋的成果，诸如拾了多少花生，多少山芋，多少玉米，多少大豆和多少高粱……汇报成果的同时，她还对今年的拾秋与去年的拾秋进行对比，或是玉米比去年少拾了，或是大豆比去年多拾了，或是高粱、花生和去年拾得差不多……

在与母亲的通话中，她自始至终都洋溢着难以抑制的激动。电话的那一端，母亲不紧不慢地说着，而在电话另一端的我则不声不响地听着。

虽然母亲没有与我视频通话，看不到她的神态和表情，但我料想母亲苍老的容颜必定与峥嵘的岁月一样是舒展的。母亲总能在秋天里捡拾到乐趣，品尝到生活的纯真。

家乡小城镇建设，使得母亲告别了她相依相伴多年的农田。如今家乡的小城镇建设已度过了十三个春秋，可是母亲依然没有忘记从劳动中收获快乐的岁月。在我的印象里，母亲就是为农田而生的，她离不开散发着泥土芬芳的农田。

每年的秋天是母亲拾秋的季节，也成了我担心的季节。对于母亲拾秋，我的心里是矛盾的。我想着母亲多活动一下筋骨，多锻炼一下身体，可又极度担心母亲在拾秋的过程中发生意想不到的状况。因此，我只能隔三岔五地打电话问询一下母亲，千叮咛，万嘱咐，让她小心再小心，或者别再劳作了。

然而，喜欢拾秋的母亲，依然乐此不疲。我觉得，母亲拾起的是厚重的岁月，更是勤俭的日子。

婆婆的三寸金莲

◎ 王素荣

那日收拾书柜，从书里掉出一张相片。拿起一看，一张熟悉的面孔映入我的眼帘：一头齐耳的短发是那般乌黑，和蔼的面容仍那么亲和，慈祥的眼神永远透着善意，音容笑貌恍如昨日，是我已经逝去近五年的婆婆的照片。

经历了和亲人离别的痛，知生老病死乃人间常情，我早已从离愁别绪中走了出来，但是和婆婆相处的片段却深深刻在了脑海，就像这张照片，就像婆婆的三寸金莲，都会在不经意中被翻出来……

刚结婚时，初为人媳，对什么事都还没有经见过，只记得父母反复教给我的一句话"结了婚，对待公婆一定要孝顺，做父母的很不容易"。在儿媳对公婆的称呼一般都是"他爷爷""他奶奶"的北方农村老家，我一进门，都是"爸""妈"地喊个不停，在我心里没觉得他们跟自己的爸妈有什么不一样，只是又多了一对爱自己的爸爸妈妈，孝敬爸妈是天经地义的事。听着我一声声地叫着爸妈，老两口儿高兴得合不拢嘴。我是他们老刘家最小的四儿子的媳妇，是他们做了一辈子农民，没怎么操心就娶进门的，有文化、有工作，家庭条件挺好的媳妇，他们打心眼儿里高兴和自豪。

我们结婚后第一次回老家探亲，哥哥姐姐们都从各个地方赶回家聚会。院门外那棵大树上一下叽叽喳喳飞来六只喜鹊，在树枝上欢呼雀跃，好不热闹。俩老人正好是四儿两女，一家人连连说好兆头好兆头，人丁兴旺，家门洪福。

爱人是老生子，我们结婚时公婆已经近七十高龄，大姐二姐都当了奶奶和姥姥，婆婆公公早已是四世同堂的祖祖，最大的重外孙都已经十几岁。我由一个原本爱玩爱闹的姑娘，到了婆家一下子升级为一群小朋友围着叫"舅奶奶"的长辈，自己心里都觉得好笑得很。

在这一大家里，公公自然是一家之主，不善多言，却挺有主心骨，脾气比较硬朗，说啥就是啥。婆婆性格随和，这些儿媳女婿都把她当宝，对老人特别尊敬。关键是婆婆是典型的三寸金莲，三四岁就被裹了脚。

我初次见到婆婆的时候，她面善慈爱，个子不是很高，啥时候都微笑着，小眼眯成一条缝。齐耳短发梳得一丝不苟，整整齐齐地别到耳朵后面，头上戴着一顶高高的白色的帽子。衣服穿得整整齐齐，虽然旧但是干净利索。特殊的大裆裤裤腿打折掖了回来，被绑带从小脚腕向上到小腿肚一直裹得紧紧的。到现在看的话，那就是时尚的灯笼裤。最典型的是那双三寸金莲，鞋也就是三寸多一点，纯手工打造，鞋底是一针一线纳制而成，鞋尖尖尖的，确实只能塞一个大拇指头，后跟也是特别小，顶多三指宽。若不知道中国古代女性裹脚的习俗，光这双鞋的精致程度不亚于一件精美的工艺品。婆婆神奇般地把自己的脚放到这双鞋里，脚面鼓起来高高的，就像唱戏的里面穿的云靴，却还能自如地行走，只不过是小碎步。咱们一般人走一步，她这双三寸金莲得走两三步，还得颠颠地不能停，否则就重心不稳。但婆婆就是颠着这双小脚，颠颠地生了这么多孩子，颠颠地给孩子们做饭，喂猪，喂羊，喂鸡。为了给孩子们弄口粮，还颠颠地跟着老公公下地干农活。她干农活不能站，也不能蹲，只能跪着一步步地往前爬。就这样还种油麦，种大豆，种胡麻，种土豆，种黑豆，种扁豆……北方的地广种薄收，俩老人辛辛苦苦种六七十亩地却得不到一两千块钱的收成。我一想到这儿，就为当年的俩老人心疼，尤其是为这个行动不便却不怕吃苦受累在地里爬来爬去给孩子们种口粮的婆婆心疼。她出生在地主人家，没有享受过一天的福，却因为被裹脚受了一辈子的罪和累。但她常说，别的裹了脚的女人一般都下不了地，我就不怕，只要是能让孩子们吃饱，能帮孩子们点忙，我就是每天跪地里干活，也不怕。她这话说得是那么轻松却又那么坚定，我听到这些话的时候，心里是说不出的难受和感动。

　　老人有心，但确实没能力。供了那么多孩儿，又借钱供孩子们上学，还有外债，所以我结婚的时候，家里基本都是娘家给置办的。那时时兴的三金什么的，说彩礼的时候也要了，但婆婆家确实没有，说日后买吧。日后，我们自己工作挣钱养家了，看着老两口儿越来越老的样子也就只有孝顺，彩礼的事也就成了故事。我们经常叮嘱老两口儿，我们都已成家了，就不用种那么多地了，只要把自己身体保养好就行。我们做儿女的会把自己的日子过好，让他们放心。

　　我们在我父母的帮助下，小家一天天兴盛起来。转眼儿子出生了，也是姥姥姥爷看着。我们夫妻因为是双职工，所以在厂生活区小院分得了一间房自带一处院子，居住环境也好点了。老公公早就说过，这一帮儿女你妈给每家每户都看大了孙子外孙，你们是最后一个了，需要看的时候，把你妈接去，老是老了，也能帮忙照看一下。我们也想让老人跟我们住一段时间，享享福，毕竟我们上班有工资，日常生活还是不错的，比村里强多了。老公公走不开还得照看家里，于是借着看孙子的理由，在儿子六个月的时候，我们将三寸金莲的婆婆从雁北农村老家接到了原平。

小脚奶奶看孙子确实不是一件容易的事儿，我就将六个月的儿子放学步车里。六个月的孩子腿还不够长，放学步车脚够不着地，但是这小家伙先天继承了我们体育好的特性，在学步车里深一脚浅一脚地左右扭着小屁股居然能晃着学步车在家里自由活动。我也有哺乳期喂奶的时间，为了防止小脚奶奶抱着孙子不稳摔倒出意外，所以除了母乳喂养和睡觉，其余时间孩子基本在学步车里度过。小脚奶奶最喜欢看她孙子晃着学步车满地哗啦哗啦地四处走。这小孙子天生就好动，我们上班走后，他开着学步车一刻也不消停，围着家里的家具，把低矮家具上的那个圆圆的柜门把手一个个都拧下来当玩具玩，这奶奶赶紧颤颤地挨个儿收拾起来等我们下班回来报告，说津儿（儿子的小名）把这个把手拧下来了，那个把手拧下来了。我们拧上去，走后又被小家伙开着学步车拧下来，乐此不疲。拧来拧去中，儿子已经从深一脚浅一脚过渡到了能自如蹬地开着学步车在家满地溜达了，过一俩月，最后松得都拧不上去了，哈哈，都没有把手的柜门成了我们家一道独特的风景线。

为了让婆婆住得舒心，我们在小院里给她找了两个老人陪她说话聊天。一个和她年龄相仿，是五台老人，也是七十来岁，话题经常能说到一块儿。一个比她小一点，是正宗雁北老乡，说话能听懂。没有了沟通障碍，出去找人聊天成了婆婆一件乐呵的事儿。回来经常跟我们讲一些趣事儿，心里也特别开心。我呢，想着老人一辈子辛苦不容易，在我能力范围内见过的好吃的都让她尝尝。一到街上看到比较稀罕的水果，就一篮子一篮子买回来给她尝。领她去裁缝店量身定做碎花花的半袖，特别合身，把里里外外的衣服都换了。住了一段时间，见了的人都说这老人越活越年轻了，简直大变了样。

我喜欢洗澡，就跟她说带她去洗澡。她说，一辈子没见过人，怕人笑话。我说，怕啥，有我呢。但她确实顾忌，死活不去。我知道她的心思，怕人看见她的小脚笑话，就跟她说，没事，现在还有几个人裹脚的，您这三寸金莲都成国宝级的了，稀罕还来不及呢，还笑话。正好，以后就不用裹裹脚布了，直接穿袜子就行。就这样动员了几次，反复做了思想工作，终于把这三寸金莲的婆婆说动跟我去洗澡了。

说归说，这可不是含糊的事，澡堂地面滑，正常人大脚丫子还容易滑倒，更别说这样的三寸金莲。先给婆婆脱衣服，七十多岁的老人第一次见外人，有点害羞。再给她解这些缠了她一辈子的裹脚布，一圈圈的足有几米长，终于露出那双被封建社会祸害了一辈子的三寸金莲了。那叫啥脚啊，脚趾全部严重变形，一根根地撩到脚面下，脚面也全部变形，整个就是严重畸形，当年裹脚把脚部的骨头都裹断了，在那个缺医少药的年代硬生生自己长好再到习惯。我都不忍多看几眼，这受了多大的罪和痛啊，就靠着这双严重变形的脚还养育了这么多儿女，还一心想着为儿女孙辈们出力，那一刻，我差点哭出来。赶紧扶着婆婆小心翼翼一步一步地挪到水龙头下面，细细地给她洗头，细细地给她擦身，搓泥，完了再给她打上香喷喷的浴液过一遍。我边洗边想，领婆婆来澡堂洗澡她老人家得有多大的勇气啊，一定得给她洗得干干净净的。我边洗边跟她说，从此以后啊，就是新生活的开始，什么封建社会祸害中国妇女的臭习俗，统统都过去了，现在已经到了新社会，小脚老人就应该过全新的生活，幸福的生活。

给婆婆洗好穿衣服时，我拿出早已准备好的袜子，说："妈，不要用裹脚布了，换上袜子吧，袜子舒服。"婆婆接过袜子一套，连说"还是袜子舒服，还是袜子舒服，快把裹脚布扔了吧"，说罢一把把那两条陪伴了她一辈子又长又有点味儿的裹脚布扔到了垃圾桶。

洗澡回来，我又给她理了发，整个人神清气爽，一下子精神得不得了。她颠着那双三寸金莲，嘴里一直念叨着："呀，没想到老也老了，还让四媳妇领上去洗了澡，还把裹了一辈子的裹脚布也去了，去就去了吧，一辈子了，以后就再也不用裹脚了。"就这句话，一直被她念叨了好几天。

打那以后，婆婆性格越来越开朗了，越来越开心了。我看孩儿的时候，她老人家就给我们手搓莜面鱼鱼，因为她小脚不能久站，早已习惯盘着腿手工搓鱼鱼，搓得又细又漂亮，再调一大盆土豆丝特别好吃。看着我们贵巴巴花几个钱买回的土豆，她经常感叹："呀，这土豆这么小，还这么贵，等我回老家了，再给你们种点土豆，长得大大的，你们回去取。"她每次看着家里地窖里的一堆大土豆舍不得卖，把其中一部分磨成土豆粉，就想着外面的儿女，你们快回来取点土豆，取点粉条粉丝。外面的土豆又贵又小，哪有咱们家的好啊。可是等着等着，土豆长芽了，儿女们远在外地也回不去。她又把芽拔了喂给羊吃，又念叨着："羊儿快吃土豆长大长肉肉，等孩子们回来吃羊肉。"她就这样，有口吃的就想着那一群孩儿，唯独没有她自己。

儿子会跑以后，小脚奶奶说啥也弄不住小孙子了，老家公公一个人待在家里没得可口的饭吃，早就想让老人回去，我们就把婆婆送回了老家。儿子四岁的时候，又接婆婆来住了一段时间，因为工作调动，我们从原平到了晋城，又把婆婆送回了老家。

我最大的心愿就是再带着婆婆在晋城跟我们生活一段时间。当年买楼房的时候，挑楼层，想着小脚的老人不会坐电梯，进出也不方便，硬是在高层区里挑了个一层，就想着接老人来晋城住住，还想着雇一个小区里的老太太专门陪她唠嗑聊天，她也特别想来。哪知老家的哥姐不放心八十大几的老人出远门，我们准备了好几次都没接成。直到2018年八十七岁的老人因病去世，这件事成了我们永远的遗憾。

给三寸金莲的婆婆当了二十一年的媳妇，因为工作地离家太远，和老人朝夕相处的时间加起来也不够两年。我们二十多年相处除了彼此记挂还是记挂，除了亲情还是亲情。每次打电话，她一接起电话，第一句话就是"素荣，是素荣吧"，在她心里，我是她喜欢的四媳妇。在我心里，她永远是慈爱的老妈。老人的慈爱善良深深刻在我的脑海里，她把爱都给了孩儿们，把四儿两女六大家子五十多口人像一根纽带一样扭到一块儿，家家和和睦睦孝老尊亲，我想，这是留给子孙后代最好的传承。

母亲和她的"特级助手"

◎ 王素荣

母亲是地地道道的农村妇女，见过母亲的人都说，母亲吃苦耐劳，里里外外都是一把好手。母亲笑笑说，应该归功于曾经跟随她左右的几个"特级助手"。

一说起曾经的"特级助手"，母亲就神采飞扬，说最得意的莫过于两个，一个是曾伴随她多年的小毛驴，一个是她现在不离左右的电动三轮车。并且一说起来话题就不由自主回到当年，陈年旧事、酸甜苦辣等，像一幕幕电影画面一样徐徐回放。

母亲出生在忻州市奇村镇上的书香人家。十九岁那年，母亲经一个亲戚介绍，认识了我的父亲。教书的姥爷一眼看中了高高瘦瘦、清清朗朗、一表人才的当工人的父亲。从此母亲成了一名一辈子跟泥土打交道的地地道道的农家妇女。用她的话说，当年懵懵懂懂的她，从一个忻州市数一数二的大镇下嫁到一个小山村的穷人家，就是她这辈子的命运。

穷，是现状，但不甘于贫穷，勇于同贫穷作斗争，是她对命运的挑战。母亲说刚结婚，两双筷子两个碗，加几件简单家具，就是家里全部家当。转眼，一年后生下我，还是姥姥带了一碗面走了十几里地送过来给坐的月子。父亲一个月二十几块工资，每月要上交一部分给爷爷奶奶供养弟弟妹妹。七七八八一划拉，轮到家里，所剩无几。为了生计，母亲就像一个男劳力一样累死累活地在队里干活，为的就是多挣点工分，给家里多分点口粮。

比起队里的其他社员，肯吃苦，又有点文化的母亲在大队里是一名佼佼者。劳动间隙，母亲常给社员们讲点故事逗逗乐，活跃一下气氛，和男女社员们都处得好，在队里有着不错的口碑。包产到户后，每家除了分点土地，原来给队里服务的骡马驴牛也通过抓阄的方式分到了各家各户。母亲很幸运抓了一头大骡子，但她一个女人家驾驭一头骡子有点困难。跟她一个生产队的另一位社员抓了一头小母驴，人家嫌小，她跟人家商量，拿她的大骡子换那头小母驴，那家当然愿意，立马成交。于是这头小母驴成了我们家的重要一员，更成了母亲引以为豪的"特级助手"。

让小毛驴当母亲助手再升级为"特级"，也不是件容易的事儿。母亲给小毛驴配制了鞍子、辔头，让做木匠的姨夫给她打造了一辆能驾辕的板车。训练小毛驴拉车真是费了劲，小毛驴小，不会驾辕，母亲一个女人家，也是第一次驾辕赶车，可没有什么事能把母亲难倒。她必须得学会赶车，也必须训练小毛驴学会拉车。这真的不是件容易事儿，但她相信自己一定能行，她的助手也一定能行。她先摸摸小毛驴脸，再摸摸小毛驴背，跟它交流："小伙计，听话啊，咱们要学会赶车，以后你就是我的助手，下地干活咱俩就是搭档了，一定要配合啊。"小毛驴睁着大大的眼睛一闪一闪，似乎听懂了主人的言语，表现出很配合的样子。

经懂行的村民指点，母亲先把车辕架起来，然后一手牵着毛驴，一手护着车辕，嘴里不停指挥她的搭档"嘚儿嘚儿嘚嘚儿——稍——，嘚儿嘚儿嘚嘚儿——稍——，嘚儿嘚儿嘚嘚儿——稍——"，小毛驴的屁股左调右调，母亲几番吆喝调整，终于把小毛驴吆喝到车辕里了。她赶紧把鞍子放驴背上，把辔头等搭挂好，固定好，小毛驴算是列队服役了。小毛驴一下子承受了这么多重量，还拉了个车，浑身不自在，根本适应不了，就在车辕里左扭右扭前蹦后尥蹶地来回折腾，可鞍子辔头等是固定它的工具，蹦跶半天，没什么希望，终于在母亲的指挥下，服服帖帖俯首称臣了。母亲一抖缰绳，大喊一声"驾——"，小毛驴就头一扬，四蹄发力，嘚嘚嘚嘚，嘚嘚嘚嘚，踢踢踏踏承担它的使命了。这头小母驴也特争气，不仅辛勤工作，第二年，还生了一头小小毛驴。大大的眼睛，毛茸茸的长鬃，健壮的体格。母亲和她的助手在路上走，小小毛驴跟在一边嘚嘚嘚嘚跑，偶尔还尥一个蹶子撒撒欢，母亲一脸笑容。母亲总是抽时间给它们割最鲜美的草喂，累并快乐着。

寒来暑往，春耕秋收，太阳升起又落下，小草泛绿又枯黄。母亲在她得力助手的帮助下，下种子、拉化肥、除草、秋收、拉秸秆……一趟趟、一车车，日月见证了她和小母驴的辛劳和默契，也见证了这对黄金搭档的收获和喜悦。小毛驴成了有经验的拉车好手，也成就了母亲赶车的好把式。

母亲辛苦劳作，助手不辱使命，把家里那几亩地收拾得齐齐整整，生机勃勃。全家粮有了，菜有了，瓜果有了，收入有了，父亲的工作也一天比一天好，一农一工、齐心协力，全家生活一天比一天好过，日子是芝麻开花节节高。母亲因为在村里表现突出，成了勤劳致富的带头人，被推荐成为忻州市劳动模范去市里参加表彰大会。父亲因为工作勤奋，又乐于助人，帮助乡邻解决不少需求而落得极好的口碑。家里的穷日子不仅翻了篇，而且成了众人羡慕的好人家。

随着农村机械化的推广，小毛驴这个"特级助手"功成隐退转给了更需要它的人家。母亲身边的助手与时俱进，电动自行车、摩托车等随她驰骋于乡里乡外。

父亲的去世，给家里带来了不小的变故。顶梁柱没了，母亲用她瘦弱的双肩艰难地挑起了大梁。电动三轮车又成了她的"特级助手"。电动三轮车发挥的作用更大，她开着它接送侄女上下学，从小学到初中。她开着它进城办事，拉着邻居们去赶集，拉着亲人们去参加各种红白喜事等。七十多岁的母亲俨然成了一个了不起的司机。最重要的是，勤劳的她开着她的电动三轮车就和当年赶毛驴车一样，每天风驰电掣早出晚归，辛勤奔波在那几亩地里。去田间，到地头，视那几亩地为她锻炼身体和调节身心的好场所。

岁月总不会亏待勤劳的人，母亲的艰辛付出再次得到回报：家里盖了新房，亮堂堂的，住着心里特别透亮，红漆漆的大铁门开着汽车都可以随便进出，她经常将她的三轮车精准地停到大门洞里的专属位置。

都说农村女人是一道美丽的风景，母亲用她的勤劳和善良照亮了我们生活的路。虽然生活很不容易，但她始终坚持着不屈不挠、乐观向上的精神，用自己的汗水和辛勤付出创造着美好生活。

随着母亲渐老，我担心她心有余而力不足，将来准备给买一部老年代步车，安全可靠些，再给她的助手升升级。视频连线时，母亲高兴地问："要不要驾照啊？七十多岁老人了，做活行，考试恐怕不行，还是我那电动三轮得劲。"

电动三轮车怎么也不会想到，它已经成了母亲生活中的左膀右臂，形同老铁，成了老母亲生命的一部分。

扇车、连枷和女人

◎ 王素荣

　　和母亲拉呱，聊起她当年挣工分的不易。母亲问我："还记不记得小时候晚上跟着妈妈在大队院里，妈打场，你在旁边草垛旁裹着大衣睡觉，妈干完活，一起跟着妈回家？"母亲的这番话立马勾起了我留存在心底的那段岁月，"没有忘记，怎么会忘记呢？"我赶紧附和着母亲。记忆中那些流年往事，像演电影一样，一个个镜头又展现在我的眼前。

　　镜头里，不仅有当年大队打场时一个个辛苦劳作、勤劳持家，为生活奔波劳碌的男人和女人，还有那记载着时代历史的老物件扇车、连枷的身影。

　　人民公社时期，村里按地片分为五个生产队。耕地、打犁、下种、栽种、除草、浇地、收割、打场、分粮等一年四季的工序根据各家的劳力出工记工分，最后根据各家的人口和劳力挣的工分分粮食。母亲为了能多挣工分，一个女人家，总是第一个出工，最后一个收工，生怕落在人后。虽说是给队里干活，但男女劳力都不会偷懒，齐想着在秋收时每家多分点粮食，心往一处想，劲往一处使。人多力量大，在队长的指挥下，效率也挺高。干活间隙，男女社员们还不忘逗个乐子，说个段子穷开心。大家善于七嘴八舌地给队长提建议，根据不同的土地种植不同的粮食，让粮食提高产量。种的农作物也杂，有小麦、玉米、高粱、谷子、糜子、棉花、红薯、土豆、花生，也有黄豆、黑豆、绿豆、红豆、芝麻、蓖麻等。

劳作一年，最高兴的莫过于秋收。这时候，场子里奏响各种各样辛苦劳作的交响曲，那是稻谷脱壳，弹响生活琴键发出噼噼啪啪的和弦，那是希望与期望亲吻的声音，那也是最乡土化的诗词歌赋，勤劳兑现着欣慰所发出的浓浓的土腥味儿，不仅浓郁，而且香醇。秋收时的每一首交响曲都充满了稻谷飘香的味道，充满了汗水的气味儿。占地几十亩的大队院里，中间是戏台，戏台里堆满了部分打好的怕淋雨的粮食，围着戏台的是各队收回来的各种农作物。玉米、高粱、谷子、糜子等都是连穗带秆收割回来立在各自的区域里，各种豆子也都是连根拔回来后放到各自的区域里。男人们架线、架灯把扇车支起来，把耙子、扫帚、簸箕、铁锹、斗、布袋等工具准备妥当。女人们拿着专用的掐刀把高粱穗、谷穗等一个个掐下来按类堆放。将高粱、谷子这些需要做种子的农作物摊开，再给队里喂的牲口骡子、毛驴背上装备上一套绳具，眼睛蒙上一圈布，身后牵着一个石头碾子，在男人的指引下满场地转，直到粒与穗分开。

女人们也武装了起来，一个个头上捂着各色头巾，每人扛着一把连枷，迈着豪迈的步子上场了，场上每一种需要拿连枷打的农作物都是这群捂着头巾女人的生活。秋天里，只有这时候她们的心情最舒畅，最有盼头，也最有力量。想想炕头的老人，满地跑的娃，以及和她们一样为穷日子早点翻身天天和土地打交道的男人，女人们就像一头头发了威的母狮，爆发着使不完的劲。她们分工合作，合理分配劳动力，俨然就是打场里的主角。女人们像一个个战士，又像一个个舞者，奋力挥舞着连枷，一弯一扬有张有弛有节奏地打场。打场是一个苦力活，要讲究技巧，在长期日出而作日落而息的劳作中，女人们早已把自己锻炼得无所不能，打起连枷都是熟门熟路。这打连枷急不得，急了，连枷不听指挥，在空中转落下去轻飘飘的没分量。只有稳稳地，两胳膊架起连枷，动作要特别舒展，扬起的连枷在空中画出美丽的弧线，落地的连枷板稳、准、狠，这样连枷的效率才高，自己这一板也没白挥。这地上的农作物，女人们要一板一板地挨个儿打数遍才有效。女人们常常把拿连枷打场当作一年尽情发泄情绪的机会，日常受的苦，受的累，缺衣少食地维持一家的不易，在公婆那受的委屈，都咬着牙一板一板地打到这农作物上。随着汗水一滴一滴渗透到土里，女人们就不信，凭她们这股子劲，老天爷会不给想办法让她们有一天光鲜亮丽，兜里揣着一厚沓钱，让男人骑着车，带着娃娃们，载着一家人去城里转转，也吃点油条豆腐脑儿之类的稀罕饭，买件新衣裳，风光风光。这些事想归想，低头看着满地的需要打的农作物，憋着劲儿地挥舞着连枷擦把汗一直干。

一年年，她们用连枷拍打着流金的岁月，拍打着一个个作为家里主妇的担当，也拍打着家里娃娃们的希望。随着连枷啪啪地一板板打在谷穗上、麦穗上、高粱穗上……那些原来饱满的龇牙咧嘴的谷穗、麦穗、糜子穗、豆荚等先是被随时落下的连枷打扁，再是各种种子被硬生生打下来。随着连枷吱扭吱扭有节奏的拍打声，各种脱了粒的穗和被打得蹦出来的粒儿就像舞者一样跳跃着，滚动着，奔跑着，随着女人的汗水和飞扬起来的尘土，以及细小的各种叶子秸秆的飞屑，一起轻舞飞扬。这时候场子里，不管是男人们还是女人们，心里都充实着，快乐着，因为一年到头，就等着这几天收获了。

男人们把女人们用连枷打出来的粮食和牲口拉着石碾脱出来

的粮食粒都收集在一起，堆成小山。这边是谷子山，那边是高粱米山、糜子山、豆子山……一个个小山头组合在一起，在庄稼人的眼里，那才是希望和力量。

堆积起的谷物类要靠风扇车吹扬才能筛选出干净的粮食，这在当时农村是"机械化"程度最高的农具。队里有两种扇车，一种是能通电的，一插电后，一个人站在扇顶，几个人供应，把需要扇的农作物一簸箕一簸箕地拾掇起来从上面进料口进去，于是实粒的种子落在扇底，稍瘪的部分落在前边，那些混杂着的各种叶子、尘土、碎了的秸秆都随着扇车的风叶被扇到老远。另一种是手摇扇车。手摇扇车是不能通电的，只能靠人力用手去摇。这是力气活，一般是男的干，原理和通电的一样。这样，经过连续几天的昼夜劳作，各种粮食都颗粒归仓，分类储存。饱满的一类，用于上交公粮和分给各家。干瘪的一类，收集起来作为队里牲口的饲料。最后各家各户林林总总总算都分到多少不一的各种粮食以作一家人一年的口粮。

玉米和其他农作物不一样，玉米棒子收集到一块儿之后，一群人都统一坐到一起剥玉米。干这活也得动脑筋，有自制小型剥玉米机器的，一只手把玉米从一头塞进去，另一只手绞，玉米粒随着机器的绞动与棒分离，这也只能一个一个地剥，相对还省事一点。有女人们每人拿一把锥子，沿着棒子竖的方向先开几条道，锥子所到之处，玉米粒就被剜了下来，拿两个这样的玉米棒互相搓，于是两个玉米棒子就被脱粒了。几个女人们坐一起，看谁手快，身边堆的玉米粒多，玉米棒子多，就说谁家的婆姨特别能干，特别给男人长脸。有找一块长条形的木板，上面挨个儿钉几排钉子，钉子的尖穿透木板，把尖打倒以免划了人手，另一边稍留个小头在外面，这样就做成一个玉米擦子。然后搬把小凳子或小马扎坐一边，把擦子一边顶地，一边顶到人胸前固定好，人就可以低着头拿玉米在擦子上上下左右来回擦，玉米粒就会在钉子的外力作用下，扑簌簌地棒粒分离。最后，把剥好的玉米堆在一起，用扇车进行分离。上交公粮后，余下的再分到各户作为主粮储存。

分到粮食的庄户人家这时候家里是最快乐的，家家用新分到的玉米磨点玉米面，熬点玉米面糊糊或者做笼新鲜的窝窝头，一家人吃起来，真是说不出的香甜。一秋里没日没夜受苦受累土头土脸的男人们和女人们总算可以舒一口气了，展展因为强力劳动而受损的腰，站到向阳的墙根三五成群地晒会儿太阳。男人们从裤腰带上取下一直别着的长杆烟锅，从随身携带的旱烟小布袋里捏一小撮烟叶放烟锅里，划一根火柴，吧吧猛吸两口，悠悠地吐着烟圈，一边聊着闲话，一边眯着眼，听着鸡鸣狗叫声也觉着就像是听着音乐一样顺耳了。女人们呢，三个一伙五个一群坐在一起拉个家常，纳个鞋底，做个鞋垫，买点丝线绣个盖被子的单子也是给自己休个闲。

十一届三中全会就像一声春雷，把贫瘠的土地炸开了花，为辛苦劳作的人们鼓足了劲。随着包产到户，家家都露出了笑脸，攒足了劲。地还是那地，主人却成了自己，再苦再累是给自己干。累，也是越来越有盼头；累，但日子过得一天比一天好。

随着社会的进步，新农村建设的持续深入，当年的扇车已经退出历史的舞台；当年打场的大队已经分出去盖成了宅基地，只留出少部分当作村委办公用地；当年的连枷也没了踪影。女人们当年打场、扇车、挥舞连枷的场景渐渐地都成了遥远的记忆，都被现代化秸秆还田自动脱粒的多功能机器代替。原来几天干不完的活儿，现在几个小时就搞定了；原来缺衣少食，现在是衣食无忧；原来埋头苦干，现在是意气风发；原来梦想着兜里揣着一厚沓钞票，现在是手机扫码支付就搞定了。男人们女人们终于实现了骑着自行车、电动车、摩托车，坐着公交车，开着小汽车载着娃娃们进城随便遛弯了。女人们终于过上了扬眉吐气的好生活。

而古老的扇车和连枷，这些镂刻着岁月的记忆，诉说着历史的变迁，记录着岁月的沧桑，承载着祖辈的辛酸的老物件，就这样渐渐远去。但它们在特定时期的功劳，有它们陪伴的那段特殊时期留存的快乐记忆，无论岁月如何变迁，在我心里，都将永远保持着温度，流年岁月，经久不衰……

春山樱如雪

◎ 郑 璐

春日迟迟，春光融融，四月的阳光轻柔，暖人心脾。我欣然追随着春的光影，自姑苏西去，遇山名穹隆，且见樱如晤。

山间初染上新绿，泉水正在叮咚低吟，轻快地漫过两岸间杂的蓬勃碧草，又为斑驳暗黄的旧土润上一抹悠悠水色。

远处隐约开着几丛小花，五彩斑斓，一派诗情画意。顺着山脚的石阶徐徐而上，草叶藤蔓轻扯着春衫裙裾，似要将我留住，却怎奈我一番寻春之心难留，赏樱之情莫挽。

遥想唐代大诗人白乐天有云"小园新种红樱树，闲绕花枝便当游"，可见这爱樱赏樱之意，古今相同，别无二致。

樱花虽为日本民间公认的国花，却并非日本独有，其栽培历史之悠久，两千年不止。

据日本专著《樱大鉴》中记载，樱花原产于中国喜马拉雅山脉，经人工培育后，方才逐步传入长江流域、西南地区及台湾。

早在秦汉时期，宫廷皇族的庭院中就可见樱花树，唐朝更是处处可见其粉花香影，其后于宋明两朝稍有沉寂，许是社情民风变化所致。

如今，我的眼前自有一派粉意，世间独绝，似点墨润于水而漫开，似清茶浮沉沸水缓缓舒开，似狂风呼啸波涛滚滚，铺天盖地的无边春色席卷而来。

头一次知道这世间竟有万种粉白层层叠叠，点染这山林如画，春光如梦。不似满树梨花白得圣洁清冽，亦不及十里桃花红粉妖冶，樱花之美，如少女初开芙蓉面，似飞鸟轻盈一落羽，若仙人翩翩云水间……

落樱缤纷恰如雪，却又比雪更温暖，更浪漫。

雪，堪称是北国的精灵，集寒冬的孤傲冷寂，大肆铺陈于旷野之上；那么樱便是南国的仙女，乘春回大地之初暖，融汇于山林万物间。

我置身于樱花树下，仰头便是一场粉得诱人的浪漫初雪，带着仙风阵阵，带着仙音袅袅，令人如临天界。

漫洒而下的落英，在我惊艳的目光中，以生命最后的力量奋然起舞。

这一舞，舞出春日里的盎然生机，舞出岁月中的华美绮丽，舞出淡雅清幽的沁人芬芳，更舞出自在由心的洒脱惬意。

恰如明代文人硕篽的那句"今日出门春已半，樱花如霰晓莺啼"，樱花盛放时，如云似霞的绮丽之景，在每一个看花人的心中久舞不停。

迷梦如潮水般袭来，春之女神信手一拈，似将我幻化为樱花一瓣，随春风翩跹飞远。

由此才知，这人间四月芳菲正当时，这山河壮阔足以抚千愁，这春风一起雪吹香……

此间真意，暗合近代连横笔下的那首《东游杂诗》中所写的"如云如雪复如霞，看遍山涯更水涯。廿四番风谁管领，此行端不负樱花"，春花之美入心入魂，竟让诗人生发出此行不负之叹！

生当如樱，美得自在绚烂，美得温暖人心。

在春暖花开的时节，与心里最思念的人一起踏春出游，共赴一场浪漫的粉樱花雪，携手看那春色怡人，岁月悠悠。

十年归

◎ 郑 璐

今年初秋，故地重游，我再一次踏上沈北这片沃土，一时间不禁感慨万千。

算算日子，有十年没有往沈北这边来了，说起来竟有些惭愧。2012 年夏天我高中毕业，离开了沈阳二中北校区，结束了美好的高中学习生活，踏上奔赴大连的求学之旅。

回忆起当年的沈北，早期印象最深刻的，要属它的偏僻和空旷。坐着 177 路公交车，一路从始发的沈阳北站坐到倒数第二站，从人声鼎沸的市区一路穿梭到路面不平、偏僻无人的沈北，心里不免有些失落和茫然。那时候沈北刚刚开始发展，不说百废待兴，也相差无几。

然而高中的那段时光，正是我积蓄力量不断成长的关键时期，内心总是充满着对未来的期待与渴望，甚至有时候还会把这种期待的心情，投射到我身处的这片沃土上。在那个时候，可以说只要发现沈北的每一个小小改变，都让我觉得美好临近，未来可期。

原来，我曾与沈北并肩而行。

如今，再回到沈北，极目所见皆是一派欣欣向荣。蒲河生态廊道宛如守护健康的使者，促进两岸人与自然和谐共生；锡伯族博物馆暨华夏漆器博物馆，让大家融入了一场场历史文化与民族发展的精神盛宴；七星山的开阔风貌中，总是隐隐透出一声声原始的呼唤；稻梦空间可太厉害了，它作为沈北新区最耀眼的名片，日复一日地吸引无数游人从全国各地慕名而来，徜徉在东北的黑土地和金黄稻田之间，感叹艺术点亮自然的美好与惬意……

　　看到十年后的沈北，我仿佛与老友重聚，不禁为之欣喜，为之动容。内心似乎也感受到一种无言的圆满，仿佛当年所有的期待一一实现。

　　踏上乡村振兴的快车，本着以人民为中心的初心，相信沈北新区能够依托自然和人文优势，不断挖掘新的发展亮点，将自然、人文、艺术、科技深度融合，踔厉奋发，以不断前行的姿态迎来更加繁荣的美好生活。

　　十年后归来的老朋友，必须为沈北点赞，为沈北喝彩！也期待下一个十年后，沈北更美，人民更幸福！

玉带河之夏

◎ 九蟒之龙

　　太阳如巨大的火球，从城东万寿山西坡悄悄爬上山顶，发出灼热刺眼的光芒，投射到高层建筑上。而后，缓缓向城市上空滚动，滚烫的阳光便开始洒遍小城的角落。

　　盛夏以来，渝东石柱县城白天室外平均气温少有低过三十五六摄氏度，极端气温竟超过四十摄氏度。高温让小城地面热气腾腾，大街热浪滚滚，空气似乎遇火就燃，熟人见面总是抱怨："唉，这天气太热了！"行走在街面上，热汗就会顺着脸颊背脊前胸放肆流淌，很快湿透衣衫，沥青街道更是散发出刺鼻难闻的焦煳味。

　　与大半城的暴热反差鲜明，穿城而过的玉带河与绕城而去的龙河一道，给小城的毕兹卡人（土家族人）带来了难得的天然的清凉和惬意。

一

　　龙河是石柱人的母亲河，玉带河则是毕兹卡先人战天斗地征服自然，不屈不挠改造自然，用勤劳的双手创造幸福美好生活而留下的深深的历史印痕！是人们心中的另一条母亲河！

　　坐在玉带河南岸畅想屋茶餐厅的落地玻璃前，一边品茶赏景，一边逐页翻阅《石柱厅志》《石柱县志》，一幅幅壮美的历史画卷在眼前跳动。

唐武德二年（619年），石柱建县。1129年，设安抚司于悦崃古城坝土司城（土司居住地）。明洪武八年（1375年），改安抚司为宣抚司，土司城由北边古城坝迁至原南宾镇（现南宾街道），建在龙河南岸的河水冲击滩上。

玉带河原本无河，属龙河在古南宾拐弯处冲击滩的低洼地。厅志描述说："遇春夏水涨，遂与此地分流，穿城而下街，居民铺户，园蔬之属，多漂溺焉。"足见当年的老城可谓灾害连连，百姓苦不堪言！

明洪武十四年（1381年），石柱宣抚同知开始治农治水，但效果不佳。明万历四十一年（1613年），中国明朝正史中唯一记载的女将军、巾帼英雄秦良玉在攘外安内取得节节胜利告老还乡后，修筑城东棉花坝老街（今上河街）期间，发动土民，挥锤舞锄，凿石浚土，筑坝砌堤，开渠成河，建成了这条由东北向西南斜贯老城全境的人工河流。

人工河建成后，少了水患，毕兹卡人安居乐业，沿河次第建房而居，世代生存繁衍，生生不息。人工河水成了居民重要生活水源，沿河两岸青瓦房吊脚楼，小桥流水人家，每三十米就设有一道下河取水洗衣的青石梯步，人们相处和谐，生活幸福，活脱脱一幅现实版《清明上河图》，颇有江南水乡水墨画的韵味。

因河道形如飘逸的碧绿带子，加之为巾帼英雄秦良玉发起修建，故后人起名"玉带河"，以作纪念。

二

玉带河三弯九曲，沉淀了悠悠四百多年的历史古韵，书写着毕兹卡人蓬勃向上的人文精神，孕育了独特而深厚的民族文化根脉和不朽的民族魂魄。

玉带河东北起于观音岩脚下的水神祠（又名水祥祠），至西南七星桥旗星水力发电厂处重新汇入龙河干流，全长一千三百多米。河道深一丈左右，旧时为鹅卵石垒砌护堤，上游入水口宽不盈丈，下游最宽处一丈七八。

水神祠至梯子坎三百米河段落差较大，水流仍保留了母河水的野性，桀骜不驯，奔腾咆哮，仿佛毕兹卡汉子高喊着气吞山河的破石凿河号子；梯子坎至七星桥一千米河段河道平缓，水面平静，汩汩流淌，恰似温婉淑女，深情款款地讲述着先人们改天换地的动人故事。

当年的土司城兼大都督府玉音楼和太保祠矗立在玉带河北岸，古朴雄伟，气势恢宏，与南岸的藏经寺隔河相望，交相辉映，一并守护小城的宁静与安详。

新中国成立特别是改革开放后，玉带河更是受到了百般呵护，一代代毕兹卡人在玉带河闭月羞花的古典美中揉进了时尚活泼的现代美，实现了历史与现代的完美融合，使玉带河以新的容颜和姿态展现在世人面前，变得更加美丽，更加自信。

1952 年，毕兹卡人综合利用玉带河丰富的水能资源，在七星桥修建了县境内历史上第一座小型水力发电站——旗星水力发电厂。清清的河水经过一公里多的奔流蓄力，与冰冷的水轮发电机亲密接触后迸发出巨大的热能，点亮了毕兹卡人奔向美好明天的第一缕希望之光！

2005 年旧城改造，河道全面清淤疏浚后，将常常垮塌的梯子坎至七星桥段河堤用条石重新浆砌，确保了河堤的安全性和稳固性；在梯子坎至五一桥北岸修缮了浓缩土家建筑文化元素及特色的土司城（玉音楼）和玉音广场；在五一桥至七星桥北岸颇具个性的黄葛树间隙补植了高大的景观树种；拆除了五一桥至七星桥段玉带河南岸的棚户区，开辟了数十米宽的园林景观绿化带，让母亲河袒露胸怀，摇身变成城市的客厅与文化名片，传承着古城悠久的历史文化。

如今的玉带河穿流于绿树芳草的鲜花广场和亭台楼阁之间，十七座各式桥梁飞架南北，连接两个半城。有人车共用桥七座，人行桥十座。人行桥中有平桥四座，石拱桥六座。所有桥梁里最古老的是处于玉带河中段的南门桥，原名利涉桥，建于清乾隆年间，嘉庆三年（1798年）被洪水冲毁后重建。最让人流连忘返的是龙珠、玉带、树人、良玉、七星等几座小巧玲珑古朴精美的石拱桥，桥上树影斑驳，桥下碧波盈盈，七星桥更是桥在水上，树在桥上，水车咕噜，玉带河水完成各项特殊使命后，从这里一路欢唱扑向母河怀抱。

三

时近正午，毒辣的阳光垂直铺洒在大街小巷，此时的室外温度四十二摄氏度。街面行人寥寥，南门桥却是车水马龙，游人如织，玉带河两岸的绿色长廊，行人熙来攘往。

汇入匆匆人流，走进浓荫下的绿色长廊，但闻水声哗哗，但听鸟叫蝉鸣，但见芳草鲜美。漫长岁月在两岸河堤的鹅卵石条石表面编织出一层绿茸茸湿漉漉的苔衣，石缝中生长出的不知名水草，合着滔滔水流节奏，拍打着碧绿的水面。难忍饥渴的黄葛树根也循着水声，挤开石缝，探出头来，瀑布般垂入河底，吮吸着充足的水分和养分，吃饱了喝足了的黄葛树志得意满，个性张扬，知恩图报，或直插云天，或斜向伸展到街道上空和河的对岸，形成一把把巨大绿伞荫及路人。此时，被密实树叶遮挡在树梢外的烈日，似乎收敛了原本的嚣张与跋扈，变得温顺与乖巧。微风吹来，树枝摇曳，树叶沙沙，薄如蝉翼的水雾从河谷袅袅升起，与徐徐河风亲吻后，洒下一地的丝丝凉意，让人神清气爽，身心愉悦，不愿离去，竟忘却了正值盛夏，忘却了长廊外令人烦心的酷热。

漫步长廊，三五老翁，围坐石凳，乐享清凉，眉飞色舞畅聊家国天下；七八老妪，手持歌单，一板一眼，声情并茂歌唱祖国美好；时尚男女，架起设备，激情满满，连说带唱开启抖音直播新生活……

玉带河夏天的早晨是专属老人的。晨光初露，住在沿河两岸的老人换上装束，带上装备急匆匆赶往约定的场所，在此起彼伏各类音乐的引导下，跳起节奏明快的舍巴日（土家族摆手舞），打起整齐划一的金钱棍（又称打道钱，属土家族民间艺术花灯戏），也有练太极、跳广场舞、健步走的，林林总总，五花八门。此时的玉带河公园就是名副其实的老年健身公园。

玉带河夏天的夜晚更加迷人。沐着夕阳余晖，人们从四面八方潮涌而来，大姑娘小媳妇换上民族盛装，扯开场子，合着精美的土家族啰儿调曲目，组团排练民族舞蹈，以备县内外各种大型活动表演的不时之需；大婶大妈大爷们更多的是为健身而来，他们不择环境，不争地盘，只要有能展开十数人活动的场地，他们就手舞足蹈，心满意足；俊男靓女们，则勾肩搭背，卿卿我我，喜笑颜开，拍照留影，将爱情友情一并书写在玉带河的传奇和浪漫里。

华灯初上，玉带河两岸霓虹闪烁，七彩流光，歌舞升平，一派祥和。一座座石拱桥形如弯月，倒映水中，各领风骚，一桥一景，如梦如幻。

玉带河涌动的人流，或健身，或观光，或纳凉，乐此不疲。人们口音南腔北调，表情丰富多彩，本地人喜形于色，脸上写着满满的自豪感幸福感；外地人万分惊讶：这大山深处的小城居然有这等人间仙境！眼里充满莫名的好奇与羡慕。

徜徉在玉带河的绿色长廊里，陶醉于婀娜多姿的景致中，我却有一种躺在毕兹卡先人怀抱的温馨和踩在历史巨人肩膀上的感觉，或许，这就是人们常说的"前人栽树，后人乘凉"吧！

黄葛之城

◎ 九蟒之龙

　　渝东石柱县城沿河而建，依山而立，四面青山，绿水长流。城市小巧而精致，小桥流水，古木参天，人文厚重，康养宜人，有"深山明珠"之美誉。

　　有人说，这城是"水城"，此话不假：滔滔龙河蜿蜒而来，绕城半圈后缓缓南流而去，把县城围成个弧形半岛，远看恰似"金元宝"，轮廓浑圆而分明；龙河的四条支流就像城市的毛细血管，从城北的双庆场、城西北的龙井路和垮岩脚、城南的中嘴坝注入龙河大动脉；宛如飘带的人工河流玉带河穿城而过，与龙河密切合作，将老城的一部分切割成一张巨大的弯弓，恰如巨型弓箭，蓄势待发。

　　入夜，华灯初上，七彩流光，城市倒映于龙河，河在城中，城在河中，一步一景，三步一画，水流、人流、车流一并增加了城市的美感与动感，给大山深处的小城平添了几分灵气和"流动的城市"的韵味。

　　有人说，这城是"桥城"，此话也对：干流龙河有八座功能不同、美轮美奂的桥梁，龙河支流上有七座人行的、车行的桥梁，一公里多的玉带河上更有十七座风格迥异、造型独特的景观小桥。三十二座大小桥梁犹如三十二道彩虹，飞架大河小溪，各领风骚，各尽其职，各显神通，让城市的血脉变得活络而通畅，小桥流水人家的景致让人仿佛置身江南水乡。

其实，我更加倾向于叫这城为"黄葛之城"，理由有二：一则无论大街还是小巷，无论居民小区还是机关大院，无论一环二环还是三环，这个国家级山水园林县城，哪里有绿化哪里就有参天的黄葛树；二来城市西侧龙河之滨，傲然挺立着几棵几乎与城市同岁的黄葛古树，它们仿佛几尊长者，不拘一格，或身材笔挺，或身体佝偻，或歪斜躯干，即使挂着巨型铁拐，也顽强地活着，以它们自感舒适而又喜欢的方式，展现了顽强的生命力和坚忍的意志力，见证着城市数百年的沧桑岁月，见证着土家族人不同历史阶段的喜怒哀乐，见证着一段民族复兴的光辉历史。

黄葛树别名黄桷树，属大叶榕，是高大的落叶乔木，在佛经里被称为神圣的菩提树。黄葛树是有记忆的树种，什么季节栽植就什么季节换上新装。

县城黄葛树最为密集的生长地段在一公里多的玉带河东西两岸，从堤口到七星桥一共有六十八棵黄葛树，平均不到十五米就有一棵。这里的黄葛树悬根露爪，树干雄壮挺拔，树高参差不齐，树枝横七竖八，树叶葱绿苍翠，树冠古态盎然，它们吮吸大地的养分，任性地、无拘无束地生长。

石柱的黄葛树是有灵性的，十分懂得知恩图报，它们撑开四季常绿的巨伞，营造四季如春的氛围，庇护着这里的土家族居民。春暖花开，百鸟啁啾，土家族少男少女踏着春的脚步，漫步黄葛树下，闻听潺潺水声，卿卿我我，好生浪漫。夏日炎炎，土家族老者三五成群，围坐树荫底下，闻淡淡黄葛花香，悠闲自得，品茶纳凉，打牌下棋，家长里短，谈天说地，乐享天伦。秋高气爽，大姑娘小媳妇们，身着民族盛装，聚拢黄葛树下，扯起场子，唱着旋律优美的啰儿调（土家族民歌），跳起节奏欢快的舍巴日（土家族摆手舞），唱出心中的喜悦，摆出秋的收获……

黄葛树就是土家族人心中的图腾树，城市的风水树，它不仅象征了城市的性格，更彰显了土家族人的性格。黄葛树不择环境，不讲条件，不选季节，有土有水，种下就活，长成参天大树；土家族人不怨天地，不等不靠，吃苦耐劳，奋发图强，改天换地，铸就百年脱贫梦想。黄葛树胸襟开阔，吐故纳新，自觉焕发青春与活力；土家族人包容天下，勇于改革创新，用勤劳的双手谱写民族复兴伟业。黄葛树防风防尘，遮雨挡日，庇佑人类安康；土家族人纵横驰骋，保疆守国，捍卫领土完整。难怪乎，黄葛之城有了数百年参天古树；难怪乎，土家族人出了正史唯一单独立传的女将军秦良玉。

黄葛之树值得讴歌，值得敬畏！"黄葛之城"实至名归！

茶楼的不幸

◎ 九蟒之龙

鄂西、湘西几个文友到渝东采风写生，有朋自远方来，不亦乐乎。品了土家族美食，喝了摔碗酒后，见街头闹市茶楼林立，鄂西恩施的小刘心有所动，提议说："老大，找家茶楼，吹牛日白（土家语谈天说地的意思）哟。"众人赞同。

抬眼望去，眼前一栋不到五十米长的三层商业小楼上五六家茶楼的门头招牌霓虹闪烁，流光溢彩。

我深深地为故乡这座始建于明洪武初年的古城所焕发的青春与活力而倍感骄傲和自豪。

"就去那一家吧，那个名字还有点诗情画意哟！"湘西龙山小叶兴奋地指着"听雨轩"做了选择。

进得门厅，顿觉厅内陈设实在对不住那好听的名字：不足二十平方米的厅堂里摆放的不是喝茶的茶台、茶具，而是三台全自动麻将机和臃肿的配套座椅。临街十来米长的落地玻璃幕墙边倒是听雨、赏景的好位置，却被一张麻将桌占据了多半位置，三个中年男人围坐麻将桌，心无旁骛地斗地主。旁边安了两张两座沙发，中间放了一张茶几，这是厅堂唯一可供人喝茶的位置，但一张沙发上仰躺着一个脸红脖子粗的醉酒男人，头枕幕墙边沙发扶手，张着嘴，轻微打着呼噜，一双脚吊在沙发另一头扶手外，姿态十分不雅。三个三四岁、手里拿着饮料瓶和零食的小男孩打闹嬉戏着在麻将桌间奔跑穿梭，他们的父亲或母亲正在包房里"血战到底"（四川麻将玩法的术语）。

这是茶楼吗？怎么感觉走进了麻将馆！

"打麻将吗？"疑惑间，吧台背后站起一个四十岁左右的女人，看着我们询问道。

"有喝茶的包房吗？"看大厅喝茶无望，我反问中年女人。

"包房只能打麻将。"女人轻蔑地回答着坐了下去，不再理人。

我领着客人，挨家走完了楼上楼下的六家茶楼，境况大同小异，皆为麻将战场，令人大跌眼镜。

原本有些自鸣得意的我，此时颜面尽失，尴尬异常，鄂西利川的华林笑着赶紧打圆场："买点好茶，去宾馆喝吧！"众人怏怏而去。

翌日，众兄弟各奔东西。带着满腹的悲愤与不甘，我从城南到城北，再从城东到城西，一气踏访一百二十八家茶楼，只有城中心两家茶楼仍顽强坚守着茶楼的本真，经营着中低档次的茶饮和中西简餐。其余茶楼皆为麻将馆的升级版，以高雅"茶楼"之名，行麻将娱乐之实。实乃茶楼不茶，有辱斯文！

其实，这种由茶楼升级为麻将馆的现象绝非小县城的专利，放眼全国各地，比比皆是。

不得不叹服国人的聪明才智，给麻将等娱乐活动穿上光鲜亮丽的"茶楼"文化衫后，就堂而皇之地出现在街头闹市招揽生意，实乃一绝。

中国是世界上发现并生产利用茶叶最早的国家，迄今已有四千七百多年历史。由于茶叶具有醒脑清目，除烦解渴，清瘀化痰，消食利尿等功效，顺理成章地渗透到了老百姓日常生活之中，成了与柴米油盐酱醋并列的生活必需品，便有了"开门七件事，柴米油盐酱醋茶"之说。茶饮，作为纯天然饮料，不仅成了举国之饮，也被公认为举世之饮，这是中华民族对全世界各国人民的巨大贡献。

我国是茶文化的发祥地。据史料记载，早在两晋时期（距今一千七百多年），成渝地区、长江流域、两广和京津地区先后有了传承茶文化的茶馆、茶楼、茶肆、茶社，只是地区不同加上地域文化差异，称谓和经营特点不一样而已。但是，不管称谓如何变化，万变不离其宗，始终是以经营茶饮为主导。由于中国茶文化融合了佛、儒、道派思想，提倡"天下茶人是一家"的理念，独树一帜，长盛不衰，成了中华民族传统文化的重要组成部分。

纵观古今，茶馆茶楼既是传统文化的传播平台，又是文人雅士说古论今，山村野夫谈天说地的民间人际交流场所，更是滋养培育朴实民风民俗和礼节礼仪的民族文化摇篮。

原本高大上的茶馆茶楼，如今被一些市侩之人如此改头换面，变得低俗而猥琐起来，这是茶的悲哀，更是茶楼的不幸！

追梦海南

◎ 李　黎

　　"叫我小琴，别叫周总！"

　　第一眼见到小琴姐，一身简约干练的白色连衣裙，典型的江苏女子的温婉妩媚。你不会把眼前这个一颦一笑都清澈如水的美人，和她的诸多头衔联系在一起。

　　许久未见小琴姐，互相寒暄一番，坐下一聊一举杯，她干脆飒爽的利落劲儿就蹦出来了。聊起工作聊起她的"茶梦"，活脱脱的女汉子，眼神温柔又犀利，藏不住的霸气，让我们这群听众都心潮澎湃，想随她一起走进她的万亩茶山……

　　席间，小琴姐给我们说起走上做茶这条道路的缘由。熟悉的朋友都了解，小琴姐是南京大学法学院毕业的高才生，在地产界叱咤二十年，凭借精准的投资眼光和雷厉风行的行事态度，在一个鲜少女性涉足的行业，干得风生水起，成绩赫赫。

　　她娓娓道来，让你在脑海里，浮现一幕幕画面，追随她的传奇故事，去探寻去领悟。她说到，在地产转型时期，带领核心团队走出去，去了很多国家和地方，为第二次事业选择做热身考察。她在日本参加商务访问期间，一场品茶推介活动，触发了她做茶叶的灵感。做茶，做最好的红茶，做世界时尚红茶第一人……要么不做，要么一鸣惊人，是小琴姐在事业道路上对自己一贯的苦求。

回国第一站，直奔云南凤庆，"世界滇红茶之乡"。我可以想象，当她第一次站在万亩茶山山巅，是怎样心潮澎湃地规划着宏伟蓝图，怎样豪情壮志地描绘着事业前景。然后，在这个美丽的红茶小城，有了今天大手笔投入的红茶文化商业综合体。五星级酒店、业态小镇悄然开工，红茶文化馆、红茶研究院、红茶禅院即将落成……

她打趣说："等我这几年把事业落定完成，我就到我的禅院修行去了，我当住持去！"我们还沉浸在感动中的心，忽然又被她拽回来，大家哄然一笑。

我们为秦淮河畔走出来这样一位女企业家、女性楷模而骄傲，发自内心，没有半点老乡间的刻意逢迎。小琴姐是海南省江苏商会女企业家协会会长，在这次商会发起的感谢援琼江苏医疗队的捐赠中，小琴姐把自己茶山的红茶送给家乡亲人，送给为海南奔赴一线的一千七百七十五位白衣天使！情不自禁地举杯，为这样一位真性情、有大爱的小琴姐干杯！

法学院高才生、地产界精英、"茶博士"，她的每一次华丽转身都让你惊艳，让你惊讶，让你惊叹！江苏女性温柔的外表、骨血里的要强，在她身上完美融合，怎能不让我们竖起大拇指！

身处他乡的我们，下午慰问完江苏医疗队几位领队，一番座谈，更勾起了我们对家乡浓浓的思念。我们提议，即兴朗诵董保平会长创作的《追梦海南》，这是我们此刻内心最真切的共鸣。小琴姐说："我来朗诵！"没有彩排，没有预演，第一次，她满怀敬意地和著名青年女高音歌唱家朱艳老师、董保平会长，为我们献上这一首写给所有在海南的江苏人的诗作。

他们还没朗诵完，我已经泪流满面，不能自已。来海南即将二十年的我，在诗里看到了自己青葱年华的努力奋斗，看到了自己独闯天涯的各种心酸，看到了商会——我的娘家亲人对我们的关怀和温暖。

三分醉，七分情……都在热血沸腾、暖化心窝的诗里。

追梦海南

我从苏北来

你从苏中来

他从苏南来

我们来自江苏的四面八方

在美丽的海南岛相聚一堂

想当年

建省办大特区的号角吹响

我们热血沸腾心驰神往

怀着对诗和远方的憧憬

背起行囊告别家乡

争先恐后汇入闯海大军

立志在琼州大地追逐心中的梦想

我们不畏艰难

"大风起兮云飞扬　安得猛士兮守四方"的豪情

在我们的心中激荡

我们壮志凌云

中国近代实业第一人张謇是我们的榜样

我们自信满怀

愿用青春热血在这里书写新的华章

曾记否

创业的历程几多艰难几多跌宕

红土地上并非一路鲜花阳光

我们筚路蓝缕砥砺前行

诚信为本拼搏自强

难忘多少个日日夜夜

风餐露宿奔忙

商场职场都是战场

难忘每前进一步

有过多少曲折和风浪

勤劳的汗水常常伴随着艰辛的泪水流淌

我们有过成功的喜悦

也有过失败的悲伤

有过得意时的荣耀

也有过失意时的凄凉

但是无论成功失败得意失意

我们仍然一步一个脚印踏踏实实走在追梦的路上

风雨让我们成熟

挫折使我们坚强

不后悔不迷茫

不自卑不张狂

历经坎坷百炼成钢

君不见

琼州大地处处有苏企苏商的身影

既有地产大亨也有油盐酱醋店商

男子激流勇进顽强打拼

女士不让须眉斗志高昂

各行各业尽显其能

人才辈出建功立业成果辉煌

站在五指山之巅眺望家乡

我仿佛看到花果山的翠绿紫金山的苍黄

徜徉在美丽的万泉河畔

我仿佛听到奔腾的长江逶迤的运河在放声歌唱

站在火红的三角梅树下

我仿佛闻到了茉莉花的芳香

从家乡到海疆都是我们热爱的地方

我们眷恋家乡的小桥流水

更青睐椰风海韵蓝天白云和骄阳

我们难忘家乡的美味佳肴

更喜欢把海南四大名菜挂在嘴上

我们难舍家乡的繁华舒适

更愿意为建设美丽海岛贡献力量

海南是我们新的家园

是我们刻骨铭心的第二故乡

江苏海南，海南江苏

千里迢迢山高水长

莫道这里是天涯海角举目无亲

莫道这里是孤悬海岛异地他乡

在这里我们有一个家

海南省江苏商会像母亲般对游子敞开温暖的胸膛

在这里我们畅叙乡情共话理想

在这里我们团结友爱互助互帮

在这里我们共献爱心回报社会

在这里我们统合资源共赢共享

这里为乡友们依法维权

这里为大家搭建交往的桥梁

这里倡导规范自律

这里处处散发出正面能量

人人为我我为人人

把商会建设成"聚合平台精神家园"是我们的共同
愿望

海南建设自贸港举世瞩目

4·13重要讲话指引前进方向

面对这千载难逢的发展机遇

苏企苏商将在新的历史舞台上展示风采和力量

商会建设也将蒸蒸日上

不负时代责任的担当

我们祝愿自贸港建设蓬勃发展

我们祈盼新海南新家园新苏商共同成长

我们坚信海南的明天会更加美好

我们坚信伟大的祖国会更加繁荣富强

（海南省江苏商会会长　董保平）

这是我们所有在琼江苏人的心声、心愿和期盼，这是我们人
在海岛心系家乡的深情守望。此时此刻，我们想炽烈地拥抱，拥
抱所有的闯海江苏人，拥抱难忘的艰辛创业的岁月，拥抱值得期

待的更美好的海南！

　　我无悔的青春，无悔的热爱，留在了祖国南海的这片热土上……

　　小琴姐灿烂的事业，最美好的创业启程，留在了这个越来越美丽的椰岛上……

　　还是举杯，大家都已经哽咽。今夜，我们都醉在了那棵三千二百多年历史的红茶古树下，都醉在了椰风摇曳的追梦路上……

景山公园观赏牡丹

◎ 石　瑛

　　今天是 2023 年 4 月 25 日，也是我休年假的第二天。年假对于我来说，是久别重逢的欣喜。

　　疫情放开后，同事们各自安排去外地旅游，我把休假的时间安排在了五一前一周的工作日，决定在周边走一走，看一看。

　　昨天的京城下了小雨，今天早上的空气非常新鲜，我呼吸着清新的空气，神清气爽，心情愉悦。不到八点，我就乘坐公交车来到了家附近的景山公园观赏牡丹花。目前，正值景山公园第二十六届牡丹文化季，每年的 4 月中旬至 5 月初，景山公园都会接待从京城四面八方到此赏花的游人，有的是慕名而来观赏花魁牡丹，有的是来写生，有的是来摄影，更多的是来赏花悦目，放松心情。又是一年牡丹花盛开的时节，我利用假期到景山公园拍摄牡丹花，让自己在紧张的工作之余彻底放松一下。

　　我刚走进公园，太阳就露出了笑脸，好像是在欢迎我的到来。牡丹花在绿叶的映衬下翩翩起舞，如同一群仙女在人们面前展示自己优美的舞姿。各类品种的牡丹花竞相开放，香气袭人，蜜蜂和蝴蝶飞舞在花丛间，好一派迷人的景象，人们漫步其间，尽情地观赏，尽情地享受。

　　牡丹花色泽艳丽，玉笑珠香，富丽堂皇，素有"花中之王"

的美誉，牡丹花的别名有鼠姑、鹿韭、白荗、木芍药、百雨金、洛阳花、富贵花。古有"唯有牡丹真国色，花开时节动京城"的经典诗句。五颜六色的牡丹花花开锦簇，红的似火、白的如玉、粉的像霞……花香扑鼻，醉人心脾。晶莹的露珠安静地躺在叶子上，春风一吹，露珠就从叶子上滚落下来，美不胜收。

"何人不爱牡丹花，占断城中好物华。"国色天香的牡丹花，人见人爱。置身于景山公园牡丹花的美景中，耳畔响起《牡丹之歌》优美动听的旋律，让我的思绪飘得很远……

由于昨天晚上下过雨，花儿上有水珠，更显娇艳欲滴……我背着单反相机穿梭在人群中，神情专注，捕捉那一幅幅妩媚的牡丹花景致，随着相机快门的按下，一张张精美的照片诞生了……

我闻着花香来到山上，俯瞰山下气势宏伟的故宫，心潮澎湃，感觉我们的祖先是那样的伟大，竟建造出这样辉煌的绝世宫殿。

随着时间的推移，公园中的游人越来越多，摄影爱好者不断地从我眼前走过。游人们在娇媚的牡丹花前面拍照留念，永久地留住牡丹花的景色。写生的人们专注地看着前方所画的牡丹花，用手中的画笔勾画出一张张多彩的画卷。

美好的时光总是那样短暂，转眼间已经十一点多了，我恋恋不舍地离开了景山公园，踏上了回家的路程，明年我再来此赏花踏青吧……

怀念大哥

◎ 郭秀辉

从昨夜的梦境里惊醒，那些慌乱和哭泣太真实，醒来的世界倒像是梦境，一时竟分辨不清现在所在何处。

很久没有这么沉浸式地做梦了，我梦到了许久不见的亲人，有的还在世，有的已经去了很久。已经有几年没梦到的表哥，昨夜在梦里出现了那么一瞬，只是静默地看向我，看不出喜忧。只要有他出现的梦，底色便是悲伤的，醒来要消化很久。

二舅家的大哥，比我大七岁。自幼时有记忆以来他就只能坐着，他得的是类似鱼鳞的皮肤病，不能行走，总是蜷缩在一张椅子里，在十岁左右的时候已经不再长个子，并且渐渐萎缩成七八岁的身体。

记忆里的大哥，在白天，在人前，一直是热情开朗的样子。只要有人来串门，他总是很爽朗地打招呼，周到地问这问那。他对我们这些弟妹总是耐心温柔，回想起来，我现在教自己孩子的各种塔山、小船、小狗、老头上山的折纸，都是大哥教我的。

为了舅舅舅妈能照顾田地和家庭，姥姥和姥爷自小带着大哥跟他们一起住，老两口儿对这个孙子是明晃晃的偏爱。记得有一次，家里少了几块零钱，在那个物资匮乏的年代，丢钱是件了不得的大事，我们几个小孩子摇头晃脑地站着，听着姥爷训话。两个舅舅家四个表哥三个表姐带上我也是一个儿童队了。姥爷严厉地问是谁拿了钱，即使花了把剩下的上交也算表现好。我已经不记得最后的结果是什么，或许钱只是掖在炕头的另一边根本没丢，或许是其中哪一个真的拿去买了好吃的，我只记得，姥姥姥爷没有质问大哥一句，他们总是对他温柔得令人羡慕。

我们一众小孩总是在院子里上蹿下跳，不停地跑，偶尔蹲下在地上胡写乱画，没有一刻的安生。大哥就总是坐着、望着，有视线望过去他便笑笑。姥姥家院里经常种着各种蔬菜，有两棵枣树，不同的季节不同的风景，枝丫伸向天空不同的方向，有风吹来，树叶沙沙作响，景色很好看。想来，这院子里每一寸的风景，表哥一个人看了千遍万遍，一定比我们感受深刻。

姥爷因病去世当天，家里满满都是悲伤的气氛。我们用自行车从舅舅家把表哥推到姥姥家，他一个人在屋里守了姥爷一天，沉默却没有掉泪，甚至还会问候前来吊唁的邻居。晚上我们几个弟妹又把他推回舅舅家，他依旧温柔地与我们道别，当时我在心底仰望他，到底是二十多岁的大哥，总是一副很得体、不慌乱的样子。

第二天，守着大哥的亲人突然跑过来说大哥不舒服，我跟了过去，亲眼看着他抽搐直到不再有气息。舅舅让人做了棺木，移放到姥姥家的小东屋里，就这样，我们守着姥爷，守着大哥，大哥在棺木里守着同样在棺木里的姥爷。村里有人说是爷爷太牵挂他的孙子，于是把他叫走了，有人说是大哥舍不得爷爷，跟去照顾了。

后来的很多年，他都出现在我的梦里，总是一副微笑着的模样。每年清明时节，我总会陪着妈妈去看望姥姥、姥爷和在地头上依旧陪着二老的大哥。

这片田野青葱旷远，这里的风来去自由。哥，愿你开心，想我了记得来我的梦里，我知道你现在擅长奔跑，不介意路远。

儿时暑假

◎ 储亚强

　　小孩放暑假了，看到他整天一个人宅在家里，除了做作业，不是在电视机前看动漫，就是在电脑前玩游戏，我问他想不想出去玩？他说，有什么好玩的，跟谁玩？是啊，现在的小孩子大多是独生子女，除了亲戚家的几个同龄人，小伙伴很少，更别说一起玩了。我不禁想起了我童年时的暑假。

　　那时电视机很少，没有电脑、游戏机，和小伙伴们在一起，每天都有着不同的精彩！早晨起来，趁着一天中最凉爽的时候，我们会在一起做暑假作业，那时小孩多，大人顾不过来，于是大的教小的，小的跑来跑去，问来问去，一边做作业，一边商量着等会儿去哪玩。九点多钟，天气还不是很热，当天的作业完成了，我们一般会去附近的池塘游泳。那时买不起游泳裤，到了河边脱了短裤，光着屁股纷纷跳进水里。不会游泳的在靠近岸边的浅水区域戏水，打水仗；胆子大点的站在齐脖深的水域玩潜水，练憋气；会游泳的先在河里游几个来回，有空的时候，带上不会游泳的小伙伴到池塘中间玩一会儿。当然，偶尔也会恶作剧，突然松开手不管你了，这时，人的第一反应是以最快的速度逃回岸上。不管是狗刨还是蛙划，游到岸边就是胜利，有的紧张得到了岸边还在水里扑腾，被人拎起来，水只到膝盖，还露出了屁股，涨个脸通红；有的不免要喝几口水，或者耳朵进了水，上了岸又咳又跳；有的紧张得手指、脚趾都僵了，浑身哆嗦，坐在岸边大哭大闹。但是，如此反复几次以后，就会觉得河中央并不恐怖，慢慢地自己也会游到河中央了，我们那时学游泳大多数都是这样过来的，渐渐地大家也就学会了。游泳戏水固然好玩，亦可消暑，但我们最喜欢的是摸螺蛳、抓河蚌。拿个木盆漂在水上，沿着河岸在水面下摸，螺蛳喜欢在浅水靠近河堤的地方生活，摸到一头尖、屁股圆的就是了。一般会沾点泥巴，在水里洗洗然后放到木盆中，一圈下来就有一小盆了，运气好的还能在泥洞里抓到几只河蟹。摸河蚌要有一定的踩水、潜水功夫，河蚌一般生活在深水区的淤泥里，立在水面上踩着水，憋一口气沉到河底，用脚在泥里踩来踩去，碰到硬壳的就出水面换口气，一个猛子潜下去用手抠出来，放在水面清掉淤泥就可以了。不过有时拿上来的也可能是瓦片！有时去的伙伴多，大家会围住半个水塘，让几个不会游泳的人在岸上向水里扔石头，把鱼赶到我们的包围圈里，然后大伙一起用双手拍水赶鱼，鱼在人群里窜来窜去，有的受惊会跳出水面，反应快的立即能把鱼抓住，通常能抓几条鲢鱼和小杂鱼。拿着战利品高高兴兴回家，放点水养起来，晚上等爸爸妈妈下班回来做了吃。不用说，有了这几样美味做"说客"，下河玩水的事，就以批评教育为主了。

中午过后，我们会去捉知了。有的用铁丝弯成圆弧形，拿纱布在上面蒙个罩子，绑在竹竿头上；条件好的用一团面粉，在水龙头下边冲边捏，做成黏糊糊的面筋，黏在竹竿头上，然后一棵棵树去找。知了一般趴在树冠或树枝上，循着叫声很容易找到，黑黑的身子、透亮的翅膀就是它的"名片"，这时你要做的是慢腾腾、静悄悄地把你的竹竿伸向知了的身后，然后看准时机，快速出击，一招制蝉，把知了粘住或罩起来，取下时小心不要碰到树枝，防止脱落。通常只有一次机会，一击不中知了就飞了，如果你的动作粗猛，有可能把这棵树上的知了全惊跑了。抓完知了，我们会搞一顿小加餐，把知了放在炉火上烤，烤焦了就蘸着盐或酱油吃，条件好的用油炸了吃。那时候什么都要凭票定量供应，粮油鱼肉吃得少，只有靠我们自己的双手解解馋了！

晚上的活动最令人向往，要么去捉青蛙黄鳝，要么去抓蛐蛐蝈蝈，我们最喜欢斗蛐蛐的游戏了。下午回来就要做准备工作：做一些装蛐蛐的纸套，叠起来很方便，用纸横向折叠，一端封口，一端等抓住蛐蛐再封，纸质的使用方便，但易受挤压变形，有的蛐蛐能咬破纸套跑掉；或者用烧红的火钎把五十至六十厘米长的竹筒打通，然后用钢锯先纵向锯一条细缝，再横向每隔三至四厘米锯一条细缝，直到锯到竹筒筒径一半的位置，最后找几张硬纸板，用剪刀剪成插板，抓到蛐蛐后把它一步一步赶进去，用插板隔离，这样既透气又防止蛐蛐溜跑。我们小孩一般是徒手捉的，有的大人用罩子捉，主要是怕损伤蛐蛐漂亮的外形和头须。一切准备就绪，天一黑带上手电筒就可以出发了。走到寂静偏僻处，停下脚步，竖起你的耳朵仔细聆听：蛐蛐的叫声很动听，蛐—蛐—蛐，节奏很好，一般间隔三五秒，这时你要根据声音的方向，一慢二静三移动，一旦发出声响，蛐蛐很敏感就不叫了。判断好方向，趁着叫声轻轻移动脚步，靠近后弯腰再一次确认叫声来自何处，然后蹲下来，等蛐蛐再次发出叫声，你就可以打开手电筒寻找了。不同品质的蛐蛐叫声不同，通常我们喜欢雄浑、沙哑、清脆响亮的，还有就是节奏感强、间隔时间长、叫声短的，这样的蛐蛐往往凶悍好斗。

蛐蛐喜欢在砖缝隙、石块下、杂物堆（砖石）、瓜田里活动。

砖缝隙里的不好抓，必须把它赶出来，这时，你可以随便在草丛里拔一根细长的草秆子，然后伸到砖缝里，从它身后往外赶。有时候天气闷热，蛐蛐自己会爬到外面，此时，你只要迅速用双手罩住蛐蛐，慢慢地用一只手的手指把它赶到另一只手的手心，双手握住就算抓住了，然后用拇指和食指对准套口，用嘴在小指处吹一吹，蛐蛐就会顺着风爬进去，封住套口便妥了。最麻烦的是在杂物堆，尤其是乱石堆，听准了以后，先做外围清理工作，把周围石块砖瓦挪开，然后再一块一块掀开，必须轻拿轻放，以免蛐蛐受惊而跑。有时一堆乱石里有许多虫子乱窜乱跳，更恐怖的是还有蜈蚣、癞蛤蟆，甚至能遇见蛇。但我们眼里只有蛐蛐，往往不在意这些毒虫，随手一拎一扔，又专心去抓蛐蛐。与毒虫在一起的蛐蛐往往比较凶狠，所以，碰到毒虫什么的，更会激发起我们的兴趣。瓜田里的蛐蛐个头通常比较大，可能与伙食好有关系，有的瓜比较大，需要几个人抬起来，因为滚动可能会伤到蛐蛐。总之，抓蛐蛐必须轻手轻脚，轻拉轻提，防止造成损伤和断须，经常需要几个人合作。当然了，抓到的蛐蛐谁发现的算谁的！蛐蛐不论在哪儿，它的窝都收拾得很干净，有通道、护墙、食物、杂物分类放置，井井有条。我们要捉的是二尾蛐蛐，好斗会叫；还有三尾的，不叫不咬，配对正好。

捉回去的第二天，我们会组织一次比武，先是把自己抓回来的蛐蛐按淘汰赛程序比出个一、二、三名，分别取名元帅、大将、先锋等，然后用搪瓷杯或玻璃瓶，在杯底垫上一层黏土，捏实后放入少量食物，把它们养起来，放在自己的床下，晚上还可以听听小夜曲。最能斗的往往待遇最高，住的是大茶杯，吃得也最好，青椒、毛豆等，有时还会为它专门去抓一只三尾子，放养在一起。一对蛐蛐在一起发出的声音非常动听，有点像单弦吉他，娓娓道来，缠缠绵绵！最引人入胜的是大家拿出自己的常胜将军与别人的蛐蛐斗，好几个伙伴围在一起，看谁的最厉害。斗蛐蛐时，把两个蛐蛐放到一个公用茶盆里，它们在里面会扫动头须，走动一圈熟悉环境，有时两个碰到一起，就会头对头、张开牙真刀真枪地动起武来。有的必须用草须把它们赶到头对头，甚至用草须逗它们开牙，牙对牙地咬起来，这时就要看蛐蛐的力量和耐力了，哪只能坚持到最后，哪只就是胜利者，得胜的一方会得意地张开翅膀，发出愉悦的叫声，斗败的则到处乱跳乱跑。有时，输了的还不服气，就把斗败的蛐蛐或放在两手窝里摇几下，或放在一只手心弹到空中掂几下，让它忘掉刚才的失败，重新投入战斗。有的蛐蛐很厉害，能把别的蛐蛐的大腿咬下来，当然，我们有时也会把斗败的蛐蛐的大腿卸下来，作为食物奖赏给胜出的蛐蛐。最有意思的是，有的斗败的蛐蛐好不容易逃出去，却被躲在一边觅食的鸡给吃掉了，真是刚离虎口又入鸡嘴。那时，蛐蛐可能是我们暑假里最好的宠物了。

那时的天气很热，家里没空调，电扇也很少，人们晚上纳凉大都在户外，拿一把芭蕉扇，围在一起唠家常。我们回去后抓紧时间冲个澡，然后在院子里或门前空地，或坐在竹椅木凳上，或躺在竹床门板上，望着繁星灿烂的夜空，听老人们讲美丽的神话和妖魔鬼怪的故事。在习习的微风中，充满欢乐的一天，就这样静静地溜走了……

儿时的暑假，那么亲近自然，那么需要伙伴，那么丰富多彩，虽然物质生活贫乏，文化生活单调，但在我们眼里，暑假是美好而令人向往的。我对自然的认知以及日常生活的技巧大都是从儿时与伙伴玩乐中学到的！

张湾，梦想升起的地方

◎ 张国林

　　古老的张湾村沉寂多年，逐渐与周边村庄拉开了差距，曾经的张湾道班等随风而逝，曾经的文桥高中、文桥初中、张湾小学像浮云一样逐渐消失在记忆的尘埃中，诸如此类，不胜枚举。

　　疫情防控转段后进行了领导班子换届选举，新一届领导班子为改变张湾形象，同时也为了与周边村庄保持同步，克服艰难万险，毅然决然修建张湾村支部办公用房，得到广大张湾村民一致拥护，采取自愿募捐形式，完成基础建设。

　　端午佳节，沉寂五年的龙舟竞赛开启加速模式，活动如火如荼，红遍大江南北，上百艘龙舟齐聚张湾主场河道，释放出久违的热情豪情。有《沁园春·端午》："沿江水域，千条支流，万条汉港。看西河两岸，人头攒动；大河上下，顿失滔滔。船舞银蛇，观者如云，欲与天公试比高。须节日，看红装素裹，分外妖娆。场面如此壮美，引无数英雄竞折腰。惜郭湾汾阳，霸气外溢；王破和谐，人见人爱。主场风采，张湾团结，巡河维稳保平安。俱往矣，数风流人物，还看今朝。"其中郭湾三艘巨型"航母"一时成了网红，刺激了周边村民的神经，掀起了打造"航母"的热情，不下于百艘"航母"在建造中，一车车神木从遥远的山区运回，一座座船屋拔地而起，一个个造船师傅从外地请来。张湾作为主场，自然不甘落后。张风华，不为名不为利，虽年近六旬，仍带头操劳，带领着一群热血志士，始终奉献在一线。从开动员会，到买神木浸树翻树运树，从船屋选址到打脚建造，亲力亲为，让人尊敬钦佩不已。资金全部采用自愿捐献原则，每天在村微信群里公开收款发票，公开公正透明。有捐一万两万几万的，也有两千五千八千的，还有三百五百的。有一个七旬老汉，儿子不幸走了，与孙子度日，也要捐两千，头首们研究后只接了五百，并在群里说，他捐五百相当于我们捐五千五万，为他的爱心点赞。还有一位村民，日子过得不怎么样，也自愿捐一千，头首们也只接二百，真正体现了大集体的温暖人性化。还有老早就迁往外地的，听说家乡打"航母"，委托在家的侄子等捐款。更不用说在外混得好的，各团体、各分支、各名人等积极踊跃捐款，使"航母"事业顺利进行。

张湾祠堂以及有几百年历史的大枫树是黄梅105国道边的一处地标，因年久失修，疏于维护，祠堂已破败不堪，枫树也已干枯，还有张湾始祖伯三公陵墓也亟须维修。遥想明洪武年间，伯三公从江西马迹岭来此繁衍，历经八百余年，生生不息，附近的孔垄张河，小池镇腊埠村等地都有族人搬迁创业至今，听说要修张氏家祠，修缮伯三公陵墓以及拯救大枫树，都积极捐款捐物。其中，腊埠村知名人士张国梁捐款四十万，红包一万，引起了轰动效应。还有人直接捐大枫树，并负责保养维护直至成活，张湾村民热情再一次高涨。祠堂前地面进行了硬化，搭建了戏台，建起了大牌门楼，蔚为壮观，再一次成为一道亮丽的风景线。张风华等头首再接再厉，不辞辛苦，长期奋战在工地上，成为张湾人民心目中的偶像。

喜事连年有，今年分外多，一桩桩一件件，无不体现出勤劳智慧的张湾人民强大的民族凝聚力和蓬勃的爱族热情。整个过程没有动用村集体一分钱，没有摊派，没有强迫，没有上门收，全靠村里村外人的募捐，且对有困难而又有爱村热情的村民劝其不捐或少捐，真正体现了办大事办好事的魄力和气势。许多热心人士，像退休老师张广林等冒着酷暑高温参与到公益事业中来，建言献策，群策群力，集思广益，办实事办好事，他们都是张湾村最可爱的人。

衷心地祝愿美丽的张湾明天更加美好。

天下好人多

◎ 张明洲

今天是大年三十，是一年当中的最后一天，也是最热闹的一天，每个家庭都到街上办年货，准备做年夜饭。家家户户贴着春节的福字和对联，街道上处处张灯结彩，十分热闹。

我们全家都非常高兴，欢欢喜喜地围在一起，包饺子，吃团圆饭，看春节晚会，窗外的鞭炮声起伏不断，天空中到处都是五彩缤纷的烟花，就像天女散花一样美妙，把这座城市的夜晚，点缀得更加美丽迷人……

下半夜三点多钟，我突然浑身汗如雨下，心里难受，忽又感到胃里翻滚，直奔卫生间就吐了几口鲜血，然后，又便出黑便，我的第一感觉是胃出血了！

我跟爱人说了情况，爱人马上说："上医院。"我和爱人还有两个孩子一同坐电梯下到一楼，街上静静的，下着鹅毛大雪，路面像玻璃一样滑。雪越下越大，我站在路灯下，浑身出虚汗，腿软。我心里想，我是男人，一定要挺住。不一会儿，女婿带着一辆出租车过来了，师傅把车门打开，扶我上了车，我的家人也一起上了车。

下半夜，雪下得更大了，路面像铺了一层白色的地毯。路很不好走，司机师傅开得很稳，开了很长时间，终于开到了解放军医院。下车前我问师傅："您贵姓？谢谢您师傅。"师傅笑着说："这是应该做的。"这位师傅在这大雪、寒冷的夜里，为我开的是救命车，救了我的命。

我和家人们赶到解放军医院急诊室，当时，我的血压已降到高压三十，整个脑袋昏昏沉沉，脸色苍白。医护人员各司其职，相互合作，一位护士从我胃里抽出了一碗血，医护人员像亲人一样照顾我，军医更是负责任，把我的胃出血给止住了，并叮嘱我在病床上静养。我爱人和女儿一直守在我的病床两边，仔细地观察我的病情，军医问我感觉怎么样？我说："现在好多了，多亏了你们军医和白衣天使。"我的病一天比一天好转，军医和白衣天使们的精心呵护使我很感动。是他们的无私奉献，换来了患者和老百姓的身体健康。

最使我感动的是，解放军医院当时血库没有 O 型血，军医们想尽一切办法寻找 O 型血的人为我输血。功夫不负有心人，有一位没有留下自己姓名的好人，为我无私奉献了五百毫升 O 型血。在我生命最关键的时刻，是他的无私献血，挽救了我的生命，功德无量，感恩终生。

住院十四天，经过军医的精心治疗，我的病已痊愈。我心里好想军医、美丽的白衣天使、为我输血却没有留下姓名的好人，以及没有耽误时间、救我命的好司机，是这些无私奉献的好人，给了我第二次宝贵的生命。当我走出病房，来到敞亮、洒满阳光的医院一楼大厅，听见有钢琴在演奏由许冬子作词、徐代泉作曲、歌手斯兰演唱的歌曲《好人多》。

冰封大地时，太阳最暖和。
雪中送盆炭，化作一团火。

漫漫长夜里，彼此手牵手。

蓝蓝天空下，还是好人多。

久旱逢甘霖，洒下爱的歌。

雨中送把伞，笑意满心窝。

一方困难时，八方汇真情。

看看这世界，还是好人多。

好人是岁月间，芬芳的记忆。

好人是菩提花，甜蜜的寄托。

好人是山水间，永恒的新绿。

好人是星空下不老的传说。

　　走出大厅后，优美的歌曲依旧飘荡在耳畔，动听，字字真言，句句暖心，吐出了人间的真情。

父亲的背影

◎ 沈成玉

朱自清的《背影》是初中时学过的课文，虽然已经过去二十多年，但每每想起父亲，心中便不自觉地掀起道道涟漪，课文中的"背影"晃动在波光里，若隐若现。

我的父亲，是一个地地道道的农村人，一米六五的个子，满头白发，皱纹布满整张脸，因为当过兵，身子始终健硕挺拔，现如今年事已高，渐渐有些驼背，走路也有些蹒跚了。

在我读中学的时候，一直都是父亲为我做早饭，那时候家里穷，没有什么可吃的，记得当时我最爱吃的就是父亲做的油锅饭。每周一至周五，早上天还没亮，就听见父亲在厨房折断木柴的声音，一根、两根、三根……不一会儿，就听见火着了的声音，接着就是猪油下锅，油珠慢慢地开始翻滚、跳跃起来，这时父亲就磕碎一个鸡蛋，加入隔夜的米饭，锅铲在不停地翻炒米饭。

"起床了，准备上学了。"每当听到父亲叫我起床时，最先苏醒的从来都不是我的眼睛，而是我的鼻子，一股油香味飘入房中，唤醒我沉睡的知觉。

学校离家大约有五公里远，那个时候农村没有车，只能走路去上学，一般都是早晨 6 点就出发，保证 7 点半之前到学校，早读至 8 点正式上课。夏季还好，天亮得比较早，不用走夜路；冬季早上 6 点，天还比较黑。因为从家到学校还要走一段山路，父亲担心我一个人走黑路害怕，都是送我走一段路。我很清楚地记得，每每天快亮的时候，似乎都是走到同一个山坡下，父亲就跟我告别，然后他独自走回家。

一次，我回头看着他，只见他小步向坡顶走去，身子有些向前倾，好像要倒下去的样子，看上去很疲惫。还没走几步，就回过头来看看我，好似怕我遇到什么危险，在他头还没转过来之前，我就扭头向前走，不想让他看到我此刻正在看着他。低头走路、回头看我、继续向前走，就这样一直重复着，直到他越过那个山坡，看不到我了。而我却一直看着他，他的背影就像落日一样，慢慢地从坡顶消失不见。

习惯了农村生活的父亲，不怎么愿意到城市里来。今年，好不容易让他过来了，还没待上半个月，就准备要回去，说是地里的菜长时间不浇水，就会死掉，不能浪费种子。其实，我心里清楚，父亲是待在这里不习惯，平时我们上班去，小孩也上学，家里就他一个人，确实有些憋得慌。

周六的早上，我开车送他去动车站，刚到车站，他就让我回去，不许我跟进去。可是我担心他不熟悉乘车流程，想带他进去，安顿好再走，没想到他却先提出来让我回去。几番推辞后，他还是坚持要自己进车站。当他乘着扶梯进站的时候，我看到他瘦弱的背影，心里不禁一阵酸楚，仿佛多年前上学时看到的那个背影，那么熟悉，却又那么陌生。父亲老了，头发白了，再也不像以前那样健硕了。

虽然看着父亲远去的背影心里有些不好受，但我希望每年都能多一些这样的机会，多看看他的背影。

南屋的老爷子

◎ 贾云哲

在西关住的那段时间，是我最难以忘却的。

邻家的南屋住着一个小老头，不管春夏秋冬，总是穿着那身深绿色的迷彩服，肤色可以毫不夸张地说像煮熟后的地瓜皮般，不知是因佝偻还是上了年纪，身高似乎连一米六都不到，身体瘦得跟风干鸡一样，给人一种风一吹便倒的感觉。

刚开始与他接触，我以为他是一个脾气极坏的老头，但后来发现他为人是极好的。有次我打雪仗不小心把雪球扔到他车上，老爷子"砰"地打开防盗门，拿上门口的铲子，追了我一路。由于我跑得太快，没有保持好平衡，一头扎在了雪堆里，老爷子大喊："臭小子！快起来，别凉坏了！"我被老爷子扶起来后，感觉头晕目眩，随后便彻底晕了过去，过了许久才渐渐睁开沉重的眼皮。

"你醒了。"

"嗯……"

"我给你做了碗热汤，你快趁热喝了吧。"

喝完汤后，我便与老爷子熟络了起来。聊天后得知，老爷子还有个儿子在东北开饭店，基本到过年才回来一次。

后来，我每次吃完饭后都会去找老爷子聊上几句。久而久之，老爷子收我为干孙子，我也很愉快地答应了。

两年后，我们要从西城搬到东城去。老爷子得知我要搬家了，原本矮小的身躯在月光下显得更加佝偻。

老爷子帮我们搬完家后，临走前，用力地抱了抱我，还塞给我一个鼓鼓的信封，我打开一看，惊住了——里面竟满满的全是钱。老爷子的目光一直护送我出了巷子。

暑假时，我说服了母亲，她同意我去看看那位南屋的老爷子。

到地方后，南屋的灯不再亮着，门窗上更多的是蛛网和灰尘，墙上还贴着"房屋出租"的字条。

我连忙去询问街坊四邻："南屋的那个老爷子呢？"

"走了，早走了，去年年底身体就不太好，转过年来就去了，他儿子想把这屋租出去，唉，不过租客们都嫌不吉利，这屋便一直没租出去，不过我记得这老爷子生前可有不少钱，但收拾遗物时却只找到了一两百块，就连出殡钱都是大伙凑的呢！"

上一次哭泣已不记得是何时，此刻我却已泪流满面，空中缓缓升起一层薄雾，为今晚的明月披上了一件洁白的纱衣。

我的人生如这雾中的月亮般，本是朦胧且看不到希望的，但待雾消散后，我也可以分享一缕月光，照亮更多在黑夜中前行的人。

静谧的秋

◎ 贾云哲

金秋九月，桂花飘香。九月的秋，是最容易形容的，因为它是多变的，时而凉爽时而酷热。秋天，也是四季最有韵味的季节。

今年刚入秋，我便和朋友一起相约去了一趟仓圣公园。去的时候天气就不太好，阴天没有太阳，白云像穿上了灰色的裙子。天空并未下起雨，只是时而刮起秋风。

我和朋友商量以后，租了一只游船，我们两个并排坐在一起，玩得不亦乐乎。

在静谧的河面上，游船轻轻摇曳，宛如一片漂荡在湖中间的树叶，在秋天的风中舞动。两岸的树木也随风摇摆着，像守护的战士在和我们打招呼。船的划行惹得湖面有了皱纹，一个弧圈连着一个弧圈，一直传到河的中心。

划完船后，我们并未觉得疲惫，于是我又邀请朋友去我家附近的公园游玩。

公园的小河与柳树的栽种设计十分诗情画意。远望去，水和天似是相接的，堤边的土地上长满了杂草，藤条缠了又缠，好似蛛网般交织在一起。岸上没有别的树，只有五六棵垂柳，柳枝一直垂到河里。此时此景，让我不禁在脑海中联想出一幅老人垂钓图，又或是美人出浴图，美人转过身去，长长的秀发垂入水中，让你的思绪情不自禁地被拽于千里之外。

到河下树影，盘脚坐之，取清酒佳酿，饮醉而归，也颇有一番韵味。

顷刻间刮起了几阵小风，吹落了些许树叶。落下的柳叶，有的好像为我们伴舞，有的好像为我们奏响名曲，有的又像化作垫子，为我们的瞌睡准备着。

就在这时，天空下起了小雨。大家都在匆忙找避雨的地方，然而几个孩子却在雨中戏耍起来，像是在欢呼秋天的第一场雨。

秋雨一落，风一起，瞬间气氛变得萧索。

雨丝像牛毛般细腻，一会儿拂到东河边，一会儿拂到西河边。不一会儿，雨戛然而止，天空中出现几道彩虹，引得园内的小孩不断呼喊："妈妈，快看，是彩虹！"

我跟朋友相视一笑，结束了今天的旅程。走一步，想一步，千缕思绪，万般感想。

卖茶佬倌

◎ 洪和胜

　　那是个久远的年代。三十多年前，我六岁，住在天台县城的一条小溪边。这条溪叫什么，我记不住了，只知道是从很远很远的地方流过来，再流到始丰溪，汇入灵江，流经椒江出海。

　　溪上有座历史悠久的桥，取名西桥头。西桥头三米多宽，东西横跨，桥东是街，桥西也是街。这条街长达三四里，是当时天台县城唯一的一条街。在小时的记忆中，街上商铺林立，各种旗幡飘动，热闹异常，每逢农历初五、初十集市，四乡八镇的人如潮般涌进，摩肩接踵，熙熙攘攘，街两边的门面好像要被挤破。印象最深的是来自各地的商贾，有设摊吆喝的，也有沿街叫卖的，都扯起嗓门，把每个音节拖得很长，声音极好听。

　　祖母曾说过，做买卖的，设摊要比沿街叫卖上档次些。我那时小，以为设得起摊的人就是老板了，对之就生出些许敬意，而对那些如乞丐般沿街叫卖的人便有几分不屑。

　　佬倌的茶摊就设在小溪边西桥头旁。虽说佬倌设的是摊，其实并没有摊，一个连孩子都提得动的小柴灶，一个铜壶，一把篾壳热水瓶，一个竹篮里放几个粗瓷大碗，仅此而已。谁来了，只要付一分钱，白开水就让他喝个够。要是谁阔气一点，又有闲心，能出到两分钱，佬倌就从竹筒里倒出几枚茶叶，放进比我的头还要大上一圈的碗里，冲上滚热的水，然后用一块木板往碗上一盖。三四分钟后，佬倌揪开盖，将茶双手捧给客人。喝茶的客人大多都有些斯文，不像喝白开水的人那样，端起碗仰脖咕嘟咕嘟地猛喝，直到肚子撑得喝不下去了，才用手一抹嘴巴匆匆离去。茶客往往是坐在旁边的石凳上慢慢地喝，慢慢地品，而且边喝边品的当中，还要跟佬倌说些掌故。

佬倌虽是个卖茶的，一字不识，晓得的事情却多，茶客的话一般都能应接。待茶客喝至半碗，佬倌殷勤地续上水，新的话题便又展开了。佬倌的茶摊常常生意好得不得了，两三米长的石凳坐满了茶客，有时实在挤不下，一些茶客就将自带的蒲垫往地下一放，坐在上面也喝得有滋有味。大家谈古论今，国事家事无所不涉。这里实在是个好去处。

我家与佬倌的茶摊只一箭之遥，出了家门，往左一拐，走几十步就到。我喜欢到他的茶摊坐一坐，不是想喝茶，而是听茶客们胡侃海聊。生意好的时候，就没有了我坐的位置，我得让出来，蹲在地上托着下巴听。我觉得茶客们非常了不起，谈的事情对于我都十分新鲜，所以我听得也很仔细，一些有趣的故事至今还没有忘却。

茶客多，佬倌忙于生意，加上我是小孩，他无暇顾及我。只有当茶客走后，生意清淡下来了，他才把我拉到身边，倒上一碗开水，有时还要将我抱到他的膝盖上，慢慢地喂我喝。然后，他给我讲故事，姜子牙火烧琵琶精、孙悟空大闹天宫、白娘子被压雷峰塔、鲁提辖拳打镇关西等。听得多了，我便能讲了，每当我绘声绘色地复述给他听时，他总咧着嘴，一副乐不可支的样子，总夸我聪明。一天，他郑重其事地对我说："我们交个朋友好吗？"我使劲地点了点头。就这样，我们成了一对好朋友。

他是把我当作好朋友看待的，比如一看见我到来，就显得极亲热，就问我要不要开水喝。他总是让我白喝，不收我半分钱（其实我也没钱），他总是跟我有讲不完的话，但从来没有讲过他自己。

关于佬倌的身世，我从祖母那里知道了一点。他从小没有父母，吃百家饭长大，那时的年龄已近五十，却没有妻子，孑然一身，是个可怜的人。我是否是出于同情跟他交上的朋友，现在是记不清了，反正，用时兴的话来说，我和他之间的关系很"铁"。这方面有例子为证，我经常下到溪边给他提水，还从家里偷些冷饭给他吃。夏天时，我和小伙伴们在小溪里捉鱼，口渴了，就在溪里大喊："卖茶佬倌，送碗开水来。"有时，他不待我喊，会主动地端着开水，站在溪岸上叫道："这么热的天，晒死人了，快上来喝一碗吧。"

卖茶的营生不必赶早，所以佬倌都是等太阳升得很高，人已大旺了才提着柴灶、粗碗等家什，慢悠悠地来设摊开张，跟佬倌久了，我也学会了生火。先是在灶里放些小树枝，撕下一张纸，用火柴点着，引燃树枝，再小心地放进劈好的柴爿，用一把破芭蕉扇拼命地往灶门口扇风，待火旺后，放上铜壶就行了。

一次，因为柴湿，我费了好大的劲儿才将火生旺，此时，已满脸炭黑。佬倌在边上咯咯地大笑不止，说我是黑旋风李逵。我佯装生气，反唇相讥："还笑我呢，你的脸比抹布还脏！"

佬倌是脏，衣服脏得看不出原来的颜色，长长的手指甲里全是柴灰，脸常年黑得发亮。我猜测，他可能很少洗脸。也奇怪，如此脏的一个人，居然会有这么多的茶客到他这里喝茶。

佬倌自己脏，却容不得我脏。见我脸上全是炭灰，就掏出一条塞在裤腰带上的滑腻的毛巾替我擦脸。我嫌太脏，跑了，不让他擦。当日，我从家里偷出一条自己在用的半新的毛巾送给他。佬倌本来想推让一番，但看我坚决，就收下了。第二天，祖母发现毛巾不见了，追问下来，我只得如实相告。我家不算富，看得出祖母对将毛巾送人还是有些心疼的，但她没有责怪，好像还表扬了我几句。没想到那日佬倌竟来到我家，把毛巾递还给我祖母，他木讷地说："怕你要骂他，我，我给你送，送回来了，我习惯了破，破毛巾，不碍事的……"全没了往日伶俐的口齿。

祖母跟佬倌不像我与之那样有深厚的交往，因而谈不上对他是否有好感，但有一件事却令祖母对他感激不尽。

我和佬倌都是剃光头的。他人称卖茶佬倌，绰号却是大光头，我的绰号是小光头。那年夏天，一只毒蜂蜇了一口我的光头，不几日，头顶就长了一个大疮，流脓出水。祖母带我到医院用了好多药，花了不少钱，仍不顶事。脓疮生了月余，痛痒难忍，祖母难过得整日愁眉不展，除了一个劲儿地安慰我外，一筹莫展。不知佬倌从哪里讨得膏药，在火边一烤，待烤软后，往我的疮疱处轻轻地一按，顿时，整个头皮都有一种沁凉的感觉。只贴下两帖，脓化了，疮退了，至第五天，便痊愈了，"百病"消散。此事，让祖母说了无数感激的话，直到许多年以后，祖母仍时常提及佬倌的好处。

我和佬倌交朋友的时间不长。六岁以后我就离开了天台，长期在外生活。遗憾的是至今不知道佬倌叫什么名字。也曾向人打听过，但都说不知道他的名字，无论老少直呼他卖茶佬倌。

这些年，我多次到过天台，来到小溪边，西桥头旁，却再也没有见到过佬倌。经多方了解，从上年纪的人口中得知，他已多年没卖茶了，不知去向，连是死是活都无人晓得。

再过几年，我的年龄也将与当时的佬倌相同。我可能会忘记许多人许多事，但我怎么也不会忘记他，尽管他是那样平凡甚至有些猥琐，尽管他和我之间的事是那样稀少甚至不值一提。

佬倌大概是真的不在人世了。可在天台县城的小溪边西桥头旁，我又分明看见他的身影，往事历历在目。

相隔这么多年了，突然想要写一篇关于他的文章，我无法说清是出于什么心理，但有一点可以肯定，佬倌是万万没有想到，这个人世间还有人在饱含深情地怀念着他。

巧克力盒

◎ 孔秋莉

　　收拾房间时，发现家里有太多用不上的东西，尤其是那些漂亮的包装盒，已经多到无处安放的地步。于是，我打算清理掉一批，让房间变得清爽些。

　　很快，我就收拾出了一大堆用不上的盒子、衣物、小饰品等。它们大多数都洁净如新，虽然有些舍不得，但还是一起打包扔进了垃圾袋。

　　拎着这些曾经心爱的物品走向垃圾桶的时候，幼时的回忆涌入脑海。

　　读小学的时候，有一次，从东莞打工回来的妈妈给我带了一个粉色的心形巧克力盒，并告诉我，这个盒子是她在扔垃圾的时候在垃圾桶边看到的。她觉得这个崭新的盒子很美，我一定很喜欢，就捡了回来。

　　那是我第一次见到如此精致的盒子，十分喜欢。我拿在手上，反反复复观摩了许久，最终决定用这个盒子来装那些零碎的发卡、头绳、耳环等小物件。每天早上梳头的时候，我都会打开那个盒子，从里面挑选自己想要的装饰品。

　　后来，上了初中，陆陆续续收到一些来自闺密、同学的小礼物。那些年，收到什么礼物都是欢喜的，都想着要珍藏一辈子。

然而，随着时光的流逝，心境的变迁，许多曾经觉得无比珍贵的东西，都不知何时慢慢消失了，尤其是我曾珍藏的许多信件，随着家里修房子，都莫名消失了。

唯有这个心形巧克力盒子，一直在窗前的桌子上。也许，是妈妈刻意留下的。也许，是因为它从不曾空着过。不知不觉，它默默陪伴了我十多年，直到现在，它依然在我曾经住过的那个房间。

每次回老家的时候，我总会情不自禁多看几眼那个粉色的心形盒子。而今的它，锈迹斑斑，没有了当初的俊俏模样，还被妈妈装满了绣花针、丝线、纽扣等。但是，每当我看到它，总有一种莫名的亲切感与幸福感。而且，那种感觉，还很久违，让我十分怀念。

知　了

◎ 琅　琅

夏日的歌手，非蝉莫属。为热而来的它，把夏唱得沸沸扬扬。

音响的上空是挂在树梢的高阳，那滚滚的热浪仿佛是"知了、知了、知了……"一声声喊来的。知了什么？不清楚。但知了你的厉害，那么小却那么响，断肠声里忆平生，竟然撕心裂肺地喊了整整一个夏天。

经过了那么漫长而黑暗的地下岁月，好不容易拥有这样短暂而快乐的时光，让自己快乐地喧嚣。唱着最高亢的情歌，走向最悲壮的终点。

树荫下的我和树头上的你，一个燥热，一个力竭。你仿佛带来了迎候我的乐队。

且听蝉音，燥热和浮躁等本就是偏见，感受禅意，领悟生命的执着和纯粹……

拂热风、且幽行，一卷素心遣谁听。思一许小窗旖旎的旧时灯火，叹一声残楼当照的空响音绝。再豪华的幕帘也隔不住大自然的组合、奔赴和交响声音。

有些事，发生了只能接受；有些路，选择了，没得回头。切莫对自己说了不算的事儿做主。

记住该记住的，忘记该忘记的，欢喜也罢，悲凉也罢，定下心来捋一捋、听一听，歇一歇、凉一凉，也好。

——这是我从知了那里学到的。

一株开花的两面针

◎ 蔡泗明

我素爱种花，不爱种刺。即便种刺，刺也开花。

——题记

今年春天，我家阳台上那株种了三年的两面针竟然开花了，这令我感到讶异，也令我心生欢喜。

自从小时候起，我就很喜欢赏花，关键是我还喜欢种花。于一个大男孩来说，对此我是丝毫不敢张扬的，甚至还有点儿羞于开口。一直到读了陶彭泽"采菊东篱下，悠然见南山"的《饮酒》，以及欧阳文忠公的《洛阳牡丹记》，才慢慢领悟过来：原来，赏花与种花本就是大俗大雅之举，又何至于不好意思说出口呢？

时至今日，我所种过的花确实有不少——无论是单瓣的还是复瓣的月季，无论是草本的还是木本的海棠，也无论是自己从山上采集下来的石仙桃和石斛兰，还是从朋友处淘来的珍品茶花，我都没少种过。甚至于连源自北方的菏泽牡丹和来自于异域的郁金香，我也尝试种过。我一直以为，喜欢种花与乐于行善的心理需求是相一致的，起码那颗向美向善的心是一致的，都一样散发着怡人的芬芳。俗话说："多栽花，少种刺。"这不就是劝人多行善举而少干得罪他人的事吗？

大约是三年前吧，曾有一段日子，为排遣心中的郁闷，我喜欢约上几位经常赶山的朋友，让他们带着我到山上去四处游逛，主要是去散散心，当然也可以算是弥补一下读书人"行万里路"中某个小领域的不足吧！

有一天，属谷雨节气，我们几位去山上打毛竹笋，等收拾竹笋时，我却在一处茂密的草丛中无意间发现了一株显眼的两面针。当时，我的心里只咯噔了一下，随后便小心翼翼地将它从地里挖掘出来，尽量不损伤它的根部，然后带回家中。带回家后，我又小心翼翼地将它种入一个中号的紫砂盆中，置于阳台之上。

两面针，许多年前我便认得。最早认识它是因为有一个牙膏品牌叫两面针。"两面针牙膏"在电视上的广告介绍得很具体。我还清楚地记得，当时爸妈一见到这则广告，就说那两面针呀他俩太熟悉了，早些年上山砍柴割草时就没少见过，只是大家都习惯唤它为"鞋底刺"，意思是说如果有谁一不小心踩到了它，它的针刺便会扎进鞋底而不易脱落。

两面针，本是一味中草药，味苦辛而性平，有活血化瘀、行气止痛、祛风通络和解毒消肿之功效。只是它的外表长得确实太过奇异：木质藤本，不仅其茎与枝上皆有针刺，而且在它的叶轴下方和叶片中脉的上下两面，也都长有钩状针刺。总之，就是浑身上下都长满了针刺，密密麻麻，相互勾连。这几年来，我每次为它修枝剪叶，总是防不胜防，免不了受些皮肉之苦。然而，恰恰是这儿，才时常提醒着我：爱种刺者，必然自伤。

三年前，因胸有块垒，我种下了这株两面针，而当我把它种在阳台之时，其实也种在了自己心里。如今，我种下的这株两面针都开出花来了，我还有什么不可以放下的呢？

当妈妈操起扁担追我

◎ 蔡泗明

在我的脑海里，曾多次再现妈妈操起扁担，追着要打我时的情景。这可不是因为之前的恐惧而引起的，相反，往日的情景如今浮现在眼前，完全是一幅温馨的画面。

在家中，我有两个姐姐和一个弟弟，弟弟小我三岁，我们常在一起玩闹。玩闹玩闹，自然也免不了会乐极生悲，生出一些矛盾来，兄弟俩打起来都是常事。小的时候，三岁的差距，一旦动起手来，胜负自是不言自明。所以，作为家庭成员利益的平衡者——妈妈，每当看见处于劣势的弟弟受委屈时，难免要出来主持公道。盛怒之下，情急之下，她常常顺手操起门后的那根扁担，猛地向我奔来……

要知道，在学生时代，短跑可是我的强项，我的 50 米跑纪录是 6 秒 6，只要我想跑，妈妈肯定是追不上的。追不上我了，妈妈会怎么办呢？她就悻悻地拖着扁担走回去，也不进家门，就在家门口的一条大石板上坐下来，等我。那时候，我见妈妈走回去，也会跟着走回去，只是保持着一个相对安全的距离。她若回头再追过来，我就再跑……

那时候，我还常看见妈妈追不上我之后，就愁着脸，伤心地哭。一看见妈妈哭，我的心里就受不了，便慢慢地走近妈妈，想着主动上前去让妈妈打几下，好让她消消气。

然而，此时的妈妈哪里舍得重打我呀？即使是手握扁担，也只是重重地提起，轻轻地落下，再加上几句"兄弟之间要和好，要互相爱惜"和"当哥哥的本该多让着弟弟才对"之类的教导言语。

但是，小孩子哪里有那么快长记性的？所以，那样的情景，不止一次，而是有好几次的重演。

后来，我长大了，书也渐渐读得多了，竟然从书中找到了依据，发现当年的我所表现出来的行为是符合孝义的。《孔子家语·六本》里面就说："小棰则待过，大杖则逃走。"意思是说，父母在教训督责子女的时候，当父母处于盛怒之下，以大杖加来，有可能把孩子打得太重了，过后反而会使父母懊悔不安，并让父母留下不慈之名。那时候，最好的办法是暂行逃避。这也是《后汉书·崔寔传》里所说到的"小杖则受，大杖则走"。这样对待父母，并不是什么不孝之举。

轻打就忍受，重打就逃跑。儒家认为，这才是孝子受父母责罚时应抱的态度。春秋时期，有一位叫曾参的人，他曾经因为种瓜误点而被父亲毒打了一顿，挨打后都不省人事了，醒来后竟然还装作很高兴的样子。孔子听说此事后，非常气愤，甚至一气之下都快不认他这个弟子了。孔子说，当年舜对待父亲的责罚从来都是轻打就忍受重打就逃跑，那样并不失去对父亲的孝心，而曾参的行为反而会陷父亲于不义的境地。

回想起小时候的这些往事，我很庆幸自己当时做的是对的，并没有违背孝义。同时，也庆幸现在的自己，仍能保持一颗澄澈善良的心。

品味苦瓜

◎ 蔡泗明

　　苦瓜，无疑是祖先给咱们留下来的一样宝贝，说苦瓜是一种蔬菜，不如直接说它是一门哲学。有了苦瓜这道日常菜，就能时时提醒我们，吃点苦本是生活之必须，而不是一件什么特别不好的事情。

　　苦瓜虽然味苦，却也不欺人，它从来都是表里如一的。苦瓜，不仅拥有浑身瘤皱的外观，就连腹中的种子也得多上几个小齿，多上几道刻纹。除此之外，吃苦瓜时的感觉，以及吃了它对身体的诸多益处，无不体现了其对生活之艰难曲折和苦后余甘的象征意义。

　　在这个世界上，没有一个人生来是爱吃苦的，一个也没有。不信你看，从婴幼儿能吃蔬菜的那一刻开始，只要你喂其苦瓜，过不了几秒钟，必可见其眉头紧皱，然后立即就会把苦瓜给哕了出来。可是，等到小孩子长到五六岁的时候，再让其品尝苦瓜，他们虽然也会皱皱眉头，但一般会勇敢地把苦瓜吞咽下去。神奇的是，间隔一段时间后，他们还会继续尝试，而且他们每新咽下一片苦瓜，仿佛都是在向家人们展示自己的勇气。一个人能吃苦，一般是从其有了挑战意识之后开始的，而一个人能吃多少苦，往往又跟其勇气的大小紧密相关。

现如今，无论是在富贵群体中，还是在小门小户的平头百姓家，苦瓜已然成了人们餐桌上的一道家常菜。苦瓜既可清炒，也可白灼一下做成脆爽的冷盘；可以搭配排骨或是文蛤煮成一碗可口的鲜汤，也可以搭配鳗鱼做成一锅美味的苦瓜鳗鱼煲。当然，苦瓜的做法还有很多种，比如可以把去了瓜瓤的苦瓜横切成一个个圈圈，然后分别填充些肉末，上笼蒸熟，那也是极其美味的……而不管是哪一种做法，只要是取材于苦瓜，人们看中的必是它苦中带甘的独特风味吧。正所谓，人间极乐之事，无不是苦中作乐呀！

我呢，不仅喜欢吃苦瓜，而且从小就跟着父亲一起种过多年苦瓜，种过好多好多的苦瓜。当时，我们为了自留些种子，会任一些苦瓜在瓜田里自然熟透。熟透了的苦瓜呈橙黄色，到了一定时间，它们会从顶端呈三瓣自然裂开，裂开之后，显露出来的是朱红色的果肉和包着苦瓜种子的假种皮，它们都可以直接食用，而且吃起来味道清香甘甜。后来我才发现，其实，人世间有一些苦不必急着去吞咽去克服，相反，它们需要耐心的等待，需要经过一定时间的酝酿，苦楚终究可以酿成甘甜。这大概也就是庄周所主张的，一切顺应自然，安时而处顺，知其无可奈何而安之若命吧！

偷吃之乐

◎ 蔡泗明

在小时候的生活体验中，偷吃无疑是一件快乐的事。

偷吃之前，几乎都是对一物馋得流口水，要是没吃上，心里就会一直痒痒的，然后，才忍不住去偷吃。

偷吃的过程，既紧张又刺激。那种心理感觉，大概源自于本不能堂堂正正地去享用却仍有非分之想，而快乐的极致恰恰就在于此。因此，偷吃的经历，总是令人难以忘怀。

一

小时候，我家里的经济条件不算太拮据，但也并不宽裕，爸爸白手起家，我们兄弟姐妹四人又都上学，花销较大，用爸爸的话说就是，要努力去创造又得仔细计划开支。

爸爸是做财务工作的，心细，做事有计划。记得当年，爸爸引领着一家人，硬是将本来单调的小农经济搞得稍有声色——加上承包的，我家耕种的旱田及水田合计有七八亩之多，除了种植传统粮食作物，还另外种些经济作物可供批量收购；猪圈里的猪，大小存栏达二三十头也是常有的事，这些收成都还不错。只是因为平时家庭的刚性开支较大，所以爸妈从来都是花钱不铺张，用物有节制。根本不敢有丝毫的"坏支出"，更别说"大手大脚"了。

前不久，我还玩笑着跟妈妈抱怨：小时候，逢年过节，家里为祭祀准备的米粿或米糕，每次都计算得何等精准，几乎没有多余。没有多余，祭祀之前的供品是不能动的，我们小孩子就只能看得嘴馋眼也馋呀！

虽然是在这种环境中，但由于我是家里的第一个男孩，往往能得到多一点的偏爱。正是由于物质的相对匮乏和一颗不安分的心，以及父母的偏爱等因素加在一起，才让我敢有偷吃的念头与机会，收获真切的快乐体验。

二

小时候，家里兼顾经营一个小食杂店。农村的食杂店自然会卖糖果，尤其是漳浦县杜浔镇来的贡糖和花生酥，小孩子最是爱吃。可是，有父母在身边时，我哪里敢随便拿起来就吃呀？——也曾尝试过直接公开提要求，但大多会听到两个字：不行。再说，如果兄弟姐妹四人都放开了吃，那还了得？赚的都不够自己吃掉的，那还卖个啥呀？于是，我只好等到父母出门去了，瞅准机会了才下手。

花生酥一包十二个，如果有邻居的小孩刚好买走了几个，拆了包装，那时候我的偷吃念头最是强烈，不时就会往那里瞟上一眼。忍着忍着，就先偷吃一个，哇，那可是又甜又香啊！若是父母还没回家，隔一小段时间，实在忍不住了就再偷吃一个……"好，就最后再吃一个，这个吃完真不能再吃了。"有时候我也会在心里暗暗下决心，一连下了好几次决心呢！……记得最多的一次，一包花生酥，只卖出去两个，我却连续偷吃了五个。后来，爸爸回家了就问我："我才出去那么一会儿，花生酥卖得那么好呀？

该不会全是你自己吃了吧？""奋呀，小孩子吃太多酥糖，对牙齿真的很不好，容易导致蛀牙知道不知道？""奋"是我的小名，其实，爸爸心里自是明白的，只是批评婉转一点而已。我呢，也只好挠挠头，回以一个尴尬的笑容。

三

在偷吃方面，我可是一个有故事的人。另一件事，发生在我七岁时的那个冬天。

临近年尾了，节日渐多，祭拜祖先神灵的供品也就多些。要是拜过神的糖果都放在显眼的地方，孩子就会肆无忌惮地去吃，尤其是我。于是，妈妈为了"细水长流"，就会把那些糖果先藏起来，再定期拿出来分配。我呢，哪里能忍得住？每一次，都是充分调动自己的逻辑思维，除了良好的直觉和惯用的排除法，还常常费尽心机地去揣摩妈妈与我斗争的心理。因为妈妈会将糖果藏起来，主要还是为了防我。而结果是无论妈妈如何变换藏物地点，十有八九都会被我翻找出来。

接着，笑话就来了。

有一次，妈妈绞尽脑汁所藏的糖果又被我翻了出来，那次她确实生气了，从扫帚上抽出一根细竹条，堵住房门口，追着我打。可即使妈妈再生气，手上竹条鞭打在我腿上的力度也并不狠。温柔的母爱总能让妈妈收住几分力。而且，由于冬天穿的裤子偏厚，就不觉得怎么疼了。记得那一次，我偷吃了三颗糖衣花生，就挨了三鞭。皱皱眉头过后，我竟对妈妈说："能不能让我再挨三鞭，然后再给三颗糖衣花生吃？"这可惹得妈妈哭笑不得。后来这件事让家里的两位姐姐给传了出去，邻居们也陆续知道了我是一个宁可"挨打"也要"换吃"的主儿。这种值得猎奇的事，我们这里的俚语称之为"让人传为古风"，意思是某某人的逸闻趣事。——如果你们之前也曾听说过东厦镇浯田村有一位宁可"挨打"也要"换吃"的男孩，那就是我。

四

第三件偷吃事，也是闹得颇为出奇的。

每到夏季的农忙时节，妈妈常会在下午出工之前，煮些甜绿豆汤给大家当点心。妈妈煮的绿豆汤里还会放进一些用地瓜粉做成的揪面片，这种面片吃起来 QQ 弹弹，甚是爽口，我特爱吃。有一次，爸妈不在家，我突然想起这揪面片，馋虫一勾，又忍不住了，就自己动起手来。——赶紧找到地瓜粉，冷水一掺，想学着妈妈把它们揉成团，可这下坏了，真搞砸了，怎么弄也揉不成团。——掺了冷水的地瓜粉一抓到手上，便顺着手指缝儿纷纷下坠，而且一捏就碎，无论如何都揪不出面片来。没办法，最后只好多加冷水再加糖，稀释搅匀，倒进热锅里搅和成团，当看到它们从浑浊变为透明，就知道可以吃了。——这个我早在之前就偷吃过了，哈哈！

过后才知道，地瓜粉不同于小麦面粉，地瓜粉中的支链淀粉含量远多于直链淀粉，难溶于冷水，想吃地瓜粉做成的揪面片，必须加入六十摄氏度以上的热水揉搓才能膨胀成团，继而揪成面片。也真是没想到，这偷吃还能偷出一点知识来呢！

分享完自己小时候偷吃的经过与心理历程，这才让我想起了战国末期著名思想家、教育家荀子所提出的，人性的本质是无所谓善恶的，就像是原始的未加工过的木材一样。它既有转化为恶的可能，也有发展为善的机会。食色喜怒本就是人的先天性情，饥而欲食，寒而欲暖，劳而欲息，好荣而恶辱，好利而恶害，也都是人所共有的，无论"君子""小人"都一样。至于仁义，则是由后天所学、所行、所为而获得的。正是由于这样，我们才特别强调道德教育的必要性与重要性啊！

赵西垸森林公园游记

◎ 蔡泗明

今天，来自天南地北的我们，一行二十人，一起游览了赵西垸森林公园。这个地方就坐落在宽阔平坦的江汉平原上，让人感觉广大而壮观。

听到"森林公园"四个字，便知道这里不是搞农业或林业生产的，而主要是自然生态保护。即使是在市场经济的大环境中，也无非是加上一些便利于通行和休息的设施，兼顾开发成生态旅游项目而已。一进入景区，我们虽然看到了一些仿古建筑的店铺，却丝毫没有违和感。

随着一曲沔阳小调，我们登上了一艘舒适的观光游船，游船启动之后不久，我们便进入了一个新奇的森林世界。这里的树是长在水里的，但它们并不是我家乡所拥有的红树林，家乡的红树林长在海水中，这里的树却长在淡水湖里，它们的名字叫池杉。这里的池杉多呀，池杉林的面积大到让我无法估量出它的亩数，连想估出个约数，也是盲目而没有依据的。我只知道这里生长的不是天然林，而是人工林，因为它们实在是长得太整齐了。池杉的树干是笔直的，池杉林下也没有藤蔓，所以，即使它们已经有五十年的树龄，看起来仍然像是一个个站立姿势整齐的阅兵方阵。我是一名林业干部，自然知道天然林的珍贵及其保护的重要性，但是，当我看到这片面积广大而又完好无损的人工林之后，似乎更加感叹仙桃市民众对于造林绿化以及森林保护的高度自觉。

岂止于此，另一个精彩纷呈的地方，就是这里的水鸟种类繁多，游船所到之处，几乎不无鸟儿飞翔于前，或者盘旋于后。森林茂盛，水域辽阔，水鸟喜欢到此处栖息觅食本是必然，但让我感触颇深的是，在这里见到的竟然全是我在家乡的红树林见到过的"老朋友"——它们之中，不仅有小白鹭和大白鹭，有池鹭和夜鹭，还有鸬鹚和绿头野鸭……这，不禁让我想起了辛勤奋斗的年轻的学子们，他们无论是大专毕业还是本科毕业，无论是硕士研究生毕业还是博士毕业，一个个的，都在寻找机会，哪里敢有丝毫的偷懒懈怠呀？又有哪个年轻人不想通过努力闯下自己的一片天地呀？更重要的是，哪里的水土不养人呢？一个地方，是否拥有更加优越的生存和创业条件，是决定人才流向的关键。

我一边沉浸于对眼前景象的思考，一边内心充满了喜悦。之前所有的疑惑，因为有了今天遇见的一幕幕，让我豁然开朗。

今天，我们一同去游赏赵西垸森林公园的，都是因为文学爱好而结缘于冬歌文苑的挚友。你说，有这样的一次出行，难道不是人生中的一件幸事吗？

为什么要取悦别人

◎ 蔡泗明

　　近年来，读过不少关于"不讨好世界，只讨好自己"和"不取悦别人，才是最舒服的生活方式"这一类的心灵鸡汤。更有甚者，说什么"愿你以后的人生，不用取悦任何人，你就是你，是独一无二的自己。做好自己，就够了"。言语者貌似经历了一些人和事，说这些话时也好像是成长成熟了之后才发出的感叹，而在我看来，这仍是幼稚和偏激的体现。

　　自古以来，无论是邻里相处、托人办事，还是商贸往来，都是图个你畅我快、互惠互利。只要是人多的地方，就存在妥协，就需要互相取悦对方。因此，一个成熟的人，就不应该将取悦别人看成是一件多么令自己委屈的事情。

　　或许，有人会说："我万事不求人，为什么要取悦别人呢？"这本来就是一个伪命题，"万事不求人"的人，在现实中根本是不存在的。你，有妻儿老小吗？家里有孩子要上学吗？有家庭成员需要看病就医或找份工作吗？如果都没有，那么你的个人生存问题也免不了要与其他人产生一些必要的联系吧！

　　孟子曰："爱人者，人恒爱之；敬人者，人恒敬之。"只有懂得适当取悦他人的人，才能成为一个受人喜爱的人。从某种意义上说，顾及他人感受层面上的取悦别人，是一种基本的为人处世之道。而对于度的把握，那就看具体的人和事了。

打个比方，你和几位朋友坐在一起聊天，其间有人针对某人某事，或者某种现象发表观点，你若总是习惯于先去否定对方，然后再提出自己不同的观点，并且常常尝试着去说服对方，在这里，咱就先不去讨论究竟是谁的观点对还是谁的观点错了，只要你毫无顾忌地坚持这样做，一而再，再而三，我敢保证，你很快就会成为一个不受众人欢迎的人。要知道，一个不受众人欢迎的人，注定是要孤独一生的。

再譬如说，哪一天有亲戚朋友到你家里来了，你刚好想请他们吃顿饭。这时候，如果你能多了解一下他们的饮食习惯，尤其是有什么忌口，那么你就能准备出一桌大家都比较爱吃的饭菜，这样，在亲戚朋友吃得开心的同时，你也一定会觉得很欣慰的。你说这算不算也是一种懂得取悦别人的行为呀？我想应该算是，而且这样做才是比较周到的。

不仅如此，我还经历过另一种现象，就是看见朋友写错字了，或是在他们的文章中发现了常识性的错误内容，然后帮他们指出来，但就因为这样一句明明是能够帮到他们的坦诚的真话，却把他们给得罪了，即使是私聊，即使是语言委婉，即使他们表面上也表示接受和感谢。当然，这种现象是绝不能以偏概全的，但只要你经历过，那种感受一定很特别，你也多半不愿再冒此"风险"了。有时候，见到他人有错而不予纠正，也是一种取悦他人的方式，只是这种取悦他人的方式有点儿病态。今天，我之所以把自己亲历的这种现象写出来，还有一个目的，就是告诉那些假治学者，应该见耻而知耻。

写到这里，有必要再提醒一下读者，我所说的有必要去取悦别人，既不是提倡不分是非的曲意逢迎，也不是怂恿大家不惜违背道德和法律规范而去说假话，做蠢事。学会适当地去取悦别人，并不影响你做一位君子。易中天老师就曾经给过我们建议："不能说真话的时候，至少不要说假话！"

老石桥记

◎ **毛鸿森**

　　石家桥，俗称石桥，位于苏州市相城区北桥镇石桥村。桥建于清代宣统元年（1909 年），南北走向，花岗石单孔石拱桥。石家桥全长 28.7 米，拱高 4.9 米，桥孔直径 7.7 米，桥面宽 3.5 米，24级石阶。桥北东侧有旗杆石，东西两副桥联保存完好，西面桥联为"雁齿云平虹腰水映，驴骑月冷马印霜骄"，东面桥联为"红板夕阳不数题诗客过，苍葭秋水澶偕荣故人来"。桥顶东西栏为一对长石椅，供人休息，形制较为少见。桥北塆有土地堂一座，土地堂内门枕石尚为原物。

　　1997 年 7 月，石家桥被列为吴县文物保护单位，现由于行政区划调整为苏州市文物保护单位。

　　石桥——是我儿时读初中、高一的地方，桥下北塆的一排白墙黑瓦的房子就是我们的学校。高一时，我们的教室换到了中间南首，我们可以一边上课一边眺望桥上川流不息上上下下的过往人群。

　　学校的西侧河边是我们学校的厕所，据说是当年日本人镇守在石桥镇上的一个据点的炮楼。桥的南塆东首是一家茶馆，提着茶壶来这里喝茶、提着水壶来茶馆老虎灶泡水的人也总是络绎不绝。那时的水壶一般分竹壳和铁壳，而铁壳的又很少，一般条件好点的人家才有。

　　石桥镇名气很大，从前从海外、从省外、从上海写信过来，抬头不用写什么县什么乡，只要写上苏州齐门外石桥镇某村，方圆几公里的几十个自然村都能收到。石桥镇不大，三面环水，呈南北向，椭圆形，像回形针一样。镇的东街北面桥堍东侧是一家茶馆和老虎灶，茶馆老板的儿子小狗是我们同级不同班的校友。他应该是我们学校所有校友中条件最好的人了。冬天身上总是穿着一件棕红色皮衣，早上我们从桥上经过经常看到他的手里抓着又大又粗还冒着热气的油条或大饼。茶馆旁边，正对街面的一间小房子是镇上的电话总机房，里面值机的是一个患有小儿麻痹症的老姑娘丽华，皮肤很白，说话嗲声嗲气十分好听。总机房负责石桥周边的十几个大队进进出出的电话。很多人走进总机房不是来打电话的，而是想在她的总机房寄放点什么东西。而她总是十分热情，十分负责，总能问清东西要交给谁？什么时候来拿？有谁会来拿？

　　总机房南侧是地面上铺满木板的"世界福"（施家福）家的药材店，"世界福"毛估得有二百斤。他头不大，头发根根向上，还油光锃亮，声音洪亮，说着带点外地口音的苏州话。穿着宽大柔软的衣裤，肚皮圆鼓鼓，大得出奇，样子有点像现在的"不倒翁"玩具或像一只大号的"宝塔糖"。

　　在那个时代，无论城市还是乡下，是很少能见到体重超过一百四十斤的"巨人"的，至少"世界福"是我在乡下唯一见过的这么胖的人。因为他长得特别胖，又是那么的有福相，我一直以为人们将他昵称为"世界福"，但其实是因他的名字叫施家福，我直到当兵以后许多年才弄明白这件事。传说他是被据点里的日本人抓去做伙夫，跟着吃吃喝喝吃胖的。

弄堂里首是镇上的杀猪作坊，向南是阿林开的卖肉店，阿林个儿也不小，但明显没有"世界福"的胖大福相。一双眯眯眼，头发乱糟糟，胸前挂个大布兜，身上总是油腻腻脏兮兮的。他话不多，但看人很清很准。小镇那时物资紧张，而且还限量，杀了一头猪有时还要供应半头给沈巷、洋塘的下伸店。每天一早，天刚蒙蒙亮，卖肉店的门口就里三层外三层地围满了人，但很多只是看客，躲在角落里来看几天也从没买过一两肉。虽然大家都在响亮大声地叫着阿林大哥"阿林大哥"，但听声气他便知道谁是真正兜里有钱想要买肉、需要买肉的人。于是，他会小眼睛一张，"要几斤？"手起刀落，"嚓"，一块斤把重的肋条不多不少，够你手里紧攥的那张钞票。他伸出一只手从旁边墙上抓起一根稻草，像魔术师一样一捆一扎，抬起胳膊一扔，一块红扑扑的白肉飞起进了你的竹篮。家里有病人、坐月子的，他会把蹄髈、猪肝、猪腰"开后门"卖给你。穿戴特别破特别脏、很少见到的生面孔来买肉，一般会优先切一块给他，而且一定是他心心念念的好肉。那是照顾他回去可以熬油，烧顿久未闻到的红烧肉吃吃。而那时的猪肉只要七毛六分钱一斤。到了"四夏"那几月，阿林有时就无权杀猪了，他的肉店只能卖上面供应的"冷气肉"，也叫"战备肉"，价钱更加便宜，每斤六毛五分。在老街上围得水泄不通的人群中，虽然人多肉少，但真正敢买肉、能买得起肉吃的又有几人？

镇上穿着最干净整齐的要数卖肉店对门的独臂书法家张翼了。张翼人也特别高大，长得白净且方方正正，腰杆笔直，但只有一只左臂。他戴着一副眼镜，总是穿着笔挺的中山装，上衣左侧口袋里总是插着一支派克钢笔。他的毛笔字写得非常漂亮，尤其是他写的隶书，可谓十人九赞，石桥周边无人能及。那个时候戴眼镜的人一般都会被看作书生，似乎会被人看高一等。

老街的最南首可以算是上下水的码头，很多从城里运来的航船上的物资在这里装船下船，总是十分繁忙。码头西侧斜对面是一家面店，对面记得是一家饭店。镇的西街很多是住户，店面似乎不多，去的最多的应该是打铁店，农村人家锄头铁搭坏了，要去铁匠铺里回炉修修补补。打铁店北面好像是只有一间门面的信用社和班里长得最俊的天仙般的同学，"世界福"的女儿施炜的家，再有就是初中隔壁乙班的同学、卖肉阿林的妮子周方宝（我们是丙班）。北首朝南的那家是物理老师陆菊生的家，我们早上上学经常可以看到陆菊生拿着一把破扇子在门口生煤炉。陆菊生上课经常打岔，引得我们总是哈哈大笑。如果上课睡觉，男生他就会用小竹竿抽你一下，女生他就会凑近了耳朵轻轻地说，上课不要睡觉不要睡觉！

石桥镇的老石桥见证了老街几百年的人间烟火和历史沧桑，现在已破败不堪，十分凄凉。据说老街上除了一些外来打工的租客，已基本看不到人了。政府已把老街列入了拆迁开发的计划。

撒 谎

◎ 郭法章

第一次撒谎是在我十岁那年。

那年春天，哥哥如愿以偿穿上绿色军装，跨入了遥远的军营。

爹娘目不识丁，哥哥参军走后，刚学会识文断字的我便成了为二老代写书信的唯一人选。白天，父母要下田劳动，给哥哥写信大多就放在了晚间。吃罢晚饭（家乡话叫"喝汤"），二老双双坐在土炕上，我则借着那盏昏黄的煤油灯，从作业本上撕下两页纸，伏于土炕前那方矮桌上给哥哥写信。大多情况下都是由父亲口述，母亲作补充。信的内容不外乎"今年的庄稼长势很好"，"生产队最近又买了一匹青骡，它真是咱庄稼人的好帮手"，"咱家的老母猪下了五只崽"，"咱家的芦花母鸡也开始下蛋了"，等等。二老把该说的话都说完了，最后才轮到我自由发挥，主要是汇报我的学习情况：语文和算术各考了多少分，学习上还有哪些不足……哥哥的来信除了向二老汇报自己在部队的工作、学习情况外，每次总会关切地询问起父母的身体状况。而我在每一次回信时，二老的口径又总是那么的一致：爹娘的身体都很好，千万不要牵念家里，望你在部队安心工作……这一封封语句尚欠通顺的回信，通过邮递员的手传递到遥远的军营，无疑给哥哥带去了莫大的鼓舞和安慰。

那年春上，父亲的身体出现了非常不好的症状：吞咽困难，日渐消瘦……有一次，母亲背着父亲，愁眉苦脸地把我拉到一旁，让我给哥哥写了一封信。信中除了猪下崽、鸡生蛋之类的老生常谈外，还特别加了这样一段话：半年多来，爹明显地消瘦了，饭量也越来越少，整天熬药治病，也不见好转……

　　很快，哥哥回信了，并且是一封加急挂号信，字里行间透着焦急和担忧。谁知当我把信的内容一五一十地念给父母听时，父亲原本慈祥的面容陡然变色，只见他顺手抓起矮桌上的药罐子朝门口狠狠地摔了出去！父亲睁着一双血红的眼，朝我怒吼道："谁让你这样写的？！"我从来没见到父亲发过这么大的火，傻了一般呆立在父亲面前，坐在炕上的母亲这才哽咽着向父亲坦白了事情的原委和担忧。父亲不听则罢，一听这话便伸出宽大干瘦的双手，把母亲狠命地拽了起来："你为啥要透露我的病情？你让孩子怎么在部队安心工作？"面对父亲连珠炮般的厉声喝问，母亲百口莫辩，只是用手不住地抹着眼泪……最后，怒火未熄的父亲又把在生产大队当治保主任的堂哥叫到家里，建立"攻守同盟"，制定"盟约"：从现在起不得向哥哥透露家里任何不好的消息，写信只能报喜，不能报忧！并把这条"盟约"作为家规严格执行，任何人不得触犯！

　　从那时起，我们举家便走上了撒谎之路。那一次，也是第一次，我违心地向哥哥撒了谎，说爹的病是常见的消化不良，吃了几服药已经完全好了……哥哥好像仍不放心，又从遥远的军营挂回来长途电话到生产大队。因有约在先，堂哥在电话里百般安慰劝说，在电话那端的哥哥这才放了心。

　　因有约在先，全家人承受着巨大的精神压力和内心的焦灼痛苦，向远在军营的哥哥一次次地编造着谎言，隐瞒下父亲的病情，报告着家乡的"喜讯",直至父亲在癌痛的折磨中溘然离世……

1978年,哥哥从部队转业回到故乡。这年冬天,我也像哥哥当年那样,穿上了军装,奔向遥远的舟山群岛。哥哥在三十多里外的县城工作,只有年迈的母亲孤身一人在老家种着责任田,我的心里有着太多的不舍和牵挂。而母亲每一次托人写信,总是说自己身体很好,让我不要挂念家里。哥也时常来信谈一些家乡的"好消息"。哥哥在部队时,我曾一次又一次地向他报告"喜讯",深藏悲忧,我不知道哥哥的"好消息"里有几分是真,几分为假。

一年夏天,离家四年的我第一次回乡探亲。一次为母亲洗头时,突然发现一块深深的疤痕掩藏在老人家的白发里。我追问母亲,母亲却竭力躲闪着我的目光,含糊其词。见我追问得紧,母亲才向我道出了缘由:那年家乡雨水偏多,一个风雨交加的夜晚,母亲居住的土窑突然发生坍塌,一块石头砸中了母亲……我埋怨哥哥不该把这么大的事瞒着我,哥哥却来信宽慰我说:"你远在海疆为国戍边,我怎能让你再为家里的事分心?家里的事再大也是小事,部队上的事再小也是大事。有我在家,你还有啥不放心的?"

1985年夏天,在母亲的期盼中,我结婚成家了,这对母亲和我来说,都是莫大的安慰。家里的责任田可以有人帮忙耕种了,我在部队也可以更加安心地工作。然而,就在我婚后的第二年,母亲的身体却一天不如一天,哮喘病和关节炎也越发严重,耕种责任田的重担便落在妻子一个人的肩上。女儿莹莹出生后,妻子既要照顾体弱多病的母亲和年幼的女儿,还要下地干活,生活的艰辛是常人所无法想象的。下地为庄稼锄草,妻子常常一手抱着不满周岁的女儿,一手扛着锄头,而女儿的怀里却紧紧抱着一团绳索——为了防止女儿在地里乱爬,妻子只能狠心地把女儿拴在树下。为了贴补捉襟见肘的生活,妻子曾抱着女儿到集市上卖过鸡蛋,也曾到深山里刨过药材,在建筑工地打过零工……而最苦最难的,还是女儿夜半生病的时候,茫茫黑夜,妻子只身一人抱着女儿,深一脚浅一脚地奔波于乡间小路上,到十几里外的小镇为女儿看病抓药……而这一切的一切,我却是浑然不知的。妻子在来信中也从来没有透露过分毫,有的皆是家里诸般安好的话语……

1990年冬天,姐姐因病英年早逝。我担心年逾古稀的母亲经受不住白发人送黑发人的沉痛打击,母亲却托人写来信说:"我在家里一切都好,你就在部队安心工作吧!"而我又何尝不知,母亲这故作宽慰的背后,曾有着多少次的长夜饮泣,那貌似坚强的话语里面又隐忍着多少人世间的巨大悲痛!

后来,妻子随军到了部队,我们团圆了,却把孤寂的母亲留在了老家。多少个不眠的夜晚,我伫立窗前,眺望着无垠的星空,深深地为白发亲娘担着忧愁……1995年春夏之交,我奉命参加三军海上军事演习,而母亲也在这年5月查出患有多种严重疾病。为了不影响我在部队的工作,通情达理的母亲忍受着病痛的折磨和对远方儿子思念的痛苦,一再嘱咐家人向我隐瞒病情。孰料军演的炮声刚熄,却传来母亲去世的晴天霹雳!惊闻噩耗,我多愿这是一句彻头彻尾的谎言!我长跪在母亲的灵前,痛心疾首!我悔怨自己的偏听偏信,悔怨自己这许多年来竟然要去相信由亲人们精心编织出的一个个弥天的谎言!更懊恨清贫困窘的我在母亲最需要孝心安抚之时,却不能给她老人家以物质上的帮助和精神上的宽慰!

母亲去世后的第二年,怀着对蓝色海疆难舍的眷恋,我脱去一身戎装，离开了曾经让父母和亲人们倾注过满腔深情并付出种种牺牲的神圣方阵。当我怀揣军功证书，带着妻子、女儿转业到郑州后，这段与家人亲友之间长达近三十年的接力赛般的撒谎之路才告中断……